KB021081

너의 별에 닻을 내리면

너의 별에 닻을 내리면 1

1판 1쇄 찍음 2020년 11월 5일
1판 1쇄 펴냄 2020년 11월 12일

지은이 | 현민예
펴낸이 | 고운숙
펴낸곳 | 봄 미디어

기획 · 편집 | 김민지, 박나영, 이조은, 최수향
표지 디자인 | 우물

출판등록 | 2014년 08월 25일 (제387-2014-000040호)
주소 | 경기도 부천시 길주로 64, 1303(굿모닝 오피스텔)
영업부 | 070-5015-0818 **편집부** | 070-5015-0817 **팩스** | 032-712-2815
E-mail | bommedia@naver.com
소식창 | http://blog.naver.com/bommedia

값 9,000원

ISBN 979-11-6632-058-3 04810
        979-11-6632-057-6 04810(세트)

너의 별에 닻을 내리면

1

현민예 장편 소설

※『　』는 러시아어, “　”는 한국어입니다.

목차

01

우주에는 새벽이 없다

별들은 무한한 우주에서도 길을 잃지 않는데, 인간은 이 좁은 지상에서도 미아가 된다.

어둠이 내린 한강 둔치에는 아직도 사람이 여럿이었다. 올곧게 산책로를 따라 걷는 이들도 있었지만, 방향 없이 서성이는 이들도 있었다. 목적을 잃고 이리저리 헤매는 그 궤적은 가을날 흩날리는 낙엽들처럼 보였다.

다리 난간에 기대어 그들을 지켜보다 발걸음을 뗐다. 서늘한 강바람이 목덜미를 스쳤다. 눈꺼풀마저 얼얼한 추위였다.

11월, 아직 얼지 않은 강물은 이 바람보다 훨씬 살을 엘 것이다.

이 시각 한강 다리 위를 하염없이 배회하는 사람들의 목적이란 다들 비슷할지도 모른다. 그 목적을 미리 눈치채기라도 한 것처럼 난간에는 시답잖은 잔소리들이 적혀 있다.

그래, 바로 여기야. 여기가 삶의 벼랑이야.

속삭이기라도 하듯이.

까닭에, 맞은편에서 걸어오는 남자를 보았을 때 나는 잠시 눈을 의심했다.

엘리였다.

엘리는 그의 예명이다. 학과 사람들이 모두 그를 엘리라고만 불렀기에, 처음에는 그의 본명이 무엇인지도 몰랐다. 그의 진짜 이름을 알게 된 것은 이번 학기 초, 러시아 희곡 연구 수업의 첫 시간이었다.

나는 항상 강의실 맨 뒷줄, 문 바로 옆에 외따로 앉아 강의를 들었다. 수업이 끝나는 대로 도망치듯 강의실을 빠져나가기 위해서였다.

그날도 구석 자리에 앉아 있는데 누군가 뒷문을 열고 들어오더니 아주 잠깐 내 자리 옆에 멈춰 섰다. 무의식적으로 고개를 들었다가 낯선 얼굴과 눈이 마주쳤다. 나도 모르게 숨을 멈췄다. 갓 무르익은 남성미가 묻어나면서도, 여전히 소년 시절을 살고 있는 듯한 미형의 얼굴. 눈꺼풀을 내리깔았는데도 눈은 크고 선명했고, 높은 콧날은 곧게 뻗었다. 그 아래 시원스러운 입매는 청량한 인상을 자아냈다.

처음 보는 얼굴인데도 나는 그가 엘리라는 사실을 단박에 알아챘다. 엘리가 복학했다는 소문이 이미 학과에 파다했던 것이다. 나는 곧바로 시선을 내렸고 그 남자도 나를 지나쳐 갔다. 엘리도 이 수업 듣나 봐, 하고 누군가 속닥거리는 소리가 들렸다.

엘리는 사람들과 동떨어진 창가 자리에 앉았다. 열린 창으로 늦여름 매미 울음소리가 요란했다. 학생들이 하나둘 모이면서 잡담을 나누는 재잘거림 역시 매미 소리만큼 커져 갔다.

나는 그 유쾌한 소음에서 조금 비껴난 채 엘리를 훔쳐봤다.

창밖에서 산들바람이 불어와 그의 짧은 머리칼을 부드럽게 넘겼다. 햇살을 머금은 말간 피부와, 대조적으로 강한 인상을 주는 어깨. 흰 티셔츠 아래의 등 근육이 움직일 때마다 존재감을 드러냈다.

교수가 들어오자 강의실의 소란이 잦아들었다. 교수는 강단에 올라가 출석을 불렀다. 출석은 학번 순이었다. 나보다 두 해 선배인 엘리는 꽤나 고학번이었기에 비교적 일찍 호명되었다.

"이나빈."

엘리는 말없이 손을 들었다.

저게 엘리의 본명이구나. 봄날의 햇살을 닮은 저 남자에게 지나치게 잘 어울리는 이름이라 생각했다.

강의가 끝난 후, 학생들은 저마다 모여 첫 수업에 대한 평가와 방학 동안의 안부를 나눴다. 시끌벅적한 말소리를 들으며 나는 홀로 가방을 챙겼다. 익숙한 일이어서 새삼스럽게 쓸쓸하다거나 고독하다고 생각하지는 않았다.

가방을 메려는데 문득 엘리의 뒷모습이 눈에 들어왔다. 그 역시 혼자였지만 나와는 전혀 처지가 달랐다. 어느새 강의실 모두의 이목이 엘리를 향해 있었던 것이다. 엘리는 그런 시선쯤은 익숙한 건지 태연하게 짐을 챙겼다.

그런 사람이었다. 보지 않으려 해도 보이고 마는 특별한 사람.

그래서 나도 강의실에 들어올 때면 언제나 자연스레 그에게 시선을 두곤 했다. 하지만 한 수업을 듣는다는 것 외에 그와 나 사이에는 어떤 접점도 없었다.

엘리는 유명했다. 평생 연예인을 한 번 볼까 말까 한 사람들 사이에서 아이돌이란 굉장히 눈에 띄는 존재였다. 처음 엘리가 입학했을 때에도 학교가 왁자지껄했다고 한다.

거기다 탈퇴한 아이돌이란 그의 입지는 가십거리가 되기 딱 좋았다. 엘리에 대한 소문들은 늘 질시와 호기심으로 얼룩져 있었다. 나는 아이돌에는 관심이 없었지만, 학과 선배들이 툭하면 엘리를 씹어 댔기에 원치 않게 그의 과거를 몇 줄 주워듣게 되었다.

"엘리 개강 총회 온대?"
"걘 당연히 안 오지. 연예인이잖아."

'연예인이잖아' 라고 말하는 남자 선배의 말투는 거의 업신여김에 가까웠다.

"야, 연예인은 무슨. 그만둔 지가 언젠데. 군대로 도망갔잖아."
"근데 학교로 돌아올 줄은 몰랐네."
"생각해 봐. 갈 데가 있겠냐?"
"난 안 돌아올 줄 알았지. 휴학을 4년 넘게 했잖아."

하지만 그를 욕하는 사람들조차 엘리가 우리와는 다른 세상의 사람이라는 사실만은 인정했다.

"그래도 연예인은 연예인이야. 멀리서부터 빛이 나잖아."

누군가 이런 소리를 하면, 선뜻 그 말을 부정하는 사람은 아무도 없었다. 그러나 그런 칭찬조차도 모두 엘리의 겉모습에 대한 것들뿐이었다. 누구도 엘리가 정말로 어떤 사람인지는 관심이 없었고, 그건 나 역시 마찬가지였다.

빛나는 사람에게는 분명 빛나는 영혼이 있을 거라고, 항상 마지못해 살아온 나와는 전혀 다른 인생을 살고 있을 거라고 생각했던 것이다.

엘리는 언제나 주변에 무심해 보였다. 딱히 친한 사람도 없었고, 학과 사람들과 어울리는 일도 없었다. 당연히 나 같은 아웃사이더는 존재조차 모를 거라 생각했다.

"⋯⋯서다혜 씨?"

그래서 한강 다리 위에서 마주친 그가 이렇게 내 이름을 불렀을 때는 적잖이 놀랐다. 나는 걸음을 멈췄다. 엘리의 시선은 곧게 내 얼굴로 향해 있었다. 문득 헝클어진 내 머리칼이 신경 쓰여 손바닥으로 뒤통수를 꾹 눌렀다.

매서운 바람이 엘리의 코트 자락을 치고 지나갔다. 차들이 쌩쌩 달리는 소리에 귀가 아팠다. 소음과 강풍 속에서도 엘리는 어떻게 저토록 단정할 수 있는지 신기했다. 단순히 단아한 것을 넘어, 막 염을 끝낸 시체처럼 섬뜩한 차분함마저 느껴졌다.

"이 시간에 여긴 무슨 일이에요?"

엘리가 이어 물었다. 나는 적당한 핑계를 찾지 못해 머뭇거렸다. 이 다리 한복판에서 엘리와 마주칠 거라고는 상상도 하지 못했던 것이다.

다른 사람도 아니고 엘리라니. 내가 생각하기에 엘리만큼 이곳에 어울리지 않는 사람도 없었다.

은근한 질시와 경멸에 둘러싸여 살았지만, 그는 한 번도 그런 것에 움츠러드는 모습을 보이지 않았다. 주변은 보이지도 않는다는 듯 늘 고고했다.

단 한 번도 삶을 의심해 본 적 없을 것 같은 사람, 그게 엘리였다.

그런 그가 왜 여기 있는 걸까.

그의 왼손에 들린 하얀 국화꽃이 눈에 들어왔다.

내가 한참 침묵하자 엘리는 상황을 좀 오해한 것인지 이런저런 말을 늘어놓기 시작했다.

"아, 우리 수업 같이 들어요. 그, 러시아 희곡 연구. 모르실 수도 있겠지만 저 서다혜 씨랑 같은 과인데."

"선배 알아요."

엘리, 하고 무심결에 말하려다 멈칫했다.

"이나빈 선배."

"아, 아시는구나."

나빈의 입가에 어설픈 미소가 번졌다. 너무 예쁜 사람이 웃는 게 서툴면 서글퍼 보인다는 걸 지금 처음 알았다.

"우리 과에 선배 모르는 사람 없어요."

나까지 알면 우리 과 사람 전부가 아는 거다.

"다혜 씨는 그런 거 관심 없을 줄 알았어요."

"그런 게 뭔데요?"

"그냥 그런 거?"

학과 사람들은 엘리가 오만하고 재수 없다고 했다. 연예인이었기 때문에 평범한 사람들과는 말도 섞지 않으려 한다는 이유였다.

하지만 이제 보니 그저 말주변이 없었던 게 아닌가 싶기도 했다.

"그럼 학교에서 봬요."

그가 나를 지나치길 바라며 성급한 인사말을 건넸다. 그런데 그는 그 자리에 가만히 서 있었다.

"저쪽으로 가시던 길 아니세요?"

어색해진 내가 물었다.

"어디 가려던 게 아니라 여기 오려던 거라서요."

이곳은 한강을 가로지르는 다리 한가운데였다. 앉을 수 있는 벤치 하나가 있긴 했지만 머물 만한 공간은 아니었다. 뒤를 슬쩍 돌아보니 CCTV가 우리를 찍고 있었다.

"추모, 하러 온 거라서."

주홍색 불빛이 그의 머리칼과 어깨 위로 따사롭게 부서졌다. 그 불빛의 온기 때문에 추모라는 단어가 한껏 시리게 들렸다.

"꼭 이런 계절에. 이렇게 추운데 말이에요."

나빈이 씁쓸하게 중얼거렸다.

"다혜 씨는 어디 가시던 길이에요?"

"그냥 바람 쐬러요. 산책 온 거예요."

적당히 둘러댔다. 나빈은 더 묻지 않고 난간 쪽으로 한 걸음 다가섰다. 건물들로부터 쏟아진 빛이 수면 위로 이지러져 있었다.

그는 난간 틈으로 하얀 국화꽃을 던졌다. 꽃은 작은 파문도 일으키지 못하고 검은 물에 삼켜졌다.

"집이 여의도인가 봐요."

나빈이 돌아서며 말했다.

"네."

"이제 들어가세요?"

오늘이야말로 들어가지 않겠다는 생각으로 나왔다. 애초에 나의 목적지도 이곳, 아니 정확히는 저 수면 아래였다. 그렇다고 나빈에게 그런 소리를 할 수는 없었다.

"네, 이제 슬슬 들어가려고요."

"그럼 여의도 근처까지만 같이 가도 될까요?"

당황스러운 제안에 그를 힐끗 올려다보았다.

"그냥 제가 좀 걷고 싶어서요."

그가 변명처럼 덧붙였다.

걷고 싶다는데 말릴 수는 없었다. 말을 바꾸기도 그래서 그냥 고개를 끄덕였다.

"마음대로 하세요."

나는 나빈과 두세 걸음을 떨어져 걸었다. 어차피 여기까지 왔다 돌아가길 수백 번 반복했다. 하루 더 돌아간다고 달라질 것도 없었다.

계절은 겨울의 문턱을 서성이고 있었다. 골이 울릴 정도의 추위에 두 사람의 입술도 얼어붙은 모양이었다.

"오늘 진짜 춥지 않아요?"

"네. 춥네요."

그와 나는 이렇게 한마디씩을 주고받은 후 침묵했다. 우리는 빠른 걸음으로 13개의 감시 카메라 아래를 지나갔다.

나는 이 다리에 관해선 전문가라 해도 좋을 정도다. 카메라가 몇 개인지도 알고, 카메라에 잘 잡히지 않을 위치가 어딘지도 안다.

하지만 아직까지 저 난간을 밟고 올라설 용기를 내지는 못했다. 하기야 하룻밤 깊게 잠드는 것도 어려운데, 죽음이 쉬울 리가 없다. 그걸 알면서도 가끔 작은 위안이 필요할 때면 이곳을 찾곤 했다.

괜찮아. 비상구는 언제나 열려 있어.

그런 생각을 하면 그럭저럭 삶을 버텨 낼 수 있기 때문이었다. 기댈 것이 아무것도 없으면 죽음을 삶의 목발로 삼는 것이다.

이 와중에도 난간에 적힌 문장들은 내 시선을 어지럽혔다. 살아라, 삶은 좋은 것이다, 계속해서 지껄여 댔다. 여의도에서 마포까지, 다리의 난간에는 그런 말장난들이 빼곡히 적혀 있었다. 표현은 다 달랐지만 결국 엇비슷한 설교였다. 삶의 빛이 이토록 찬란하다는 것을 보여 주고 싶은 것인지 난간에 형광등까지 밝혀 두었다.

세상은 죽을 때조차 타인의 삶에 말을 얹는다. 어차피 이런 선택을 이해하지 못할 거라면 입이라도 다물어 줬으면 좋겠다.

"새벽이 오기 전이 가장 어둡다."

나빈이 작게 중얼거렸다. 우리는 막 그런 문장이 적힌 난간을 지나고 있었다. '새벽'이라는 글자가 유독 환하게 빛났다.

그는 오늘 내 목적을 눈치챈 걸지도 모른다. 그래서 갑자기 나와 함께 걷겠다고 한 것일 수도 있다. 이제 지레짐작만으로 충고라도 늘어놓으려는 걸까. 스물셋은 어린 나이라고, 살다 보면 좋은 날이 온다고, 새벽이 오기 전이 가장 어두운 거라고, 잠깐 마주한 내 사연을 모두 안다는 듯이 안타까워하겠지.

온기 어린 몰이해 앞에서 나는 외면하고 도망치는 것 외에는 할 수 있는 일이 없을 것이다.

그때, 나빈의 목소리가 다시 들려왔다.

"우주에는 새벽이 없는데 말이에요."

나지막한 음성이 잠시 귓가를 맴돌다 클랙슨 소리에 묻혔다. 내가 아무 답도 하지 않았기에 그의 말은 혼잣말로 끝나 버렸다.

다리 끝에서 우리는 걸음을 멈췄다.

"저희 집은 저기예요."

나는 길 건너편 아파트를 가리켰다. 길만 건너면 3분도 채 걸리지 않는 거리였다. 마침 신호가 바뀌었다. 그에게 가볍게 고개 숙여 인사를 건넸다.

"조심해서 들어가세요, 선배."

"학교에서 봐요."

나빈은 인사를 하고도 곧바로 돌아서지 않았다. 몇 걸음을 걷다 돌아보니 그는 아직 나를 지켜보고 있었다.

횡단보도를 건넌 후 다리 쪽으로 고개를 돌렸다. 당연하게도 그는 이미 떠난 뒤였다. 나는 그 빈자리에서 곧바로 눈을 떼지 못했다.

그가 무심결에 중얼거린 말 때문일지도 몰랐다.

우주에는 새벽이 없다.

그건 무슨 뜻이었을까.

내가 강의실에서 봤던 엘리는 도저히 그런 말을 할 사람처럼 보이지 않았다. 사람들과 어울리지는 않았어도 무엇 하나 부족할 게 없어 보였으니까. 그는 어떤 빈틈도 없이, 그 자체로 온전한 하나의 세계처럼 느껴졌다.

그래서 막연히 엘리에게는 어떤 그늘도 없을 거라 생각했던 것이다.

경쾌한 알람과 함께 도어 록이 열렸다. 거실에서 뉴스 소리가 들려왔다. 무의식적으로 휴대폰 시계를 확인했다. 시각은 9시 반 경이었다. 늦지 않았다는 사실에 안도했다.

부모님은 거실에서 함께 뉴스를 보고 있었다. 아빠는 막 들어온 참인지 아직 정장 바지에 와이셔츠 차림이었다.

"다녀왔습니다."

인사하고 방으로 들어가려는데 엄마가 나를 불러 세웠다.

"다혜야, 거기 쇼핑백 확인해 봐."

거실 탁자 위에 쇼핑백이 놓여 있었다. 다가가 쇼핑백을 열었다. 안에 든 물건은 적갈색 목도리였다.

"너 그거 한 번 해 봐."

"내일 할게요."

"여기서 해 봐. 색깔 어울리나 보게."

엄마가 말했다. 부모님은 나를 빤히 바라보았다. 뉴스 앵커가 무언가 속보가 들어왔다고 다급하게 말했지만, 두 사람의 관심은 오직 내게 쏠려 있었다.

"엄마가 돕는 단체에서 파는 거야. 미혼모 자립 돕기 모금으로. 좋은 뜻으로 파는 거니까 하고 다녀."

아빠가 한마디 거들었다. 목도리 끝에는 물망초 모양이 자수로 새겨져 있었다. 엄마가 돕는다는 봉사 단체의 심벌이었다.

"부모 입장 생각해서라도 하고 다니는 물건 하나하나 신경 써. 아무거나 하고 다니지 말고."

아빠의 음성을 들으면 항상 손바닥이 젖어 든다. 느닷없이 천적을 만난 짐승처럼 숨이 차고 도망가고 싶어진다.

"너무 그렇게 말하지 마. 그래도 캐시미어야. 품질도 괜찮고 색도 예뻐서 우리 딸 생각해서 사 왔지."

그리고 엄마의 다정한 어투는 초조함을 부추긴다.

"어서 해 봐."

그녀가 다시 권했다. 나는 목도리 끝의 물망초 자수만 만지작거렸다. 입안이 바싹 말랐다. 어느샌가 내 시선은 아빠의 벨트 버클로 향해 있었다. 날랜 허리선이 부각되도록 셔츠를 깔끔하게 바지 안에 넣은 탓에 벨트도 눈에 띄었다. 나는 반짝이는 버클을 바라보다 결국 목도리를 꺼냈다.

"네. 해 볼게요."

긴 목도리를 억지로 목에 두 번 둘렀다. 곧바로 어지럽고 현기증이 일었다. 상태를 감추기 위해 목도리를 구경하는 척 고개를 푹 숙였다.

벽시계의 초침 소리만이 크게 들렸다. TV 소리도, 부모님의 음성도, 모두 들리지 않았다. 그저 시계 소리만 똑, 딱, 똑, 딱.

그렇게 스무 번을 세고 난 후 나는 곧바로 목도리를 풀었다.

"내일부터 잘하고 다녀."

엄마가 흐뭇한 듯 말했다. 풀어 헤쳐진 목도리가 아무렇게나 쇼핑백에 쑤셔 박혔다. 속이 메스꺼웠다.

"저 씻고 잘게요."

"그래. 내일은 일찍 들어와. 엄마랑 방학 계획 얘기하자."

엄마의 말에 고개만 끄덕이고 곧바로 화장실로 들어왔다. 화장실 문의 잠금 장치를 걸고 변기 뚜껑을 열었다. 비데 센서가 작동하며 밝은 멜로디가 흘러나왔다. '즐거운 나의 집'이었다.

즐거운 곳에서는 날 오라 하여도 내 쉴 곳은 작은 집 내 집뿐이리.

겉옷을 벗을 틈도 없이 변기를 붙잡고 주저앉았다. 그대로 저녁 식사를 전부 게워 냈다. 도중에 목소리가 새어 나올 것 같으면 입술을 깨물어 간신히 참았다.

코끝이 시큰거리고 눈물이 핑 돌았다. 지저분하고 역한 것 위로 눈물이 후드득 떨어졌다.

악취 어린 고요 속에서 나는 한참을 소리 죽여 울었다.

젖은 얼굴로 옷을 벗고 샤워부스로 들어갔다. 샤워기를 틀자 뜨거운 물이 머리 위로 쏟아졌다. 물방울이 피부를 타고 흘렀다.

눈을 감자 어둠이 나를 맞았다. 밤을 싣고 흐르는 강처럼 검고 일렁이는 어둠. 얼굴에 닿는 물줄기를 느끼며 그 강물 속으로 가라앉는 상상을 했다.

춥고, 두렵고, 아득한 낙원이었다.

문득 그 검은 물속으로 나빈이 던진 새하얀 꽃이 떠올랐다.

꽃은 지금쯤 수심 깊은 곳까지 가라앉았을까. 아니면 먼 하류까지 떠내려갔을까.

차라리 내가 그 꽃이었으면.

부질없는 바람을 되뇌었다.

나빈의 말이 맞다.

새벽이 오기 전이 가장 어둡다지만, 우주에는 새벽이 없다.

오로지 깊고 영속적인 어둠이 전부다.

02

✦

별들은 모두 외로우니까

1.

러시아 희곡 연구는 매주 수, 금 오후 5시에 열린다. 금요일 저녁 시간을 써야 하는 데다, 희곡이 그다지 인기 있는 과목이 아니기 때문에 수업을 듣는 사람은 열 명 남짓이다. 원래 노문과가 사람이 많은 과가 아니라서 더 그렇다.

"기말이 이제 3주 정도 남았죠?"

교수가 입을 열었다. 지난 학기 부임한 젊은 여자 교수였다. 희곡 수업의 시간대가 이렇게 이상한 것도 교수가 학과에서 가장 막내이기 때문이라 들었다. 연차가 쌓인 순서대로 원하는 시간대를 배정해 주니 막내 교수의 수업은 자연히 누구도 수업하기 싫은 시간대에 처박히는 것이다.

"강의 계획서에서 고지한 대로 본 수업은 기말 시험을 치르지 않고……."

여기서 작은 환호성이 터졌다.

"기말 리포트 발표로 대체합니다."

환호는 잠시, 누군가의 긴 한숨 소리가 들렸다.

"발표는 2인 1조로 진행될 겁니다. 이제까지 수업에서 진행한 극작가 중 한 명을 골라 함께 리포트를 작성하고, 발표 준비를 해 오시면 됩니다. 발표일은 학기 초에 공지드린 대로 기말고사 기간의 마지막 날인 12월 21일 금요일로 하겠습니다. 질문?"

"작품은 수업 때 다룬 것들 중에서 고르면 됩니까?"

맨 앞자리에 앉은 남학생이 물었다.

"아니요. 작품은 해당 극작가의 작품이면 제한을 두지 않겠습니다. 주제 역시 우리 수업의 주제였던 '연극성'과 '문학성'을 포함하는 범위 안에서 자유롭게 선정해 주세요. 우리 수업이 열 명이니 딱 다섯 조 나오겠네요. 수업 마치고 잠깐 시간을 드릴 테니 여러분들끼리 조 구성을 해서 제출해 주세요."

조 발표. 처음에 이 수업을 뺄까 말까 고민했던 이유 중 하나였다. 희곡 수업은 꼭 듣고 싶었지만, 남들과 함께 무언가를 하는 게 영 익숙지가 않았다. 고민 끝에 교수에게 혼자 발표를 해도 되겠냐는 메일을 보냈다. 정 그렇다면 인원이 홀수이니 혼자 진행해도 괜찮다는 답장이 왔다.

그때는 우리 수업이 열 명이 아니라 열세 명이었다. 그런데 신임 교수의 열정을 이기지 못하고 세 명이 도중에 수강 취소를 하는 바람에 홀수에서 짝수가 되어 버렸다. 다시 말해, 나도 누군가와 조를 짜야 한다는 소리였다.

이런저런 계산을 하는 도중 강의가 시작되었다. 다음 주까지는 밤빌로프의 '오리 사냥'을 보고, 남은 2주 간은 20세기 후반 작품들과 포스트모던 희곡을 훑을 것이라 했다.

나는 영혼으로 따지자면 아직 19세기 사람이다. 20세기 이후 문학에는 도저히 정이 붙질 않는다. 체홉 이후로는 급격하게 수업에 흥미가 떨어져 의무적으로 노트 필기만 열심히 하고 있었다.

오늘도 나빈은 창가에 앉았다. 이 자리에서는 뒷모습밖에 보이지 않지만 꽤 열심히 수업을 듣는 것 같았다. 창으로 흘러들어 온 늦가을의 노을이 그의 흰 목덜미를 적셨다.

수업이 끝난 후, 수강생들은 강의실 뒤편에 모여 발표 조를 짰다. 사실 이 수업에 들어오는 사람들은 대부분 3학년 이상이라 관계가 이미 굳어져 있었다. 1분도 안 되어 세 조가 정해졌다. 남은 것은 네 사람이었다.

나빈과 나, 우리과 동기 여자애와 복수 전공생인 경영대 남학생.

"음, 우리 넷 남았는데 어떻게 할까요?"

동기가 남은 사람들을 둘러보며 물었다.

일단 나빈은 수강생 모두가 기피하고 싶어 하는 상대였다. 몇 년 만에 복학해서 아는 것도 없을 텐데, 태도도 비협조적일 거라는 판단 때문이었다. 그렇다고 모르는 타과 남학생이랑 한 조를 하는 것 역시 불편했다.

별로 친한 사이는 아니지만 그래도 동기가 제일 낫지 않을까. 내가 미처 생각을 정리하기도 전에 나빈의 목소리가 들려왔다.

"저랑 서다혜 씨가 한 조를 할까요?"

나를 포함한 나머지 세 사람의 시선이 순간 나빈을 향했다.

그중 가장 당황한 것은 나였다.

"다혜 씨만 괜찮다면요."

나빈은 웃는 듯 마는 듯 입꼬리를 당겼다. 나는 슬쩍 동기 쪽을 바라보았다. 그녀는 잘됐다는 듯 고개를 끄덕이고 있었다.

"아, 그럼 둘이 하는 걸로 하면 되겠다, 그죠?"

사실 그건 질문도 아니었다. 그렇게 하자는 결정이었다. 나빈만 아니면 됐던 걸까. 아니면 나빈만큼이나 나도 껄끄러웠던 걸까. 내가 떨떠름하게 고개를 까딱하자, 그녀는 그대로 조명단을 마저 작성해 교수에게 제출해 버렸다.

"그럼 각 조는 다음 주 화요일까지 선정한 극작가와 작품, 대략적인 주제를 제 메일로 보내 두세요."

교수가 나가기 전 공지했다.

나는 복잡한 기분으로 가방을 챙겼다.

엘리는 왜 나와 같은 조를 하겠다고 했을까.

그와 나는 한 학기 내내 서로 눈인사조차 나누지 않던 사이였다. 어제 다리 위에서 마주친 뒤로 그에게 무슨 심경의 변화라도 생긴 걸까.

같잖은 동정심이라도?

거기까지 생각이 미치자 미묘한 불쾌감이 번졌다.

하지만 조금만 곰곰이 생각해 보니 그렇게 판단할 이유가 없었다. 고작 어제 일로 내가 불쌍해지기라도 했다면 엘리가 이상한 사람인 것이다.

애초에 그에겐 선택지가 얼마 없어서 나를 택한 거겠지. 엘리의 입장에선 다른 사람들보다 내가 편했을 수도 있다. 그 역시 내게 친구가 없다는 것쯤은 눈치챘을 테니까.

강의실을 나서는데 나빈이 내 옆에 따라붙었다. 그는 슬림 핏의 청바지에 후드가 달린 야상을 걸치고, 굽 없는 검은 스니 커즈를 신고 있었다. 가방은 백팩이 아니라 옆으로 메는 가방을 들었는데, 별로 무거워 보이진 않았다.

"다혜 씨. 정말 저랑 해도 괜찮아요?"

고개를 돌려 그를 슬쩍 올려다보았다. 눈이 마주치자 나빈의 눈꼬리가 얕게 휘었다.

어젯밤과는 사뭇 다른 느낌이었다. 어제의 그가 시신처럼 차고 고요했다면, 오늘은 생기가 넘쳤다.

"아까 다혜 씨 대답을 제대로 듣기도 전에 결정돼 버린 거같아서요."

그가 살짝 아랫입술을 깨물었다. 난처한 듯한 입모양이 다소 장난스러운 인상을 남겼다.

"어차피 같이할 사람 없었는데요. 먼저 말씀해 주셔서 감사해요."

감사하단 말은 물론 진심이 아니었다.

기말 발표까지 남은 기간은 고작해야 4주다. 그중 몇 번 만나 대화할 것이 전부인 상대에게 본심을 드러낼 필요는 없었다. 적당히 예의를 차리고 발표만 처리하면 그만이었다. 따지고 보면 어차피 누구랑 하든 상관없는 거였고.

"그런데 우리 발표 주제는 어떻게 할까요?"

나빈이 물었다. 따로 연락하고 시간을 내는 것보다는 지금 정해 버리는 게 편할 거란 생각이 들었다.

"선배. 지금 바쁘세요?"

"아뇨."

"그럼 발표 주제 정하고 가요."

"아, 그럼 후문 쪽 카페 갈래요? 아니면 저녁부터 먹을까요?"

저녁 시간이긴 했지만 나빈과 저녁을 먹을 정도로 친한 사이는 아니었다. 카페 역시 부담스럽긴 매한가지였다.

"아뇨. 그냥 인문대 뒤편 편의점 가요."

"추운데……."

나빈이 중얼거리는 소리를 못 들은 척했다.

인문대 건물 바로 뒤편에는 작은 편의점 하나가 있었다. 컨테이너로 만든 임시 건물이었는데, 야외에 플라스틱 테이블 서너 개를 놓아두었다. 여름에는 자리 잡기가 쉽지 않았지만 지금은 텅텅 비어 있었다. 테이블 바로 옆에는 가로등이 켜져 있어 환했다.

우리는 편의점 커피를 각자 한 잔씩 사서 자리에 앉았다. 나는 따뜻한 커피를, 그는 아이스 커피를 샀다. 뜨거운 커피를 한 모금 삼키고 맞은편을 힐끗 보았다. 나빈은 빨대를 막 입에 문 참이었다. 마치 흰 빨대가 그의 입술을 지그시 누르는 듯 보였다. 바로 위에서 쏟아진 가로등불 때문에 진갈색 머리칼이 노란빛으로 반짝였다.

CF 같네.

문득 생각했다. 어느 CF에서 저런 구도를 봤던가?

너무 빤히 본 것인지 나빈이 시선을 들어 나와 눈을 마주쳤다. 가까이서 그의 눈을 제대로 본 것은 처음이었다. 눈꼬리는 예쁘장하게 긴데, 눈이 깊어 오묘한 분위기를 풍겼다. 크고 어두운 눈동자는 밤의 어둠처럼 빨려들 듯했다.

나쁜 짓을 한 것도 아닌데 어영부영 눈길을 피했다.

어쩌면 나는 내가 생각하던 것보다 예쁜 사람이나 잘생긴 사람에게 약한 걸지도 모른다. 나빈은 예쁜 데다가 잘생겼으니 두 배로 부담스러운 것일 수도 있다.

"선배, 하시고 싶은 극작가 있으세요?"

빨리 이 자리를 마쳐야겠다는 생각에 곧바로 본론을 꺼냈다.

"체홉이요."

나빈은 잠시의 망설임도 없이 대답했다. 나도 체홉을 하고 싶었기에 그의 대답이 마음에 들었다. 포스트모더니즘 같은 걸 하자고 했다면 불행한 학기말이 되었을 것이다. 연습장을 꺼내 맨 위에 체홉이라는 글자를 썼다.

"체홉 좋아하시나 봐요."

"네. 다혜 씨는요?"

"저도 좋아해요. 그럼 체홉으로 해요."

조원과 취향이 비슷하다는 사실이 상당한 위안이 되었다. 일단 체홉을 좋아하기만 해도 좋은 조원이지. 어차피 돌이킬 수 없는 일이니 이왕이면 긍정적으로 생각하기로 했다.

"작품은 수업 시간에 다룬 '세 자매'를 할까요?"

내가 물었다. 그것은 나빈을 위한 배려였다. 나빈은 1학년을 마친 후 4년 반을 내리 휴학했다가 이번 학기에 복학했다고 들었다. 그러니 그에게는 조금이라도 익숙한 텍스트가 좋을 거라 생각한 것이다.

그런데 나빈은 작게 고개를 저었다.

"혹시 '바냐 삼촌' 어때요? 그걸 제일 좋아해서요."

'바냐 삼촌'이라는 말에 나도 모르게 움찔했다.

"아, 다혜 씨가 생각하시기에 세 자매가 낫다면 그것도 괜찮아요."

나빈이 덧붙였다.

"전 다 좋아요. 바냐로 해요."

바냐 삼촌은 나 역시 제일 좋아하는 희곡이었다. 엘리와 조별 과제를 잘 할 수 있을지 걱정스러웠는데, 약간 마음이 놓였다.

"주제는 바냐 삼촌에서의 연극성과 문학성……."

나는 주제를 적다 손을 멈췄다.

"이건 너무 넓어서 교수님이 수정하라 하실 거예요. 구체적으로 어떤 주제가 좋을지 고민해 봐야 할 것 같아요."

"다른 조랑 주제가 겹치면 어떡해요?"

"겹칠 수가 없을걸요?"

"다들 바냐를 한다거나."

나빈이 참 쓸데없는 걱정을 했다.

"그럴 리는 없죠. 보통 학점이 걸린 기말 발표엔 모험을 잘 안 해요. 체홉을 하더라도 수업 내 텍스트를 하겠죠. 새 텍스트를 고르면 관련 논문도 다시 읽어야 하니 빠듯하잖아요."

얘기하고 보니 작품을 바꾸자는 말처럼 들려서 얼른 덧붙였다.

"그래도 전 바냐 삼촌으로 하는 게 좋은 거 같아요. 일단 자세한 주제는 주말에 각자 고민해 보는 걸로 해요. 논의가 정리되면 교수님께 메일은 제가 보낼게요."

"그럼 월요일에 다시 만나요?"

"아뇨. 그냥 메시지로 얘기해요. 번호 알려 주세요. 앞으로 발표 때문에 연락해야 할 테니까."

"아, 네. 감사합니다."

나빈은 내가 내민 휴대폰을 받았다.

"감사할 일은 아니고요."

우리는 번호 교환을 마친 후 종이컵을 들고 일어났다. 커피는 그사이 미지근하게 식어 있었다. 나는 남은 커피를 비우고 종이컵을 버렸다.

"다혜 씨 집이 여의도라고 했죠?"

"네."

"지하철로 가세요?"

"네."

"그럼 5호선 타시겠구나. 저도 집이 마포라서 5호선이에요. 같이 가요."

나는 딱히 남과 같이 다니는 걸 좋아하지 않는다. 그렇지만 지하철 한 역 차이에 따로 가자고 하는 것도 우스웠다. 고개를 작게 끄덕였다. 어차피 큰 의미도 없는 제안이었다. 우리는 그저 우연히 방향이 같아 동행하는 것뿐이다.

어젯밤 우연히 그 다리 위에서 마주쳤듯이.

나빈은 어제의 만남에 관해서는 아무 말도 하지 않았다. 그가 우리 집이 여의도라는 것을 알고 있지만 않았다면, 어제 일이 전부 꿈이었다고 생각해도 좋을 만큼 깔끔한 태도였다.

오히려 호기심이 도는 것은 내 쪽이었다.

나빈은 어제 그곳에 추모하러 왔다고 했다.

누구였을까. 우연히 어제가 기일이었던 걸까, 아니면 종종 그곳에 왔던 걸까.

그러나 막상 내가 할 수 있는 일은 모른 척하는 게 전부였다. 어쩌면 그도 나와 같을지도 모르겠다.

지하철역에 도착하자 나빈은 주머니에서 검은 마스크를 꺼내 썼다. 우리는 하교하는 인파에 섞여 계단을 내려갔다.

"아, 이거 그냥 습관이에요. 목이 좀 안 좋아서."

묻지도 않았는데 그가 마스크를 가리키며 말했다. 정말 그런 이유라면 후드까지 눌러쓸 필요는 없었을 거다. 나빈은 변명조로 말을 이어 갔다.

"솔직히 저 그렇게 유명하지도 않고, 알아보는 사람도 별로 없어요."

그렇지는 않았다. 인문대 건물에서 지하철역까지 오는 동안에도 이미 여럿이 그를 신기하게 보고 지나갔다.

엘리다. 야, 나 방금 엘리 봤어. 뭐래, 난 저번에도 봤거든?

이런 대화가 얼핏 뒤편에서 들리기도 했다. 내 피해 망상일지도 모르겠지만, 어쩐지 그 뒤에는 내 이야기를 할 것만 같았다.

그런데 옆에 저 여자는 누구야? 엘리랑은 너무······.

아무도 그런 소리는 하지 않았는데 나 혼자 신경 쓰여 엘리에게서 최대한 떨어져 걸었다.

"그러니까 음, 이건 연예인병이 아니라 진짜 목이 안 좋아서 그런 거라서요."

이상하게 나빈이 하는 말들이 낯설지 않았다. 어디서 들었나 했더니, 그에게 악의를 품은 사람들이 심심치 않게 했던 말이었다.

완전 연예인병 아니야? 하기야 연예인이 연예인병 걸리는 게 당연하지, 뭐.

나빈의 앞에서는 그런 말을 하지 않았기에 그는 모를 줄 알았다. 이제 보니 그는 자신에 관한 이야기들을 모두 듣고 있었던 것이다.

소리라는 건 참 잔인하다. 눈은 감아 버리면 되지만 귀는 완전히 닫아 버릴 수 없다. 그저 묵묵히 못 들은 체하는 게 전부다.

우리 부모 앞에서 내가 언제나 그랬듯이.

"전 선배 그렇게 생각 안 해요."

"당연히 다혜 씨는 그럴 사람이 아니라고 생각해요."

안심시키려 한 말에 그는 더 쩔쩔맸다.

"그리고 선배 알아보는 사람들 있는 것도 사실이잖아요. 불편할 거 같아요. 유명하다는 거."

"그렇게 유명한 것도 아닌데."

"어쨌거나 저 같은 사람이랑은 다르잖아요."

개찰구에 카드를 찍고 들어갔다. 플랫폼에 내려가니 줄이 꽤 길었다. 오늘도 저 인파에 짜부라져 집까지 가겠구나 싶어 한숨이 나왔다.

계단을 내려가자마자 열차가 도착했다. 승객은 가을철 횟집 어항의 전어처럼 바글바글했다. 나는 적당히 좌석 앞에 서서 책가방을 내렸다. 낮에 도서관에서 빌린 책 때문에 가방이 상당히 묵직했다. 한 팔로 들기엔 무거워서 양손으로 가방 손잡이를 꽉 붙잡았다. 사람이 많이 타는 이 시각 지하철에선 바닥에 가방을 두는 것도 쉽지 않았다.

나빈은 내 등 뒤를 비스듬히 감싸듯 섰다. 서로 몸이 닿지 않도록 한 뼘 이상 떨어진 거리였다. 가까이 서니 그는 나보다 머리 하나는 더 컸다.

생각보다 키가 더 크네.

손잡이 봉을 잡은 그의 손을 힐끗 올려다보았다. 손도 제법 커 보였다. 내 머리 위로 드리운 그의 왼팔이 눈에 들어왔다. 소매가 걷혀 손목이 드러났다.

나빈이 일종의 차단벽이 되어 준 덕분에 나는 사람들 틈에 짓눌리지 않았다. 평소와 달리 남들과 부딪치지 않아 편했다.

고맙다고 말해야 하나?

낯선 배려였다.

인기가 많았겠지. 여자 친구도 많았을 거다. 그러니 이런 행동이 너무 자연스러운 것이다.

이런 사람은 어떤 연애를 했을까. 여자 때문에 마음 아파해 보긴 했을까?

애정을 줄 사람은 넘치도록 있었을 테니 굳이 한 사람을 진득이 사랑할 이유가 없었을 것도 같다.

"여의나루죠?"

오만 생각을 하는 와중 나빈이 문득 물었다.

"네."

"저랑 한 정거장 차이네요."

그의 말에 작게 고개만 끄덕였다. 일단 환승역에서 5호선으로 갈아타면 바로 다음이 마포, 그다음이 여의나루였다.

"다혜 씨는 내년 2월 졸업이에요?"

나빈이 이어 물었다. 원래라면 그래야 했다.

"아뇨. 작년 한 해 휴학했어요. 아직 3학년이에요."

"그렇구나. 전 이제 2학년인데. 첫해 다니고 줄곧 휴학했거든요. 첫해도 거의 뭐……."

"그래도 학점은 채우셨나 봐요. 2학년으로 진급하신 걸 보면."

"겨우 했죠, 뭐. 그래서 1학년 학점은 완전 엉망이에요."

열차가 다음 역에 멈췄다. 사람들이 물밀듯 밀려왔다. 이미 가득 찼다고 생각했는데, 꾸역꾸역 더 탈 수 있다는 게 신기했다. 나빈이 좀 더 가깝게 섰다. 툭 몸이 부딪쳤다.

"아, 죄송해요."

그가 물러나며 사과했다.

"괜찮아요."

열차는 어떻게든 사람들을 다 태우고 역을 출발했다. 환승역에 도착할 때까지는 아직 10분 정도가 남아 있었다. 난방까지 되고 있어 열차 안은 꽤 더웠다. 나빈과도 좀처럼 대화를 나눌 상황이 아니었다. 어서 목적지에 도착하길 바라는 게 전부였다.

그때 열차가 덜컹거리며 크게 흔들렸다. 순간 내 몸이 뒤로 휘청이며 나빈과 부딪쳤다. 그에게서 최대한 빨리 떨어지려 했지만 뜻대로 되지 않았다. 열차는 사정없이 뒤흔들렸고, 양손으로 든 가방은 너무 무거웠다. 오히려 서둘러 떨어지려다 중심을 잃는 바람에 몸이 거의 쓰러지듯 기울었다.

나빈이 뒤늦게 내 어깨를 잡았지만 늦었다. 이미 나는 그에게 완전히 몸을 맡긴 상태였다. 민망함에 얼굴이 화끈거렸다.

"죄송해요……."

목소리가 기어들어 갔다.

등 뒤로 어렴풋이 그의 몸이 느껴졌다. 겉보기로는 잘 몰랐는데, 의외로 탄탄한 몸이었다. 열차가 좌우로 쏠리는데도 단단한 기둥에 기댄 듯 안정감이 있었다.

고개를 푹 숙인 채 가방 손잡이만 힘주어 잡았다. 손가락이 저릿저릿했다. 숨을 어떻게 쉬는지 잊어버린 사람처럼 호흡까지 어설퍼졌다.

"다혜 씨."

귓가 가까이 울리는 음성에 어깨를 움찔했다.

"네? 죄송해요."

"아뇨, 그건 괜찮은데."

웃었나? 마스크에 가려 확실치 않았지만 작은 웃음 소리가 난 것 같았다.

"작년에 휴학하고는 뭐 했어요?"

나빈이 물었다.

"아……. 어학 연수 갔어요."

애써 아무렇지 않은 척 태연하게 대답했다.

"러시아?"

"아뇨, 미국."

"미국 어디 갔어요?"

"뉴욕이요."

원래는 러시아로 교환 학생을 가고 싶었다. 하지만 부모님이 선택한 것은 어학 연수였다. 향후 진로에는 영어가 더 도움이 될 거라는 판단이었고, 나는 반박하지 못했다.

뉴욕에서 나는 언제나처럼 외로웠다. 미국의 공기는 나와 맞지 않았다. 잠깐 파트너처럼 만난 남자가 있었지만 서로를 외롭게만 하던 관계였다.

"다혜 씨는 교환 학생은 안 가요? 보통 3학년 때 많이 간다던데."

나빈이 물었다.

노어노문과 학생들은 대개 3학년 1학기나 2학기 때 러시아로 1년간의 교환 학생을 간다. 일종의 어학 연수인 셈이다. 대부분 간다는 이야기지 졸업에 필수적인 것은 아니었다.

"저는 안 가요. 선배는 가실 생각이세요?"

"가 보고 싶긴 해요. 근데 전 어학도 안 되고, 뭔가 무섭기도 하고."

엘리도 그런 평범한 고민을 하는구나. 새삼 신기했다.

다음 역에서 승객들이 조금 내리자 열차 안에도 여유가 생겼다. 나빈은 내가 바로 서는 것을 도와준 후 반걸음 물러났다.

서로 떨어졌으니 편해져야 하는데, 이상하게 떨어지고 나니 오히려 더 의식됐다. 슬쩍 뒤를 보았다가 나빈과 눈이 마주쳤다. 재빨리 다시 앞을 봤다. 어색한 기분을 떨쳐 내기 위해 뭔가 말해야 할 것 같은 압박감이 몰려왔다.

"체홉은……."

엘리와 나는 어제 처음 말을 섞어 본 사이였다. 공통 관심사라 해 봤자 이런 것밖에 떠오르지 않았다.

"체홉은 희곡만 좋아하세요?"

"네?"

"아, 소설은 안 읽어 보셨나 해서요."

"소설도 좋아해요. 다혜 씨는요?"

나빈이 반갑게 대꾸했다.

"소설도 거의 다 읽긴 했어요."

체홉이 남긴 작품들은 대부분 단편이거나, 중편이었다. 그러니 마음만 먹으면 거의 다 읽는 것도 그리 어려운 일은 아니었다.

"뭐가 제일 좋았어요?"

"전 '결투'가 제일 재밌었던 거 같아요."

"아, 저도 그거 재밌게 읽었어요. 약간 체홉 장막극에 나오는 인물들과 비슷한 인물들 같기도 했고."

나빈이 말을 받았다.

의외네. 결투는 사실 그렇게까지 유명한 작품은 아니었다. 체홉을 좋아한다던 말이 그냥 해 본 소리는 아닌 모양이었다.

"선배는 무슨 작품 좋아하시는데요?"

"전 '6호실'을 좋아해요."

이것도 의외다. 나는 고개를 돌려 엘리의 얼굴을 확인했다. 저런 천사 같은 얼굴로 그런 이야기를 좋아하기도 하는구나.

6호실은 한 정신 병원 의사가 환자에게 감화되어 대화를 이어 가다, 자신도 정신 병동에 갇혀 죽게 되는 이야기였다. 뛰어난 작품이었지만 작품 색채는 어둡고 비관적이었다.

"왜요?"

나빈이 살짝 웃었다. 내가 너무 신기하게 쳐다봤나 보다.

"아, 보기보다 어두운 걸 좋아하시는구나, 해서……."

엘리라면 좀 더 밝고 아름다운 이야기를 좋아할 것 같았는데.

"문학에는 밝은 이야기가 별로 없죠. 미치거나, 감옥을 가거나, 죽거나. 다 그런 식이잖아요?"

나빈이 말했다. 하긴, 생각해 보니 맞는 말이라 고개를 끄덕끄덕했다.

체홉의 소설에 관해 이런저런 이야기를 나누는 사이, 열차가 환승역에 도착했다. 환승역은 막 퇴근한 직장인들까지 섞여 보통 붐비는 것이 아니었다. 사람에 치여 가며 간신히 이동했다.

"금요일이라 사람이 더 많은 거 같네요."

5호선 열차를 기다리며 나빈이 말했다. 마스크에 가로막힌 한숨 소리가 들렸다.

"다혜 씨는 이번 주말에 뭐 하세요?"

나빈이 물었다. 보통 학교 사람과 같이 귀가하면 이런 얘기를 하나. 복학한 이후로 누군가와 같이 다닌 적이 없어 잊고 있었다.

"공부해야죠. 기말고사니까."

"아, 그러게요."

나빈의 목소리가 어쩐지 울적하게 들렸다.

다음 열차에서도 그는 또 내 뒤에 반걸음쯤 떨어져 섰다. 마포까지는 한 역이어서 금방이었다.

"그럼 텍스트 읽고 연락드릴게요. 조심해서 가요."

나빈이 내리기 전 인사했다. 그가 사라지자 나는 평소처럼 사람들의 틈바구니에 짜부라졌다. 전차 안에서 짓눌리는 감각은 아무리 겪어도 불쾌했다.

역시 고맙다고 할걸 그랬다.

엄마는 혼자 거실에 앉아 TV를 보고 있었다. 부엌에서 소고기 전골 냄새가 났다. 가사를 도와주시는 아주머니가 오늘은 전골을 만들어 두고 가신 듯했다.

TV에는 익숙한 사람의 얼굴이 비치고 있었다.

익숙하다? 아니, 낯설다.

스물세 해를 줄곧 본 얼굴이지만 저 남자의 얼굴은 내게 영영 낯설 것 같다.

"너희 아빠 말이야, 너무 젊어 보이지 않니? 누가 대학생 딸이 있다 생각하겠어?"

엄마는 오른손에 든 리모컨으로 화면을 가리켰다. TV를 볼 때면 오른손에 리모컨을 꼭 쥐고 있는 게 그녀의 습관이었다. 채널을 고정하고 있을 때조차 그랬다.

화면 속의 남자는 머리를 단정하게 넘기고 은테 안경을 쓰고 있었다. 엄마의 말대로 그는 결코 50대로 보이지 않았다. 기껏해야 40대 초반으로 보일 것이다. 그건 엄마도 마찬가지였다.

오늘 출연 프로그램은 거의 예능에 가까운 가벼운 토크 쇼인 모양이었다. 패널들 사이에 실속 없는 대화가 오갔다.

—서 의원님은 부인분의 행보가 요즘 화제인데요, 법무법인 다연의 대표이시기도 하신 장수영 변호사님이시죠? 최근 사회 참여 활

동이 잦아지시면서 정계를 염두에 두고 계신 게 아니냐는 이야기가
나오는데, 어떻습니까?

　—제가 대신 대답할 일은 아닌 것 같습니다.

　화면 속 남자가 느긋이 입꼬리를 올렸다. 어딜 가든 저런 표
정을 짓는 남자다.

　절반의 호의와 절반의 여유. 누가 보아도 성공한 사회의 지
도층.

　—저는 아내를 대변해 주는 사람이 아닙니다. 제 아내는 대신 말
해 줄 누군가가 필요하지 않아요. 제가 할 수 있는 일이라면 말없이
지지해 주는 것 아니겠습니까? 아내가 어떤 결정을 하든 저는 최대
한 지지하고 응원할 생각입니다.

　—그래도 부부가 다 정치를 하는 경우는 드물지 않습니까? 의원
님으로서는 아내의 내조가 아쉬울 법도 한데요.

　—글쎄요. 만약 제 아내와 같은 훌륭한 사람이 여성 리더로서
사회에 공헌할 기회가 있다면, 그건 남편이기 이전에 국민의 한 사
람으로서 기쁜 일일 겁니다.

　나는 엄마의 옆얼굴을 흘깃 보았다. 그녀는 마치 남 이야기
를 듣듯 태평했다.

　—남편이자 오랜 친구로서 하나만 정정해 드리자면, 장수영 변
호사는 늘 사회에 관심이 많았습니다. 특정한 진로를 염두에 둔 게
아니라 그 사람의 진심인 겁니다……

"네. 오늘따라 더 젊어 보이시네요."

나는 한참 뒤 느릿느릿 대답했다. 그제야 엄마의 얼굴에 만족스러운 미소가 떠올랐다.

"아, 오늘 김 변 우리 집에서 밥 먹고 가기로 했어. 곧 올 거야. 셋이 같이 먹자."

엄마가 말했다. 그건 권유가 아니라 명령이었다. 이 집에서 일어나는 일에 관해 나는 선택권이 없었다.

"오늘은 방에 먼저 들어가지 말고."

시험이 얼마 안 남았는데. 그 말을 해야 하나 말아야 하나 망설였다.

그때 화면에 다시 아빠의 모습이 비쳤다. 이번에는 전신이었다. 보지 않으려 해도 또 그의 벨트 버클에 눈이 갔다.

—그나저나 서 의원님은 항상 같은 벨트를 애용하시는 걸로 알고 있는데요. 그 벨트에 얽힌 사연이 있다고 들었습니다.

저 벨트 이야기는 아빠가 인터뷰 때마다 꺼내는 단골 소재였다. 예상대로 토씨만 조금 다른 답변이 그의 입에서 흘러나왔다.

—저한텐 아주 중요한 물건입니다. 중요한 상징이기도 하죠. 아내가 첫 수임료로 선물해 준 물건이자, 제가 정치 생활을 하며 항상 몸에 지니고 있던 물건이니까요. 낙선을 했을 때도, 초선으로 의회에 들어갈 때도. 그러니 제 인생의 역로가 담긴 물건이라 봐도 좋

지 않을까요?

　—과연…….

"들어가 있을게요."

방으로 들어와 문을 닫았다. 내가 택할 수 있는 것은 고작해야 잠시의 평화였다.

하지만 그 잠시의 평화조차 길지 않았다. 얼마 지나지 않아 초인종이 울렸다. 김 변호사가 온 것이다.

김 변호사의 이름은 모른다. 뭐라고 말해 줬는데 바로 까먹어 버렸다. 나는 오히려 그의 나이나 이력을 더 잘 기억했다. 나이는 스물아홉으로, 엄마 회사에서 2년을 일했다. 어린 나이에 변호사 배지를 단 인재라고 엄마가 골백번은 말했다.

엄마는 내가 그 사람처럼 되길 바라는 모양이었다. 안타깝게도 나는 그 사람처럼 좋은 학교에 가지 못했고, 진지하게 법률가를 꿈꿔 본 적도 없었다.

엄마가 나를 불렀다. 나와서 김 변호사와 인사하라는 거였다.

"안녕하세요."

나가서 건성으로 인사하고 곧바로 식탁으로 갔다.

김 변호사는 아빠와 닮았다. 훤칠한 키에 건장하면서도 둔해 보이지 않는 체격, 슈트 핏을 위해 다듬은 듯한 몸매, 단정한 헤어스타일까지. 얼굴에 대해서는 평가하기가 힘들었다. 나는 아빠의 얼굴을 제대로 본 적이 별로 없으니까.

우리는 전골냄비를 가운데 두고 식사를 했다. 엄마가 내 옆에 앉고, 엄마의 맞은편에 김 변호사가 앉았다. 두 사람은 둘만 알아들을 수 있는 이야기를 했다. 나는 묵묵히 밥을 먹었다. 먼저 먹는다고 먼저 들어갈 수 있는 것은 아니었기에 되도록 천천히 먹었다. 엄마와 김 변호사는 연신 전골이 맛있다고 감탄했지만 나는 아무런 감흥도 없었다.

"그러고 보니 오기 전에 의원님 방송 나오시는 거 잠깐 봤습니다. 변함없이 멋있으시던데요."

"멋은 무슨."

엄마가 작게 웃었다. 남들 앞에서 엄마는 늘 저런 식으로 아빠를 자랑했다.

우리 남편? 별로 대단할 것도 없어. 그 말은 곧 아빠가 얼마나 대단한 사람인지 알아 달라는 소리였다.

"대표님도 다음 선거 생각하시는 건가요?"

"글쎄…… 다음이 될진 모르겠어. 회사를 믿고 맡길 사람이 있어야지. 가족이 맡아 주면 딱 좋겠는데. 물론 지금 회사 식구들도 좋지만, 사람 마음이 그런 게 있잖아. 김 변은 이해하지?"

"예. 저희 아버지도 제가 어릴 때부터 아버지처럼 되길 바란다고 종종 말씀하셨습니다. 그래서 제가 변호사가 됐을 때 같은 이유로 좀 아쉬워하셨습니다."

"자기 아버지한테 어디 가서 그런 말씀하시지 말라고 해. 아들이 변호사 돼서 아쉽다고 하면 돌 맞아."

"부모님처럼 학계에서 활동하길 바라셨던 거죠."

김 변호사가 유쾌하게 웃었다. 그는 웃는 눈으로 내게 시선을 돌렸다.

"학기는 끝나 갑니까?"

그가 물었다.

"네."

"방학 때는 뭐 할 계획인가요?"

언뜻 듣기에는 호의 어린 음성이지만 진심이 아니란 것쯤은 이미 알고 있었다. 지난 2년간 지켜본 결과, 김 변호사는 야심이 큰 남자였다. 교수 부부의 외동아들이었지만, 학자 집안의 명맥을 잇는 건 그에게 턱없이 시시한 일인 듯했다.

그가 원하는 건 엄마를 이어 로펌의 대표가 되는 걸 거다. 나아가 정계 진출도 꿈꾸고 있겠지. 그 다리로 나를 고려하는 중일 테고.

저 남자가 보이는 호의도, 관심도, 결국 그런 맥락이다. 문제는 그 맥락이 우리 부모님의 필요와도 맞물려 있다는 점이었다.

"리트 학원 보내려고."

엄마가 대신 대답했다. 리트는 로스쿨 입학을 위한 시험이었다. 엄마는 늘 내가 자신과 같은 법률가가 되길 바란다고 말하곤 했지만, 이렇게 노골적으로 로스쿨 입시 이야기를 꺼낸 것은 처음이었다. 당연히 나와는 한마디 상의도 없던 일이었다.

"경쟁률이 낮은 것도 아니니까 지금부터 하나씩 준비해야 하지 않겠어?"

그녀는 김 변호사를 향해 물었다. 김 변호사는 뭔가 생각하는 듯하더니 곧 친절한 미소로 답했다.

"선배 중 하나가 그쪽에서 강사를 합니다. 학교 다닐 땐 평범한 선배였는데 적성이란 게 있는지, 요즘 학원가에서 꽤 유명하던데요. 한 번 알아봐 드릴까요?"

"그래, 그럼 고맙지."

"다음 주까지 말씀드리겠습니다."

둘은 뭐가 그렇게 즐거운지 내내 웃는 낯이었다. 나는 숟가락을 조용히 내려놓았다. 뭔가를 삼킬 기분이 아니었다.

"혼자 공부해도 되지 않을까요?"

내가 조심스럽게 물었다.

"혼자서 해서 안 되면?"

"엄마……."

"이번엔 엄마 말 들어. 너 하고 싶은 거 다 하게 해 줬잖니."

"힘들기야 하겠지만 입시 기간은 짧을수록 좋잖아요."

김 변호사가 엄마 말을 거들었다. 역시 말해 봤자 소용없는 일이었다. 조용히 남은 밥이나 입에 쑤셔 넣었다. 체할 것 같았다.

김 변호사는 굳이 식사 후에 차까지 마시고 돌아갔다. 그는 내게 다음에 보자는 인사를 남겼다.

"김 변한테 좀 싹싹하게 굴지."

엄마가 식탁을 치우고 있는 내게 다가와 말했다.

"잘 모르는 분이에요."

"모르긴. 벌써 서로 알고 지낸 지 2년이 넘었잖아."

"그냥 엄마 회사 분이시잖아요."

"그러니까. 학교에서 시시한 애들이랑 어울리지 말고 김 변같은 괜찮은 남자들 좀 만나 보란 거야. 또 네 아버지 화나게할 상대 고르지 말고."

나는 입을 다물고 그릇들을 식기 세척기에 넣었다. 그릇에 남아 있던 양념이 손가락에 묻었다. 김 변호사가 먹던 그릇이었다. 싱크대에서 손을 빡빡 소리가 날 정도로 씻었다.

"그리고 방학 때는 학원 가는 걸로 하고."

"로스쿨 가기로 결정된 것도 아니잖아요."

"그 이야기는 이미 끝난 거 아니었니?"

엄마는 눈을 깜빡였다. 이야기는 시작하지도 않았는데 그녀는 끝났다고 한다. 우리 대화는 늘 이런 식이었다. 사실 대화란 게 존재한 적이 있는지도 모르겠다.

"왜? 방학 동안 다른 계획이라도 있어? 또 쓸데없는 동아리인가 뭔가 하니?"

"아뇨."

"그런데?"

"그냥…… 기말부터 끝내고 생각하면 안 될까요?"

"그렇게 허비할 시간 없을 텐데."

수도꼭지를 잠갔다. 물소리가 뚝 그쳤다.

"과제 있어요. 들어가 볼게요."

"하여간 생각이 있는 건지……."

등 뒤로 엄마가 작게 중얼거리는 소리가 들렸다.

방으로 들어와 문을 닫았다. 무심결에 손가락으로 잠금 장치를 건드렸지만 힘없이 삐걱대기만 할 뿐, 잠기지는 않았다.

내 방문의 잠금 장치는 오래 전부터 망가져 있었다. 무엇이든 고장 나고 어긋난 것을 참지 못하는 부모님에게 이 방문만은 예외였다. 잠금 장치가 망가진 상태가 더 완전하다고 느끼는 모양이었다. 내게는 부서진 방문을 고칠 권리가 없었다. 이 집은 부모님의 돈으로 산 그들의 것이었고, 나는 얹혀사는 식객에 불과했으니까.

오늘 강의 노트를 정리하는데 휴대폰 진동이 울렸다. 아빠의 전화였다. 받지 않았다. 받지 않는 게 나중에 더 문제가 될 수 있단 걸 알았지만 받을 수가 없었다. 이럴 때마다 내 자신이 모래 구덩이에 머리를 처박고 있는 타조처럼 느껴졌다. 타조와 다른 점이 있다면 내가 무슨 잘못을 하고 있는지는 알고 있다는 것 정도였다. 알면서도 손이 가지 않았다.

전화는 두 번 정도 왔다. 전화가 끊기고 한참 후 다시 휴대폰이 부르르 떨었다. 이번엔 메시지였다.

오늘 김 변호사와의 식사 자리에서 보인 내 태도가 엄마 마음에 들지 않았던 걸까.

아빠가 경고의 문자를 보냈을 거라 생각하고 액정을 켰다. 그런데 메시지의 발신인은 나빈이었다.

[우리 주제 생각해봤는데요] 오후 8:46
[처음에는 인물에 초점을 맞춰볼까 했는데 그럼 연극성을 포괄하는 리포트를 쓰기 힘들 것 같아서요] 오후 8:47

묵묵히 나빈의 다음 메시지를 기다렸다.

[인물말고 소품을 중심으로 연극성과 문학성을 분석해보면 어떨까요? 이건 첫번째 아이디어] 오후 8:48

나쁘지 않다. 잠자코 기다리니 다시 다음 메시지가 떴다.

[아니면 바냐에 나오는 청각적 요소를 분석해봐도 좋을 것 같아요 이게 두번째] 오후 8:49

이건 좋다.

[둘 중 쓸만한 거 있을까요? 그냥 생각해본 거라서 괜찮은지 모르겠어요] 오후 8:49

나는 두 주제를 놓고 고민에 빠졌다. 그사이 메시지가 연달아 떴다.

[다혜씨?]
[다혜씨 읽고 계시면 답장 좀 해주세요..] 오후 8:53

아, 답장.

오후 8:53 [생각 중이에요.]
[네! 그럼 생각하시고 의견 말씀해주세요!] 오후 8:53

주제를 선택하기는 어렵지 않았다. 하지만 나빈에게 더 묻고 싶은 것이 있어 나는 잠시 말을 골라야 했다.

오후 8:57 [두 주제를 합쳐요. 바냐 삼촌에서의 무대 요소를 통해 본 연극성과 문학성 이런 식으로요.
선배가 말한 두 가지 다 포괄할 수 있고, 리포트 짜임새 만들기도 좋을 것 같아요. 어떠세요?]

[앗]

[좋아요!] 오후 8:58

오후 8:59 [그럼 이대로 제출해 볼게요.
교수님과 연락은 제가 할게요. 선배가 이의 없다면요.]

[이의 없습니다!] 오후 8:59

오후 8:59 [그런데 이번 주제가 마음에 들어서요.]

[네] 오후 8:59

오후 9:00 [선배만 괜찮으시면 차후에 이 주제를 발전시켜서 제
졸업 논문으로 써도 될까요? 만약 쓰게 된다면 논문 자체는
당연히 다시 쓸 거예요. 논의도 새로 할 거고요.]

[네!!!!!] 오후 9:00

느낌표가 헤프다.

오후 9:01 [감사합니다.]

어쩌면 꺼림칙해 할 수도 있다고 생각했는데 나빈은 아무렇
지 않은 모양이었다.

[감사는요]

[주제 괜찮다고 해서 다행이에요] 오후 9:01

막 답장을 쓰려는데 방문이 열렸다. 나는 반사적으로 휴대
폰 화면을 껐다.

엄마의 시선이 내 손에 들린 휴대폰으로 향했다.

"아빠가 전화하셔서……. 방금 부재중 온 거 확인했어요."

"응. 지역구에 급한 일이 생겨서 오늘 못 오신다더라."

"그럼 제가 다시 전화 드릴 필요는 없겠죠?"

"아마 사람 만나느라 바쁘실 거야. 돌아오면 이야기하시겠지."

"네."

그녀의 시선은 여전히 내 휴대폰에 꽂혀 있었다. 나는 휴대폰을 뒤집어 책상 구석으로 밀어 버렸다.

"저 기말고사 공부하고 잘게요."

"그래."

다행히 엄마는 용건이 끝났는지 문을 닫고 나갔다. 그녀가 나간 후 나빈에게 답장을 썼다.

　　　　오후 9:04 [그럼 교수님께 메일 답장 오면 알려 드릴게요.]
　　[네 감사합니다!] 오후 9:04

대화가 끝났다고 생각하고 화면을 껐는데 다시 알람이 울렸다. 메시지 창을 여니 털이 복슬복슬한 흰 토끼가 생긋 웃는 이모티콘이 붙어 있었다.

다음 날은 종일 방에 틀어박혀 시험 공부를 했다. 아빠는 어제 들어오지 않았고, 엄마는 주말이라 봉사 단체에 나갔다. 덕분에 모처럼 혼자 집에서 조용히 시간을 보낼 수 있었다.

저녁 무렵, 고급 러시아어 노트를 정리하고 있는데 메일 알람이 울렸다.

해당 주제로 진행하시면 됩니다. 목요일 자정까지 목차와 개요를 만들어 보내면 금요일에 첨삭해서 돌려드리겠습니다.

주제는 통과였다. 곧바로 나빈에게 메시지를 썼다.

오후 6:03 [해당 주제로 진행하면 된다고 교수님이 메일 주셨네요. 목요일까지 목차와 개요 제출하라고 하셔서 이야기를 좀 해야 할 거 같은데 수요일 수업 끝나고 어떠세요?]

5분쯤 뒤에 고개를 끄덕이는 토끼 이모티콘과 함께 나빈의 메시지가 도착했다. 어제는 하얀 토끼였는데 오늘은 노란 토끼였다. 토끼를 좋아하나?

[네 그럼 그날 수업 마치고 봐요] 오후 6:08
오후 6:08 [네. 그때 뵙겠습니다.]
[감사합니다! 그럼 안녕히 주무세요!] 오후 6:08

안녕히 주무세요? 시계를 확인하니 아직 저녁 여섯 시였다. 요즘은 해지는 시간이 빨라져 이 시간이면 어둑어둑하긴 했지만 잘 시간은 한참 멀었다.

[아]
[그러니까 나중에 밤에요!] 오후 6:09

우리는 다소 이상한 인사로 메시지를 끝냈다.

수요일 수업이 끝나고 우리는 또 편의점 앞 플라스틱 테이블에 앉았다. 나는 미리 인쇄해 온 관련 논문들을 꺼냈다. 나빈은 종이 뭉치를 눈으로 훑었다.

"이거 여기서 다 읽게요?"

그가 물었다.

"아뇨. 오늘은 목차랑 개요만 정할 거니까, 일단 논문들 목차만 참고하세요."

"네."

나빈이 논문들을 확인하는 동안 나는 머릿속으로 대강 구상해 본 목차를 노트에 적어 내려갔다. 주제는 나빈이 찾아왔으니, 목차는 내가 먼저 제시해야겠다는 생각에서였다.

목차를 완성한 후 고개를 들었더니 나빈이 나를 빤히 바라보고 있었다. 호기심 어린 눈길이 부담스러웠다.

"왜요?"

"아, 글씨가 예뻐서요. 전 되게 못 쓰는데."

나빈은 자신의 노트를 펼쳐서 보여 주었다. 밤빌로프의 '오리 사냥'이 '도니 H상'처럼 보일 정도로 날려 쓴 글씨였다. 그나마도 나머지 글자는 제대로 알아볼 수가 없었다.

"선배는 나중에 이 필기 다 읽을 수 있으세요?"

"당연하죠."

너무 당당하게 대답해서 오히려 의심스러웠다. 나빈은 장난기 어린 미소로 노트를 덮었다.

"그래서 글씨 잘 쓰는 거 부러워요."

"별로요. 개성 없어요. 선배 글씨체가 훨씬 나아요."

손에 익긴 했지만 나는 이 글씨체를 내 것이라 생각하지 않는다. 어릴 적엔 나도 글씨를 정말 못 썼다. 우리 부모는 자식이 뜻대로 되지 않는 것을 견디지 못하는 사람들이었다. 신문 폰트 같은 정자체가 완전히 손에 익을 때까지 나를 연습시키고 또 시켰다.

"아무튼 보실래요? 목차 짠 건데."

나는 방금 작성한 목차를 내밀었다.

"네."

나빈은 손으로 한 줄 한 줄을 짚어 가며 읽었다. 나는 목차를 읽는 그의 모습을 힐끔거렸다. 가로등불이 그의 얼굴에 어렴풋한 음영을 드리웠다. 골격이 드러나는 곧은 목선과 펜을 쥔 손도 눈에 들어왔다. 피아노라도 쳤던 걸까, 잘 뻗은 긴 손가락이 보기 좋았다.

"음, 재밌을 거 같아요."

그가 활짝 웃으며 노트를 돌려주었다. 어쩐지 노트에까지 그 미소가 묻어 온 것 같아, 종이를 만지작거리는 내내 심장이 두근거렸다.

딱히 나빈을 좋아해서는 아니다. 그냥 너무 예쁘니 어쩔 수 없이 긴장하는 것이다.

"그럼 목차는 이대로 하고……. 개요는 주말에 제가 좀 써 볼게요."

"제가 도울 건요?"

"선배는 일단 그 논문들 가져가셔서 시간 되시는 대로 훑어 보세요. 기말고사 직전에는 시험 공부로 바쁠 테니까 다음 주에 리포트를 대충 다 써 둬야 할 거 같아요."

"네."

"각자 파트를 나눠서 써 온 다음 합칠 수도 있고, 아니면 같이 만나서 쓸 수도 있는데 어떻게 하실래요?"

나빈이 시험을 대비할 시간이 촉박하다면 전자가 나을 것이다.

"같이 만나서 써야 하지 않을까요? 교수님께서 굳이 조 발표를 시키신 건 서로 토론하면서 의견을 다듬으라는 의도일 거 같은데."

듣고 보니 일리 있는 소리였다.

"그럼 다음 주 수요일, 금요일은 수업 마치고 저녁 시간에 도서관 스터디 룸 예약해 둘게요. 그때 괜찮으세요?"

"시간은 괜찮아요. 근데 그때 다 쓸 수 있을까요?"

나빈이 걱정스럽게 물었다. 내가 생각해도 너무 빠듯한 일정이긴 했다.

"다 못하면 주말에 만나서 할까요? 만약 그때 선배가 바쁘시면, 나머지는 제가 혼자 써도 되고요."

"주말에 시간 많아요. 조별 발표인데 같이 해야죠."

나빈이 시원시원하게 대답했다.

오늘도 나빈은 지하철역에 들어오자마자 마스크를 끼고 후드를 눌러썼다.

"다혜 씨."

열차에 올라탄 후 나빈이 내 팔을 가볍게 끌었다. 반대편 출입문 앞에 약간 여유 있는 공간이 있었다. 나는 문에 가볍게 등을 기댔다. 나빈은 나와 마주 섰다. 무심결에 그를 올려다보았다가, 서로의 거리가 너무 가깝다는 걸 느끼고 도망치듯 시선을 내렸다. 나빈은 오늘도 검정 스니커즈를 신고 있었다.

열차가 출발하며 유리창에 머리가 가볍게 부딪쳤다.

환승역까지 가는 열차 안에서 나빈은 내 시간표를 물어보았다. 나는 희곡 강의를 제외하면 매일 수업을 2교시부터 6교시 사이로 차곡차곡 몰아넣었다. 반면 나빈의 시간표는 말 그대로 개판이었다.

"그러니까 수요일은 1교시, 3교시, 7교시를 듣는다고요? 화목은 1교시, 2교시, 7교시?"

"수강 신청 실패해서요."

듣기만 해도 한숨이 나왔다.

"그래도 수업들은 재밌어요."

나빈이 슬며시 눈웃음을 지었다. 눈 아래 도톰한 살이 살짝 접히면서 스물다섯답지 않은 천진한 인상을 남겼다.

"근데 다혜 씨랑 마치는 시간이 달라서 아쉽네요. 시간표 비슷하면 같이 하교하려고 했는데."

"굳이……."

초등학생도 아니고.

"집에 갈 때 같이 가면 좋잖아요."

그런 대화를 나누는 사이 열차가 환승역에 도착했다.

"다혜 씨는 러시아어 잘하시죠?"

환승 통로를 걸어가며 나빈이 물었다.

"그냥 보통이에요."

"수업 시간에 교수님이 다혜 씨한테 원문 읽어 보라고 한 적 있었잖아요. 그때 잘하시던데."

"그런 걸 기억해요?"

"저 기억력 좋거든요."

나빈이 수줍게 대답했다.

"선배는 러시아어 어느 정도 하세요?"

"전 초급 러시아어 재수강……."

"초급이요?"

"휴학한 지 너무 오래돼서요."

하긴, 4년 반 만에 복학해서 중급 러시아어부터 들을 수는 없었을 거다.

"초급 러시아어는 들을 만해요?"

"복학 전에 좀 복습해 둬서 어떻게든 따라가곤 있어요."

나빈이 어색하게 웃었다. 분위기를 보아하니, 아무래도 리 포트 쓸 때 원문은 내가 도맡아야 할 것 같았다.

아, 설마 이거 무임 승차의 전조는 아니겠지.

다음 열차가 곧바로 도착했기에 조금 달리느라 대화가 끊겼 다. 우리는 아슬아슬하게 열차에 올라탔다. 이번에도 운 좋게 문 쪽에 자리를 잡았다.

"보통 공부는 어디서 해요?"

그가 물었다.

"집이나 국회 도서관 열람실이요."

"학교 도서관은 잘 안 가요?"

"평소엔 자주 가요. 시험 기간에는 자리 잡기가 힘들어서 안 가는 거고."

"하긴 중간고사 때도 자리가 없더라고요. 국회 도서관은 자리 많아요?"

"거기도 시험 기간에는 북적여요."

별 영양가 없는 이야기를 나누는 사이 열차가 마포에 도착했다.

"선배. 마포인데요."

"오늘은 여의도에 일이 있어서요."

나빈이 말했다. 여의도역은 여의나루역 다음이었다. 근처에는 방송국이나 회사들이 많았다.

친구와 약속이라도 있는 걸까. 어쩌면 아이돌 시절 지인을 만나는 걸지도 모르겠다. 항상 외톨이처럼 보이는 나빈이라도 지인 정도는 있을 테니까.

아주 잠깐 그의 아이돌 시절에 대한 호기심이 동했지만, 금방 꺼져 버렸다. 어찌 됐건 나랑은 상관없는 일이었다.

문이 닫히고 다시 열차가 출발했다.

"여의도에는 무슨 일로 가세요?"

"오늘 하루만 아르바이트해요."

"아르바이트요?"

"아, 스태프요. 오늘 여의도에서 행사가 있다고 해서."

"그렇구나⋯⋯."

뭔가 더 물어보기는 뻘쭘해서 입을 다물었다. 지하철이 덜컹댔다. 오늘은 벽에 기대고 있어 뒤로 휘청거리지 않았다. 지난번처럼 넘어질 걱정은 없었지만, 자꾸 그의 얼굴을 쳐다보게 되는 건 좀 어색했다.

"아, 그런데."

"선배는……."

우리는 동시에 말을 꺼냈다가 입을 다물었다.

"다혜 씨 말씀하세요."

"아, 아뇨. 선배 말씀하세요."

"전 별거 아니었어요. 말씀하세요."

"그냥, 바냐 삼촌 공연을 보신 적 있는지 여쭤보려 했어요. 좋아하신다고 하셨으니까……."

"네, 본 적 있어요."

"어디서요?"

"음……."

그가 답을 좀처럼 주지 않는 사이 열차가 플랫폼에 들어서기 시작했다.

"작은 공연이었어요."

소극장에서 봤다는 뜻인 것 같았다.

"전 대극장에서 봤는데. 한 번 보신 거예요?"

"네. 다혜 씨는요?"

"전 세 번이요. 같은 공연을 세 번 봤어요."

"같은 공연을 세 번이나요?"

"처음 보고 너무 좋아서 이틀 연달아 더 보러 갔거든요. 류태연 연출이라고, 연출님이 굉장히 유명한 분이셨어요. 선배는 어떤 공연 보셨어요?"

"제가 본 공연은 연출이 대단하진 않았어요."

등 뒤로 문이 열렸다.

"여의나루네요. 조심해서 들어가요."

나빈이 살짝 손을 흔들었다.

"네. 선배도 아르바이트 잘하세요."

내 인사말에 그가 부드럽게 눈웃음을 지었다.

집에는 아무도 없었다. 아주머니가 식탁에 차려 두고 간 저녁을 혼자 먹었다. 나빈과 결정한 목차를 파일로 옮겨 교수에게 메일을 띄웠다. 10분 만에 답장이 왔다. 목차에서 고칠 부분과 다음 과제에 대한 안내였다. 나빈과 공유해야 할 내용 같아 메시지를 보냈다.

오후 7:42 [교수님께 목차 정리해서 보냈는데
바로 답장 주셨어요.]

그런데 나빈은 한참 답이 없었다. 아마 아르바이트 중인 모양이었다. 행사 스태프라고 했으니 바쁠 것 같긴 했다. 휴대폰을 치워 두고 러시아어 단어장을 꺼냈다.

단어장 정리가 끝나 갈 때쯤, 밖에서 현관문이 열리는 소리가 들렸다. 펜을 내려놓고 밖으로 나갔다. 아빠가 구두를 벗고 들어왔다.

"다녀오셨어요."

대충 인사하고 들어가려는데 아빠가 나를 불러 세웠다.

"서다혜."

그가 턱끝으로 거실 쪽을 가리켰다.

"네."

나는 거실로 미적미적 걸어갔다.

도대체 또 왜요? 목구멍까지 기어 올라온 말은 마지막 문턱을 넘지 못하고 다시 속으로 가라앉았다. 나는 거실에 어정쩡하게 서서 그를 바라보았다.

"너 학원 가기 싫다고 했다며."

"싫은 건 아니고……. 그냥 생각 좀 해 보려고 했어요."

내 말에 아빠가 코웃음을 쳤다.

"생각? 네가 생각을 할 필요가 뭐가 있어?"

날카로운 음성에 저절로 어깨가 움츠러들었다.

그는 한숨을 내쉬고 내 앞에서 몇 걸음을 서성였다.

"죄송해요."

뭐가 죄송한지도 모른 채 말했다. 지금 최대한 복종해야 괴로운 일이 일어나지 않는다는 걸 너무도 잘 알고 있었다. 두려움이 사고를 마비시켰다.

"너 엄마 속상하게 하지 마. 들어가 봐."

"네."

나는 도망치듯 방으로 들어왔다. 또 습관적으로 잠금 장치를 만지작거렸지만, 고장 난 잠금 장치는 삐걱거리기만 했다.

책상 위 휴대폰을 확인하니 나빈의 메시지가 네 통 와 있었다.

[아]

[다혜씨 죄송해요]

[메시지를 지금 봤어요]

[교수님이 뭐라고 하셨어요?] 오후 9:22

책상 의자에 앉아 답장을 썼다.

오후 9:28 [목차 수정할 거 두 개 정도 짚어 주셨는데,
크게 바뀌는 건 아니니 금요일에 이야기하면 될 것 같아요.
그리고 토요일까지 참고 서적 목록을 제출하면
검토해 주시겠대요. 금요일에 수업 마치고 도서관에서
참고 서적들 찾아서 정리하면 어떨까 하는데 시간 되세요?]

그의 답을 기다리는 동안 단어장 정리를 마무리했다. 생각
하지 않으려고 하는데도 아빠와의 대화가 자꾸 떠올랐다. 숨
통이 조여 왔다.

부모님은 삶에 열정적인 사람이었다. 얼마나 열정적이었냐
면, 자신의 삶을 사는 것으로 만족하지 못하고 내 삶까지 살아
주려 했다. 내가 생각을 하려고 하면 생각하지 말라고 했고,
무언가를 좋아하려면 좋아하지 말라고 했다.

노문과를 올 수 있었던 건 부모님이 어차피 학부는 로스쿨
을 가기 위해 거쳐 가는 길일 뿐이라 생각했기 때문이었다. 나
는 문학을 전공하고 싶었고, 부모님은 좋은 학과보다는 제일
나은 간판을 원했다.

덕분에 대학 생활은 그나마 괜찮았다. 좋아하는 공부를 할
수 있었으니까. 하지만 그것도 곧 끝이었다.

시련을 터널에 비유하는 사람도 있겠지만 내 경우에는 동굴
이다. 언젠가는 끝나는 터널과 달리, 동굴은 때론 막다른 곳에

서 길이 끊겨 버린다.

캄캄한 어둠 속, 막다른 길. 주먹으로 돌벽을 쳐 볼 생각도 못하고, 죽을 때까지 멍청하게 서 있기나 하겠지.

손을 한참이나 멈추고 있었나 보다. 펜촉에서 흘러나온 잉크가 노트 위에 둥글게 번져 있었다.

때마침 울린 휴대폰 진동 덕분에 정신이 들었다. 나빈의 답장이었다.

[좋아요]
[금요일날 해요!]
[아 근데 그날 첫눈 온다는데] 오후 9:31

첫눈? 무슨 말을 해야 할지 몰라 망설이는 사이 다음 메시지가 도착했다.

[춥대요] 오후 9:32

나빈의 메시지는 거기서 끊겼다. 한참을 기다렸지만 다음 메시지는 오지 않았다.

오후 9:35 [감사합니다.]

할 말이 없어 적당히 감사를 표했다. 그러자 곧바로 답이 왔다.

도저히 더 메시지를 보낼 기운이 나지 않아 그대로 휴대폰을 닫았다.

키릴 문자 필기체를 몇 글자 더 써넣다 펜을 놓았다. 그리고 책상 맨 아래 서랍에서 A4지 뭉치를 꺼냈다. 종이 모서리는 새까맣게 때가 탔다.

'바냐 삼촌'이라는 제목이 맨 앞장에 적혀 있었다.

이 대본은 몇 해 전 내가 바냐 삼촌의 번역본을 직접 타이핑한 것이었다. 여백에는 빽빽하게 대사를 분석한 메모가 남아 있었다. 공간이 부족해 포스트잇을 붙인 것도 수십 개였다. 포스트잇을 들춰 가며 천천히 바냐 삼촌을 한 줄씩 음미했다.

마음이 하염없이 괴로울 때, 나는 이 작품에서 작은 위안을 찾곤 했다.

"어떻게 하겠어요? 살아가야죠. 네, 우린 살아갈 거예요……."

나는 마지막 대사를 작은 소리로 읽어내려 갔다.

"그리고 우리의 마지막 때가 오면, 우린 그때를 겸손하게 맞이할 거예요. 그리고 무덤에 가서……."

연극의 끝, 소냐는 눈물 흘리는 바냐를 이렇게 위로한다.

"……우린 몹시 기뻐하며 여기서 겪었던 슬픔을 돌아보게 될 거예요. 부드러운 미소를 지으며, 그리고, 우린 쉬게 될 거예요."

처음 이 대사를 들었을 때 나는 고등학교 2학년이었다. 이 대사 때문에 나는 바냐 삼촌을 좋아하게 되었고, 체홉을 사랑하게 되었다.

"······우린 쉬게 될 거예요."

긴 대사를 마치고 깊게 숨을 내쉬었다.

고개를 드니 유리창 너머로 한강이 깊은 어둠을 실어 나르고 있었다.

2.

　금요일은 아침부터 날씨가 끄물끄물했다. 나빈의 말대로 첫눈이 올 모양이었다. 엄마는 목도리를 하고 가라 성화였다. 마지못해 목도리를 하고 나와 엘리베이터에 타자마자 벗었다. 책가방에 대강 쑤셔 넣으니 가방이 불룩해졌다.

　예상과 달리 눈은 저녁때까지 내리지 않았다. 그저 하늘만 구름으로 꽉 틀어 막혀 있었다. 덕분에 하루 종일 어둑어둑해서 낮부터 강의실 형광등을 켜야 했다.

　희곡 수업 강의실에 도착했더니, 아니나 다를까 수강생들이 열심히 교수를 씹고 있었다.

　"우린 목차 다시 엎으래."

　"레퍼런스도 내라며?"

　"아니, 자기 수업만 듣는 줄 아나 봐."

　"이래 놓고 C 뿌리는 거 아냐?"

"하……. 형이 드랍한다 할 때 같이 할걸."

모두 후회막심한 목소리였다. 나는 평소처럼 문 바로 옆자리에 가방을 풀었다.

지난 강의 필기를 확인하고 있는데 누군가 책상을 톡톡 두드렸다. 나빈이었다. 그는 나를 향해 가볍게 손을 흔들었다.

"안녕하세요."

"아, 네."

습관인진 모르겠지만, 나빈은 항상 나와 눈을 마주친다. 뭔가 부담스러워서 슬며시 눈길을 내렸다.

"마치고 도서관, 맞죠?"

그가 물었다.

"네."

"이따 봐요."

"네."

나는 고개를 까딱하고 다시 노트로 시선을 옮겼다.

강의가 끝난 후 나빈과 함께 인문대를 나섰다. 캠퍼스에는 이미 어둠이 깔려 있었다. 한층 추워진 바람에 몸이 떨렸다. 아직 눈은 내리지 않았다. 책만 찾아볼 생각이니 식사는 건너뛰고 바로 도서관에 가기로 했다.

중앙 도서관은 인문대 건물에서 10분 정도 거리에 있었다. 칼바람이 불어와 머리칼을 날렸다. 나도 나빈도 얼어붙은 것처럼 춥다는 말 외에는 서로 주고받지 않았다. 그러고 보니 그날 다리 위에서도 우리는 그런 말만 해 댔다.

그게 벌써 일주일 전쯤의 일이었다. 그때 누구를 추모하러 왔던 걸까. 다시금 궁금했지만 묻지는 않았다. 그도 그 일을 꺼내지 않는데 내가 먼저 들먹일 필요는 없었다.

회전문을 밀고 도서관 안에 들어서자, 히터의 열기가 얼굴을 훅 데웠다. 동시에 안경에도 뿌옇게 김이 서렸다. 안경을 벗고 주머니에서 안경 닦기를 꺼내 닦았다. 겨울철이 되면 이런 일이 잦아서 항상 주머니에 닦을 것을 넣어 다니고 있었다.

다시 깨끗해진 안경을 썼다.

시야가 또렷해지자마자 마주한 것은 정면에서 나를 물끄러미 내려다보고 있는 나빈의 얼굴이었다.

"왜요?"

예상치 못한 시선에 당황해서 목소리가 높아졌다. 쉿, 입구 앞 데스크에 앉아 있던 직원이 나를 노려보며 검지를 입술에 댔다.

따지고 보면 당황하게 한 건 나빈인데 나만 지적받은 것 같아 억울했다.

"안경 닦는 거 처음 봐요?"

나는 목소리를 낮추고 물었다. 직원의 눈총이 느껴져 얼른 학생증을 찍고 로비 안으로 들어갔다.

"다혜 씨, 시력 많이 나빠요?"

뒤따라 들어온 나빈이 물었다.

"네. 안경 벗으면 거의 안 보여요."

그래서 그가 나를 보고 있다는 것도 몰랐던 것이다.

"콧대에 눌린 자국 있어서요. 안경이 무거운 거 같은데."

"적응돼서 괜찮아요."

나는 괜히 안경을 고쳐 썼다. 그리고 작은 목소리로 덧붙였다.

"너무 그렇게 쳐다보지 마세요."

"왜요?"

"당황스러워요."

"제가 쳐다보면 당황스러워요?"

나빈의 입꼬리가 어렴풋이 올라갔다.

"네."

"음……."

그는 무슨 생각을 하는지 계속해서 미소를 띠고 있었다.

"왜 당황스러워요?"

"몰라요."

놀리는 건지, 진짜 몰라서 하는 소리인지. 나는 입을 꾹 다물고 구석의 엘리베이터로 향했다.

버튼을 누르자 곧바로 엘리베이터 문이 열렸다. 엘리베이터에 탄 후 '4'가 적힌 버튼을 눌렀다.

"제3자료실로 가는 거죠?"

나빈이 물었다. 제3자료실은 4층에 위치한 서가로, 문학에 관련된 책들은 모두 그곳에 있었다. 하지만 오늘 우리의 목적지는 그곳이 아니었다.

"아뇨. 거긴 참고할 만한 책이 없어요."

"그럼 어디로 가요?"

나빈이 의아한 듯 물었다.

"외서실로 갈 거예요."

"외서실이 어디예요?"

"외서실을 몰라요?"

나빈과 나는 서로를 신기하게 바라보았다.

"저 이번 학기에 복학해서……."

나빈의 말이 끝나기 전에 엘리베이터의 문이 열렸다.

"아, 선배는 모르실 수도 있겠네요."

1학년 때 나빈은 학교를 거의 나오지 못했다고 했다. 대체 학점은 어떻게 이수한 건지 의문이었다. 들리기로는 교수들이 그를 특별 대우해 줬다고도 하는데, 우리 과 교수들의 고지식한 성향을 생각하면 그건 근거 없는 뜬소문 같았다.

"따라오세요."

나는 앞장서서 제3자료실로 들어갔다. 자료실 내부의 책상은 이미 만석이었다. 얼핏 보니 스터디 룸에도 자리가 없어 보였다. 기말고사가 얼마 안 남아서인지 시험 분위기가 물씬했다.

"여긴 자료실 아닌가요?"

나빈이 작게 속삭였다.

"여기 뒤편이에요."

의아해하는 나빈을 데리고 자료실 구석까지 걸어갔다. 책장들 틈으로 작은 철제문이 보였다.

철제문 위에는 '외서실'이라는 현판이 붙어 있었다. 나는 조용히 손잡이를 돌렸다. 묵직한 문이 열리고, 숨겨져 있던 공간이 모습을 드러냈다.

"와……."

나빈이 작게 감탄사를 내뱉었다.

소리 나지 않게 조심스레 문을 닫았다. 서가로 향하는 통로에 한 걸음을 들여놓았을 뿐인데, 벌써부터 낡은 책 냄새가 코를 훅 찔렀다.

책은 나이를 먹어 가며 냄새를 달리한다. 얼마나 오래된 책이 있는 곳인지는 눈보다 코로 먼저 안다. 해묵은 냄새 속으로 한 걸음을 내디뎠다. 우리는 짧은 통로를 지나 외서실에 도착했다.

외서실은 전체적으로 어두웠다. 군데군데 켜진 누런 조명은 밤길의 가로등처럼 은은했다. 그나마 낮에는 외벽에 난 창으로 자연광이라도 들어왔지만, 지금은 일몰 후라 더 컴컴했다.

예상했던 대로 사람은 아무도 없었다.

"여기가 외서실이에요. 도서관 본관과 붙어 있는 건물인데 통로로 연결되어 있어요."

"어, 여기선 큰 목소리로 말해도 돼요?"

"지금 아무도 없잖아요."

"그러게요?"

나빈은 신기한 듯 주변을 두리번거렸다. 텅 빈 외서실은 복작이던 자료실과 대조적이었다.

"여긴 앉을 자리도 없고, 조명도 어두워서 공부하는 사람들이 없어요. 보관하는 자료도 아주 오래된 책들이랑 원서들뿐이고요. 특히나 4층은 인문학 쪽 책들이라 더 사람이 없어요. 가끔 대학원생들이나 오가고요."

좁은 서가 사이를 지나 러시아 문학 코너에 도착했다.

"여기 참고할 만한 서적이 많거든요. 밖에도 책은 많지만 교수님이 원하는 건 이런 것들일 거 같아서요."

"교수님이 원하시는 거요?"

"그분들은 학생들이 고통받을수록 열심히 했다 생각하시는 분들이라서요."

내 말에 나빈은 심각한 얼굴로 고개를 끄덕였다.

"그러니 여기서 몇 권 빌려 가요."

"여기 책도 빌려주나요?"

"당연하죠. 도서관인데."

"뭔가 이런 곳에 있으니 대출 금지일 것 같아서……."

나빈은 신기한 듯 선반을 훑었다.

"아, 선배. 저 위에 두꺼운 책 혹시 뽑아 주실 수 있으세요?"

나는 머리 위편의 높은 책장을 가리켰다.

"이거요?"

"아뇨, 그 옆에 거요. 네. 그거요."

나빈은 손쉽게 책을 꺼냈다. 나는 매번 맨 위 칸의 책을 꺼내기 위해 작은 사다리를 가져와야 했는데 말이다.

"두꺼운데, 이거 다 읽게요?"

나빈이 물었다. 러시아어로 된 두꺼운 책은 보기만 해도 질릴 만했다.

"이건 체홉 희곡 전집이에요."

"저도 체홉이라는 글자 정도는 알아요."

나빈이 억울한 듯 대꾸했다.

"제가 이 책에서 바냐 삼촌 원문을 찾아 둘게요. 리포트 쓸 때 도움 될 부분이 있을 거예요. 선배는, 음, 영어 책은 괜찮으세요?"

"네, 괜찮아요."

"그러면……."

나는 휴대폰을 꺼내 메모를 확인했다. 영어로 된 책 제목이 세 개 적혀 있었다.

"미리 골라 온 거예요?"

나빈이 물었다.

"네. 논문들 레퍼런스 목록에서 자주 보이는 거요."

"말씀해 주셨으면 같이 찾아봤을 텐데."

"됐어요. 시간 걸리는 일도 아니고. 이제 이걸 읽는 게 시간이 들겠죠. 선배는 일단 이 책에서 우리 주제랑 관련된 챕터만 정리해 오시면 될 것 같아요."

가장 무난해 보이는 제목의 책을 나빈에게 내밀었다.

"제가 나머지 두 권을 정리할게요. 그럼 정리한 내용을 같이 보면서 리포트를 쓰는 거로 해요."

"아뇨. 제가 두 권 볼게요. 다혜 씨가 원문도 읽으실 거잖아요."

"원문은 필요할 때만 참고할 건데요?"

"그래도 제가 두 권 볼게요."

조별 과제를 할 때 자기가 조금이라도 더 하겠다고 고집을 피우는 경우도 있나?

뜻밖의 학구열에 잠시 당황했지만 곧 납득했다. 생각해 보면 나빈은 수업에 한 번도 빠진 적이 없었고, 늘 필기도 열심히 했다. 의외로 공부하는 걸 좋아하는 타입일 수도 있었다. 아이돌이었다는 과거 때문에 나 역시 그에 대해 편견을 가졌던 걸지도 모른다.

"그래요, 그럼."

더 고민하지 않고 두 권을 내밀었다. 나는 이 과목을 제외하고도 여섯 과목의 전공 시험을 준비해야 했다. 시간이 그렇게 넉넉하지는 않다는 뜻이었다.

"그럼 여기서 어느 챕터를 읽을지 대강 정리하고 가요. 그럼 시간도 절약될 거고."

"여기서요? 앉을 자리가 없어 보이는데."

나빈이 주변을 둘러보았다.

"밖에 나가면 이야기 나누기도 힘들고, 어차피 빈자리도 없잖아요."

"아니면 카페라도 가서 앉아서……."

나는 그가 말을 마치기도 전에 창가 쪽 바닥에 앉았다. 등줄기에 차가운 벽이 닿았다.

"금방이니까 괜찮아요. 항상 여기 앉아서 책 보고 갔어요."

"그럼 뭐, 그렇게 해요."

나빈은 군말하지 않고 내 왼편에 앉았다. 그는 자신이 맡은 책 중 하나를 펼쳤다. 그의 시선이 책장을 훑어 내려갔다.

나란히 벽에 기대어 앉아 책을 넘기고 있으니 기분이 묘했다. 문득 누군가와 함께 외서실에 온 건 처음이란 사실을 깨달았다.

고요함 속에서 조심스레 그의 옆얼굴을 훔쳐보았다. 나빈은 정말 신기한 사람이다. 어디에 있든 특별한 분위기를 만든다. 지금도 그렇다. 그가 앉아서 책을 넘기고 있는 것만으로도, 이곳이 중세 수도원의 비밀 서고라도 된 듯 고풍스럽게 느껴졌다.

하긴, 그러니까 연예인이었겠지만.

역시 엘리는 나와는 다른 세상의 사람이란 걸 다시 한번 확인한 기분이었다.

"아, 근데요, 여기."

갑자기 나빈이 말을 거는 바람에 흠칫 놀랐다.

"네? 왜요?"

"여기 말이에요. 뭔가 호그와트 같지 않아요?"

나빈은 고개를 돌려 내 눈을 빤히 바라보았다. 나는 책으로 시선을 돌려 버렸다.

"그게 뭔데요?"

"모르세요?"

나빈은 이상하다는 듯 물었다.

"어디서 들어 본 거 같긴 해요."

"해리포터에 나오는 마법 학교요. 꼭 이런 분위기인데."

"모르겠어요. 해리포터를 안 봐서."

"진짜요? 해리포터를 안 본 사람도 있구나……."

나빈이 신기한 듯 중얼거렸다. 별로 낯선 반응은 아니었다. 내가 유명한 아이돌을 모르거나, 오래된 명곡이나 성공한 드라마를 낯설어 할 때면 사람들은 다 이렇게 반응했다.

나는 대중문화와 멀다 못해 거의 격리되어 자랐다. 부모님은 그런 문화를 즐기지 않았고, 내게도 접할 기회를 주지 않았다. 그나마 영화는 데이트를 하며 자연스레 보게 되었다. 덕분에 지금은 영화를 그럭저럭 좋아하게 됐지만, 해리포터는 본 적이 없었다.

"전 완전 좋아했는데. 영화도 안 봤어요?"

"시리즈인 영화는 잘 안 봐서요."

"책은요? 다혜 씨는 그런 소설은 별로 안 좋아하나요?"

"집에서 못 읽게 했어요."

"음, 어른들이 그런 책들을 싫어하긴 하죠."

"그냥 집에서 소설 읽는 걸 안 좋아했어요. 해리포터든 톨스토이든."

"왜요?"

나빈은 전혀 이해가 가지 않는다는 듯한 목소리였다. 어떤 환경에서 자랐는지 몰라도 그가 조금 부러워졌다.

하기야 어릴 때부터 아이돌로 활동하는 걸 허락해 준 집이니 상당히 자유로울 것 같았다. 어쩌다 대중음악 채널이라도 잘못 틀면 인상부터 쓰는 우리 부모와는 전혀 다르겠지.

나빈은 내 답을 기다리는 듯 조용했다. 하지만 나는 그에게 내 가정 환경에 대해 떠들고 싶은 마음이 없었다.

"아무튼 책 주세요. 목차에서 선배가 보셔야 할 부분 찾아서 체크하게요. 필기할 곳 있어요?"

"아, 네."

나빈은 가방을 열어 노트와 펜을 꺼냈다. 우리는 목차를 펼쳐서 책마다 한두 개씩 읽을 챕터를 골랐다. 학교를 오래 쉬었다기에 걱정했는데, 그의 영어 실력은 아무 문제 없었다. 적어도 전공 서적을 읽고 이해할 정도는 되었다는 뜻이다.

"잠시만요, 선배. 가기 전에 이 책 좀 볼게요. 확인할 게 있어서요."

읽을 챕터를 다 정한 후, 나는 그가 맡기로 한 책들 중 한 권을 열었다.

"그럼 그동안 이거 보고 있어도 되나요?"

나빈이 집어 든 것은 체홉 희곡 전집이었다.

"마음대로 하세요."

나빈은 체홉 전집을 펼쳤다. 아마 바냐 삼촌을 찾아보는 듯했다. 나는 찾아보려던 내용이 수록된 부분을 빠르게 훑어봤다.

그때 갑작스럽게 나빈의 음성이 들려왔다. 러시아어였다.

『어떻게 하겠어요? 살아가야죠. 네, 우린 살아갈 거예요, 바냐 삼촌. 우리 앞에 길게 늘어선 낮과 밤을 살아갈 거예요……』

바냐 삼촌의 마지막 대사라는 걸 알아차린 순간 가벼운 소름이 돋았다. 나는 고개를 휙 돌려 그를 바라봤다. 나빈은 체홉 전집을 펼치고 천천히 대사를 읽어 가고 있었다.

방금까지는 낙천적인 호기심이 깃들어 있던 눈동자가 지금은 깊게 가라앉았다.

마치 그날 다리 위에서 마주쳤던 엘리처럼.

내 시선을 느낀 것인지, 그는 읽던 것을 잠시 멈추고 내 눈치를 살폈다.

"혹시 읽는 거 이상하면 지적해 주세요."

"계속 이상한데 계속 지적해요?"

"어……."

나빈이 순간 당황한 듯 멈칫했다.

"농담이에요. 괜찮았어요."

"초급치고요?"

"아뇨, 정말 괜찮았어요."

"그럼 계속 읽어도 돼요?"

"네. 편하게 하세요."

『운명이 우리에게 부여한 시험을……』

운명이 우리에게 부여한 시험을 인내심 있게 견딜 거예요.
나는 속으로 소녀의 대사를 따라 읽었다.

『……그리고 우리의 마지막 때가 오면, 우리는 그때를 겸손하게 맞이할
거예요. 음……』

나빈은 다음 문장으로 바로 넘어가지 못하고 눈살을 찌푸
렸다. 내가 다음 문장을 읽었다.

『그리고 무덤에 가서 말하는 거예요. 우리가 고통받았다는 걸, 우리가
눈물 흘렸다는 걸, 우리에게 슬픔이 있었다는 걸.』

『우리에게 슬픔이 있었다는 걸……』

그가 마지막 구절을 따라 외웠다. 긴 속눈썹이 그의 눈동자
에 옅은 그늘을 드리우고 있었다. 그는 다시 차근차근 대사를
읽어 나갔다. 몇 번 발음과 강세를 틀려 내가 교정해 주긴 했
지만, 전반적으로는 괜찮았다.

『……가엾은 바냐 삼촌, 울고 계시네요. 삼촌은 인생에서 행복이라곤

모르셨죠. 하지만 기다리세요, 바냐 삼촌, 기다리세요. 우린 쉬게 될 거예요.』

　사람마다 얼굴이 다르듯 음성도 다르다. 어떤 사람은 독백을 위한 목소리를 갖고 있다. 내가 그랬다. 무슨 말을 해도 혼잣말처럼 들리는 목소리라고 했다. 부모님은 말을 건성으로 듣는다며 혼냈고, 남자들은 딴생각을 하는 게 아니냐고 의심했다.

　반면 나빈은 대화를 위한 목소리를 갖고 있었다. 이런 목소리를 가진 사람이 혼잣말을 하면 공허함에 숨이 막히겠지. 혼자 대사를 읽으면서도 그의 음성은 누군가를 갈망하는 듯 들렸다. 반드시 그와 마주 선 누군가가 답을 해 줘야 할 것만 같았다. 서툰 외국어는 그 쓸쓸함을 배로 만들었다.

　그래서 나는 그가 소녀의 마지막 대사를 외웠을 때 나도 모르게 따라 말하고 말았던 것이다.

　『……우린 쉬게 될 거예요.』
　『우린 쉬게 될 거예요.』

　나빈은 길게 한숨을 내쉬더니 나를 돌아보았다.ⁱ 나는 방금 무심결에 그를 따라 말한 게 창피해서 얼른 들고 있던 연구서로 눈길을 돌렸다.

　"전 이 대사가 제일 좋아요. 떠올리면 뭔가 위로가 돼서요. 이 대사 때문에 바냐를 좋아하게 됐고."

　나빈이 책장을 덮으며 말했다.

"저도 좋아해요, 그 대사."

나도 모르게 신앙 고백처럼 내뱉었다. 나빈의 입가에 미소가 떠올랐다. 나빈에게 필요한 위로와 내게 필요한 위로는 아마 다르겠지. 우리에게 그 구절이 주는 감흥 역시 같을 수 없을 거다. 그런데도 나는 한순간에 그와 가까워진 듯한 착각이 들었다. 아니, 이건 그에게 빨려 들어간다는 느낌에 가까웠다.

스스로가 어이없어 피식 웃어 버렸다.

착각하지 말자. 엘리와 나는 다른 세상의 사람이니까.

나는 서둘러 책을 챙겼다.

"나머지는 다음 주에 또 수업 마치고 얘기해요."

"그래요."

나빈은 체홉 전집을 넘겨주고 먼저 자리에서 일어났다.

"다혜 씨."

일어나자마자 나빈이 나를 불렀다.

"밖에 봐요."

그의 말에 창밖을 바라보았다. 하얀 눈이 펑펑 쏟아지고 있었다.

"첫눈이에요."

나빈이 즐겁게 말했다. 여전히 조금 어설프지만, 평소보다 훨씬 환한 미소였다.

눈이 오면 차가 막힌다. 길이 미끄럽다. 지하철역에는 사람이 붐빈다.

그런데도 그가 기뻐하자 괜히 나까지 들뜨는 기분이었다.

도서관을 나섰을 때는 이미 8시가 넘은 시각이었다. 눈은 기세 좋게 쏟아지고 있었다.

　"첫눈이 이렇게 많이 내릴 수도 있나 봐요."

　나빈이 말했다. 나 역시 같은 생각을 한 참이었다.

　"보통은 내리자마자 녹아 버려서 흔적도 없잖아요."

　그의 말대로 오늘의 눈은 도무지 첫눈답지가 않았다. 아마 내일 아침이면 제법 쌓일지도 모르겠다는 예감이 들었다.

　"다혜 씨. 배 안 고파요? 저녁 먹으러 갈래요?"

　그가 외투 단추를 여미며 물었다.

　"아뇨. 집에 가서 먹으려고요."

　"네, 그럼 다음에 먹어요."

　인사치레 같은 말까지 거절하기는 뭣해서 그냥 대강 고개를 끄덕였다.

　나빈과 나는 각자 우산을 쓰고 걸었다. 제멋대로 부는 바람에 이리저리 눈이 흩날렸다. 차가운 것들이 뺨을 슬쩍슬쩍 스쳤다. 나빈은 걸어가면서 이쪽을 힐끔거렸다.

　"춥지 않아요?"

　그가 물었다.

　"아까보다 좀 추워지긴 했네요."

　찬 바람이 내 앞머리를 넘겼다. 어깨가 움츠러들며 부르르 떨렸다.

　"잠시만요."

　나빈은 갑자기 자신의 가방을 뒤적였다. 비닐이 바스락거리는 소리가 났다. 곧 그가 무언가를 내 앞에 불쑥 내밀었다.

　"이거 얼마 전에 산 건데 아직 안 뜯었어요. 괜찮으시면 쓰세요."

나빈이 내민 것은 투명한 비닐에 싸인 검은색 목도리였다. 순간 멈칫했다.

"진짜 괜찮아요. 편하게 쓰세요."

내 망설임의 의미를 오해한 것인지 그가 다시 권했다. 괜찮다고, 신경 쓰지 말라고 침착하게 말하기도 전에 본능적인 불쾌감이 올라왔다. 목덜미에 비닐이 너무 가까웠다. 속이 울렁거렸다.

그의 손을 조금만 밀어낸다는 게 힘이 과했다. 탁 소리가 나며, 가볍게 들려 있던 비닐이 바닥으로 떨어졌다. 나빈의 얼굴에 민망함 같기도 하고 당혹감 같기도 한 것이 번졌다.

"아⋯⋯."

이렇게까지 하려던 건 아니었다.

미처 사과의 말을 꺼내기도 전에 그가 허리를 숙여 목도리를 주웠다. 그리고 묵묵히 그걸 다시 가방에 넣었다. 서먹한 침묵이 흘렀다. 나빈이 무슨 생각을 할지 알 것 같았다. 분명 내 과민 반응이 불쾌하고 당황스러웠겠지.

두 사람 사이로 굵은 눈발이 쏟아지고 있었다. 눈이 내리는 소리, 발아래 밟히는 사각거림, 희뿌연 시야, 모든 게 끔찍했다.

정말 이러려던 게 아니었다. 방금까지 미묘하게 들떠 있던 기분이 삽시간에 가라앉았다.

"죄송해요. 불쾌하게 하려던 건 아닌데."

내가 해야 할 사과를 나빈이 했다.

"그냥, 목도리 같은 거 싫어해요. 목에 뭐가 닿는 게 싫어서요."

그 말은 변명이 아닌 사실이었다. 목에 무엇이 닿는다는 생
각만 해도 숨이 막히고 소름이 돋았다. 까닭에 나는 폴라 티
같은 것도 입지 못했다. 우리 부모님은 내 이런 점을 못마땅
해 했다. 지나치게 유난을 떤다는 것이었다.

부모님이 목도리를 하라 강요하면 앞에서는 어떻게든 둘렀
지만, 이내 화장실로 달려가 구토했다. 이런 병을 남에게 설
명하기란 쉽지 않은 일이었다.

"아, 그랬구나. 미안해요."

나빈이 다시 사과했다. 그는 살짝 웃음을 띠었지만, 그건
누가 봐도 억지 미소였다.

뺨에 또 눈송이가 앉았다. 그새 날씨가 더 식기라도 한 건
지 아까보다 훨씬 차게 느껴졌다.

지하철은 내 예상대로 징그럽게 붐볐다. 이미 역에 도착할
때부터 열차는 만차였다. 우리는 그 사이를 어떻게든 파고들
었다. 신발 밑창의 눈이 녹은 탓에 바닥은 질척거렸고 공기는
습했다. 금요일 저녁답게 열차 안은 술 냄새가 진동했고, 거
기다 눈에 젖은 비린내까지 겹쳐져 두 배로 불쾌했다.

"다혜 씨."

나빈이 지난번처럼 내 팔을 끌었다. 우리는 어떻게든 문 근
처에 자리를 잡았다. 책가방을 벗어 손에 들고 문에 바짝 등
을 붙였다. 마주 선 나빈의 옷에서 코튼 향이 물씬 올라왔다.
나는 그 냄새를 크게 들이켰다. 전차 안에 가득하던 지저분한
냄새가 단번에 가셨다.

향이라는 건 이래서 좋구나. 몰래 훔칠 수 있다.

"사람이 너무 많네요."

나빈이 말했다.

"눈 오는 날은 항상 이래요."

내가 대꾸했다. 환승을 하고 마포에 도착할 때까지 그와 나눈 대화는 이 정도 수준에서 그쳤다. 아까 그의 손을 쳐 낸 일을 사과하고 싶었는데 입이 쉽게 떨어지지 않았다.

"저기, 선배."

마포역 플랫폼에 열차가 들어설 때야 다시 입을 열었다.

아까 실수였어요. 죄송해요. 선배가 불쾌하게 만든 게 아닌데.

우물쭈물하다 결국 시선을 내려 버렸다.

"……조심해서 들어가세요."

"다혜 씨도요."

끝내 고개를 들지 못했기에, 헤어질 때 나빈의 표정은 확인할 수 없었다.

눈은 새벽까지 계속 내렸다. 함박눈이던 것이 점차 싸락눈이 되어 갔다. 새벽 3시 무렵에는 강풍이 몰아치기 시작해 눈은 지상으로 떨어지지 못하고 허공으로 솟구쳤다. 마치 중력을 잃은 세계 같았다.

어둠 속에 부유하는 흰 것들을 보고 있으니 내 마음도 저 눈송이처럼 갈피를 못 잡고 흔들렸다.

그때까지 나는 바냐 삼촌의 원문을 읽고 있었다. 마지막 대사를 읽을 즈음엔 나빈이 생각나서 마음이 불편했다.

선배한테 결국 사과를 못 했어. 미안하다는 한마디라도 했어야 하는데.

책상 위 뒤집어 두었던 휴대폰이 부르르 떨었다.

새벽 3시. 이 시간에 내게 연락을 할 사람은 없다.

스팸인가, 생각하고 화면을 확인했다. 교수의 메일이었다. 저녁에 보낸 레퍼런스 목록은 잘 확인했고 별다른 문제가 없으니 이대로 진행하라는 내용이었다.

메일을 확인하고 메신저를 켰다. 나빈에게 교수의 답장이 오면 연락해 주기로 했던 것이다. 마지막 대화가 메시지 내역에 남아 있었다.

[아 그날 첫눈 온다는데] 오후 9:31

그 한 줄이 눈에 들어왔다.

선배, 교수님 연락이 왔는데요.

아니, 이것보단 미안하다는 사과를 먼저 하는 게 나을까.

아깐 죄송했어요.

몇 번이나 썼다 지우길 반복하다 그냥 화면을 꺼 버렸다. 어차피 메시지를 보내기엔 너무 늦은 시각이었다.

그때 상황을 떠올리자 한숨이 흘러나왔다. 나빈의 손을 밀치며 탁 소리가 나던 것까지 생생했다. 그렇게 과도하게 반응하려 한 건 아니었는데 몸이 멋대로 움직였다.

잊으려 해도 나빈의 당황하던 표정과 목도리를 줍던 뒷모습이 떠올랐다.

이렇게 불편한 기분을 느낄 때마다 나는 마음에 두드러기가 난 것 같다. 마음에 돋은 두드러기는 건드릴수록 덧난다. 그걸 알면서도 자꾸만 가만두질 못하고 만지작거리게 된다.

차라리 나빈에게 내가 목도리를 하지 못하는 이유를 설명했더라면 어땠을까.

잠깐 그런 생각도 스쳤지만 곧 접어 버렸다. 이런 일이 처음도 아니었다. 몇 번 비슷한 일이 있었다. 그때마다 내 문제를 설명하려 해 봤지만, 결국 이해받을 수 없는 일이란 것만 깨달았다. 타인에게 이해받지 못한다는 기분은 끔찍했다. 그래서 점차 내 이야기를 하지 않게 되었다.

이제는 나도 스물셋이었다. 남에게 자신의 약점을 이야기해선 안 된다는 것쯤은 알고 있는 나이라는 뜻이었다. 그런 이야기를 해 봤자 이해받기보단 상처 받고 만다.

내가 관계에 실패해서 돌아왔을 때마다 부모님이 했던 말이 있었다. 학교에서 은근한 따돌림을 당했을 때도, 부모님이 싫어하던 남자 친구와 헤어졌을 때도, 그들은 늘 이런 말을 했다.

"다혜야."

엄마의 손이 다정하게 내 등을 쓸어내렸다.

"엄마 생각에 우리 딸은 아무래도 회사 생활은 힘들 것 같아. 그래도 전문직이 되면 사회성이 부족해도 그럭저럭 살아갈 수 있거든. 엄마 회사도 있으니까."

등을 다독이는 손이 아팠다.

"그런 성격이면 어떤 조직에서도 안 받아 줘. 진로 잘 생각해라."

아빠는 더 단호했다.

나는 서투르니까, 나는 사회성이 없으니까, 이런 성격은 누구도 좋아하지 않으니까.

점점 더 스스로를 숨기는 일에 익숙해져 갔다. 결점을 보이지 않으려고 항상 거리를 뒀고, 내 이야기를 파고드는 사람은 피해 버렸다.

점차 내게 다가오려는 사람도 없어졌다. 그나마 있던 친구들도 모두 사라졌다.

편안했고, 외로웠다.

어쩌면 나빈과 있었던 일은 대단한 문제가 아닐지도 모른다. 하지만 항상 실패만 한 사람에겐 작은 실패도 크게 느껴지는 법이었다.

실패와 상처는 누적된다. 무뎌지지 않고 점점 커진다. 병이 익숙해질 수 없는 것과 같다. 아팠던 만큼 강해지는 것이 아니라, 아팠던 만큼 취약해진다. 다만 외면하고 살아가는 요령을 익힐 뿐이다.

바냐 삼촌을 끝까지 읽었지만 도저히 잠이 오지 않았다. 작가론2 노트를 펴고 니콜라이 고골에 대한 필기를 정리했다.

노트 정리를 마치고 나니 아침이 밝았다. 이쯤이면 나빈에게 연락을 해도 될 시간 같아 문자를 보냈다. 교수의 메일에 관한 내용이었다.

꽤 이른 시각이었는데 곧바로 답장이 왔다.

[전달 감사해요!] 오전 7:40

문자에서는 평소와 다른 점은 느껴지지 않았다. 이대로 괜찮은 걸까. 고민하던 차에 휴대폰이 한 번 더 울렸다.

[근데 다혜씨] 오전 7:42

한참이나 다음 문자는 오지 않았다. 왜 그렇게까지 짜증을 낸 거냐고 따지려는 걸까. 그게 아니면 그냥 다음에 보자는 평범한 인사일까.

막상 도착한 문자는 둘 중 어느 쪽도 아니었다.

[혹시 코코아 좋아해요?] 오전 7:44

오전 7:45 [좋아하진 않아요.]

[그럼 캔커피는요?] 오전 7:45

오전 7:45 [그럭저럭요.]

[단 게 좋아요?] 오전 7:45

오전 7:46 [짜지만 않으면 돼요.]

[캔커피가 짠 것도 있어요?!] 오전07:46

나빈의 메시지를 보고 가벼운 편두통이 일었다. 느낌표의 남발까진 그렇다고 쳐도, 물음표와 느낌표를 겹쳐 쓰면 도대체가 의문문인지 감탄문인지 알 수가 없다. 애초에 문장 부호란 겹쳐 써서는 안 되는 거다.

잠시 고민하다 짧게 답을 보냈다.

오전 7:47 [네.]

[으음 알겠어요!]

[수업 때 봐요!!] 오전 7:47

[아 그리고 어제 죄송했어요] 오전 7:50

오전 7:50 [뭐가요?]

[어제 목도리 일이요] 오전 7:50

대답을 듣고 나니 더 이해가 가지 않았다. 그 일에서 나빈이 사과할 부분은 아무것도 없었다. 게다가 그는 이미 두 번이나 내게 사과를 한 후였다.

오전 7:52 [아뇨. 선배가 잘못하신 건 없어요.
제가 잘못한 거죠. 오히려 제 행동이 불쾌하셨을 것 같은데요.]

[아뇨 제가] 오전 7:52

[사실 친구가 별로 없어서요]

[이제까지 늘 그래서]

[그렇게 기분 상할 수 있단 걸 잘 몰랐던 거 같아요]

[아무튼 마음이 내내 불편했어요] 오전 7:55

이 사람도 조금 서툴구나. 이상하게 입꼬리가 올라갔다.

오전 7:56 [선배.]

[네] 오전 7:56

오전 7:57 [선배는 실수하신 거 전혀 없어요. 죄송해요.
제가 그날 생각이 많아서 좀 예민했어요.
우리 앞으로 발표 준비 잘해 봐요.]

[네!!!!] 오전 7:57

오전 7:58 [그럼 수업 때 봬요. 좋은 하루 되세요.]

[다혜씨도요] 오전 7:58

그 말을 끝으로 더 이상 오가는 메시지는 없었다. 그런데도 나는 화면이 저절로 꺼질 때까지 메시지 내역을 보고 있었다. 밤새도록 마음속에 돋아 있던 두드러기가 가라앉았다.

기말고사가 다가오자 교수들은 앞다투어 시험 범위를 알려 주었다. 덕분에 나도 아주 정신없이 지냈다. 수업을 듣고 귀 가하자마자 책상 앞에 앉아 공부하다가 새벽녘 잠들었다. 자 연스럽게 지난주 나빈과 나눈 문자는 완전히 잊혔다.

하지만 수요일, 희곡 강의에 도착해 내 책상에 놓인 캔 커 피를 보자 그때의 대화를 떠올릴 수밖에 없었다. 이미 자기 자리에 앉아 있던 나빈이 이쪽을 돌아보았다. 그의 입가에는 어렴풋한 미소가 걸려 있었다.

곧바로 나빈에게 메시지를 보냈다.

오후 4:52 [선배, 이거 뭐예요?]

[뇌물?] 오후 4:52

묘한 답이 돌아왔다.

[그게 제가 오늘까지 번역해오기로 한 거 있잖아요] 오후 4:52

오후 4:52 [아직 못 하셨어요?]

그럼 난처한데. 나도 모르게 미간에 힘이 들어갔다.

[하긴 했는데 번역이 별로라서요] 오후 4:53

그게 미안하다는 건가?

오후 4:53 [하셨으면 됐어요. 이런 거 안 주셔도 되는데.]

[그래도 그건 드세요]

[다혜씨 마시라고 사 온 거니까] 오후 4:53

오후 4:54 [네. 근데 진짜 다음부턴 이런 거
안 주셔도 괜찮아요. 아무튼 잘 마실게요.]

캔을 땄다. 캔 커피는 아직 뜨거웠다. 달콤한 크림 맛 뒤로
불쾌하게 짭조름한 맛이 느껴졌다. 내가 싫어하는 바로 그 종

류였다.

나빈은 슬쩍 이쪽을 살펴보더니 다시 메시지를 보냈다.

[괜찮아요?] 오후 4:55

오후 4:55 [짜요.]

[앗..] 오후 4:55
[그게 짠 거였구나]
[몰랐어요] 오후 4:56

곧 액정 위로 서럽게 우는 토끼 얼굴이 떴다. 이런 그림 좀 안 보내면 좋겠다고 생각하며 답장을 썼다.

오후 4:56 [그래도 먹을 만한데요.
그럼 이따 수업 마치고 리포트 쓰러 가요.]

[아]
[스터디룸!!!] 오후 4:56

갑자기 또 느낌표야.

[스터디룸 어떡하죠] 오후 4:57

토끼는 이제 아주 땅을 치며 울기 시작했다.

오후 4:57 [7시로 예약해 뒀어요.]
[아아아]

아까까지만 해도 오열하던 토끼가 활짝 웃었다.

이 토끼는 조울증일까. 그런 맥락 없는 생각을 하던 차에 교수님이 들어왔다. 휴대폰을 내려놓고 수업 자료들을 정리했다.

"이게 대체 왜 짤까요?"

나빈은 빈 캔을 한참이나 바라보며 고심했다. 강의 후 캠퍼스를 가로질러 학생회관으로 가는 길이었다.

"소금이 들었나?"

그는 연신 갸웃거리며 뒤에 적힌 원재료명을 읽기 시작했다. 아무리 읽어 봤자 문과생 둘이서는 알 수 없는 노릇이었다.

"난 안 짜던데."

"사람마다 느끼는 게 다른가 봐요."

"으음……."

결국 학생회관에 도착해서야 그는 캔을 버렸다. 가볍게 던진 캔이 경쾌한 소리와 함께 휴지통에 골인했다.

오늘은 먼저 저녁을 먹고 도서관에 가기로 했다. 어차피 스터디 룸도 7시부터 예약이라 30분 넘는 시간이 있었고, 마치면 9시가 넘을 테니 식사를 미리 하는 수밖에 없었다.

넓은 학생회관 식당에는 꽤 많은 학생들이 식사 중이었다. 혼자 밥을 먹는 사람들도 군데군데 보였다. 이곳만큼 혼자 밥 먹기에 편한 곳도 없어서, 나도 종종 애용하고 있었다.

식당에서는 세트1, 세트2, 세트3 이렇게 세 가지를 팔고 있었는데, 세트별 메뉴는 그날그날 바뀌었다. 가장 저렴한 세트1은 그저 연명을 위한 메뉴였다. 항상 별로 먹고 싶지 않은 음식들로만 구성되어 자본주의의 냉정함을 알려 주는 교육적 효과가 있었다.

까닭에 선택지는 늘 세트2와 세트3 중 하나였다. 나는 참치 비빔밥과 국이 나오는 세트2를 고르고 나빈은 제육볶음과 달걀말이가 나오는 세트3을 골랐다.

우리는 적당히 구석 자리를 골라 앉았다. 맞은편에 누군가를 앉혀 두고 밥을 먹는 것은 오랜만이었다.

엘리도 학생회관에서 식사하는구나.

신기해하는 건 나 혼자가 아닌 듯싶었다. 은근히 주변의 시선이 느껴졌다. 다들 엘리를 알아보는 것인지, 아니면 외모 탓에 자연스레 시선을 받는 것인지 그것까진 알 수 없었다.

"다혜 씨, 혹시 동아리 같은 거 한 적 있어요?"

나빈이 물었다.

"없어요."

"없어요?"

"네."

나빈은 내 대답을 듣고 말없이 제육볶음만 우물거리더니, 한참 뒤에야 한마디를 했다.

"그렇구나."

너무 늦은 타이밍에 나온 답이었다. 학관 제육볶음이 그렇게 오래 음미할 정도로 맛있었나. 평범했던 거 같은데.

"맛있어요?"

의아해서 물었다.

"네? 네, 맛있어요. 드실래요?"

"아뇨, 그냥 물어본 거예요. 근데 동아리는 갑자기 왜요?"

"그냥 궁금해서요."

"동아리 가입하시게요?"

"아뇨."

나빈은 곧바로 고개를 저었다.

"그게 아니라, 다혜 씨에 대해서 궁금한 게 많아요."

"왜요?"

"그냥, 같이 조별 발표도 하고, 같은 학과기도 하고."

별로 납득이 가는 이유는 아니었다. 나빈은 해맑은 얼굴로 내게 다시 질문을 던졌다.

"다혜 씨는 저한테 궁금한 거 없어요?"

"전혀요."

"전혀요?"

나빈의 큰 눈동자에 실망감이 스쳤다.

"진짜 아무것도요?"

그가 재차 물었다. 이렇게까지 나오니 뭐라도 물어봐야 할 것 같았다.

"아니, 뭐, 있기야 하죠."

"뭔데요?"

나빈은 수저질을 멈춘 채 기대하는 눈빛으로 나를 바라봤다.

"음....... 좋아하는 작가 있어요? 체홉 말고요."

"전 도스토옙스키 좋아해요. 다혜 씨는요?"

나빈이 기다렸다는 듯 대답했다.

"저는 고골이요."

"저 아직 고골은 읽어 본 적 없는데. 뭐가 재밌어요?"

"전 '코'가 재밌긴 했는데."

"아, 그거 그 이야기죠? 코가 혼자 돌아다니는 이야기."

"아시네요?"

"개론 시간에 잠깐 들었어요. 오늘 읽어 봐야겠다."

나빈이 생글거리며 말했다. 시험 공부는 안 해도 되는 건가. 잠깐 그런 생각이 들었지만 내가 간섭할 일은 아니라 넘어갔다.

저녁 식사를 마친 후 도서관으로 향했다. 스터디 룸은 열람실 안에 위치했는데 네 명 정도가 사용할 수 있는 탁자와 화이트보드 등이 갖춰진 공간이었다. 방음이 아주 잘되어 있어 토론하기에도 적합해 시험 기간에는 인기가 높았다.

스터디 룸에 도착하자마자 나빈은 가방에서 A4 용지들을 꺼내 내 앞으로 슬며시 밀었다.

"여기요. 일단 되는 대로 번역해 본 건데……."

나는 나빈의 번역을 빠르게 훑어보았다. 다소 직역 위주이기는 했지만 어차피 리포트에 응용할 내용이기에 이 정도면 충분했다.

무엇보다 의미가 불명확하게 옮겨졌다고 생각한 경우는 괄호 안에 원문을 병기해 둔 점이 마음에 들었다.

괴발개발 번역해도 시간이 꽤 걸리는 게 연구서인데, 여기까지 하려면 상당히 많은 시간을 들였을 것 같았다.

"선배. 너무 열심히 해 오신 거 아니에요?"

종이를 내려두고 물었다.

"기말 리포트인데 당연히 열심히 해야죠."

나빈이 모범생 같은 답을 했다.

다시 한번 반성했다. 확실히 나는 엘리에 대한 편견이 있었던 거다. 연예계 활동을 하느라 학교를 거의 출석하지 않았다고 하니, 당연히 학구파와는 거리가 멀 줄 알았다.

"그리고 희곡 수업도 재밌잖아요. 교수님 강의 너무 좋지 않아요?"

"네. 좋죠."

그렇게 생각하는 사람은 우리 클래스에서 나빈과 나뿐이겠지만 말이다.

"캔 커피는 제가 사야 했겠네요. 너무 잘 해 오셔서."

"아, 다혜 씨한테 칭찬 들으니 교수님한테 칭찬 들은 거 같아요."

나빈이 해맑게 말했다.

"무슨 뜻이에요?"

슬쩍 시선을 들었더니, 그는 곧바로 내 눈길을 피했다.

"굉장히 기쁘다는 뜻이죠."

아무리 생각해도 내가 더럽게 깐깐하다는 뜻 같은데.

"일단 오늘은 본문부터 읽고 시작할까요? 각자 뭘 얘기할지 정리도 할 겸."

"좋아요."

나빈은 자신의 책을 펼쳤다. 희곡 대부분이 그렇듯 바냐 삼촌은 텍스트 자체가 긴 것은 아니었다. 다만 희곡 특성상 무대를 상상하며 읽어야 하기에 일반적인 소설보다 조금 더 시간이 걸리는 편이었다.

하지만 나는 이 텍스트를 외울 정도로 읽었고, 나빈도 읽어 봤다고 하니 20분 정도면 충분하지 않을까 싶었다. 그럼 남은 시간 동안 논의를 정리하고 서문 정도는 짤 수 있을지도 모른다.

그러니까 지금 같이 나빈이 책을 읽다 잠들어 버리는 터무니없는 상황만 벌어지지 않는다면 말이다.

"선배. 주무세요?"

나는 검지로 그의 책을 툭툭 두드렸다.

"예? 제가요?"

누가 봐도 자다 깬 표정이었는데 그는 시치미를 뗐다.

"바냐 삼촌 좋아하신다면서요."

"좋아해요."

"근데 왜 졸아요?"

"아니, 음, 제가 잤다고요?"

나빈은 끝까지 인정하지 않을 기세였다.

"어제 혹시 제대로 못 잤어요?"

"번역하느라 늦게 자긴 했어요."

"몇 시요?"

"6시?"

"선배, 그건 밤을 새운 거예요……."

나빈은 정신을 차리려는 듯 물을 한 모금 마셨다. 아무래도 이대로 두면 또 잠들 것 같아서 전략을 바꾸기로 했다.

"어디까지 읽으셨어요?"

"여기……?"

나빈이 페이지 중간쯤을 짚었다. 아스트로프와 소냐가 치즈를 먹으며 대화하는 부분이었다. 스무 살의 소냐는 의사 아스트로프를 짝사랑한다. 하지만 아스트로프는 그녀에게 어떤 마음도 없다.

"같이 읽을까요?"

적어도 소리 내서 읽는다면 잠들진 않을 것이다. 좀 목이 아프다는 게 단점이지만 곱씹게 된다는 장점도 있었다.

"제가 아스트로프의 대사를 읽을게요. 선배가 다음 소냐 대사를 하세요. 번갈아 읽으면 될 것 같아요."

"네."

나빈은 입을 가리고 작게 하품을 했다.

"깜깜한 한밤중에 숲을 걸어갈 때가 있습니다. 그런데 만일 그때 멀리서 등불이 반짝이면 피로도, 어둠도, 얼굴을 때리는 가시 많은 나뭇가지도 알아차리지 못합니다……."

나는 대사를 읽어 가며, 머릿속으로 무대를 상상했다.

단조롭지만 부엌인 것을 알 수 있는 소품들, 아스트로프와 소냐를 비추는 조명, 마주 선 두 사람, 객석을 향한 몸짓.

동시에 아스트로프가 설명하는 깜깜하고 어두운 숲 역시 눈앞에 펼쳐졌다. 나도 항상 그런 어두운 숲을 걸어간다고 생각했다. 대문을 열면, 현관에서 내 방까지 빛 하나 들지 않는 숲을 걸어간다고.

그 길의 끝은 언제나 막다른 길이었다.

어쩌면 지금도 나는 어둠 속에 갇혀 있는지도 모른다. 앞으로 한 걸음도 나아가지 못한 채.

"⋯⋯나한테는 멀리서 반짝이는 등불이 없습니다. 나는 이미 아무것도 기다리지 않고 사람들을 사랑하지도 않습니다. 이미 오래 전부터 누구도 사랑하지 않아요."

아스트로프의 대사가 끝났다. 잠깐 침묵이 흐른 후 나빈이 소냐의 대사를 읽었다.

"아무도 사랑하지 않으세요?"

나빈이 나를 빤히 보며 대사를 읊은 탓에, 아스트로프가 아닌 내게 묻는 것처럼 느껴졌다.

"그렇습니다."

누구에게 묻는 것이든 대답은 같았다.

희곡을 함께 읽어 가며 느낀 사실인데, 나빈은 정말 연기를 못했다. 지난번에는 러시아어라 서툴게 읽는 거라 생각했는데, 그는 한국어도 그냥 그 수준으로 읽었다. 그가 '부탁이에요!' 라는 대사를 읽었을 때는 웃음을 참느라 울 뻔했다.

듣다 못한 내가 잠시 리딩을 멈췄다.

"선배."

"못한다고 하실 거죠? 못한다고 해도 돼요."

나빈이 체념한 듯 말했다.

"연기 수업 선생님도 절 포기하셨거든요."

그가 괴롭게 덧붙였다.

"선생님이 힘드셨겠어요⋯⋯."

얼굴도 모를 연기 강사에게 연민이 들었다. 겉모습만 보면 주연 배우를 열 번쯤은 했을 것 같은데 이렇게나 소질이 없다니. 내가 다 안타까울 지경이었다.

"네, 정말 힘들어하셨죠."

나빈은 장난스럽게 고개를 절레절레 저었다.

"대표님도 한 번 보시고는 그 시간에 다른 거 하라고 하셨어요."

"그랬구나……."

충분히 납득 가는 결정이었다. 나빈은 연기를 못 하는 정도가 아니었다. 그냥 연기라는 프로세스를 거부하는 사람처럼 보였다.

다행히도 나빈과 나는 연극을 하러 만난 게 아니라 리포트를 쓰기 위해 만난 사이였다. 연기가 얼마나 엉망이든 내용에 대해 잘 파악만 하면 그만이었다.

리딩하는 중간중간 멈춰 가며 나빈과 이야기를 나눴다. 괜찮은 아이디어는 그때마다 포스트잇에 적어 책에 붙여 뒀다. 나빈은 인물 중 소녀가 가장 좋다고 몇 번이나 말했다.

"다혜 씨는 연극 좋아하시나 봐요."

4막으로 넘어갈 때쯤 나빈이 뜬금없는 소리를 했다.

"네?"

"구체적으로 무대를 상상하면서 얘기하시는 거 같아서요."

"뭐……. 예전에 좋아했어요."

"지금은요?"

"지금은 바빠서 좋아할 시간도 없네요. 선배는요?"

"전 사실 연극은 잘 몰라요. 몇 번 본 게 전부라서요."

"바냐는 보셨다면서요?"

"그건 그냥 별생각 없이 봤어요. 전공 관련이니까 한 번 볼까, 이 정도?"

나빈은 예상 외로 연극에 조예가 없는 편인 것 같았다. 그럼 역할 분담을 어떻게 하는 게 좋을지 고민했다.

"그럼 이렇게 할까요? 우리 모아 둔 참고 자료에서 연출과 공연 관련된 부분은 제가 정리를 할게요. 텍스트 자체에 대한 논의는 선배가 정리하고. 어때요?"

"네, 그렇게 해요."

나빈이 흔쾌히 동의했다.

역할 분담도 좋았고, 이야기도 잘 풀렸다. 과제를 한다기보단 좋아하는 작품을 두고 수다를 떠는 느낌이었다.

사실 같은 전공이라 해도 세부적인 관심사는 다들 다르기 마련인데, 이렇게 취향이 비슷한 경우도 처음이라 신기하기까지 했다.

본문을 읽어 가며 토론하고, 목차마다 얼개를 짜고 나니 서문 한 단락만 썼는데도 9시가 되어 버렸다.

역시나 리포트 준비를 하기에 두 시간은 사실 턱없이 부족한 시간이었다.

"금요일도 7시부터 9시까지 빌려 놓으신 거죠?"

서둘러 가방을 챙기며 나빈이 물었다.

"네."

"저희 금요일에 리포트 다 쓸 수 있을까요?"

"아무래도 시간이 부족할 것 같긴 해요."

그때 휴대폰이 울렸다. 엄마에게서 온 메시지였다.

[오늘 늦게 들어오니?] 오후 9:00

"아니면 학교 앞에 늦은 시간까지 하는 스터디 카페가 있을 텐데. 거기서 더 하고 가면 어때요? 조금 더하면 좋을 거 같은데."

나빈이 말했다. 나도 할 수만 있다면 그렇게 하고 싶기는 했다. 하지만 연이은 휴대폰 진동이 들어갈 시간이라는 것을 알려 주고 있었다.

[10시까진 들어오지?] 오후 9:00

"죄송해요. 제가 통금 시간이 10시라서요."

"아……."

나빈은 통금 시간이라는 말에 약간 당황한 듯했다.

"그럼 어쩔 수 없네요. 어떡하죠?"

"다음 주는 저나 선배나 시험 공부로 바쁠 테니까 이번 주 말에 몰아서 써요. 시간 되시겠어요?"

"아, 좋아요. 주말은 이틀 다 비워 둘게요."

사서가 와서 빨리 룸을 비워 달라 하는 바람에 대화는 거기서 끊겼다.

오후 9:02 [네. 학교에서 출발해요.]

스터디 룸을 나오며 엄마에게 답장을 보냈다.

나빈은 나오는 길에 자료실에서 고골 단편선을 빌렸다.

"시험 기간인데 읽을 시간이 되시겠어요?"

엘리베이터를 타고 내려오며 물었다.

"다혜 씨가 좋다고 하니까 궁금해서요. 자기 전에 잠시 읽으면 되죠."

나빈이 가방에 책을 넣으며 대답했다.

중앙 도서관 로비에는 아직도 많은 사람들이 돌아다니고 있었다. 하나같이 피곤해 보이는 얼굴이었다. 도서관을 나서는데 휴대폰이 울렸다. 저장해 두지 않은 번호였다.

"잠깐 전화 좀 받을게요."

나빈에게 양해를 구하고 전화를 받았다.

—다혜 씨.

김 변호사였다.

—대표님한테 들었습니다. 지금 귀가하신다면서요?

대답하지 않았다.

—근처 지날 일 있으니 집까지 모셔다드리죠.

"지하철 탔어요."

—지하철보다 차가 편하지 않겠어요?

"탔어요, 벌써."

—정 그러면 어쩔 수 없고. 시간이 늦어서 태워 주려고 했죠.

"감사합니다. 수고하세요."

—혹시 시험…….

그가 뭔가 더 말하려는 것을 못 들은 척 끊어 버렸다.

"가요, 선배."

휴대폰이 닿았던 귀를 문지르며 발걸음을 옮겼다.

지하철 안은 모처럼 한산했다. 덕분에 오는 동안 편하게 나빈과 리포트에 관한 이야기를 더 나눌 수 있었다. 재밌는 아이디어가 나오면 휴대폰 메모장에 기록했다.

"금요일에 또 이야기해요."

마포역에 내리며 나빈이 아쉬운 듯 손을 흔들었다.

현관에는 엄마가 벗어 둔 단화가 가지런히 놓여 있었다. 아빠의 신발은 없었다.

"다녀왔습니다."

안방 문을 지나가며 인사했다. 엄마가 곧바로 문을 열고 나왔다. 막 세안을 끝냈는지 밴드로 앞머리를 올리고 있었다.

"다음 주가 시험 기간이라 했지?"

"네."

"방학 때 학원 끊어 뒀어. 신림동에. 시간표는 책상에 올려 뒀어. 김 변이 직접 가서 등록해 줬지 뭐니."

"온라인으로 들어도 되는데……."

"어차피 할 거면 확실히 해야지. 너 대입 때도 인강으로 들어서 결과 안 좋았잖아."

그건 학원에서 남자 친구를 사귀었다는 사실을 알게 된 부모님이 집에서만 공부하라고 엄명을 내린 탓이었다. 그리고 사실 인강만 들은 시간은 얼마 되지 않았다. 곧 과외를 시작했으니까.

이제 와서 그 사실을 들추고 따질 기력도 나지 않았다. 말해 봤자 그럼 고등학생이 남자나 만나고 다닌 건 잘한 거냐고 할 게 뻔했다.

"들어가서 시간표 확인하고, 김 변에게도 고맙다고 연락해 줘."

"네."

건성으로 대답하고 방으로 들어왔다. 당연히 고맙다고 연락할 생각은 없었다. 전혀 고맙지 않았으니까.

책상 위에 시간표를 확인했다.

개강은 12월 26일 수요일. 시험이 끝난 바로 다음 주였다. 강의 시간은 월요일부터 금요일, 아침 10시에서 오후 6시까지. 길게 내쉰 숨에 종잇장 끄트머리가 포르르 떨렸다.

시간표 종이를 들고 다시 밖으로 나갔다. 안방 문을 두드리고 문고리를 돌렸다. 엄마는 침대에 기대어 앉아 책을 읽고 있었다.

"엄마, 이거 학원 말인데요."

"응?"

"시간이 좀……."

"왜? 방학 때 뭐 다른 일 있어?"

"졸업 요건 채우려면 어학 시험도 봐야 하고……."

"그건 학원 다녀와서 하면 되지."

"시간 부족할 것 같은데."

목소리가 점점 기어들어 갔다.

"그래도 엄마 생각엔 이게 더 중요한 거 같거든. 아빠 곧 오신다니까 셋이 같이 이야기해 볼까?"

"……그냥 할게요."

"잘 생각했어."

방으로 돌아와 종이를 책장에 아무렇게나 끼워 놓았다.

샤워를 마치고 지난번에 도서관에서 빌려 온 원서를 펼쳤다. 영어로 쓰인 책이라 읽는데 시간이 더 걸렸다. 세 페이지를 읽을 때쯤 현관문이 열리는 소리가 들렸다.

아빠가 귀가한 것이다. 나가서 대강 인사를 하고 들어왔다. 엄마와 아빠가 대화를 나누는 소리가 방문 너머로 들렸다.

"……김 변이 학원 등록도 도와주고. 오늘 다혜 데리러 간다고 했는데 길이 엇갈려서 못 만났나 봐."

"그래?"

"학교에서 지난번처럼 시원찮은 애들 만나는 것보단 낫지, 뭐. 뉴욕에서 어울린 걔는……. 난 얘기 듣고 기절하는 줄 알았잖아."

"김 변인가 그 친구, 군대는 제대로 다녀왔어? 지난번에 윤 의원이 그 문제로 난리 난 거 알지?"

"그건 걱정 안 해도 돼. 교수 집안이라 고지식해. 정욱 씨나 나한테 피해 올 만한 점은 없어."

"어디 교수인데?"

"우리 학교. 아버지는 환경 공학 쪽이래. 어머니는 교육학이랬나."

우리 학교라는 건 부모님이 나온 대학을 말하는 거였다.

"그래? 시간 나면 그쪽이랑 식사라도 하자고 해."

"정욱 씨가 직접 만나 보게?"

"어. 내가 만나 봐야지. 어떤 집안인지. 그 친구가 우리 쪽이랑 결혼이라도 하게 되면 당신 회사도 이어받게 될 텐데."

결혼이라는 단어가 귀에 꽂혔다. 헛웃음이 나왔다.

"그냥 변변찮은 집안이야. 교수들이 콧대는 높아도 별건 없잖아. 그래서 난 더 좋아. 대들지 않고, 말 잘 듣고."

"그건 잘됐네. 원래 그런 애들이 필사적이지."

"응. 본인도 잘 알아. 능력 아무리 괜찮아도 그래 봤자 교수 집 아들이잖아. 의원 사위로 사는 게 훨씬 낫지."

"자리 잡아 줘."

"알았어. 조만간 자리 마련해 보라 할게. 김 변 아버지도 무슨 프로젝트 때문에 도움이 필요한가 봐. 아마 만나자고 하면 좋아할 거 같은데……."

두 사람이 방으로 들어가며 목소리가 멀어졌다. 들을 음악도 없는데 이어폰을 꼈다. 샤프를 쥐고 있던 손에 너무 힘이 들어가서인지 중지의 마디가 빨갛게 부어 있었다.

샤프를 놓고 손바닥으로 양쪽 눈을 지그시 눌렀다. 눈가에서 후끈한 열기가 느껴졌다.

갑갑한 기분에 커튼을 걷었다. 검은 물이 일렁이며 흘러가고 있었다.

다음 달이면 저 강은 얼어붙겠지. 내가 잠긴 후 강이 얼어 버리면 좋겠다. 누구도 영영 나를 찾지 못하게.

이런 생각은 대개 브레이크가 없다. 나는 비틀린 충동에 질질 끌려가고 있었다.

창을 활짝 열었다. 겨울바람이 몰아쳐 왔다. 냉기도 좀처럼 열이 오른 머리를 식히지 못했다.

김 변호사에게 메시지라도 보내 볼까. 당신이 엄마 회사에 관심이 있는 건 알겠지만, 나는 엄마 회사에도 당신에게도 관심이 없다고.

그 메시지를 보내는 순간 부모님은 나를 가만두지 않을 것이다.

나는 부품이니까.

삐걱대고 자꾸만 고장 나는 부품은 고쳐야 하니까.

보내지 못할 걸 알면서도 나는 휴대폰을 꽉 쥐고 있었다. 그때 손안에 휴대폰이 부르르 떨렸다. 흠칫 놀라 확인하니, 나빈으로부터 온 문자였다.

[고골 완전 재밌는데요!!] 오후 10:23

오후 10:23 [네, 좋아하실 거 같았어요.]

[오늘 다 읽고 자려고요!]

[금요일에 저녁 먹으면서 이야기해요!] 오후 10:24

답장을 쓰려는데 느닷없이 방문이 벌컥 열렸다.

아빠와 눈이 마주쳤다. 오싹한 느낌이 등줄기를 타고 올랐다. 반사적으로 휴대폰 화면을 껐다.

"뭐 해?"

고작 한마디에 내 몸은 잘게 떨리기 시작했다.

"너 또……."

"아니에요, 아빠."

그가 무슨 말을 할지 알 것 같아 황급히 대답했다.

"진짜, 진짜 아니에요. 시험 시간표 확인했어요."

아빠는 의심을 거둔 것 같지는 않았지만, 다행히 더 묻지도 않았다.

"그래, 일찍 다니고."

"네."

"창 닫아."

그 말을 남기고 그는 문을 닫고 나갔다.

아빠는 나갔지만, 뚫어져라 보던 그 시선은 이 방에 남아 밤새 나를 감시할 것 같았다.

　나는 주춤주춤 창을 닫았다.

　겨울바람의 산뜻함은 사라지고 냉기만 남았다.

3.

엉망이던 기분은 금요일 날 강의실 책상에 놓인 캔 커피를 보고 나서야 조금 좋아졌다. 캔은 아직 뜨거웠다. 나빈이 이쪽을 돌아보고 미소를 보냈다. 자리에 앉아 메시지를 썼다.

오후 4:53 [오늘은 왜요?]

나빈은 답이 없었다. 슬쩍 그의 자리 쪽을 보니 휴대폰을 보고 있는 것 같았다. 메시지를 확인은 한 것 같은데, 무슨 장문의 편지라도 쓰는 건지 한참이나 답은 오지 않았다. 결국 강의 시간이 다 돼 갈 때에야 나빈의 답장이 도착했다.

[음 그게]
[지난번에는 짜다고 했잖아요] 오후 4:58

메시지와 함께 우는 토끼 이모티콘이 왔다. 이 토끼 눈에는 눈물 마를 날이 없다.

오후 4:58 [안 주셔도 괜찮은데. 아무튼 이건 준 거니 고맙게 마실게요.]

[네!!] 오후 4:58

대답은 힘찼다.

캔을 따서 한 모금을 마셨다. 커피는 아직 뜨거웠다. 약간의 바닐라 향이 짙은 설탕 맛과 함께 혀를 자극했다. 그리고 역시나 찝찝하게 짠 뒷맛이 남았다.

내가 캔을 내려놓자마자 휴대폰에 새 메시지가 떴다.

[안 짜죠?] 오후 4:59

세 글자에서 의기양양함이 느껴졌다.

오후 4:59 [짠데요.]

[아니]

[와]

[왜]

[어째서] 오후 4:59

이번에는 고양이가 땅을 치며 통곡하는 이모티콘이 날아왔다. 토끼 다음은 고양이인가 보다.

[기다려요]
[내가 캔커피 마스터가 돼서]
[다혜 씨가 좋아할 커피 찾아올게요] 오후 5:00

오후 5:00 [안 그러셔도 돼요.]
[안 돼요 아직 제대로 된 뇌물을 못 준 거잖아요] 오후 5:00

오후 5:01 [그러니까 안 줘도 된다니까요.]

교수님이 안 왔다면 이 무의미한 실랑이는 한참 더 이어졌을 게 분명했다.

수업 후 나빈과 저녁을 먹고 도서관으로 향했다. 오늘은 최고 기온도 영하라더니, 숨만 쉬어도 목구멍이 얼어붙을 듯 추웠다. 도서관으로 가는 좁은 길목에는 길게 얼음이 얼어 있었다. 눈이 쌓였던 게 반짝 녹았다가 다시 얼어 빙판이 되어 버린 모양이었다.

"위험할 거 같은데. 다른 길로 갈까요?"

나빈이 물었다. 시간을 확인하니 곧 7시였다. 스터디 룸 예약 시간이 얼마 남지 않았다.

"조심해서 가면 되죠."

나는 최대한 살금살금 걸음을 옮겼다. 노력도 무색하게, 빙판 중앙쯤에서 오른발이 쭉 미끄러졌다. 어떻게든 중심을 잡아 보려 했지만 이미 소용없는 짓이었다. 소리 지를 틈도 없이 몸이 뒤로 넘어갔다.

눈을 질끈 감았다.

책가방이 어딘가 툭 부딪치는 느낌이 들었다.

아프지도 않았고, 요란한 소리도 없이 그게 다였다. 가슴 아래쪽에 가벼운 압박감이 느껴졌다.

"다혜 씨, 조심해야죠."

귓가에 가깝게 들리는 목소리에 슬며시 눈을 떴다. 상황을 파악하는데 몇 초가 걸렸다.

나는 꽝꽝 언 빙판이 아닌 나빈의 품에 기대어 있었다. 그가 뒤편에서 나를 다급하게 끌어안은 것 같았다. 그의 팔이 내 윗배 쪽에 단단히 둘러져 있었다. 눈으로 볼 때는 몰랐는데, 의외로 그는 나를 넉넉히 감싸 안고도 남는 체격이었다. 그러니 사실 기댔다기보다는, 품에 들어갔다는 표현이 적절했다.

책가방 덕분에 서로 몸이 닿지 않은 게 그나마 다행이었다. 심장이 세차게 뛰기 시작한 걸 들킬까 봐 겁이 났다.

"놔주세요, 무거우니까……."

나빈은 조심스레 팔을 풀고, 내가 바로 일어서는 걸 도와주었다. 난 창피한데 그는 뭐가 재밌는지 계속 입꼬리를 올리고 있었다.

"하나도 안 무거워요. 아, 가방은 좀 무거운 거 같은데."

그는 장난스럽게 내 책가방 손잡이를 쥐더니 무게를 재듯 들었다.

"들어 줄까요?"

"됐어요."

"빙판 끝까지만 들어 줄게요."

"제가 들어도 돼요."

"넘어지면 위험하잖아요."

실랑이 끝에 나는 마지못해 그에게 가방을 넘겨주었다. 나빈은 한 손으로 가방을 든 후 반대 손으로 내 팔을 가볍게 잡았다. 빙판을 걷는 걸음이 느려졌다.

나빈은 가방이 무겁다고 엄살을 피웠다.

"매일 이렇게 무겁게 들고 다녀요?"

"참고 서적 몇 권 넣은 거예요."

"제가 매일 들어 주면 어때요?"

"됐어요."

빙판이 끝나자마자 그의 손에서 가방을 뺏었다.

"진짜 들어 줄 수 있는데."

"됐다니까요. 빨리 가요."

나빈이 더 헛소리를 하기 전에 걸음을 재촉했다.

기말고사가 열흘 남짓 남은 시기였다. 도서관은 로비부터 북적였다. 열람실 좌석을 배정하는 키오스크 앞에 길게 줄이 늘어서 있었다.

우리는 예약해 둔 스터디 룸으로 들어갔다. 오늘 예약한 2인실은 워낙 좁은 공간이라 두 사람이 앉으면 꽉 차는 느낌이었다.

괜히 빙판에서 있었던 일이 떠올라 어색해졌다. 잠깐 나갔다 와야겠다는 생각이 들었다.

"저 매점에서 주스라도 사 올게요."

내 말에 나빈이 더 빨리 일어섰다.

"제가 사 올게요. 다혜 씨는 뭐 좋아해요?"

"전 사과 주스……."

"저랑 같은 거 좋아하네요."

나빈은 싱긋 웃고 스터디 룸을 나갔다. 그가 돌아올 때까지 나는 좀처럼 머릿속이 정리되지 않아 멍하니 종이들만 바라보고 있었다.

오늘은 각자 정리해 둔 내용을 기반으로 본문을 작성했다. 어떻게든 최대한 많이 써 보려고 했지만 첫 챕터를 쓰고 나자 두 시간이 지나 버렸다. 스터디 룸을 관리하는 직원이 와서 시간이 다 되었다는 것을 알려 주었다.

써 둔 부분도 그렇게 마음에 드는 것은 아니라, 나중에 추가로 수정해야 할 것 같았다. 아무리 생각해도 시간이 터무니없이 부족했다.

"저 때문에 주말까지 시간 내셔야겠네요."

도서관을 나서며 말했다. 밤 9시가 넘자 바람이 부쩍 냉랭해졌다.

"아뇨, 오히려 며칠에 걸쳐서 하니까 더 여러 각도로 생각하게 되어서 좋은데요."

나빈의 입가에서 하얀 김이 퍼져 나왔다.

"다른 과목 공부도 하셔야 되잖아요."

"다음 주부터 열심히 하면 되죠."

나빈이 낙천적인 소리를 했다. 하기야 나도 남의 학점까지 걱정해 줄 여유는 없어서 고개만 끄덕였다.

어쩌면 머리가 좋은 타입일지도 모른다. 엘리가 아이돌 활동을 하면서 어떻게 우리 학교에 입학했는지 신기하다고 하는 이야기를 엿들은 적도 있었다.

길은 어두웠다. 교정에는 가로등이 드문드문 밝혀져 있었다. 대학원 연구실은 아직도 불을 환하게 켜 두었다. 어디선가 시험 기간과 어울리지 않는 발랄한 웃음소리가 들렸다.

"복학하니까 좋네요. 돌아오기 전까진 망설였는데."

"왜요?"

"내가 와도 되는 곳이 맞나 싶어서요."

무슨 말을 해야 할지 머뭇거리는 사이, 나빈이 다시 말을 이었다.

"아무튼 돌아오니 좋아요."

"다행이네요."

"다혜 씨도 만났잖아요."

나빈은 농담인지 진담인지 모를 소리를 하고는 웃었다.

금요일 저녁이어서인지, 늦은 시각인데도 지하철은 북적였다.

우리는 간신히 인파를 헤치고 문가에 섰다.

"내일 어디서 할까요? 스터디 룸은 자리 없던데."

"학교 근처 카페는 사람 너무 많겠죠?"

그가 걱정스럽게 반문했다. 마스크에 가로막힌 목소리가 갑갑하게 울렸다.

"아마도요. 시험 기간이니까요."

나빈과 나 같은 경우엔 집에서 통학하고 있었지만, 학교 근처에서 자취하는 학생들도 제법 많았다. 집에서는 공부가 안 된다는 이유로 다들 카페로 쏟아져 나올 테니 분명 거의 만석

일 것이다.

"꼭 학교 근처에서 할 필요는 없지 않아요?"

나빈이 나를 비스듬히 내려다보며 물었다.

"그럼요?"

"다혜 씨 집 근처 카페에서 해요. 학교 근처보다는 훨씬 덜 붐빌 것 같은데."

"카페에서 하는 건 좋은데……."

나빈의 제안에 집 근처 카페들을 떠올려 봤다. 하나같이 별로였다.

"저희 집 근처에는 갈 만한 카페가 없어요. 한참 가면 프랜차이즈가 있긴 한데 너무 시끄럽고요. 마포에서 하면 어때요?"

"저는 좋은데, 다혜 씨한테 멀잖아요."

"지하철 한 역인데 뭐가 멀어요? 걸어서도 갈 수 있는 거리인데. 할 만한 카페 있어요?"

나빈은 내 질문에 잠시 고민하더니 입을 열었다.

"음, 있긴 있어요. 집 앞에 새로 생긴 스터디 카페인데 항상 사람이 없더라고요."

가게 주인에겐 비극이었지만 우리에겐 좋은 일이었다.

"그럼 거기서 할까요? 선배만 괜찮으시면요."

"네. 사람 없는 곳이 좋죠, 아무래도."

나빈은 그렇게 대답하며 후드를 슬쩍 눌러썼다. 항상 반짝인다고 생각했던 그의 얼굴에 희미한 그늘이 졌다.

나빈과 만나기로 한 장소는 마포역 4번 출구였다. 다리 하나만 건너면 되는 동네였지만 나는 좀처럼 마포까지 와 본 적이 없었다.

　계단을 올라오자 나빈이 나를 기다리고 있었다. 학교 앞이 아닌 낯선 동네에서 만나니 색달랐다. 어제보다 날이 한층 풀려서인지 골목을 걸어가는 우리의 발걸음에도 여유가 실렸다. 골목은 90년대에 지어졌을 법한 벽돌 건물들이 주를 이뤘다.

　"다혜 씨는 언제부터 여의도에 살았어요?"

　"6학년 때부터요. 선배는 계속 마포에서 사셨어요?"

　"전 초등학교 1학년 때 이사 왔어요."

　"오래 사셨네요."

　"그쵸. 동네가 많이 바뀌었어요. 전 그대로인데."

　"그대로는 아니겠죠."

　"음, 겉모습 말고요. 그냥 그때 이후로 멈춰 있는 느낌?"

　나빈의 말이 이상해서 힐끗 그를 올려다보았다.

　"선배는 많은 일을 하셨잖아요. 스물다섯치고는요."

　"다혜 씨는 항상 어른스럽게 말하네요."

　"애늙은이처럼 말한다는 뜻인가요?"

　오밀조밀하게 가게가 들어찬 골목을 지나 야트막한 언덕을 넘어가니 낡은 아파트가 보였다. 아파트라고는 해도 단지는 아니었고 주상 복합 형태의 단독 건물이었다. 왠지 눈에 익은 건물이라 생각했더니, 우리 집에서도 보이는 곳이었다. 나빈은 그곳이 자신의 집이라고 했다.

"여기 11층이에요."

"저희 집에서 보이는 건물이네요."

"아, 네, 저희 집에서도 다혜 씨네 아파트 보여요."

"저도 11층인데."

"정말요?"

나빈이 신기한 듯 되물었다.

"나중에 밤 되면 다혜 씨 집 찾아봐야겠어요."

"못 찾을걸요."

"보이긴 보일 텐데."

"뭐, 아마 먼 불빛 정도로 보이겠죠."

"그럼 우리 그거 해 볼까요? 손전등으로 모스 부호 같은 거."

"그건 말도 안 되고요."

나빈은 희망을 버리지 못했는지, 오늘 밤 신호를 보내 볼 테니 확인해 달라는 쓸데없는 부탁까지 했다.

초등학교 1학년 때 이후로 그대로라는 게 이런 뜻이었나.

"아, 카페는 저쪽이에요."

나빈이 저 앞의 건물을 가리켰다. 오래된 2층 건물을 통으로 쓰는 카페였다.

카페는 약간 걱정스러울 정도로 사람이 없었다. 나빈과 나는 창가의 4인석 테이블에 자리를 잡았다. 우리는 카운터에서 아메리카노 두 잔을 시킨 후 책과 노트북을 꺼냈다. 잔잔하게 흐르는 피아노 음악이 귓가를 간질였다. 큰 창으로 겨울 햇살이 따뜻하게 쏟아져 들어왔다.

"여기 좋은데요?"

창밖으로 보이는 풍경은 아파트와 콘크리트 도로가 전부였지만, 실내 분위기는 포근하고 아늑했다. 커피 값도 비싸지 않았고, 샌드위치 같은 것도 팔고 있어 식사를 해결할 수도 있었다.

"공부하기에 딱인데 사람이 너무 없어서 문 닫을까 걱정이에요."

나빈이 노트북을 꺼내며 말했다.

우선은 노트북을 켜고 우리가 작업하던 파일을 띄웠다. 한참이나 남은 리포트를 보자 나도 모르게 한숨이 나왔다. 순간 나빈도 같이 한숨을 내쉬었다. 우리는 서로를 보고 조금 웃었다.

중간중간 샌드위치로 식사를 때워 가며, 밤 9시까지 리포트를 썼다. 덕분에 본문을 거의 끝냈다. 나빈은 구태여 괜찮다는 나를 지하철역까지 데려다주고 돌아갔다.

늦은 밤 나빈에게 메시지가 왔다. 책상 앞에 앉아 톨스토이 논문을 정리하고 있을 때였다.

[다혜씨!]
[지금 신호 보여요?] 오후 10:35

고개를 들어 창밖을 보았다. 별처럼 총총한 불빛들이 강 건너편에서 비춰 오고 있었다. 신호를 찾아보려 했지만 내 눈엔 보이지 않았다.

오후 10:36 [보일 리가 없잖아요.]

[아]

[불빛이 너무 작은가봐요] 오후 10:36

포실포실한 햄스터가 눈물을 쏟았다.

[다음번에는 큰 조명 준비해올게요!!] 오후 10:37

[아니, 제발 그러지 마세요.]
오후 10:37 [그럼 내일 봐요.]

[네!!!]

[잘자요 다혜씨] 오후 10:37

메시지 창을 닫고 나서 다시 강 건너편을 응시했다. 저 수많은 불빛 중에 하나가 나빈이라는 사실이 신기했다.

다음 날도 같은 카페에서 10시부터 만나 작업을 시작했다. 점심때쯤엔 어떻게든 본문을 마무리했고, 오후 동안 부족한 부분을 보강하고 결론과 서론을 썼다. 드디어 리포트를 끝냈을 때는 저녁 6시였다.

"그럼 당일에 프린트는 제가 해 갈게요. 메일로 보내 주세요."

나빈이 말했다. 발표는 다음다음 주 금요일 5시였다. 나는 그 주 목요일 오후에 마지막 시험이 있었다. 그 이후라면 리포트를 최종 점검할 시간이 날 것 같았다.

"선배, 혹시 시험 언제 끝나세요?"

"수요일이요."

"저는 목요일 오후에 끝나거든요. 괜찮으시면 그날 만나서 마지막으로 최종 확인할까요?"

"좋아요. 그럼 제가 학교로 갈게요. 중도에서 해요."

"그럼 스터디 룸 예약해 둘게요. 4시 정도 어때요?"

"네, 그때 도서관에서 봐요."

가방을 싸던 중 빠뜨린 것 하나가 떠올랐다.

"그런데 선배, 우리 중요한 거 하나 안 정했어요."

"네? 어떤 거요?"

자료를 정리하던 나빈이 고개를 들었다.

"발표자요."

"아, 그러네요. 누가 하는 게 좋을 것 같아요?"

"글쎄요, 선배 생각은 어때요?"

"누가 하든 상관없는 거면 제가 할게요. 저 시험 수요일 오전에 끝나서 시간 많거든요."

나빈이 씩씩하게 대답했다. 나는 잠깐 걱정스러운 눈길로 나빈을 응시했다. 그가 대사를 읽던 실력을 생각하면 암담했다. 나빈은 내 눈빛을 읽었는지 변명을 덧붙였다.

"이런 발표는 잘할 수 있어요. 연기력이 필요한 게 아니잖아요."

"네, 그럼 선배가 하세요."

그의 말을 믿고 일단은 맡겨 보기로 했다. 목요일에 확인하고 정 안 되겠으면 그때 가서 발표자를 바꿔도 될 일이니까.

짐을 챙겨 카페를 나오는데 나빈이 친근하게 나를 불렀다.

"다혜 씨. 오늘 시간 돼요? 괜찮으면 저녁 먹고 들어갈래요? 제가 살게요."

나는 먼저 골목으로 나와 그를 돌아보았다. 주홍빛 가로등이 길목을 환하게 비추고 있었다.

"식사요?"

"네. 다혜 씨가 바쁘시면 어쩔 수 없고요."

지난 이틀간 나빈은 정말 열심히 했다. 과제는 과제일 뿐이니 개인적 감정을 느끼고 싶지는 않았지만, 묘한 동료애 같은 게 생긴 것도 사실이었다.

무엇보다 주제가 체홉이었던 것이 한몫했다. 이틀 내내 20세기 후반 문학 같은 걸 토의했다면 아마 조원까지도 지긋지긋해졌을 것이다.

저녁 한 끼 정도는 괜찮지 않을까.

잠깐 고민하다 입을 열었다.

"사 주실 필요 없는데."

내 말에 나빈은 약간 실망한 듯했다가, 이어진 다음 말을 듣고 다시 환하게 웃었다.

"더치페이로 해요."

"아뇨, 제가 살게요. 제가 돈 버니까."

"아, 아르바이트하신다고 했죠."

"그것도 있고, 이것저것 들어오는 게 있어요."

이것저것? 주식이라도 하나? 그래 봤자 대학생의 소득이 대단할 것 같진 않았다. 예전에는 연예인이었다고 해도, 그게 벌써 몇 해 전 일이고.

"그냥 각자 내요."

우리는 식당을 찾아 골목길을 걸었다. 어느 동네나 하나쯤은 있을 것 같은 닭갈비 가게가 눈에 띄었다. 가게에 들어갔더니 서너 테이블에서 이미 식사를 하고 있었다. 매콤한 냄새가 차갑던 코끝을 얼얼하게 녹였다.

갑자기 따뜻한 실내에 들어온 탓에 안경에 뿌옇게 김이 서렸다. 안경을 벗고 꼼꼼히 닦았다. 다시 안경을 쓰니, 나빈은 전처럼 내 얼굴을 또 빤히 바라보고 있었다.

"왜요?"

나는 안경을 벗은 얼굴을 남에게 보이는 걸 좋아하지 않는다. 내가 보기에도 내 맨얼굴이 어색했다.

"코에 눌린 자국 있어서요."

"이 정도는 어쩔 수 없어요. 최대한 가볍게 만든 건데요."

"안 아파요?"

"안 아파요."

대체 안경 자국을 왜 그렇게 신경 쓰는지 모르겠다.

자리에 앉아 치즈 닭갈비 2인분을 주문했다. 곧 점원이 와서 닭갈비를 볶았다. 뿌연 김이 모락모락 올라왔다. 맞은편의 나빈은 멍하니 익어 가는 닭갈비를 바라보고 있었다.

"맛있겠다."

그가 혼잣말처럼 중얼거렸다. 너무 진심이 담긴 목소리여서 나도 모르게 픽 웃었다.

"아, 이게 혼자서는 못 먹잖아요. 거의 혼자 다니니까 이런 건 먹기가 힘들거든요."

나빈이 내 웃음소리를 들은 건지 변명처럼 말했다.

"예전에 일할 때는 늘 관리하니까 형들이랑 이렇게 먹을 일이 잘 없었고……."

형들이라는 건 아마 그와 함께 아이돌 활동을 했던 사람들일 것이다. 학과 사람들은 엘리가 탈퇴한 지 얼마 되지 않아 그 그룹이 국내에서 손꼽히는 보이 그룹이 되었다고 했다. 학과 선배들은 그 이야기도 종종 재미 삼아 했다. 이를테면 이런 식이었다.

엘리가 아직 연락할까? 야, 급이 달라졌는데 어떻게 하겠어? 뭐, 원래도 인기 멤버는 아니었잖아. 그래도 그렇지, 어떻게 탈퇴하고 나니 그렇게 되냐. 걔가 빠져서 잘된 걸 수도 있지. 근데 기분이 어떨까?

평소에는 엘리의 내면엔 아무 관심도 없던 주제에, 다들 그 기분만은 궁금해했다. 이렇게 삐딱하게 말하지만, 사실 나도 마찬가지였다. 나도 내심 그 기분이 궁금하다 생각했다.

지금 생각하면 나빈에게 미안한 일이었다.

"다른 친구는요? 여기서 오래 사셨으면······."

"딱히 없어요. 연습생 생활 시작하면서 학교에서는 애들이랑 잘 안 어울리게 됐거든요. 사실 그전부터도 친구는 거의 없었고."

나빈이 대답했다.

"그냥 전 가족들이랑 시간을 보내는 게 더 좋아서요. 그걸로 충분했던 거 같아요."

나와는 정말 다른 사람이구나. 나는 한 번도 그런 생각을 해 본 적이 없는데. 새삼 이 자리가 어색하고 쓸쓸해졌다.

그렇지만 그런 기분을 내색하고 싶진 않아, 최대한 태연하게 물었다.

"그럼 가족분들이랑은 이런 곳 안 오세요?"

나도 우리 부모와 이런 식당을 와 본 적은 없지만.

"음……. 일단 지금 같이 안 살아요."

"혼자 지내시는 거예요?"

"집안 사정이 좀 있어서요."

직원이 와서 닭갈비를 몇 번 더 뒤적이더니 새하얀 치즈를 뿌렸다.

직원은 치즈가 녹으면 먹어도 된다고 말하고 돌아갔다. 잠시 후 치즈가 노글노글해지자 나빈이 닭갈비를 내 접시에 한 주걱 먼저 덜어 주었다.

"와, 여기 진짜 맛있는데요."

나빈이 한 입 먹고 감탄했다. 나도 따라 먹어 보았지만, 그렇게 감동할 정도의 맛은 아니었다. 그냥 어디나 있는 닭갈비, 학생회관보다는 조금 나은 정도.

연예인들이면 비싸고 유명한 곳을 많이 돌아다니지 않나?

하긴, 엘리가 연예인이었던 건 한참 전의 일이다. 최근에는 군 복무를 했으니 입맛의 기준이 군대에 맞춰진 걸 수도 있다.

식사를 하며 우리는 러시아 희곡들에 대한 이야기를 나눴다. 주로 수업 시간에 다룬 '감찰관'이나 '어둠의 힘' 같은 작품에 대한 소소한 토론이었다. 나빈은 수업 시간에 나온 자잘한 부분들까지 기억했고, 정말 즐겁게 이야기했다. 누가 들어도 그가 이 대화 주제에 애정이 넘친단 걸 느낄 수 있을 정도였다.

학과 사람들은 누구도 엘리가 전공에 애정이 있을 거라 생각하지 않았다. 어차피 연예인이니 전공은 대강 만만한 것 중에 고른 거겠지. 다들 그렇게 말했고, 나도 은연중에 그렇게 생각해 왔다. 물론 노문학은 절대 만만하지 않지만.

어쨌거나 적어도 그 생각은 틀린 게 확실했다. 대충 졸업장이나 딸 생각이라면 이렇게 진지하고 열성적일 수가 없었다.

"그런데 선배는 연극에 관심 있던 것도 아니라면서, 이 과목은 왜 수강하셨어요?"

"체홉의 바냐 삼촌을 좋아하니까……."

바냐 이야기가 나오자, 나빈은 수줍은 소년처럼 미소 지었다.

"복학하면 꼭 듣고 싶었던 수업 중 하나거든요. 3학년 수업이라 좀 걱정했었는데 듣길 잘한 거 같아요. 덕분에 다혜 씨도 만났잖아요."

"절 만난 건 별로 좋은 일은 아닌 거 같은데요."

"음, 아뇨. 좋은 일이죠. 다혜 씨랑 있으면 기분이 밝아지잖아요."

밝아진다고? 나랑 있으면? 생전 처음 듣는 말에 어떻게 반응해야 할지 몰라 젓가락으로 닭고기만 쿡쿡 쑤셨다.

"다혜 씨는 연극 좋아하시잖아요."

"네, 그런 편이죠."

"그럼 졸업하면 그쪽 관련으로 가는 거예요?"

나빈의 말이 너무 순진하게 들려 웃어 버렸다.

"좋아하는 거랑 진로는 다르죠. 그게 쉬운 길도 아니고."

무엇보다 부모님이 나를 가만히 내버려 둘 리가 없었다.

"그럼 다혜 씨는 졸업하면 뭐 할 거예요?"

"모르겠어요. 집에서는 로스쿨에 가라고 해요."

"부모님이요?"

"네. 선배 부모님은 그런 거 없어요? 뭘 했으면 좋겠다거나 하는."

"어……."

특별히 어려운 질문은 아니었던 것 같은데 나빈은 한참이나 고민하는 듯했다.

"늘 하고 싶은 걸 하게 해 주셨던 것 같아요."

부럽다거나, 좋은 분들 같다거나, 그런 말은 하지 않았다. 사람들과 부대끼면서 세운 나만의 철칙 중 하나는 남의 가족에 대해 쉽게 평하지 말아야 한다는 것이었다. 좋은 의미로 한 말도 사람의 마음을 괴롭게 할 수 있다. 우리 부모님에 대해 알게 된 사람들이 부럽다거나 대단하다고 말할 때마다 내가 웃지도 화내지도 못했듯이.

그래도 아까 잠깐 가족 이야기가 나왔을 때를 생각하면, 역시 나빈의 가족들은 좋은 사람들일 것 같았다.

식사를 마치고 나오는데 나보다 나빈이 먼저 계산대로 향했다. 얻어먹을 생각은 전혀 없었던 터라 좀 당황스러웠다.

"더치페이 하기로 했잖아요."

"오늘은 제가 살게요. 대신 다음에 다혜 씨가 따로 커피 사 줘요."

나빈은 내가 더 우기지 못하게 카드를 내고 말았다.

"비싼 걸로."

그가 덧붙였다.

"알겠어요."

"네, 커피 꼭 사요."

나빈이 생글거리며 말했다. 그는 어제처럼 굳이 나를 지하철역 앞까지 바래다주겠다고 했다. 오늘은 별로 늦은 시간도 아니었는데 말이다. 그냥 그런 일이 몸에 밴 사람 같았다.

"오늘은 지하철 안 탈 거예요."

"버스 타시게요?"

"아뇨. 너무 많이 먹어서 걸어가려고요."

여기서 우리 집까지는 걸어서 30분이 넘는 거리였다. 다소 멀긴 해도, 식후 산책으로는 나쁘지 않았다.

"춥지 않겠어요?"

그가 걱정스레 물었다.

"이 정도는 괜찮아요."

"그럼 저도 산책 겸 같이 가도 돼요? 저도 과식한 거 같은데."

그건 누가 들어도 거짓말이었다. 오늘 내가 과식한 건 나빈이 너무 식사를 안 한 탓도 있었다. 남은 음식들을 생각 없이 먹다 보니 평소보다 많이 먹어 버렸던 것이다.

"별로 안 드셨잖아요."

"아뇨. 진짜 맛있어서 많이 먹었는데."

그럼 나는 뭐가 되나. 어처구니가 없어서 나빈을 묵묵히 바라보았다. 나빈은 입꼬리를 씩 올리고 먼저 걸음을 뗐다.

"가요. 더 추워지기 전에."

"그래요, 그럼."

굳이 더 만류하지 않고 그를 따라갔다. 예상한 대로 다리 위에는 매서운 강바람이 몰아쳤다.

우리는 평소보다 빠른 걸음으로 다리를 건넜다. 빛과 어둠을 머금은 강물이 묵묵히 흐르고 있었다. 물은 쉼 없이 흐르는데 빛도 어둠도 그 자리에 멈춰 있었다.

환한 가로등이 드문드문 길을 비추었다. 마지막으로 이 다리를 걸었던 날이 떠올랐다. 나빈을 우연히 마주친 날이기도 했다. 결코 바랐던 일은 아니었지만, 어쨌거나 그날 이후로 나는 또 꾸역꾸역 살아서 여기까지 왔다.

저토록 차디찬 강물에 몸을 던져야 하는 인생들이란 대개 끝의 끝까지 몰린 이들일 거라고 사람들은 생각할 것이다. 글쎄, 나처럼 어정쩡한 불행에 지쳐 버린 사람들도 때로는 같은 선택을 하기도 한다.

어느새 우리 둘 다 걸음이 조금 느려졌다.

그는 지금 무슨 생각을 하고 있을까.

"여기 오랜만에 와요."

다리 중앙쯤에서 나빈이 갑자기 말을 건넸다. 우리가 마주쳤던 그 자리였다.

"솔직히 말하자면 그날 이후로 처음 왔어요. 다혜 씨랑 여기서 만났던 날이요."

나빈이 그날 일을 꺼낸 것은 처음이었다. 약속한 것처럼 우리는 그날에 대해 침묵을 지켰던 것이다.

"뭐, 자주 올 만한 곳은 아니잖아요. 저도 그날 이후로는 처음 와요."

가볍게 대꾸했다.

"그래요?"

그는 슬쩍 나를 내려다보았다.

무언가를 가늠하는 듯한 눈길이었지만, 정확히 어떤 생각을 하고 있는지는 알 수 없었다.

"이 겨울에 여길 올 일이 뭐가 있겠어요."

"하긴 그 뒤로 많이 추워졌죠."

나빈이 웃자 흰 입김이 퍼져 나갔다.

"그때도 저기까지 같이 걸었잖아요."

"아, 그랬었나요?"

이제 와서 모른 척 시치미를 떼다니.

"그때 저 데려다주시려고 했던 거 맞죠?"

당시에는 몰랐지만, 지금까지 지켜본 나빈의 성격을 생각하면 아마 그런 배려였을 것 같았다.

"음······."

역시나 내 생각이 맞는지, 그는 난처한 미소만 띠었다.

"왜 그러셨어요?"

"뭐, 그냥 여기서 만난 것도 신기하고, 시간도 늦었고······."

"이상하게 생각하신 거 아니에요?"

"뭘요?"

"보통 밤에 이런 데 배회하면 이상하게 생각하잖아요. 나쁜 쪽으로."

마치 내 이야기가 아니라는 듯 농담조로 말했다.

"무슨 소리예요?"

나빈이 피식했다.

"아니에요?"

"아니죠. 다혜 씨를 왜 그런 쪽으로 생각하겠어요?"

그는 나에 대해 아무것도 모른다. 그게 안도되면서도 허전했다. 나빈이 좀 더 나를 알아 줬으면 하는 마음이 들어 버린 것이다.

마음이란 건 만족을 모른다. 조금만 온기를 쬐면 온몸이 불탈 때까지 그 열기를 갈구한다. 결국 남는 건 까만 잿더미일 뿐이란 걸 알면서도.

그렇지만 사람과 사람 사이에는 안전거리가 있는 법이다. 서로 적당히 친절하고, 나쁜 모습은 보이지 않는 거리. 상처를 주고받지도 않고, 실망하지도 않을 거리.

엘리와 나는 이 정도 거리가 딱 좋았다.

다리를 다 건넜을 때는 양 뺨이 아릴 정도로 얼어 있었다. 그래도 속이 더부룩하던 것은 훨씬 나아졌다. 횡단보도 앞에서 인사를 건네려는데 나빈은 굳이 나를 집 앞까지 바래다주겠다고 했다.

"어차피 집이 바로 건너편 아닌가요? 앞까지 갈게요."

"저번엔 여기서 돌아가셨잖아요."

"그때는 다혜 씨가 절 잘 몰랐잖아요."

"알고 있었는데요."

"그냥 학과 선배라고 아는 정도였잖아요."

"그런 의미라면 지금도 잘 몰라요."

말해 놓고 나니 그 사실이 더 크게 와 닿았다.

우리는 서로를 잘 모른다.

"그래도 그때보다는 좀 더 알잖아요? 나도 다혜 씨를 조금 더 알게 됐고."

나빈이 해사하게 웃었다. 오늘만큼은 전혀 서툴거나 어색하지 않은 미소였다. 저런 얼굴을 본다면 누구든 무장 해제되어 버릴 거다.

"마음대로 하세요."

퉁명스럽게 대꾸했다.

"네, 마음대로 할게요."

신호등이 파란불로 바뀌었다. 나는 무심결에 시계를 확인했다. 아직 8시도 되기 전이었다. 부모님과 마주칠 일은 없을 것 같았다.

아파트 단지 입구에서 나빈은 잠깐 위를 올려다보았다.

"어느 건물이에요?"

"바로 앞 저기요."

나는 손가락으로 아파트를 가리켰다. 한강을 정면으로 보고 있는 건물이었다.

"오늘은 집에 가서 다혜 씨 집 찾아봐야지."

"어떻게 찾아요? 이렇게 먼데."

"난 찾을 수 있을 거 같은데."

"어딘지도 모르면서."

감기가 올 것처럼 목 밑이 간질간질했다. 찬 바람을 너무 맞은 걸지도 모른다.

"아무튼 다 왔으니까……."

바로 들어갔어야 하는데 한 템포 망설여 버렸다.

"10시까지 들어가야 하는 거죠?"

"어……. 네."

"그럼 5분만 늦게 들어가도 돼요?"

나는 바로 대답하지 못하고 괜히 또 휴대폰을 확인했다. 아직 10시까지는 한참이나 남았다.

"5분이요?"

"네."

나는 잠시 망설이다 고개를 끄덕였다.

"5분이면 괜찮아요."

5분으로 시험 성적이 바뀌지도 않을 거고, 나빈과 내 관계가 변하지도 않을 거고.

다소 안일한 생각으로 나빈과 근처 편의점으로 향했다. 우리는 따뜻한 커피를 한 잔씩 사서 편의점 플라스틱 테이블에 앉았다. 잔이 다 비면 일어나야겠다 생각했는데, 전공 이야기가 재밌어서 좀처럼 자리를 뜰 수가 없었다.

아, 시험 공부 해야 되는데.

이러다 부모님이나 아는 사람이랑 만나면 곤란한데.

그런 생각을 하면서도 나는 결국 10시나 되어 나빈과 헤어졌다. 나빈이 굳이 나를 잡은 것도 아닌데 말이다.

"공부해야 되는데……."

엘리베이터를 기다리며 한숨을 푹 내쉬었다. 나빈은 걱정 없겠지. 아까 은근히 대학 입시는 어떻게 준비했냐고 떠보았더니, 그냥 틈나는 대로 열심히 했다고 대답했다. 역시 그냥 타고나게 머리가 좋은 타입이었던 거다.

괜히 짜증 나서 엘리베이터 버튼을 분풀이하듯 두 번 더 세게 눌렀다.

나빈이 잘못한 건 아니다. 자리에서 일어나지 못한 내가 문제니까.

어째서일까, 그와 대화를 나누고 있으면 마음이 편해진다.

어쩌면 나빈의 말대로 내가 그에 대해, 그가 나에 대해, 서로 조금씩 더 알게 되었기 때문인지도 모르겠다.

엘리베이터 안에서 문득 나빈에 대해 무엇을 더 알게 됐는지를 생각했다.

이나빈.

엘리.

체홉을 좋아하고, 러시아어가 아직 서툴다. 열심히 공부하고, 책임감 있고, 가끔은 어린애 같다. 매운 걸 좋아하고, 캔커피의 짠맛을 못 느끼며, 문자로는 좀 귀여운 척하려는 경향이 있다.

엘리베이터가 11층에 도착하기도 전에 그에 대해 꽤 많은 것을 알게 되었다는 사실을 깨달았다.

별건 아니었지만 이제 서로 지인이라 말할 정도는 된 것이다.

엘리와 내가 지인이라니.

새삼스럽게 신기한 기분이다.

한 주의 첫 수업은 월요일 2교시, 톨스토이 강의였다.

강의를 맡은 교수는 우리 과의 학과장으로 노년의 남자 교수였다. 내용은 분명 흥미로웠지만, 학과장이 잡담을 많이 하는 편이라 유용한 정보를 골라내는 게 일이었다.

게다가 목소리가 작아 마이크를 썼는데, 마이크가 웅웅거리는 바람에 말을 알아듣기가 쉽지 않았다.

그래도 나는 꼭 뒷문 바로 앞자리를 고수했다.

"다혜 씨."

막 강의실로 들어가려는데 익숙해진 목소리가 들렸다.

나빈이었다.

"여기서 수업 들어요?"

그가 반갑게 물었다.

"네."

"2교시?"

나빈은 열린 뒷문을 통해 슬쩍 강의실 안을 엿보았다.

"네. 톨스토이 수업이요."

"쉬는 시간 좀 남았죠?"

나는 휴대폰을 확인했다. 수업 시간까진 10분 정도 남아 있었다.

"네, 10분쯤요."

"그럼 어제 약속한 커피 지금 마셔도 돼요?"

"커피 마실 시간은 안 될 텐데요."

"자판기 커피요."

나빈이 싱긋 웃었다.

"너무 싼데요. 비싼 걸로 사 달라고 하셨잖아요."

"그럼 다음에 한 잔 더 얻어먹죠."

나는 자리에 가방을 두고 다시 나왔다.

"여기서도 뒷문 바로 앞에 앉아요?"

"보통은요."

"그럼 저기가 다혜 씨 지정석이네요."

나빈은 무슨 생각을 하는지 혼자 고개를 두어 번 끄덕였다.

강의실은 2층이었다. 한 층만 내려가면 로비에 바로 자판기가 있었다. 보통 수업 전까지 시간이 애매하게 남으면 여기서 커피를 뽑아 담배 한 대를 피우는 게 인문대생들의 일과였다. 나는 자판기에 동전을 넣었다. 버튼마다 초록 불이 들어왔다.

"코코아는 싫어한다고 했고. 뭐 마실 거예요?"

나빈은 마치 자기가 사 주는 것처럼 물었다.

"전 커피요."

"그럼 전 코코아 마실래요."

우리는 커피와 코코아를 한 잔씩 빼서 로비 구석에 가서섰다. 큰 창으로 겨울 햇살이 밀려들어 왔다. 나는 커피를 한 모금 마셨다. 달고 부드럽고 쌉싸름했다. 저렴한 맛이지만 이런 맛도 나쁘지 않았다.

"자판기 커피에서는 짠맛 안 나요?"

코코아를 홀짝이던 나빈이 물었다.

"네. 자판기 코코아에서는 가끔 나고요."

"뭘까……."

"깊이 알려 하지 마세요."

"알아내고 싶어요."

나빈은 슬쩍 미간을 좁혔다.

"어젠 잘 들어가셨어요?"

이번엔 내가 물었다.

"네. 이제 밤에 진짜 춥더라고요."

"설마 집까지 걸어간 거예요?"

"네. 그냥 모처럼 걸었어요. 강바람이 정말 장난 아니던데요."

상상만 해도 뼈가 시릴 것 같았다.

"굳이 왜 걸어가셨어요?"

"그냥 가끔 걷는 곳이라서요."

그래서 처음 만났던 날도 늦은 시각에 그곳까지 왔던 걸까. 하지만 그는 그날 단순한 산책이 아니라, 추모를 하러 왔다고 했는데.

"아, 혹시 불편하면 먼저 올라가 봐도 돼요."

나빈이 말했다. 오가는 학생들이 우리를 한 번씩은 힐끔거리고 갔던 것이다.

"됐어요. 아직 10분 남았는데."

나는 커피를 다시 한 모금 삼켰다. 아주 조금의 온기인데도 속이 녹는 느낌이었다.

"선배도 피곤하겠어요. 사람들이 쳐다보는 게 일과라서."

"음, 자주 학교에 나오다 보니 전보다는 덜해요. 오늘은 좀 많이 쳐다보는 거 같긴 한데."

그럼 지금은 나 때문인가. 늘 혼자서 다니던 엘리가 누구랑 같이 있으면, 나라도 한 번쯤 들여다보고 갔을 법했다.

"그럼 오늘은 저 때문에 사람들이 더 쳐다보는 건가 보네요."

"다혜 씨가 예뻐서요?"

나빈의 헛소리 덕분에 마시던 커피가 목에 걸렸다. 한참이나 입을 막고 콜록거렸다.

"미쳤어요?"

"제정신인데."

"립 서비스가 좋으시네요."

"립 서비스 아닌데."

나빈은 천연덕스러운 눈빛으로 나를 바라보고 있었다. 짐짓 표정을 굳혔다.

"그냥 선배가 누구랑 같이 다닌 적이 없으셔서 쳐다보고 간 게 아닌가 한 거예요."

"제 생각엔 다혜 씨가 예……."

"저 올라가요?"

나빈은 곧바로 입을 다물고 고개를 저었다. 나도 모르게 피식 웃음이 새어 나왔다.

"선배는 성격도 좋은데 왜 계속 혼자 다녀요?"

만나면 만날수록 의아했다. 처음에는 정말 학과 사람들 이야기처럼 재수 없는 성격이라 그런가 했다.

그런데 내게 대하는 걸 보면 나빈은 사교성이 없는 것도 아니었고 성격이 나쁜 것도 아니었다. 나처럼 괴팍하고 남을 싫어하고 보는 인간과는 달랐다. 나빈은 이런 나와도 잘 지낼 정도니 성격이 무던하다 봐도 좋을 것이었다.

"사회성이 좋은 편은 아니에요."

나빈이 대답했다.

"그리고 너무 오랜만에 복학하는 거기도 하고. 휴학 전에도 제대로 학교생활을 했던 게 아니거든요."

"음……."

"그래서 쉬는 시간에 이렇게 잡담하면서 로비에서 시간 때우는 거, 좀 부러웠어요."

뭐라 말해야 할지 몰라 고개만 끄덕끄덕했다.

"대학 생활 하는 거 같아요. 다혜 씨 덕분에요."

"덕분이라기엔 제가 별로 한 게 없는데요."

"있어요. 다혜 씨는 잘 모르겠지만."

"뭐……. 다행이네요."

나빈의 대학 생활에 대한 기대치가 낮은 점이 다행이라고 생각했다. 나는 커피를 털어 마신 후 빈 종이컵을 구겨서 쓰레기통에 던졌다. 우리는 시험에 대한 걱정을 나누다가 헤어졌다. 답 없는 일을 함께 한탄하는 것도 그리 나쁘지 않다는 걸 느꼈다.

"다음번에는 정말로 비싼 커피 사 드릴게요."

"네, 오늘도 잘 마셨어요."

나빈이 부드러운 미소를 띠었다. 역시 예쁘다는 건 저런 얼굴을 보고 하는 말이다. 내가 아니라.

강의실로 돌아오니 아직 수업은 시작되기 전이었다. 자리에 앉아 멍하니 생각에 잠겼다.

어느 카페를 가면 좋을까. 당장 떠오르는 곳이 한 군데 있긴 했다. 전 남자 친구와 가던 카페였는데 비엔나커피가 유명했다. 내 취향은 아니었지만 그 사람 취향이어서 자주 갔다. 가면 항상 그는 비엔나커피를, 나는 아메리카노를 마셨다.

선배도 그런 거 좋아하려나.

생각해 보니 스터디 카페에서 나빈은 항상 아메리카노만 시켰다. 편의점에서도 아메리카노만 마셨고. 아무래도 여기보다는 다른 카페를 찾아보는 게 나을 듯했다.

휴대폰으로 학교 근처의 카페들을 검색해 보았다.

후문에서 멀지 않은 곳에 괜찮아 보이는 카페가 있었다. 꽤 비싸서 학생들보다 교수들이 더 많이 가는 듯한 로스터리 카페였다. 베이커리 류도 호평이었다.

다음에 여기서 커피를 사야겠다고 마음먹었다.

인테리어도 깔끔해 보이고, 학교 근처에선 드물게 분위기도 좋다는 평이고······.

물론 별다른 의도가 있는 게 아니라 약속을 지키기 위해서였다.

언제 이야기해야 하지? 발표가 끝난 후에? 아니면 발표 준비를 하는 날? 그냥 지금 메시지를 보내 봐도 되는 건가?

메시지를 보내지도 못할 거면서 몇 번이고 썼다 지우기만 했다.

하루하루 학기는 종강을 향해 달려갔지만, 나는 좀처럼 나빈에게 커피를 사겠다고 말할 타이밍을 잡지 못했다. 사실 메시지만 한 통 날리면 될 일인데 그게 그렇게 어려웠다.

어차피 수요일에 만나는데 굳이 미리 연락할 필요는 없겠지.

나빈과 나는 방향이 같다. 함께 하교할 테니 그때 이야기하면 될 거다. 그런 생각을 하며, 수요일 강의가 끝난 후 일부러 가방을 천천히 챙기고 있을 때였다.

"다혜 씨."

나빈이 웃으며 인사했다. 그제야 나는 가방을 멨다.

우리는 오늘 강의 내용에 관해 이야기를 나누며 인문대 건물을 나왔다. 앙상한 나무들 아래 오후에 내린 눈이 소복이 쌓여 있었다.

"오늘은 이쪽으로 가 볼게요."

그가 나와는 반대 방향을 가리키며 말했다. 내 얼굴에 떠오른 의아함을 눈치챘는지 나빈이 덧붙였다.

"아. 도서관에 남아서 공부하려고요."

"아⋯⋯. 네."

"조심히 들어가세요."

"열심히 하세요."

우리는 간단하게 인사를 나누고 각자의 길을 갔다.

돌아가는 지하철은 평소보다 붐볐다. 인파가 사정없이 내 몸을 이리저리 치댔다. 나는 간신히 손잡이에 매달려 몸을 지탱했다.

선배랑 탈 때는 이런 일이 없었는데.

사람의 마음이란 참 무르다. 고작 2, 3주 같이 다닌 것만으로도 그의 부재가 허전했다. 허전함은 불편함에 가까운 감정이었다.

사람이 있다 없으면 불편하다. 이런 사소한 불편함이 싫어서 누구도 곁에 두지 않으려 했던 거다. 그렇지만 이건 익숙해져야 할 불편함이기도 했다.

어차피 이번 학기가 끝나면 나빈과 나는 개인적 연락을 주고받을 일이 없을 거다. 어쩌면 다음 학기에 수업 한두 개를 같이 들을지도 모르고, 복도에서 만나면 인사 정도는 나누겠지만 그것뿐이다.

친구도 아니고 지인, 딱 그 정도.

나는 4학년이라 바쁠 테고. 진로도 준비해야 하고 졸업 논문도 써야 하겠지.

그렇게 시간을 보내다 보면, 이 불편함도 어느새 편안함으로 바뀌어 있을 것이다.

가끔 이렇게 만원 전차에서 사람들에게 치일 때면 문득문득 그를 생각하겠지만.

—여의도, 여의도역입니다.

아, 바보 같다. 엘리를 생각하다 내릴 역을 지나쳐 버렸다.

드디어 희곡 수업의 종강일이었다. 종강이어서인지 다른 시험 때문에 바쁜 것인지, 세 명이나 결석해서 유독 강의실이 휑했다.

노트를 꺼내 놓는데 누군가 바로 옆 의자를 끌었다.

당황해 고개를 돌리니 나빈이었다. 그는 자연스럽게 그 의자에 가방을 올려 둔 후, 가방 옆의 자리에 앉았다.

"거기 선배 자리 아닌데……."

"이 수업은 지정석 아니잖아요?"

지정석은 아니라지만, 보통은 앉던 자리에 앉기 마련이다. 일종의 암묵적인 규칙이었다.

"그야 그렇죠."

바로 옆에 붙어 앉았다면 자리가 없어 불편하다고 말이라도 했을 텐데, 지금 나빈과 내 사이에는 의자 하나만큼의 여유 공간이 있었다. 이 책상을 전세 낸 것도 아니고 비켜 달라하는 것도 유난스러웠다.

나빈은 노트와 필통을 꺼내 책상에 올려놓았다.

학생들 몇이 이쪽을 돌아보긴 했지만 그게 다였다. 당연한 일이지만 고등학생도 아니고 고작 한 책상에 앉았다고 이상한 소문이 나지는 않는다. 우리가 같이 조별 과제를 한다는 것도 다들 알 테고. 한두 번 술자리에서 말이 나올 수는 있겠지만 그게 전부일 것이다.

"여기도 칠판 잘 보이네요."

나빈이 말했다.

"문가라 조금 추운 것 같긴 한데. 다른 수업도 늘 이쪽 자리에 앉는다고 했죠?"

"네. 마치고 빨리 나가려고."

나빈은 내 대답에 작게 웃었다. 웃음소리가 간질간질해서 괜히 손바닥으로 귀를 문질렀다.

그의 말대로 오늘은 추운 날이었다. 야외에 있다 난방이 되는 강의실에 들어와서인지 얼굴에 열이 올라 불쾌했다.

교수가 들어와 출석을 부르고 수업을 시작했다.

마지막 강의 주제는 포스트모더니즘이었다. 내가 별로 좋아하지 않는 주제라 재미도 없었고 전혀 집중도 되지 않았다. 까닭에 나도 모르게 자꾸만 옆에 앉은 나빈에게 고개가 돌아갔다.

오늘 주제가 체홉이었다면, 고골이었다면, 하다못해 밤빌로프만 되었어도 나빈을 힐끔거릴 일은 없었다. 그가 문득문득 노트로 시선을 내릴 때마다 긴 속눈썹이 뺨에 섬세한 그늘을 드리웠다.

나빈은 노트에 무언가를 끼적이더니 내 쪽으로 쓱 밀었다.

나는 그의 글씨를 알아보기 위해 잠시 시선을 고정해야 했다.

재미없죠?

내가 산만했던 것을 들킨 것 같아 괜히 찔끔했다. 그 문장 바로 아래 답을 썼다.

수업이니 들어야죠.
어차피 시험도 없는 과목인데
집중하세요.
포스트모더니즘은 대체 뭐라는지 모르겠어요
저도 몰라요.
나갈까요?
미쳤어요?

지금 강의실에 앉아 있는 학생은 고작 일곱 명이었다. 대체 어떻게 나간다는 건지.

지쿠해

나빈은 정말 수업이 듣기 싫은지 턱을 괴고 나를 향해 비스듬히 앉았다.

제대로 앉아서 공부하세요.

그가 피식 웃더니 몸을 이쪽으로 기울여 속삭였다.

"다혜 씨도 안 하잖아요."

"하거든요."

최대한 목소리를 죽이고 소곤거렸다.

"아닌데. 계속 저 쳐다봤잖아요."

"내가 언제요?"

너무 당황해서 목소리가 살짝 올라가 버렸다. 교수님이 이쪽을 봤다. 얼른 그녀의 시선을 피했다. 다행히 언짢아 보이시지는 않았지만 창피했다.

초등학교 때도 이런 일로 선생님 눈초리를 받은 적은 없었는데. 있는 힘껏 나빈을 노려봤더니, 그는 더 재밌다는 듯 고개를 숙이고 작게 웃었다.

나빈은 오늘도 학교에 남아 시험 공부를 할 거라고 했다. 나는 홀로 지하철을 타고 귀가했다. 오늘도 좀처럼 카페 이야기를 꺼낼 타이밍을 잡지 못한 탓에 마음 한구석이 찜찜했다.

환승을 하는데 코트 주머니에서 진동이 울렸다. 중요한 문자는 아니겠지 싶어 열차에 올라탄 후 휴대폰을 꺼냈다. 사람들에 끼어서 주머니에서 휴대폰을 빼내기도 불편했다.

뜻밖에도 나빈으로부터의 메시지였다.

[내일 국회 도서관에서 공부해도 돼요?] 오후 6:45

오후 6:47 [제 허락이 필요한가요?]

[다혜씨랑 같이할 거니까요] 오후 6:47

내가 무어라 대답하기도 전에 공손히 두 손을 모으고 눈을 반짝이는 토끼 이모티콘이 날아왔다.

[될까요?]
[학교 도서관엔 사람도 너무 많고]
[다혜씨한테 모르는 것도 물어보고 싶고]
[방해 안되게 딱 세개만 물어볼게요]
[대신 커피랑 점심살게요] 오후 6:48

이번에는 간절해 보이는 알파카 이모티콘이 세 개 연속 따라붙었다.

[별로 좋은 생각이 아닌 것 같은데요.]
오후 6:50 [이번 주말엔 국회 도서관도 사람 많을 거예요.
중고생도 시험 기간이잖아요.]
[앗]
[음] 오후 6:50
[그냥 다혜씨랑 공부하고 싶어서요] 오후 6:51

내가 답장을 다 쓰기도 전에 총 다섯 마리의 동물이 메시지 창에서 눈물을 흘렸다.
토끼, 고양이, 알파카, 또 토끼, 그리고 곰.

오후 6:53 [대신 카페에서 해요. 저번에 스터디했던 카페요.
거기 좋던데 망하면 안 되잖아요. 커피나 점심은 안 사 주셔도

돼요. 내일 출발하면서 연락드릴게요.]

[네!!!!]

[커피는 살게요!!!] 오후 6:53

　사 줘야 하는 건 난데. 커피 이야기를 하려고 메시지를 썼다가 고민 끝에 그냥 지워 버렸다. 고개를 들었을 땐 열차가 이미 여의나루역을 지나친 후였다.

　또다. 또 지나쳐 버렸다.

　엘리 때문에 두 번이나 시간을 낭비했다.

4.

[도착했습니다!] 오전 10:00

지하철역 계단을 올라가는데 나빈의 메시지가 왔다. 몇 계
단을 올라가니 막 도착한 듯한 그의 모습이 보였다. 평소 입
던 외투들보다 좀 더 따뜻해 보이는 겨울용 야상에 청바지 차
림이었다. 마스크와 후드를 썼지만 쉽게 알아볼 수 있었다.

"카페에서 만나기로 했잖아요."

"다혜 씨가 길을 잃을 수도 있잖아요."

"별로 복잡하지도 않던데요."

"다혜 씨, 길 잘 찾아요?"

"네."

"대체 다혜 씨는 못하는 게 뭐예요?"

"선배 같은 사람이랑 대화하는 거요."

나빈이 웃음을 터트렸다. 농담이 아니라 진짜였는데. 나는 이상하게 나를 좋게 봐 주는 사람과 대화하는 게 더 힘들다.

카페에서는 오늘도 느긋한 피아노곡이 흘러나오고 있었다. 우리는 지난번 그 자리에 앉았다. 오늘은 우리 말고 두 테이블 정도 더 손님이 있었다. 문제집을 펼쳐 둔 걸 보니 동네 학생들인 듯했다. 덕분에 카페 안은 자연스럽게 면학 분위기가 되었다.

미안하게도 카페에서 가장 시끄러운 사람들은 우리였다. 나빈이 내내 모르는 것을 물어본 탓이었다.

세 가지만 물어보겠다더니 질문이 서른 개는 됐다. 그나마 초급 러시아어는 쉽게 대답해 줄 수 있었지만, 다른 전공과목들은 나도 2년 전에 들은 것들이라 기억을 더듬어야 했다.

그가 커피를 사겠다고 고집을 피운 이유가 다 있었던 거다. 세상에 공짜 점심은 없다는 사실을 다시 한번 되새겼다.

점심시간쯤에는 샌드위치를 먹으며 잠깐 쉬었다. 잡담 삼아 나빈이 듣고 있는 과목들에 대한 정보들을 말해 줬다.

"슬라브 문화사 강사님은 늘 문제 내는 스타일이 있어요. 기말 문제는 매해 비슷하고요."

"진짜요?"

나빈은 처음 듣는다는 반응이었다.

"아무도 얘기 안 해 줬어요? 학과생들끼린 다 아는 정보인데."

"네, 뭐……. 딱히 저랑 친한 사람이 없어서."

나빈이 잔뜩 풀이 죽어 대답했다.

"다혜 씨 말고는요."

"저희 친해요?"

"네."

나빈은 잠깐의 망설임도 없이 고개를 끄덕였다.

"그러니까 기말 문제 알려 주세요."

거기다 당당하게 요구도 했다.

"네, 뭐……."

샌드위치를 먹으며 내가 알고 있는 시험 정보들을 모두 알려 주었다. 이 정도면 나빈이 아무리 아는 게 없다 해도 평균 점수는 받을 것 같았다. 오전에 그의 질문에 답변해 주며 느낀 것이지만, 오랫동안 대학을 쉬었던 사람치고 공부가 아주 엉망은 아니었다.

식사를 마치고 커피를 한 잔씩 더 시켰다. 오후에는 소설 강독의 예비 답안을 써 볼 생각이었다. 나빈은 가방에서 새로운 책들을 꺼냈다.

"교양 수업이에요? 전공과목 아닌 거 같던데."

그가 올려 둔 책들은 대부분 신화에 대한 서적이었다.

"네. 세계의 신화 이야기라고, 신화 수업이에요."

"재밌어요?"

"보실래요?"

나는 나빈이 내민 프린트들을 대충 살펴보았다.

수메르, 중국, 마야……

"이게 시험 범위예요?"

"네."

"슬라브 신화는 없네요."

"안 다루더라고요."

"하긴. 저도 예전에 슬라브 신화 좀 찾아봤는데 자료가 많진 않더라고요."

"다혜 씨도 신화 좋아해요?"

"전 딱히 좋아하지도 싫어하지도 않아요. 작품 읽는 데 도움 될까 봐 보는 정도죠."

"전 좋아하는데. 슬라브 신화랑 인도 신화랑 비슷하다는 거 알아요?"

체홉 이야기를 할 때처럼 나빈의 눈이 반짝였다. 정말 좋아하긴 하는 모양이었다.

"옛날이야기 좋아하시는 편이에요? 전 사실 신화는 좀 루즈하던데."

"음……."

무슨 생각을 하는 건지 나빈은 잠깐 입술만 우물거렸다. 그러더니 갑자기 비밀 이야기라도 하는 것처럼 목소리를 낮췄다.

"혹시 다혜 씨는 그런 거 없어요?"

"뭐요?"

"찾고 싶은 책."

"책이야 찾고 싶으면 찾으면 되는 거 아니에요?"

"아, 그런 게 아니라, 어릴 때 읽었는데 다시 찾아서 읽고 싶은 그런 책 있잖아요."

"딱히 그런 책은 없는데요."

"전 있거든요. 어릴 때 읽은 책인데, 그게 아마 인도 신화집이었을 거예요. 거기서 읽은 이야기 중에 너무 좋아하는 이야기가 있었어요. 그 이야기를 다시 찾고 싶어서 신화들을 계속 뒤지다 보니 그냥 신화 자체를 좋아하게 된 거죠."

"그래서 그 이야기는 찾았어요?"

"아뇨. 이상하게 다른 책들에는 실려 있지가 않던데요. 그 책도 못 찾겠고."

"무슨 책이었는데요?"

"너무 어릴 때 읽은 거라 제목도 기억이 안 나요. 표지에 코끼리가 그려져 있긴 했던 거 같은데."

"집에 없어요?"

"네."

"그럼 도서관에서 본 거예요?"

가볍게 던진 질문에 나빈은 곧바로 대답하지 못하고 머뭇거렸다. 오래된 일이라 기억이 나지 않는 걸까.

"뭐……. 비슷한 곳이었어요."

그가 작게 대답했다. 그러더니 갑자기 이야기를 돌려 버렸다.

"그런데 다혜 씨는 첫 시험 뭐예요?"

"월요일 2교시 톨스토이요."

"지난번에 그 수업이구나. 그럼 오늘은 7시까지 공부하고 같이 저녁 먹을까요?"

"뭐……."

"혼자서 밥 먹기 싫어서요."

"그래요, 그럼."

나는 집에 가서 먹어도 그만이었지만, 그럼 나빈은 혼자 식사를 해야 할 거다. 나도 집에서 식사하는 걸 좋아하는 편은 아니니, 그와 같이 먹는 것도 나쁘지 않을 것 같았다.

저녁은 부대찌개를 먹었다. 이번에도 나빈은 맛있다고 말만 하고 밥은 반 공기도 먹지 않았다. 결국 나 혼자 배불리 먹고 또 다리를 건너 여의도로 돌아왔다. 나빈은 다리 밑으로 지나가는 유람선을 내려다보려 난간에 붙어 섰다가 경고 방송을 들었고, 나는 그걸 가지고 내내 그를 놀렸다. 나빈과는 아파트 단지 입구에서 헤어졌다.

집에 오자마자 뜨거운 물로 샤워를 했다. 얼어붙었던 모근까지 녹진하게 녹아드는 느낌이었다. 얼얼한 피부가 따끔거렸다.

그런데 선배는 오늘도 걸어서 돌아가는 걸까. 지금도 그 다리를 건너다가 또 누군가를 추모하고 있을까.

언젠가 강물에 잠겨 들던 꽃 한 송이와 나빈이 겹쳐졌다. 당장이라도 그가 그 물속으로 져 버릴 것처럼.

어째서일까. 둘의 공통점이라곤 예쁘다는 게 전부인데.

그 사람은 덧없지도, 가엾지도 않은데.

샤워를 마치고 나와 나빈에게 메시지를 보냈다.

오후 9:39 [잘 들어가셨어요?]

[와] 오후 9:39

와?

[다혜씨]

[저한테 처음으로 먼저 연락한 거 알아요?] 오후 9:40

무슨 소리야. 위를 올려 보니 내가 먼저 보냈을 때도 있었다. 교수님의 답장이 오면 언제나 내가 연락을 줬던 것이다.

오후 9:42 [아닌데요. 지난번에 교수님 메일 내용 전달할 때도
먼저 연락드렸잖아요.]

[그런 연락말고요]

[이런 연락!]

[처음이거든요]

[감동했어요]

[상냥해] 오후 9:42

오후 9:43 [선배. 부담스러워요.]

[앗]

[네]

[죄송합니다..] 오후 9:43

오후 9:43 [들어갔어요?]

[아직 가는 길이에요!] 오후 9:43

오후 9:43 [조심해서 들어가세요. 또 경고 방송 듣지 말고요.]

[네!!]

[잘자고 내일 봐요!] 오후 9:44

나빈에게 답장을 쓰려는데 뒤에서 방문이 열렸다. 엄마였
다.

"오늘 어디 갔다 왔어?"

"카페에서 공부했어요."

"혼자?"

잠시 머뭇거렸다.

"네. 혼자서요."

"집에서 안 하고?"

"집중 잘되는 곳이 있어서요."

"내일은 김 변이 우리 집에서 저녁 먹기로 했는데 같이 먹자."

"시험이 하루 전이라 힘들 거 같아요."

"식사만 하는 건데? 집에서 먹는 거고. 넌 밥 먹고 방에 들어가서 공부하면 되지. 그 정도로 학점이 바뀌진 않아, 다혜야."

내가 세상에서 가장 믿을 수 없는 말이 자식 이기는 부모는 없다는 말이었다. 나는 단 한 번도 우리 엄마를 이겨 본 적이 없다. 항상 존경받고 똑똑한 엄마에 비해 나는 늘 잘못된 판단만 하는 딸이었다.

"……알겠어요."

"그래. 내일 맛있는 거 준비할게."

엄마는 내 뺨에 입을 맞추고 방을 나갔다. 수건으로 볼을 벅벅 문질렀다.

다음 날도 카페는 한산했다. 나빈과 이른 시간에 만나 저녁 무렵까지 함께 공부했다. 우리는 해가 질 무렵 카페를 나왔다.

"오늘도 너무 많이 물어봐서 저녁 사려고 했는데."

마포역 입구에서 나빈이 아쉬운 듯 말했다.

"괜찮아요. 발표 준비만 잘해 오세요."

나는 휴대폰 화면을 확인했다. 6시까지 집으로 돌아오라 했으니 시간이 그렇게 넉넉하진 않았다. 높은 건물들 사이에 난 대로변에는 이미 땅거미가 졌다.

"오늘은 부모님이랑 저녁 먹기로 한 거라 어쩔 수가 없어서요."

"네, 그런 건 어쩔 수 없죠."

"목요일 날 봬요. 시험 잘 치시고요."

"네. 그날 봐요."

인사를 다 나누고도 우리는 좀처럼 먼저 발걸음을 떼지 못했다. 나는 나빈이 먼저 돌아서길 기다렸고, 그도 마찬가지인 모양이었다. 그대로 한참이 지나 버리자 갑자기 먼저 계단을 내려가기도 어색해졌다.

"지금 헤어지는 타이밍을 잘 모르겠어요."

내가 실토하자 나빈도 고민스러운 듯 입술을 우물거렸다.

"그러게요. 이럴 땐 누가 먼저 돌아서는 걸까요?"

이 상황이 뭔가 웃겼다. 나빈도 비슷한 생각을 한 건지 웃음을 흘렸다.

"선배가 먼저 가세요."

"왜요?"

"그냥 누군가는 먼저 돌아서야 하니까 정하는 것뿐이에요."

"그럼 그렇게 할까요?"

나빈은 가볍게 손을 흔들고 먼저 돌아섰다. 나는 그의 뒷모습을 잠깐 지켜보다 계단을 내려갔다.

현관에는 낯선 구두가 놓여 있었다. 아빠의 것보다 크고, 새것이었다. 김 변호사가 이미 왔다는 것을 알 수 있었다. 집 안에서는 달콤한 간장 국물이 끓는 냄새가 났다.

"다녀왔습니다."

"응, 다혜 왔니? 너 오길 기다렸어. 어서 먹자."

응접실 쪽에서 엄마의 목소리가 들렸다. 가방과 외투를 방에 내려놓고 응접실로 갔다. 엄마와 아빠, 김 변호사는 이미 이야기를 나누던 중인 듯했다. 6인용 목제 식탁 위에는 갈비찜과 도미구이가 준비되어 있었다.

"다혜 씨, 오랜만입니다."

김 변호사가 먼저 인사를 건넸다. 내 자리는 어째선지 그의 옆자리였다. 요리는 겉으로 보기엔 맛깔스러웠지만 제대로 넘어가지 않았다.

설마 선배도 나랑 밥 먹는 게 불편해서 먹는 둥 마는 둥 했던 건가.

잠깐 그런 생각이 스쳤다.

"잘 먹었습니다."

10분도 되기 전에 나는 먼저 식탁에서 일어났다.

"벌써?"

엄마가 언짢은 듯 미간을 구겼다.

"죄송해요. 내일부터 시험이라서요."

"괜찮습니다. 로스쿨 준비하려면 학점 관리도 잘해야죠."

김 변호사가 전혀 달갑지 않은 배려의 말을 했다.

"시험은 언제 끝납니까? 금요일?"

그가 연이어 물었다.

"네."

"그날 저녁에요?"

"네."

"그때 연락할게요."

김 변호사의 말에 나는 부모님의 표정을 살폈다. 두 사람은 아무 문제 없다는 듯 식사를 계속하고 있었다.

"맛있게 드세요."

그의 말을 못 들은 척하고 방으로 돌아가려고 할 때였다.

"서다혜."

나를 부르는 저음의 음성을 듣는 순간 등줄기가 오싹했다. 심장이 쿵쾅거리며 뛰기 시작했다. 도망치고 싶다는 생각이 강해질수록 한 걸음도 꼼짝할 수가 없었다.

뒤를 돌아보자 아빠가 내게 손바닥을 내밀고 있었다. 무언가 내놓으라는 태도였다.

"휴대폰."

그가 짤막하게 말했다.

뭔가 내가 의심받을 짓을 했나? 카페에 선배랑 간 게 문제인가? 아닌데, 아빠가 그걸 알 수가 없는데.

"……방에 두고 왔어요. 가져올게요."

거짓말을 했다. 휴대폰은 청바지 주머니에 있었다. 아빠의 시선이 그곳을 향했다.

"거기 있는데."

"아, 그러게요."

나는 어색하게 휴대폰을 꺼냈다. 그는 서두르지 않았다. 내가 스스로 휴대폰을 손바닥 위에 올려놓을 때까지 느긋하게 기다렸다.

잠금 장치를 풀고 휴대폰을 넘겼다. 아빠는 몇 번 화면을 두드렸다.

"이나빈은 누구야?"

가슴이 덜컥 내려앉는 것 같았다. 따지고 보면 나는 아무것도 잘못한 게 없는데도 아빠가 이렇게 물을 때마다 죄인이 됐다.

"여자 선배예요. 같은 학과."

다행히도 아빠는 메시지 창을 좀 훑어보더니 더 묻지 않았다. 얼핏 보기엔 내 말을 믿는 것도 같았다. 나빈은 프로필 사진도 설정해 두지 않았으니 그럴 만했다. 이 순간만큼은 나빈의 과도한 이모티콘 사용이 다행이다 싶었다.

"친한 거 같네."

"같은 발표 조인데 조금 친해진 것뿐이에요."

"그래. 학교 사람들이랑 친하게 지내는 것도 중요하지. 들어가 봐."

아빠가 휴대폰을 넘겨주며 말했다. 그 말이 진심이 아니라는 것쯤은 알 수 있었다.

방에 들어와 내일 오전 시험 준비를 했다. 밖에서 세 사람의 대화 소리와 웃음소리가 들렸다. 손님은 김 변호사가 아닌 나였다. 그것도 불청객이었다. 이제 와서 새삼 외로웠다.

창밖을 보았다. 저 멀리 강 너머 불빛들이 반짝였다. 불빛들은 너무 멀어 별처럼 보였다. 저 어딘가에 나빈이 있다고 생각하자 기분이 묘해졌다. 책상 스탠드를 한 번 껐다가 켰다. 이런 신호가 닿을 리가 없다는 걸 알면서도.

저 작고 반짝이는 불빛들이 어떤 삶을 살고 있을지 상상했다. 정확히는 저 중 하나일 나빈이 지금 뭘 하고 있을까 생각한 거였지만.

웃음소리는 밤 10시에 가까운 시각이 되어서야 잦아들었다. 엄마는 내게 나와서 인사하라고 했지만 김 변호사가 만류했다. 공부하는데 방해하고 싶지 않다는 것이었다. 엄마는 그와 더 할 이야기가 있는지 같이 나갔다.

두 사람이 떠난 후 아빠가 방문을 열고 들어왔다. 나는 펜을 꾹 쥐었다. 문이 열리는 소리를 못 들은 척하려 책에 시선을 고정했다. 아마 그 행동조차 그의 신경을 거슬렀을 것이다.

"주말에 그 선배인가 뭔가 만나서 공부한 모양이던데."

"네."

"엄마한테는 혼자 공부했다고 했다며."

그걸 의심했구나. 식은땀이 났다. 빨리 변명거리를 찾아야 하는데 머리가 돌아가질 않았다.

"거짓말을 해서 엄마가 화가 많이 났어."

"제가 학교 사람들 만나는 거 싫어하시잖아요. 도움 안 된다고."

"그래도 거짓말을 하면 안 되지. 분명 지난번에 엄마 속상하게 하지 말라고 했을 텐데."

그는 한숨을 내쉬며 앞머리를 쓸어 넘겼다. 반듯한 이마에 얕게 주름이 졌다.

"남자애지?"

"아니, 아니에요……."

소용없는 거짓말을 했다. 내 어깨가 간헐적으로 떨리는 것을 보고 아빠는 이미 확신한 눈치였다.

"그게 아니면 왜 숨겨?"

"아빠……."

몸이 그대로 얼어붙는 것 같았다.

"서다혜, 너 설마 또……."

"아니, 진짜, 진짜 아니에요."

아빠는 의심스러운 눈초리로 나를 노려보았다.

"아닌데 왜 거짓말을 해?"

"그게……."

사실대로 말했다면, 그때부터 부모님의 추궁이 시작됐을 테니까.

"서다혜, 너 요즘 안 되겠어. 일어나."

"아빠, 저 내일 시험이에요."

간절하게 말했다.

"빨리 일어나."

"제발, 오늘 하루만……."

"세 번 말하게 할 거야?"

엉거주춤 의자에서 일어났다. 아빠의 벨트가 눈에 들어왔다. 벨트 버클은 오늘도 반짝였다.

제발 아니었으면, 오늘은 아니었으면.

그러나 그의 입에서는 예상 그대로의 말이 흘러나왔다.

"서다혜. 바지 내려."

언제였을까, 마지막으로 내가 이 남자 앞에서 제대로 반항해 본 것은.

나는 순순히 바지를 내렸다. 그리고 그가 엎드리라는 말을 하기도 전에 알아서 바닥에 네 발로 엎드렸다.

이제부터 내가 가장 싫어하는 순간이 시작되려 한다는 걸 알 수 있었다. 알면서도 내가 할 수 있는 일이라곤 철저한 복종뿐이었다. 복종만이 그 시간을 줄여 줄 수 있으니까. 저항이나 불복은 고통스러운 시간을 늘리기만 한다는 걸 경험을 통해 배웠다.

벨트 버클이 풀리는 소리가 나는 순간, 온몸에 소름이 돋았다.

이 남자가 그토록 자랑스러워하는, 자신의 인생이 담겼다고 말하는 그 가죽 벨트였다. 그는 언제나 반짝이는 버클을 꽉 쥐고 긴 벨트를 손에 느긋이 감았다. 마치 그 시간을 즐기는 것 같았다. 나는 바지를 어정쩡하게 허벅지까지 내리고 속옷을 드러낸 채 떨고 있는데 그는 여유로웠다.

그래서 나는 여유가 강자의 전유물이라는 것을 배웠다. 까닭에 나 역시 가장 나약한 순간 여유를 가장하려고 노력해 왔다.

그가 아무렇지도 않다면, 나도 아무렇지도 않다.

아무렇지도 않아야 한다.

그렇게 되뇌어야 이 상황을 견딜 수 있었다.

나는 눈을 감고 멀리서 들리는 소리에 정신을 집중했다.

거실 벽시계의 초침 소리가 느릿느릿 울렸다. 집중할수록 그 소리가 조금씩 가까워졌다.

똑, 딱, 똑, 딱.

짝!

고막을 찢을 듯한 채찍 소리가 시계 소리를 끊었다.

가죽 벨트에서 난 소리였다. 그는 벨트를 언제나 반으로 접어 잡았다. 그리고 접힌 벨트의 양 끝을 강하게 잡아당겼다. 그럼 벨트는 당장이라도 나를 찢어발길 것처럼 큰 채찍 소리를 냈다. 맹수가 크게 포효해 상대를 제압하는 것처럼 그는 그 소리로 나를 제압하려 했다.

그 소리만 들으면 등에 식은땀이 흘렀다.

바닥을 짚은 손이 파르르 떨렸다. 대리석 바닥에는 난방이 들어오고 있었다. 손바닥에 벌써 땀이 고여 미끄러웠다. 나는 자세를 바로 유지하려 손가락에 힘을 줬다. 손마디가 희게 질렸다.

그 순간 가죽 벨트가 엉덩이를 내리쳤다. 큰 소리와 함께 속옷 위로 허리띠가 쫙 달라붙었다 떨어졌다. 맞은 부분이 화끈했다. 죽고 싶었다.

제발 좀 그만해. 내가 짐승이야?

울컥 올라온 말을 억눌렀다. 이젠 참는 게 어렵지도 않았다.

벨트가 다시 내 속옷 위를 때렸다. 얇은 천 위로 가죽 벨트가 감겨드는 게 느껴졌다.

아니지, 짐승이 나보단 낫지. 이런 수치심을 느끼진 않을 테니.

외치지 못한 말들이 목구멍을 찢고 나올 것 같았다. 하지만 이 순간을 견디지 못하고 몸부림치면 더 괴로운 일이 일어난다는 것을 너무 잘 알고 있었다.

그러니까 나의 비겁함은 전략이었다. 내 무기력함 또한 생존의 전략이었듯이.

아빠가 나를 세 번 때렸을 때, 현관문이 열리는 기척이 났다.

엄마가 배웅을 마치고 돌아온 것이다. 아빠는 잠시 손을 멈췄다.

"정욱 씨, 어디야?"

"다혜랑 이야기 좀 하려고."

"그래?"

방문 틈으로 빛이 들어왔다. 엄마가 안을 슬쩍 보았다.

"잘 이야기해."

언제나 이랬다. 그녀의 눈에는 분명 지금 내가 보일 텐데, 보이지 않는 듯이 굴었다. 아니, 정확히는 당연하게 여겼다는 말이 맞겠다.

엄마는 이럴 때마다 단 한 번도 나를 걱정해 준 적이 없었다. 책을 읽고, 전화 통화를 하고, 커피를 끓였다. 오히려 내가 그녀의 뜻을 거스를 때면 아빠에게 먼저 이런 말을 하곤 했다.

정욱 씨, 다혜 교육 좀 해야겠어.

교육. 그래, 내가 받고 있는 이런 교육.

"방에 가 있을게."

그녀는 문을 열어 둔 채 돌아섰다. 안방 문이 닫히는 소리가 들렸다. 벨트가 나를 한 번 더 내리쳤다.

아픔이 아니라 모멸감에 압도당한다.

"서다혜. 네가 뭘 잘못했는지 알겠어?"

168

그는 늘 네 번을 때리면 이렇게 물었다.

네가 뭘 잘못했는지 알겠어?

그럼 나는 내 죄를 찾아 빌어야 했다. 끝끝내 침묵을 지키면 그는 나를 더 괴롭게 만들 방법을 어떻게든 찾아냈다.

그걸 알면서도 나는 곧바로 입을 열지 않았다. 구차한 자존심 때문이었다. 소금물이 증발한 후 바닥에 깔린 소금처럼 미미하게 남은 그런 자존심. 이럴 때마다 나는 내 안에 아직도 그런 것이 잔존한다는 것에 놀라고 만다.

모르겠어. 내가 그렇게나 잘못한 거야?

벨트는 다시 내 엉덩이를 내리쳤다. 속옷과 피부가 달라붙었다 떨어지는 감각이 불쾌했다. 무엇보다 저 남자의 눈에 내 무방비한 모습이 드러나고 있으리라는 사실에 몸이 떨렸다.

그는 보통 나를 느리게 때렸다. 아주 절제되고, 절도 있는 행동이었다. 냉철한 시선이 식은땀에 젖은 내 몸을 훑었다. 이렇게 함으로써 이 행동이 어디까지나 '교육'이라는 사실을 상기시키는 것이다.

벽시계의 초침 소리가 똑, 딱, 똑, 딱, 울렸다. 분명 멀리 있는 시계인데, 귓가에서 바로 울리는 듯했다. 시곗바늘이 망나니의 칼처럼 내 목을 베고 들어오는 듯한 착각이 들었다.

알잖아. 반항해 봤자 고통만 길어질 뿐이야.

13초, 나는 결국 그가 원하는 답을 내뱉었다.

"거짓말해서……."

"그래. 거짓말을 하면 안 되지."

두 대, 세 대. 아빠는 그 말을 몇 번이나 반복했다. 내 머릿속에 단단히 새겨 두려는 것 같았다.

"우린 가족이잖니?"

대답을 요구하듯 그는 다시 내 엉덩이를 내리쳤다. 열린 방문 틈으로 엄마의 목소리가 들렸다. 그녀는 친구와 통화를 하는 중이었다. 웃음소리가 흘러들어 왔다.

"대답해."

"네……."

이건 대답이 아냐. 짐승의 울음소리와 같지.

그러니 지금 내 말엔 어떤 의미도 없는 거다. 어떤 인격도 없고, 어떤 고통도 없다.

채찍 소리는 한참이나 계속됐다. 한 번 내리칠 때마다 아빠는 무슨 말을 했지만 나는 기계적으로 알겠다는 대답만 하며 흘려들었다. 대신 나는 눈을 감고 시계 초침 소리에 귀를 기울였다.

똑, 딱, 똑, 딱…….

아빠는 마침내 벨트를 거뒀다.

"일어나."

나는 바지를 올리고 일어났다. 팔다리에 얼마나 힘이 들어갔던 건지 손목이 욱신욱신했다.

"앞으론 이런 일 없게 해. 실망시키지 말고. 아빠도 이젠 피곤하다."

"……네."

차마 내뱉지 못한 말이 또 속으로 가라앉았다. 흘러넘칠 듯한 감정이 턱끝에서 출렁이고 있었다.

내 안에는 깊은 강이 있어, 나는 내뱉지 못한 말들을 그 강에 모조리 침수시키곤 한다.

어떤 말들은 강물에 휩쓸려 가 버리지만, 어떤 말들은 강바닥에 남는다. 못다 한 말들의 사체가 쌓여 어느새 암초가 되었다.

이런 날이면 그 암초의 뾰족한 끝이 스스로를 마구 찌르는 듯이 아프다.

제일 한심한 건 너야. 항상 비겁하잖아. 겁먹어서 말 한마디 제대로 못 하지.

스스로에 대한 저주가 마음속 깊은 곳에서 들려왔다.

밤새 두통 때문에 자다 깨길 반복했다. 아침까지도 두통은 좀처럼 가시지 않았다. 지하철 안에서 강의 노트를 억지로 펼쳤지만 글자는 그냥 시야를 스쳐 지나갔다.

바보 같다. 아빠가 나를 때린 게 처음도 아니었다. 이미 수백 번, 어쩌면 수천 번 반복된 일인데도 나는 그때마다 잠을 설쳤다. 우리 부모님은 그 행위를 교육이라 부르길 좋아했다. 내가 비틀리고 허물어져 갈수록 부모님은 내가 온전해져 간다고 여겼다.

결국 한 글자도 제대로 읽지 못한 채 학교에 도착했다.

첫 시험은 톨스토이였다. 시험까지는 아직 10분 정도 시간이 남아 있었다. 늘 앉던 자리로 갔더니 책상 위에 캔 커피가 올려져 있었다. 손을 대 보니 아직 뜨거웠다. 누군가 방금 가져다 놓은 모양이었다.

이런 짓을 할 사람은 한 사람밖에 없었다.

아니나 다를까 휴대폰을 여니 나빈의 메시지가 와 있었다.

[시험 잘 봐요!] 오전 10:14

　　　　　　　　오전 10:20 [이거 선배가 갖다 놓으신 건가요?]

[이번에는 안 짤 거예요!] 오전 10:20

웃어야 할지 울어야 할지 몰라 입가만 움찔거렸다. 나는 손바닥으로 눈을 꾹 눌렀다. 캔 커피의 열기가 옮은 것인지 손이 뜨거웠다. 그 열기가 눈물을 위로하는 것 같았다.

　　　　　　　　오전 10:22 [시험 잘 보세요, 선배.]

메시지를 보내고 휴대폰을 껐다. 무심결에 캔 커피를 따려다 그냥 주머니에 넣었다. 어쩐지 당장 마시고 싶지가 않았다.

시험을 마치고 나오는 길, 외투 주머니에 손을 꽂아 보니 차가운 캔 커피가 잡혔다. 아까는 그렇게 뜨거웠는데 지금은 냉랭했다.

사람의 호의도 이 캔 커피 같은 것 아닐까. 처음에는 너무 뜨거워서 놀랐다가, 이내 그 온기에 사르르 녹았다가, 결국에는 내 손보다 차갑게 식어 버리겠지.

잠깐의 온기를 믿지 말자 마음먹으면서도 반걸음만큼 다가올 공간을 허락해 버리고 싶은 내가 있다.

주머니 안에서 캔 커피를 조몰락거리다가 깨달았다.

식어 버린 온기가 안타깝다는 건, 내가 그 온기가 싫지 않았다는 뜻이다.

언젠가 그가 냉랭해진다 해도 나는 한참이나 그의 온기에 대한 미련을 놓지 못할 것이다. 지금 내가 주머니 속 캔을 계속해서 문지르는 것처럼.

그런 멍청한 짓을 몇 번이고 반복해 왔다. 결국 상처받고 혼자가 될 걸 알면서도.

이래서 나는 사람에게 마음을 여는 것이 싫다.

사람들이 나쁜 게 아니라, 내가 멍청한 거다. 고작 캔 커피 하나에도 눈물 날 정도로 고마운 마음이 드는 내가.

한없이 마음이 물러지려던 것을 다잡았다. 차가운 캔 커피가 주머니 속에서 손을 툭툭 쳤다.

목요일 5교시, 고급 러시아어2를 마지막으로 시험은 모두 끝났다. 시험지를 제출하고 휴대폰을 켜니 3시를 조금 지난 시각이었다.

나빈과는 4시에 도서관 스터디 룸에서 만나기로 했다. 내일 발표 준비를 위해서였다. 발표를 끝으로 이번 학기도 완전히 끝나는 것이다.

학기를 무사히 마쳤다는 기분과 함께 졸업이 또 한 걸음 다가왔다는 우울감이 덮쳤다. 할 수만 있다면 나는 대학을 떠나고 싶지 않았다.

엄마가 입버릇처럼 하는 소리가 있었다.

"다혜야. 대학에서는 그래도 너 하고 싶다는 거 하게 해 줬잖니."

내가 러시아 문학을 전공하게 허락해 준 것이 우리 부모에게는 크나큰 생색 거리이자 불만이었다. 자기들이 나에게 원하는 것이 있으면 언제나 내 전공을 들먹였다.

두 사람에게는 그것이 큰 이례이자, 그들의 아량을 보여 주는 상징이었던 것이다.

무려 대학 전공을 양보하다니. 딸의 인생 하나하나를 모두 튜닝해야 하는 사람들로서는 굉장한 배포를 보여 준 셈이었다.

나는 그들의 방식에 동의할 수 없었다. 그들이 틀렸다고 생각했다.

그렇지만 가장 잘못된 것은 틀렸다고 생각하면서도 그들의 말에 그저 고개만 주억이고 있는 나였다.

나는 뭘 원하는 걸까.

로스쿨에 가고 싶은 것은 아니다. 그렇다고 학교에 남아 러시아 문학을 계속 공부하고 싶느냐면 그것도 아니다.

하고 싶은 것도 없고, 실은 살고 싶은지도 잘 모르겠다.

일반 기업에 취업하고 싶다는 내 말을 엄마는 코웃음 한 번으로 무시해 버렸다.

"다혜야, 너희 과 나와서 취업해 봤자 변변한 직장도 못 잡아. 그런 사람들이 월급 얼마 받는지나 아니?"

엄마는 내가 꼭 로스쿨에 갔으면 하는 모양이었다. 변호사 자격을 따고, 강남에 있는 엄마의 사무실에서 일하고, 그리고 적당한 결혼까지.

그게 그녀가 짜 둔 내 인생의 로드맵이었다.

내 인생의 지도에 나만 없었다. 그래서 대학을 떠나고 싶지 않았다.

나빈과의 약속 시간까지 멍하니 중앙 도서관 앞 벤치에 앉아 시간을 때웠다. 손이 시려 주머니에 손을 넣었더니 딱딱한 무언가가 잡혔다. 월요일에 나빈이 준 캔 커피였다.

캔 커피를 꺼내 이리저리 둘러보았다. 벌써 세 번째 다른 브랜드다. 좀 고민하다 캔을 땄다. 추운 날씨 때문에 커피는 냉장고에서 막 꺼낸 듯 차가웠다.

달고, 짭짤했다.

별로네. 따뜻할 때 먹을걸.

그런 생각을 하며 반쯤 비운 캔을 벤치 위에 올려놓았다. 그리고 나빈에게 메시지를 보냈다.

오후 3:51 [월요일에 주신 캔 커피 지금 먹어 봤는데요.]

[앗 네네!]

[저 지금 도서관 가는 중!] 오후 3:51

[커피 어때요?] 오후 3:52

오후 3:52 [짜요.]

[그것도요?] 오후 3:52

[어렵다 어려워]

[어쩔 수 없죠] 오후 3:52

[캔커피 챌린지는 다음 학기에 계속됩니다!] 오후 3:53

다음 학기, 다음 학기라.

하긴 선배도 나도 다음 학기에 학교를 함께 다닐 테니까. 어쩌면 하나 정도는 같은 수업을 들을 수도 있고.

나는 화면을 위로 올렸다. 나빈과 주고받은 자잘한 메시지들이 꽤 쌓여 있었다. 천천히 거슬러 올라가며 그와의 대화를 다시 읽었다. 나빈의 메시지에서는 살아 있는 사람의 온기가 느껴진다. 그런 면이 조금은 부럽다고 생각했다.

"다혜 씨."

소스라치게 놀라 뒤를 돌아보았다. 장난기 어린 눈빛의 나빈과 시선이 마주쳤다. 나는 얼른 휴대폰 화면을 꺼 버렸다.

화면 못 봤겠지. 못된 짓을 하다 들킨 것처럼 심장이 쿵쾅거렸다.

"왜 놀래켜요?"

괜히 찔려서 더 날카롭게 물었다.

"무슨 생각을 하길래 제가 온 것도 몰라요?"

나빈은 내 옆자리에 앉았다.

"왜 추운데 여기 나와 있어요?"

"아, 그냥 시험 마치고 나니 갑갑해서요."

"시험이 끝났는데 갑갑하다고요? 속 시원하지 않나?"

"이제 4학년이 된다는 게 실감이 나서요. 졸업 준비를 해야 하니까. 졸업 논문도 써야 하고, 로스쿨 준비 같은 것도 해야 할지도 모르고."

"음……."

나빈의 시선이 벤치 위에 올려 두었던 캔으로 향했다. 그는 무슨 생각을 하는지 캔을 살짝 들어 보았다.

"이거 남길 거면 제가 마셔도 돼요?"

"네. 아, 잠깐만요."

캔 입구를 닦아 줘야겠다는 생각에 가방에서 휴지를 꺼냈다.

그런데 나빈이 그냥 마셔 버리는 바람에 휴지는 어정쩡하게 갈 곳을 잃었다.

"왜요?"

캔을 입술에서 뗀 나빈이 의아한 듯 나를 바라보았다.

"아, 그거……."

먹던 건데.

"……입가에 묻을 거 같아서요."

꺼낸 휴지가 민망하기도 해서 그냥 내밀었다. 나 혼자 그를 지나치게 의식하는 걸지도 모르겠다.

"아, 고마워요."

나빈은 별다른 의심 없이 휴지를 받았다. 그는 커피를 한 모금 더 마시더니 짐짓 심각한 표정을 지었다.

"이게 짜다고요? 전혀 모르겠는데."

"사람마다 입맛은 다르니까요."

"하긴 그건 그렇죠. 누군가에겐 달아도 다른 누군가에겐 짤 수 있겠죠."

나빈은 남은 커피를 털어 넣은 후 빈 캔을 우그러트렸다.

"4시네. 들어가요."

그가 먼저 벤치에서 일어났다.

도서관은 아주 널널했다. 로비의 소파들은 모두 비어 있었고 오가는 사람도 두세 명이 전부였다. 시험 전과 몹시 대조적인 모습이었다.

하기야 우리같이 특수한 경우가 아니면 오늘부로 모두 시험이 끝났을 것이다. 기말고사 마지막 날 시험을 잡는 지독한 교수는 얼마 없으니 말이다. 하물며 시험 기간 마지막 날 발표라니. 수강생들 말마따나 보통은 아니었다.

스터디 룸을 예약한 것도 우리뿐인 모양이었다. 덕분에 지난번과 달리 넓은 스터디 룸을 사용할 수 있었다. 마지막으로 리포트를 점검하고, 발표 연습을 하기로 했다.

그가 발제문을 읽는 동안 나는 질문이 나올 만한 부분을 체크했다. 나빈은 내 생각보다 잘 읽었다. 아무래도 연기가 문제지, 일반적인 발표는 무리가 없는 것 같았다.

"대사랑은 다르게 잘하시네요."

내가 나름의 칭찬을 하자 나빈이 미간을 좁혔다.

"한글을 못 읽는 게 아니라 그냥 다른 사람이 되는 게 어려운 거예요."

"전 연기는 다른 사람이 되는 게 아니라 오히려 스스로를 표현하는 거 같은데."

"저는 메소드 연기를 추구하거든요."

나빈과 나는 진지한 헛소리들을 주고받으며 발표 준비를 마쳤다.

도서관을 나섰을 때는 저녁 무렵이었다. 우리는 한산한 교정을 지나 정문으로 향했다. 텅 빈 학교를 보니 정말 학기가 끝났다는 실감이 들었다.

"처음이네요."

나빈이 말했다.

"뭐가요?"

"제대로 한 학기를 마친 거요. 예전에는 사실 제대로 대학을 다녔다고 할 수가 없었거든요. 처음으로 수업을 다 나오고, 시험 준비도 하고."

그는 뭔가 감회가 남다른 모양이었다.

정문을 나설 때 나빈이 물었다.

"다혜 씨, 오늘 시간 괜찮으면 저녁 먹고 들어갈래요?"

"아, 오늘은 집에 일이 있어서요. 죄송해요."

엄마가 로스쿨 이야기를 마저 하자고 했던 것이다. 7시까지 들어오라 했으니 서둘러야 했다. 기껏해야 어느 학교를 목표로 하라느니 하는 일방적인 통보로 끝나겠지만.

"그럼 내일 발표 마치고는 어때요? 우리끼리 종강 파티 겸해서 맛있는 거 먹어요."

종강 파티라. 종강 파티는 가 본 적이 없다. 개강 파티라면 가 봤지만.

사실 개강 파티도 1학년 1학기 때 한 번 가 본 것이 처음이자 마지막이었다. 입학 직후 호기심으로 가 봤고, 그 뒤로 갈 필요를 못 느껴 참석하지 않았다.

그 자리에서 처음으로 엘리의 이야기를 들었다. 동기들이 선배들에게 엘리에 대해 시시콜콜한 것들을 물었던 것이다.

엘리를 직접 본 적이 있냐, 정말 그렇게 잘생겼냐, 성격은 방송과 똑같냐.

대체 왜 그런 게 궁금한지 공감이 가지 않아 지루하기 짝이 없었다. 선배들은 그게 또 뭐가 재밌는 이야기라고 과장 섞인 답변을 내놓았다.

"잘생기긴 미친 듯이 잘생겼지. 우리랑 다른 종족이라니까."
"아, 한 번만 실제로 보고 싶다."
"근데 성격은 진짜 재수 없어. 너희랑은 겸상도 안 해. 걔 입학 때 과대 선배가 말 걸었는데 완전 무안하게 쌩 깠잖아. 눈길도 안 주고 그냥 지나가 버렸다니까?"

정말 그런 일이 있었는지는 모르겠지만, 그걸 시작으로 삐딱한 험담에 가까운 말들이 오갔다.

어느 교수가 그를 잘 봐줬다느니, 그가 청탁을 했다느니, 돈 봉투가 오갔다느니 하는 확인할 수 없는 이야기들이 안줏거리로 올랐다. 그날 개강 파티에서 엘리만큼 가볍고 즐거운 소재는 없었다. 그때 이미 엘리는 휴학한 지 1년이 지난 후였는데도 말이다.

나빈은 자신에 대해 오간 이야기들을 얼마나 알고 있을까. 이왕이면 하나도 몰랐으면 싶었다.

"다혜 씨?"
나빈의 목소리에 사념에서 깨어났다.
"아, 좋아요. 내일 저녁 먹어요."
잡생각을 하는 바람에 대답이 늦어졌다. 답을 듣고 나자 나빈의 표정이 눈에 띄게 밝아졌다.

종강 파티라는 어감은 좀 별로였지만, 그동안 조별 발표 준비로 꽤 힘들었으니 저녁 정도는 같이 먹어도 될 것 같았다.

"뭐 드시고 싶은 거 있으세요?"

"음, 저번에는 제가 골랐으니까 이번엔 다혜 씨가 가고 싶은 곳을 가요."

조금 고민하다 이 기회에 미뤄 둔 약속을 지켜야겠다는 생각이 들었다. 내일이 지나면 학교에 올 일이 없을 테니, 한동안 기회가 없을 수도 있었다.

"카페에서 식사해도 괜찮으세요? 파니니 같은 거 팔던데. 식사하면서 커피도 마시면 좋을 거 같아요."

"네, 좋아요."

나빈이 흔쾌히 답했다.

"그럼 내일 거기서 제가 커피도 살게요. 드디어 사 드리겠네요."

"그래요."

그의 입가에 화사한 미소가 번졌다.

날씨가 추웠던 탓인지 지하철 역사에 들어오자 식은 뺨에 슬그머니 열이 올랐다. 나빈은 주머니에서 마스크를 꺼내 썼다. 지난주 내내 그는 도서관에 남아 공부했다. 그래서인지 오랜만에 함께 귀가하는 듯한 기분이 들었다.

한산한 플랫폼과 대조적으로 지하철 안은 붐볐다. 퇴근 시간이 겹친 탓인 것 같았다. 출입문 쪽에는 이미 사람들이 다 자리를 차지하고 있었다. 어쩔 수 없이 좌석 앞에 서서 책가방을 내렸다.

나빈은 처음 함께 귀가했던 날처럼 비스듬히 내 뒤를 감싸듯 섰다. 덕분에 사람들과 부딪칠 일이 없어 좋았다. 지난주의 끔찍한 귀가를 생각하면 고마운 일이었다.

"선배. 이건 습관이에요?"

슬쩍 뒤를 돌아보며 물었다.

"네?"

"이렇게 약간 뒤에 서는 거요."

"아, 혹시 불편하세요?"

나빈은 내 질문에 약간 당황한 듯 보였다. 마스크 때문에 표정을 정확히 알 수는 없었지만 말이다.

"아뇨. 그런 건 아니에요."

오히려 편했다.

"어릴 때 아빠가 엄마한테 이렇게 해 주는 걸 봤어요."

나빈이 말했다.

"좀 커서는 제가 해 드렸죠. 중학교 무렵부터 엄마보다는 키가 컸거든요."

요컨대 습관이라는 것 같았다.

"어머니께서 좋아하셨겠네요."

나빈은 주춤하더니 이내 눈웃음을 지었다. 열차가 출발했다.

"시험은 어땠어요?"

그가 물었다.

"그럭저럭요. 선배는 괜찮았어요?"

지하철 창밖으로 어두운 지하도의 풍경이 스쳐 지나갔다.

오늘은 넘어지지 말아야지. 그런 생각을 하며 가방 손잡이를
쥔 양손에 힘을 줬다.

"러시아어는 괜찮았던 거 같아요. 문학사는 완전 망한 거
같은데……."

"그 시험은 다들 망해요."

"다행이다."

그가 작게 웃었다.

열차가 흔들리는 구간이 오자 그와 몸이 가볍게 부딪쳤다.

나빈의 손이 내 어깨를 살며시 감쌌다. 흔들리지 않게 잡아
주려는 듯했다. 덕분에 지난번처럼 넘어지지는 않았지만, 심
장은 그때보다 더 세게 뛰었다.

지하철이 환승역에 멈췄다. 사람들이 우르르 몰려나가는
바람에 대화를 나눌 수가 없었다.

우리는 간신히 인파를 헤치고 플랫폼에 도착해, 길고 긴 줄
의 끄트머리에 자리를 잡았다.

"선배."

"다혜 씨."

내가 그에게 말을 걸려는 순간 그도 나를 불렀다. 우리는
말할 순서를 잃어 멈칫했다. 현실의 대화란 대본도 지시서도
없는 것이다.

"선배 먼저 말씀하세요."

내가 말했다. 나빈은 머뭇머뭇하다 입을 열었다.

"괜찮으시면 내일 저녁 먹고 영화 볼래요?"

종강 파티치고는 과한데.

둘이서 영화를 본다는 건 데이트와 데이트 아닌 일의 경계

선에 걸쳐져 있었다.

친구와도 얼마든 할 수 있지만, 애인과 좀 더 자주하고, 지인과는 굳이 하지 않는 일.

나는 잠시 망설이다 물었다.

"혹시 보고 싶은 영화 있으세요?"

"저는 다 괜찮아요. 다혜 씨가 보고 싶은 걸로 봐요."

"전 지금 개봉작 중엔 보고 싶은 게 없어서……."

조금 과하다곤 생각했어도 그의 제안이 싫은 건 아니었다. 정말로 보고 싶은 영화가 없었을 뿐이다. 그런데 대답을 하고 보니 거절 아닌 거절을 해 버린 게 되었다.

"그렇구나. 괜찮아요. 하긴, 요즘 개봉작 중에 다혜 씨 취향은 없을 것 같았어요."

나빈이 어색한 웃음을 흘렸다.

"아, 그런데……."

내가 다음 말을 하려는데 열차가 도착했다. 열차는 이미 사람이 가득했다. 더는 들어갈 곳이 없을 것 같던 열차에 승객들이 어떻게든 수납되기 시작했다. 보기만 해도 숨이 막히는 광경이었다.

우리는 인파를 힘겹게 파고들어 문 앞에 자리를 잡았다. 나빈도 나도 곧 내려야 했기에 깊숙이 들어가면 곤란했다.

나는 문에 등을 기대고 숨을 돌렸다. 나빈이 나와 마주 섰다. 우리 사이에 거리는 반 보 정도였다. 지금 열차 안은 반걸음의 여유 공간이 사치스럽게 느껴질 만큼 붐볐다.

다음 역은 마포라는 방송이 나왔다.

나빈에게 해야 할 말이 있었기에 마음이 급했다.

"저기, 선배."

"네?"

말할까. 말해야 할까. 말해도 괜찮을까.

"혹시 옛날 영화는 안 좋아하세요?"

말해 버렸다.

"좋아해요."

나빈의 눈꼬리가 부드러운 호선을 그렸다.

"저도 좋아하는데."

다급하게 말했다. 내리실 문은 왼쪽이라는 안내가 울렸다. 내가 기대고 있던 문이었다.

나빈이 내 어깨를 살짝 당겼다.

"아, 그……."

나는 몇 번 입술을 달싹거렸다. 어려운 말이 아니다. 먼저 영화를 보자고 한 건 그였다. 그러니 대단할 것도 없다. 속으로 몇 번이나 암시를 걸고 나서야 다음 말이 나왔다.

"저 노트북에 영화 좋아하는 거, 늘 넣고 다녀서……."

순간 목소리가 떨렸다. 나빈도 알아챘을 거다. 만약 그가 웃거나 나를 이상하게 바라봤다면, 나는 거기서 뒷말을 삼켜 버렸을 것이다. 그러나 다행히 나빈은 평소와 똑같이 내 다음 말을 기다리고 있었다. 덕분에 나도 말을 이어 갈 용기가 났다.

그러나 내가 입을 여는 것보다 지하철이 더 빨랐다.

마포역에서 열차 문이 열렸다. 오늘만큼은 지하철은 여러분의 약속 시각을 지켜 드린다는 표어가 원망스러웠다.

그런데 나빈은 내리지 않았다.

"선배, 마포예요."

"사람들 내리니까 이쪽으로 와요."

그는 조금 더 나를 가까이 끌었다. 반 보 정도 남아 있던 공간이 확 줄어들었다. 숨만 크게 쉬어도 가슴이 닿을 듯한 거리였다. 몇 사람이 오가며 잠시 몸이 맞붙었다.

곧 다시 문이 닫혔다. 나는 당황해서 물러서는 것도 잊고 그대로 그를 올려다보았다.

"안 내리세요?"

"아, 모처럼 시험도 끝났으니 여의도에서 친구 만날까 싶어서요."

"친구 없다면서요."

"뭐⋯⋯. 지인?"

하긴 아이돌 시절 지인도 있을 테고, 나빈도 완전히 외톨이는 아닐 거다. 학교 밖에서 그는 어떤 사람을 만나고 다닐까 약간 궁금해졌다.

"근데 다혜 씨 하려던 이야기가 뭐예요? 방금 영화 얘기하고 있었는데."

"그게, 저 노트북에 영화 사 둔 거 넣고 다니거든요. 슬플 때 보려고⋯⋯."

"네."

"괜찮으시면⋯⋯. 그러니까, 괜찮으시면⋯⋯. 내일 카페에서 노트북으로 영화 같이 보실래요?"

창피했다. 남자에게 영화를 보자고 하는 게 처음도 아닌데 너무 허둥댔다. 엘리가 나와는 전혀 어울리지 않는다는 걸 알고 있기 때문일까.

"좋아요. 재밌겠다."

나빈이 밝게 대답했다.

"어떤 거 볼까요? 다혜 씨는 다 본 거죠?"

"네. 근데 또 봐도 괜찮아요. 내일 보시고 고르세요. 근데 다 제가 좋아하는 거라 선배 취향일지는 모르겠어요."

"취향일 거예요."

나빈이 확신에 찬 목소리로 말했다. 왜 그렇게 생각하느냐고 물으려던 차에 지하철이 멈춰 섰다.

"여의나루네요."

내려야 할 때였다.

"조심해서 들어가요. 내일 수업 시간에 봐요."

나빈이 먼저 인사를 건넸다.

나도 여의도에 내려서 걸어가도 되는데.

그 말을 하려다 그냥 고개를 숙여 인사하고 도망치듯 지하철을 나왔다.

5.

강의실의 학생들은 모두 발표 준비에 여념이 없었다. 평소와는 사뭇 다른 풍경이었다. 나빈은 평소처럼 맨 앞 창가 자리에 앉아 있었다. 나는 그의 옆자리로 가서 가방을 풀었다.

"여기 앉게요?"

나빈이 물었다.

"지정석 아니잖아요."

그가 했던 말을 그대로 돌려주었다. 나빈이 슬쩍 웃는 것도 같았다. 그는 내가 앉을 수 있게 의자에 올려 두었던 가방을 치웠다.

"발표 준비해야죠."

"네. 안 그래도 다시 읽고 있었어요."

나빈의 앞에는 이런저런 필기가 된 리포트가 올라와 있었다. 쉽게 가려면 올라가서 그냥 리포트를 줄줄 읽기만 해도 되지만,

그래서는 내용 전달이 되지 않을 거다. 새삼 톨스토이 강의를 맡은 학과장이 떠올랐다. 아는 것은 많지만 전달력이 부족한 전형적인 케이스였다.

"프린트한 건요?"

"아, 여기요."

나빈이 두툼한 서류 봉투를 건넸다. 사람들에게 나눠 줄 리포트를 인쇄해 온 것이었다. 내가 유인물을 정리하는 동안, 나빈은 입안으로 작게 발표문을 읽었다. 크게 긴장한 기색은 보이지 않았다.

하긴 무대에도 섰던 사람이니 이 정도는 우스우려나.

나빈은 어떤 무대에 섰을까? 방송도 많이 나왔겠지? 어떤 기분일까, 수많은 사람들 앞에서 노래한다는 건. 그리고 그 무대를 떠난다는 건.

화려한 삶이 끝나고 나면, 모든 게 허무하고 하찮아 보이지는 않을까.

"저 읽는 거 이상해요?"

나빈이 내 시선을 느꼈는지 조심스럽게 물었다.

"아뇨. 괜찮아요. 들으면서 질답 생각하고 있었어요."

적당히 둘러대고 눈길을 돌렸다. 곧 교수가 들어오고 첫 조부터 발표가 시작됐다. 우리는 맨 마지막 순서였다.

네 번째 조가 고골의 '감찰관'에 대한 발표를 끝낸 후, 나빈이 단상에 올라갔다.

아무래도 그는 실전형인 모양이었다. 어제 연습할 때보다 훨씬 괜찮았다. 발음은 또렷했고, 음성은 깨끗했다. 중요한 부분을 강조하고, 굳이 읽지 않아도 될 부분은 과감히 뺐다.

덕분에 10분 정도의 발표 시간이 길게 느껴지지 않았다. 슬쩍 교수님의 표정을 확인하니, 그녀의 입가에도 미세하게 미소가 맺혀 있었다.

나빈이 발표를 마치자, 교수님이 가장 먼저 가볍게 박수를 쳤다.

그가 자리에 들어온 후 내가 나가 질답을 받았다. 4학년 선배 두 사람이 예상한 범위 내의 질문을 했다. 교수님은 내가 생각지 못한 날카로운 질문 몇 가지를 연달아 던졌는데, 이건 어떻게 대답했는지 모르겠다. 마지막 질문에 솔직하게 모르겠다고 대답하고 나니, 그녀는 웃으며 들어가 보라 했다.

"저 괜찮았어요?"

내가 자리에 앉기 무섭게 나빈이 작은 목소리로 물었다.

"네. 잘하셨어요. 하나도 안 떨고."

"저 중간에 실수했는데."

"티도 안 났는데요? 선배는 어떻게 그렇게 침착해요?"

"어제 연습할 때처럼 했어요. 다혜 씨만 보고."

뭐라 대답해야 할지 몰라 주춤거리는 사이 교수님의 목소리가 들렸다.

"오늘 발표는 모두 인상적이었습니다. 한 학기 동안 정말 고생 많았어요. 저도 이 수업이 다른 수업에 비해 가혹했다는 것을 압니다."

어디선가 작은 한숨 소리가 들렸다.

"요즘 학생들은 취업 준비도 해야 하고, 스펙 관리도 해야 하고, 여러 가지로 신경 쓸 일이 많죠. 아무래도 전공 공부에 일정 시간 이상을 투자하는 게 부담이 됐을 겁니다. 그러니 적어도 한 학기 동안 고생한 만큼은 돌려드리도록 하겠습니다. 다행히 이 수업은 인원이 적어 절대 평가가 가능합니다."

교수가 잠깐 말을 끊었다. 그녀는 미소를 띠고 우리를 둘러보았다.

"우리 수업의 최하 학점은 A가 될 겁니다. 아무리 못 해도 A 학점은 드리겠다는 겁니다. 모두가 열심히 해 줬으니 그 정도는 드려도 될 것 같은데요. 이의 있습니까?"

함성과 박수가 쏟아졌다. 내가 기억하는 한, 이 수업에서 수강생들이 이토록 활기찬 모습을 보인 적은 없었다.

슬쩍 옆의 나빈을 보니, 그 역시 신난 얼굴로 박수를 치고 있었다. 어이없어 나도 모르게 웃어 버렸다.

인문대 건물을 빠져나왔을 때는 이미 깜깜한 밤이었다. 저녁 6시 반인데도 심야 같았다. 찬 공기마저 상쾌하게 느껴졌다.

"아, 이제 정말로 한 학기가 끝이네요."

나빈이 즐겁게 말했다.

"네, 완전히 끝났네요."

졸업을 향해 가는 것은 싫었지만, 시험이 완전히 끝나니 해방감이 드는 것은 사실이었다. 발표도 그럭저럭 성공적이어서 더 고무되기도 했다.

"어디로 갈까요?"

나빈이 물었다. 나는 휴대폰에 저장해 둔 가게 위치를 확인했다.

"후문 쪽이요."

"거긴 별로 가 본 적 없는데."

내 착각일까, 나빈은 평소보다 좀 더 들떠 보였다. 그래서인지 괜히 나도 같이 설레는 기분이었다.

정문 쪽은 지하철역으로 향하는 길목이라 상점과 식당이 줄지어 있었다. 반면 후문 쪽은 오래된 주택가였는데, 서울치고는 드물게 아파트 단지가 들어서지 않아서 야트막한 빌라들과 주택들이 대부분이었다. 최근에는 골목골목 낡은 가정집을 보수해서 카페나 주점을 여는 것이 유행인 모양이었다.

오늘 나빈과 갈 카페도 그런 종류의 가게 중 하나였다. 수십 년 된 양옥을 개조한 것으로, 마당에는 나름 아기자기한 정원도 꾸며져 있었다. 지금은 겨울이라 꽃이 없고 가지도 앙상했지만 봄부터 가을까지는 제법 조경이 아름다울 듯했다. 건물 외벽은 통유리였는데, 덕분에 안의 고급스러운 인테리어가 훤히 보였다. 학교 근처 가게들이 대부분 선술집이나 무던한 식당이라는 점을 감안할 때, 파격적으로 세련된 카페였다.

아무래도 누가 동네 분위기를 잘못 읽고 지나치게 고급스러운 카페를 개업한 모양이었다.

"학교 근처에 이런 곳이 있었네요."

나빈도 카페를 보고 조금 놀란 눈치였다.

우리는 마당을 가로질러 카페 안으로 들어갔다. 따뜻한 난방 탓에 안경에 김이 훅 서렸다. 나는 안경을 벗은 후 콧잔등을 문질렀다. 아파서가 아니라 나빈이 또 쳐다보지 않을까 싶어서였다. 아니나 다를까 다시 안경을 쓰니 그는 내 얼굴을 빤히 바라보고 있었다.

"안 쳐다보시면 안 돼요?"

"눌린 자국 아파 보이는데."

"어쩌란 거야. 하나도 안 아프다니까요."

우리는 우선 주문을 하러 카운터로 향했다. 직원이 기분 좋은 미소로 우리를 맞았다. 따뜻한 스페셜 티 커피 두 잔을 주문하고 파니니와 샐러드도 시켰다.

주문을 마친 후 옆을 보니 나빈이 케이크 쇼케이스를 구경하고 있었다.

"선배, 케이크 드실래요?"

"네? 아뇨."

"케이크 보시던 거 아니에요?"

"아뇨, 그게 아니라……."

"그게 아니면 유리에 비친 본인을 넋 놓고 바라보시던 거예요? 나르키소스처럼."

저 얼굴이면 정말 그럴 수도 있다 생각해서 진지하게 물었다. 나빈은 내 말에 소스라치며 고개를 저었다.

"아뇨! 케이크 보던 거예요."

"드시고 싶은 거면 고르세요. 사 드릴 테니까."

"괜찮아요."

"얼굴에 먹고 싶다고 쓰여 있는데요?"

내 말에 나빈은 손바닥으로 자신의 뺨을 문질렀다.

"아니에요, 케이크는 칼로리도 높고……."

칼로리라는 단어에 나도 모르게 피식해 버렸다.

"그런 거 챙기는 사람이었어요?"

"네, 뭐……."

"혹시 평소 때 저녁 거의 안 드신 것도 그래서예요?"

"평소보단 잘 먹은 건데."

의외였다. 하긴 내가 불편해서 밥이 안 넘어갔단 것보다는 낫지만.

"다혜 씨는 먹고 싶은 대로 다 먹어도 안 찌는 그런 타입이에요?"

"전 그냥 먹고 싶은 대로 먹고 찌는 타입인데요?"

"멋있다."

그의 목소리에서 진심이 묻어났다. 나는 나빈이 이해 가지 않았다. 지금도 그는 군살이라곤 없었다. 비쩍 말랐냐면 그런 건 아니지만, 아무튼 그를 보고 다이어트가 필요하다 느낄 사람은 아무도 없을 거였다.

"뭐가 멋있어요?"

"그냥 남의 눈치 안 보는 게요."

나빈은 뭔가 잘못 생각하고 있었다. 집에서는 뭘 먹어도 눈치가 보이고 맛도 없어서 밖에서는 되는대로 먹게 된 것뿐이었다. 하지만 그에게 그런 해명을 할 수는 없었다.

"선배도 먹고 싶으면 먹으면 되잖아요."

"아뇨, 전 좀 곤란해서."

"하루 먹는다고 뭐가 달라져요?"

"아, 그럴까······."

나빈은 갈등하는 듯 쇼케이스를 응시했다. 잠시 후 그는 단호하게 고개를 저었다.

"아니에요, 괜찮아요. 파니니도 먹을 거잖아요. 더블 치즈로 시켰어요?"

"네, 더블 치즈로요."

나빈은 가게 앞 메뉴판을 본 후로 '전 더블 치즈로 먹을래요'

를 세 번이나 말했다.

"치즈도 칼로리는 만만치 않을 텐데……."

"다혜 씨?"

나빈이 할 말이 많은 얼굴로 나를 보았다. 상냥한 눈웃음이 조금 무서웠다.

"미식가라는 뜻이었어요."

얼른 얼버무렸다.

커피는 내가 사고 음식은 나빈이 계산했다.

"이러면 또 제가 얻어먹는 게 되잖아요."

"그럼 다혜 씨가 다음에 또 커피 사 줘요."

나빈이 생글거렸다.

우리는 창가 가장 안쪽에 자리를 잡았다. 창가라 해도 보이는 것은 겨울 정원뿐이었지만 그것만으로도 마음이 퍽 산뜻했다. 흰 자갈돌이 깔린 보도 위에 참새들이 앉아 기웃거렸다.

"선배, 우리 영화 보기로 했잖아요."

노트북을 꺼내며 말했다.

"네."

나빈은 말뜻을 이해하지 못한 건지, 내 얼굴만 멀뚱히 바라보았다.

"맞은편에 앉으면 화면을 어떻게 봐요?"

"아, 그렇죠?"

그는 그제야 자리에서 일어났다. 나는 의자에 올려 두었던 외투와 가방을 그에게 넘겨주었다. 나빈이 내 왼편 자리에 앉았다.

폴더 목록을 띄웠다. 노트북에 저장된 영화는 서른 편 정도였다. 보고 좋았던 영화를 한 편씩 사서 모으다 보니 이만큼이 됐다. 파일들을 슥 둘러보는데 휴대폰 진동이 요란하게 울렸다. 저장해 두지 않은 번호였지만 대강 감이 왔다.

"안 받아도 돼요?"

나빈이 물었다. 별로 내키진 않았지만, 차라리 받고 확실히 해 두는 편이 나을 것도 같았다.

"통화 좀 할게요. 잠깐이면 되니까 영화 고르고 계세요."

나빈에게 마우스를 넘겨주고 전화를 받았다.

—다혜 씨, 어딥니까?

역시나 반갑지 않은 목소리, 김 변호사였다.

"학교예요."

—데리러 왔는데.

"죄송한데 오늘 학과 선배랑 약속 있어서요."

—제가 오늘 연락드린다고 했을 텐데요.

"저는 만나겠다고 한 적 없는데요."

—학교 근처까지 왔는데 어쩔 수 없군요. 조만간 다시 연락드리죠.

"바쁘니까 끊을게요. 그리고 앞으로는 개인적인 연락 안 받을 거예요."

전화를 끊자마자 김 변호사의 번호를 저장했다. 실수로 못 알아보고 받고 싶진 않았다. 나빈이 한숨을 내쉬는 나를 곁눈질했다.

"영화 고르셨어요?"

휴대폰을 가방에 넣어 버리고 물었다.

"아, 음, 여기 바냐 삼촌 폴더는 뭐예요?"

"그건 영화가 아니라 공연이에요. 고등학교 때 대극장에서 바냐 삼촌 공연을 봤는데 진짜 감동받았거든요. 그 공연이에요."

"전에 다혜 씨가 봤다는 게 이 공연이구나. 그때 녹화한 거예요?"

"그럼 안 되죠. 나중에 우연한 기회로 이 공연 연출님을 만나서 공연이 좋았다고 했더니 파일을 주셨어요."

"우연히요?"

"네. 우연히 그럴 기회가 있었어요."

다행히 점원이 오는 바람에 이 대화는 여기서 끝났다.

점원은 커피와 갓 데운 파니니 두 개, 그리고 훈제 연어 샐러드를 테이블에 세팅하고 돌아갔다. 고소한 치즈 향과 토마토 향이 구미를 당겼다.

"아무튼 영화는 골랐어요?"

"아, 이거 보고 싶어요. 예전에 보다 말았거든요."

나빈이 클릭한 것은 '인생은 아름다워'라는 폴더였다. 이탈리아 영화로 나치 시대의 비극을 다룬 작품이었다.

"예전에 음, 형들이랑 같이 볼 기회가 있었는데요. 전 끝까지 못 보고 중간에 혼자 방으로 들어와서……."

"왜요?"

나는 그의 앞에 커피 잔을 놓아 주었다. 커피 향은 마음을 달래듯 그윽하고 부드러웠다.

"너무 슬퍼서요. 왜냐면……."

나빈은 손으로 잔을 감쌌다. 그는 시선을 내려 커피 잔을 응시했다. 모락, 올라온 김이 나빈의 입술 근처에서 흩어졌다.

"저, 아빠가 일찍 돌아가셔서……."

나빈의 목소리가 깊게 가라앉았다.

"그게 생각나서요."

그의 손가락이 하얀 커피 잔의 표면을 꾹 눌렀다. 섣부른 말을 할 수가 없었다.

나는 부모를 잃는다는 의미를 모른다. 내가 그런 일을 겪는다고 해도 딱히 상실감을 느낄 것 같지는 않다. 이해할 수 없는 일을 겪은 사람을 대한다는 건 늘 어려운 일이다. 그래서 나빈에게 실수를 할까 두려웠다.

"근데 다혜 씨랑 같이 보면 어쩐지 끝까지 볼 수 있을 거 같아요."

나빈의 얼굴에 서툰 미소가 번졌다. 그가 웃고 있는데도 나는 쓸쓸해졌다. 슬픔은 전염력이 강하니까. 어느새 그의 서글픔이 내 마음까지 적신 걸지도 모르겠다.

"아마 오늘이 아니면 전 평생 이 영화를 못 볼 거예요. 그러니까 다혜 씨랑 있을 때 볼래요."

나빈의 시선이 나를 향했다.

"왜요?"

"말했잖아요. 다혜 씨랑 있으면 기분이 밝아진다고. 긍정적인 생각도 많이 들고요. 그러니까 다혜 씨랑 있으면 볼 수 있을 것 같아요."

"그러면, 음……."

나는 커피 잔의 손잡이를 매만졌다. 지금 그를 어떻게 대해야 할지 도무지 알 수가 없었다.

"그럼 봐요. 선배가 너무 슬프지 않다면……."

"슬퍼해도 다혜 씨가 위로해 줄 거잖아요."

"전 사람을 잘 위로할 줄 모르는데요."

"그건 진심으로 위로해 주려다 보니 그런 거예요."

나빈의 말에 이상하게 내가 위로받는 기분이었다.

영화를 틀고 나빈과 이어폰을 한쪽씩 나눠 꼈다. 줄이 그렇게 긴 편은 아니어서 의자를 당겨 앉아야 했다. 그와 팔이 닿을 것 같아 좀처럼 화면에 집중이 되지 않았다. 반면 나빈은 나 같은 건 신경도 안 쓰이는지 열심히 파니니만 우물거렸다.

"맛있어요?"

"네. 점심 못 먹었거든요."

"그럼 하나 더 드실래요?"

"괜찮아요. 다혜 씨 드세요."

"샐러드는 어때요?"

"맛있어요. 저 훈제 연어 좋아하는데."

나빈은 다시 파니니를 한 입 베어 물었다. 화면에서는 1930년 대 이탈리아의 풍경이 펼쳐지고 있었다.

우리는 영화를 보며 많은 대화를 나눴다. 정확히 얘기하면 주로 나빈이 말을 붙이고, 나는 적당히 대꾸해 준 것이었다.

"아, 저런 곳 가 보고 싶어요."

그가 이렇게 말하면 나도 예의상 짧게 호응했다.

"좋아 보이네요."

"다혜 씨는 이탈리아 가 본 적 있어요?"

"어릴 때요. 가족 따라서."

"난 없는데. 어땠어요?"

"어려서 기억이 안 나요."

"근데 여자한테 저렇게 대해도 되는 거예요?"

"글쎄요."

"혹시 다혜 씨도 꽃 받는 거 좋아해요?"

"영화나 봐요."

"아, 근데 방금 지나간 배우분 다혜 씨랑 분위기가 좀 비슷하지 않나요?"

"선배."

"분위기만요. 다혜 씨가 훨씬 더 예쁘긴 하죠."

"끝까요?"

"아뇨, 죄송해요……."

죄송하다 해 놓고도 그는 꿋꿋하게 헛소리를 이어 갔다.

"근데 생각해 보니 분위기도 다혜 씨가 더 좋은 거 같아요."

"뭐라는 거야, 진짜……."

커피가 아니라 술이라도 마셨나.

이상하네. 커피엔 아무 문제가 없는데.

한 모금 맛을 본 후 고개를 갸웃했다.

그러다 어느 순간부터 나빈은 입을 다물었고, 나 역시 아무 말도 할 수 없었다.

영화의 주요한 주제 중 하나는 가족애였다. 나빈이 왜 이 영화를 끝까지 보지 못했는지 충분히 알 수 있었다. 아마 그의 아버지는 추모할 만한, 좋은 사람이었을 거라는 짐작도 갔다.

엔딩 크레딧이 올라갈 때야 다시 나빈의 표정을 확인했다. 그는 외로워 보였다.

나는 노트북을 닫았다. 적막이 흘렀다. 우리는 이어폰을 빼고도 잠시 말이 없었다. 영화의 세계에서 갑자기 현실로 튕겨 나온 기분이었다.

그를 두고 자리에서 일어났다.

"따뜻한 차 좀 사 올게요. 허브티 괜찮아요? 좋아하는 거 있으세요?"

"다 좋아요."

나빈이 작게 대답했다.

"제가 가져올 거라 시간 좀 걸릴 거예요."

"다혜 씨."

그가 나를 불러 세웠다.

"네?"

"케이크도 먹을래요."

그 말에 나도 모르게 웃어 버렸다.

"자몽 생크림, 괜찮아요?"

"그거 먹고 싶은 거 어떻게 알았어요?"

"아까 계속 그거 봤잖아요."

"그렇게 계속 쳐다보진 않았는데······."

나빈이 중얼거렸다. 나는 지갑을 챙겨 자리를 떠났다.

카운터는 모퉁이 돌아 위치했다. 나빈도 내 모습이 보이지 않고 나도 그를 볼 수 없으니, 울고 싶다면 지금 울면 될 것이라 생각했다.

나빈을 위해 루이보스를 시키고 내가 마실 디카페인 커피 한 잔도 샀다. 자몽 생크림 케이크도 주문하고, 블루베리 타르트와 레몬 셔벗 쿠키도 추가했다. 커피와 차는 시간이 좀 걸린다고 했다.

"자리에 갖다드릴게요."

점원이 친절한 미소로 말했다.

"괜찮아요. 제가 들고 갈게요."

자리를 비켜 주려고 일부러 시간이 걸릴 만한 메뉴를 주문한 것이었다.

선배의 부모님은 어떤 사람들일까.

누군가의 가족이 궁금해진 것은 참 오랜만이었다. 불행히도 둘 중 하나는 이제 영영 볼 수 없는 사람이지만, 어쩌면 다른 한 사람은 만날 기회가 있을지도 모른다.

아니, 그런 기회가 있을 리가 없지. 만날 일이 뭐가 있겠어.

그래도 살다 보면 모르지. 마주칠 일이 있을지도.

어떤 사람일까.

이상하게 나빈의 부모님이라면 평범한 사람들은 아닐 것 같다는 확신이 들었다.

쓸데없는 생각을 이어 가는 와중에 주문한 메뉴들이 나왔다.

이쯤이면 다 울었겠지 싶어 트레이를 들고 자리로 갔다. 나빈은 홀로 앉아 창밖을 바라보고 있었다. 창을 투과해 흘러들어 온 주홍 불빛이 그의 얼굴 위로 부서졌다. 순간, 그의 주변에 작은 빛의 덩어리들이 요정처럼 날아다니는 듯한 착시가 일었다.

나는 트레이를 내려놓은 후 그의 맞은편에 앉았다. 눈가를 보니 운 것 같지는 않았다.

"왜 이렇게 많이 사 왔어요?"

나빈이 당황한 듯 물었다.

"이왕 먹는 거 많이 드세요."

"다혜 씨, 나 괴롭히는 거죠?"

"돈 쓰면서까지 남을 괴롭히진 않아요."

나빈은 할 말을 잃은 눈으로 나를 응시했다.

"그리고 선배, 지금도……."

나는 나빈을 흘깃 봤다. 무슨 단어를 골라야 할까. 좋다? 매력적이다? 어떻게 표현해도 좀 민망할 것 같아서 가장 무난한 말을 골랐다.

"……마른 편이에요. 너무 신경 쓸 필요 없을 것 같은데."

거기까지 말하고 나니 불현듯 생각나는 것이 있었다.

"아, 혹시 카메라 때문에 그러는 거예요?"

방송 카메라에 예쁘게 찍히려면 굉장히 말라야 한다고 얼핏 들은 적이 있다. 그래서 아이돌들은 혹독하게 다이어트를 한다고 했던 것도 같고.

혹시 방송계로 돌아갈 생각이 있는 걸까. 그런 직업적 이유였다면 내가 너무 무심하게 말했던 것 같았다.

그런데 나빈은 카메라라는 말을 좀 다르게 해석한 모양이었다.

"그건 아니에요. 요즘은 길에서 사진 찍는 사람은 거의 없는데요."

"길에서 사진을 찍어요?"

"아, 가끔 있었어요. 신기한가 봐요."

"음……."

나는 커피를 한 모금 마셨다. 아직 많이 뜨거웠다.

"그거 물어본 거 아닌데."

혼잣말처럼 중얼거렸다.

"그럼요?"

"혹시 방송 다시 나가실 건가 물어본 건데."

"아, 그 카메라요."

나빈이 머쓱한 듯 웃었다.

"없어요, 절대. 다시 나갈 일 없어요. 저 좋게 그만둔 것도 아닌데요."

"특별히 나쁘게 그만둔 거예요?"

"계약 만료 전에 중도 이탈한 거니까요."

나빈이 가볍게 대답했다. 선배가 언제 아이돌을 그만뒀지? 나는 그런 것도 정확히 몰랐다. 분명 내가 입학할 때는 현역이었는데. 조금 궁금하긴 했지만, 지금은 더 캐묻기 어려운 분위기여서 넘어갔다.

"그럼 왜 그렇게까지 신경 쓰시는 거예요? 카메라에 찍힐 일도 없으면 좀 편하게 지내도 될 거 같은데."

이게 어려운 질문이었나. 나빈은 한참 고민하다 입을 열었다.

"굳이 말하자면 저희 엄마 때문이에요."

나빈의 답이 전혀 이해 가지 않았다.

"어…… 어머니가 뭐라고 하세요?"

"아뇨, 그런 건 아니고……. 그런 사정이 좀 있어요."

잠시의 침묵이 이어졌다. 나빈은 내 표정을 살피더니 살며시 포크 끝을 만지작거렸다.

"그래도 오늘은 괜찮지 않을까요?"

나빈이 조심스럽게 물었다.

"오늘은 기말고사도 끝났고, 또 특별히 다혜 씨가 사 주는 거니까?"

"네, 당연히 괜찮죠."

고개를 끄덕였다. 나빈은 그 허락을 기다렸다는 듯, 포크를 들고 케이크 귀퉁이를 떴다.

"맛있네요."

그는 한 입을 음미한 후 감동한 듯 말했다. 이어서 그의 포크가 타르트로 향했다.

"타르트도 맛있어……."

나빈이 타르트를 천천히 삼킨 후 감탄했다. 사람이 타르트 한 입에 저렇게까지 행복해할 수 있나 싶었다. 사 준 보람이 있어 좋았다.

"다혜 씨는 안 먹어요?"

"전 쿠키면 됐어요."

"치사해……."

나빈이 뾰로통하게 말했다.

"네?"

양보하고도 치사하단 말은 처음 들어 봤다.

"이렇게 맛있는 걸 나 혼자 먹게 하다니 치사해요."

"그게 왜 치사한 건지 설명 좀 해 주실래요?"

"아무튼 그건 치사한 거라고요. 그러니까 빨리 같이 먹어요."

나빈이 내 코앞에 포크를 내밀었다. 어쩔 수 없이 포크를 받아 타르트를 작게 떼어 먹었다. 달짝하고 부드러운 치즈 맛과 상큼하고 진한 블루베리 맛이 조화로웠다. 시트도 적당히 촉촉하면서 씹는 질감이 좋았다.

"슬플 땐 단 걸 먹으면 기분이 좋아진대요."

나는 타르트를 삼키고 말했다.

"내일 몸무게를 재 보면 다시 슬퍼질 거 같긴 하지만요……."

나빈은 그렇게 중얼거리면서도 케이크를 잘만 먹었다. 저렇게 잘 먹을 거면 그냥 걱정도 안 하는 게 맞지 않나 생각했지만 굳이 말하지는 않았다.

"아, 저희 아빠는요……. 이런 이야기 해도 되나요?"

나빈이 케이크를 우물거리며 물었다.

"네, 하세요."

"제가 어릴 때 돌아가셨거든요."

내가 간신히 들을 수 있을 정도로 작은 목소리였다.

"아홉 살 때요. 사고였어요. 아, 너무 옛날이라서 항상 슬프지는 않아요. 슬픔도 이만큼 시간이 흐르면 마모된다고 해야 하나……."

"그럴 수도 있죠."

"그래도 역시 이런 영화를 보면 슬퍼지네요."

"괜히 본 것 같아요?"

"아뇨. 잘 본 것 같아요. 오늘이 아니면 못 봤을 거예요."

그렇게 말하는 나빈은 어딘가 어린아이처럼 느껴졌다.

"다혜 씨는 혹시 여러 번 본 거였어요?"

"아뇨. 한 번 봤어요. 사실은 한 번쯤 더 보고 싶었는데, 좀처럼 손이 안 가서. 특별히 이유가 있는 건 아니고 그냥요."

실은 이유가 있었다. 하지만 그건 절대 들키고 싶지 않은 이유였다.

내가 그 영화를 다시 보지 못한 것은 질투 때문이었다. 꼭 영화만이 아니었다. 화목하고 행복해 보이는 가족을 볼 때마다 내 안에는 갈 곳 없는 부정적 감정들이 들끓었다.

그래서 이 영화 역시 좀처럼 다시 볼 수 없었던 것이다. 영화가 아름다울수록 나는 비참하고 괴로워졌으니까.

"저도 선배랑 봐서 좋았던 것 같아요."

그건 진심이었다. 오늘은 영화를 보는 동안 부정적 감정이 들지 않았다. 오롯이 작품을 즐길 수 있었다. 어쩌면 나빈을 위해 본다고 생각한 까닭일지도 모르겠다.

"저도 언젠가 한 번쯤은 다시 보고 싶다고 생각했던 작품이거든요. 그래서 넣어 둔 거고."

나빈은 잠깐 말이 없었다. 그는 문득 휴대폰을 확인하더니 난처한 미소를 지었다.

"벌써 9시가 넘었네요. 다혜 씨 집에 들어가실 시간이죠?"

나빈의 말에 나도 시계를 확인했다.

21:12

"전 10시까지만 들어가면 돼요. 이 차 다 마시고 들어가면 되겠네요. 아직 케이크도 좀 남았고."

지금 먼저 일어나 버릴 수도 있었지만 그렇게 하지 않았다. 아까부터 나빈이 행복해하는 게 느껴졌기 때문이었다.

얼마 만일까. 내가 남을 행복하게 해 준 게.

절반쯤 남은 케이크를 물끄러미 바라보았다.

나랑 만났던 남자들은 행복했을까? 행복했다면 내 곁에 머물지 않았을까?

내가 태어났을 때 우리 부모님은 행복했을까?

행복했는데도 나를⋯⋯.

"네. 그럼 다 먹고 가요."

나빈이 환하게 웃었다. 마냥 환하다기엔 어딘가 부족해 보여서, 그 부족함을 메워 주고 싶어 따라 웃게 되는 미소였다.

"그런데 다혜 씨, 혹시 종교 있어요?"

그는 케이크를 열심히 먹다 난데없이 물었다. 갑자기 종교는 왜 물어보는 걸까. 전도라도 할 생각인가. 그런 거라면 사양이었다.

"없어요."

경계심을 가득 담아 대답했다. 그런데 나빈은 내 경계가 무색하게 전혀 뜻밖의 질문을 했다.

"그럼 크리스마스이브에 시간 나요?"

"크리스마스이브요?"

"네."

크리스마스이브는 사흘 뒤였다. 어제까지 시험에 시달렸는데 일정 같은 게 있을 리가 없었다. 아니, 시험은 핑계고 만날 사람이 없었다.

"왜요?"

어제 나빈이 영화를 보자고 했을 때, 나는 굳이 그걸 데이트라 생각하지 않았다. 하지만 이건 뭔가 데이트 신청 같은 느낌이었다.

엘리가 나한테?

아니겠지, 설마.

"그날 데이트할래요?"

설마가 사람 잡는다더니. 나빈은 아무 생각 없는 눈빛으로 내 답을 기다리고 있었다. 뭘 믿고 저렇게 해맑을까. 하긴, 얼굴을 믿고 저런다면 할 말은 없다.

"저희 그럴 사이가 아니잖아요, 선배."

케이크 좀 사 줬다고 내가 좋아진 건 아니겠지. 그런 가벼운 사랑은 이쪽에서 사양이었다.

"데이트하려면 꼭 어떤 사이여야 하나요?"

나빈의 질문에 할 말을 잃었다. 확실히 데이트라는 게 반드시 특별한 사이여야 할 수 있는 것은 아니었다.

"이거 진지한 건가요?"

조심스럽게 물었다.

"아뇨. 이제까지 다혜 씨랑 늘 공부만 했으니까, 그날 같이 놀고 싶어서요."

아무래도 나빈은 두 사람이 만나서 노는 걸 모두 데이트라고 표현하는 그런 타입인가 보다. 기분 나쁜 제안은 아니었지만 선뜻 받아들일 수는 없었다. 나빈이 싫어서는 아니었다. 그저……

엘리와 내가 데이트라니. 누가 들어도 비웃을 만한 사건이라 생각했을 뿐이다.

"왜 저랑요?"

"재밌을 것 같아요."

"다른 친구 없어요?"

"네."

"선배 좋아하는 여자애들 많을 텐데요."

"저 아는 사람도 없어요."

나빈이 눈가를 살짝 구겼다.

"찾아보면 많을 거라는 거예요. 그러니까 이왕이면 선배를 좋아하는 사람이랑 만나는 게 좋지 않을까요? 전 선배 안 좋아하거든요."

"그런 사람들 없는데. 그리고 있다 해도 그 사람들이 다혜 씨만큼 재밌진 않을 거잖아요."

나는 입을 꾹 다물고 눈을 내리깔았다. 바닥에 깔린 커피에 언뜻 내 모습이 비쳤다.

내가 생각할 때 나는 특별하지 않다. 오히려 보통 여자애들보다 어둡고 붙임성도 없는 편이다. 나빈이 내게 데이트를 신청한 이유를 도통 알 수 없었다.

내 의문을 알아챈 건지 나빈이 이어 말했다.

"다혜 씨랑 대화하면 재밌잖아요."

"저보고 재밌다는 사람 처음 봐요."

"잘됐네요."

나빈의 입꼬리가 올라갔다.

"다혜 씨는 저랑 대화하는 거 재미없어요?"

"체홉 이야기를 했으니 재밌었죠. 그게 아니면 어땠을지 모르죠."

"오늘은 체홉 이야기는 안 했지만 재밌었잖아요."

그건 부정할 수 없었다.

"뭐, 그렇긴 했죠."

"그러니까 괜찮으면 그날 같이 저녁 먹어요. 그날 다혜 씨한테 해 주고 싶은 이야기도 있어요."

"해 주고 싶은 이야기가 뭔데요?"

"궁금하죠? 그건 이브 날 말해 줄게요."

나빈이 들뜬 목소리로 말했다. 미안하지만 남자애들 장난에 맞장구쳐 줄 나이는 지났다.

"안 궁금한데요."

"안 궁금해도 말해 줄게요."

"그냥 얘기하지 마세요."

"얘기할래요."

"네, 편한 대로 하세요."

"그럼 그날 저녁 같이 먹는 거죠?"

"생각해 볼게요."

"네!"

나는 생각만 해 보겠다고 했는데 나빈은 승낙이라도 받은 것처럼 밝게 대답했다. 순간 내가 뭔가 잘못 말했나 싶을 정도였다.

"다혜 씨는 사람 많은 곳은 싫어하시죠?"

그가 물었다.

"네. 근데 그날은 어딜 가도 붐빌 텐데요."

"음, 저희 동네에 괜찮은 가게가 있는데. 거기가 마침 이브 저녁에 사람이 없을 거예요."

"괜찮은 가게가 크리스마스이브에 사람이 없다고요?"

믿을 수 없는 이야기였다. 사실은 괜찮지 않은 가게일 가능성이 컸다.

"네. 그럴 이유가 좀 있어요. 아마 마음에 들 거예요."

"근데 저 그날 보겠다고 약속한 게 아니에요, 선배. 생각해 보겠단 거지."

"알아요. 힘들면 거절해도 괜찮아요. 생각해 보고 문자해요. 기다릴 테니까."

그는 남은 케이크를 한 점 떼어 입에 넣었다.

결국 케이크와 타르트를 다 먹고 나서 카페를 나왔다. 귀가 시간이 다소 빠듯하긴 했다.

최대한 빨리 지하철역까지 왔지만, 늦은 시간이라 열차 간격이 넓었다. 환승역에 도착했을 때는 9시 45분이었다. 다음 열차로 갈아타면 딱 맞춰 집에 들어갈 수 있을 것 같았다.

문제는 열차가 곧 들어온다는 것이었다. 아무래도 달려야 할 것 같아 나빈에게 양해를 구했다.

"선배, 저 뛰어야 할 거 같아서요. 먼저 가 볼게요."

"아, 같이 가요."

"죄송해요, 저 때문에."

인적 드문 환승 통로에 두 사람의 발걸음 소리가 울려 퍼졌다. 몇몇 사람들이 전속력으로 달리는 우리를 쳐다봤다.

계단을 내려가다 걸음이 엉키면서 발목이 확 꺾였다. 앞으로 고꾸라지려는 나를 나빈이 다급하게 낚아챘다.

"다혜 씨, 괜찮아요?"

그는 내 팔을 단단히 잡았다. 계단을 구르는 불상사는 피했지만 발목을 삔 것 같았다. 한 걸음을 내딛을 때마다 욱신욱신했다.

"발목 약간⋯⋯."

"다쳤어요?"

"괜찮아요. 일단은 환승부터 해요."

나는 나빈의 부축을 거절하고 다시 계단을 뛰어 내려갔다. 통증에 눈물이 핑 돌았지만 멈출 수는 없었다. 그런데도 간발의 차로 열차를 놓쳐 버렸다.

"아⋯⋯."

곧바로 다음 열차 시간을 확인했다.

약간 아슬아슬한데.

한숨이 저절로 흘러나왔다.

"괜찮아요?"

나빈이 걱정스럽게 물었다.

"다혜 씨, 지금 안색 많이 안 좋아요."

"괜찮아요. 좀 늦을 것 같아서요."

"늦으면 많이 곤란한 거죠?"

나빈까지 표정이 어두워졌다.

"많이까지는 아니고요."

시계를 초 단위로 확인하며 이렇게 말해 봤자 설득력이 있을
리 없었다.

"발목은요? 걸을 수 있겠어요? 제가 오늘 집까지 데려다줄까
요?"

"아무렇지도 않아요, 선배. 아까 조금 아팠던 거예요. 괜찮아
요."

움직일 때마다 발목이 아팠지만 거짓말을 했다. 발목보다 머
리가 더 아팠다.

"다혜 씨, 진짜 괜찮은 거예요?"

"괜찮아요."

"앉아서 발목 잠시만 보고 가면……."

"괜찮다고 했잖아요!"

나도 모르게 날카롭게 외쳤다. 플랫폼에서 열차를 기다리던
사람들 몇이 고개를 돌렸다. 나빈의 표정은 마스크에 가려져 있
었다.

"두세 번 이야기하게 하지 마세요."

그건 우리 아빠가 즐겨 하는 말이었다. 같은 말을 내뱉자마자

스스로에 대한 혐오감이 올라왔다. 나는 이런 순간마다 내가 미치도록 싫었다. 나조차 나를 못 봐 주겠는데, 남들에겐 어떨까.

반대편 열차가 들어온다는 안내 방송이 나왔다.

"선배, 그게, 제가 지금 너무 예민해서……."

사과를 해야 한다는 생각에 떠듬떠듬 말을 내뱉었다. 어김없이 미안함을 표해야 하는 순간이 되니 혀가 둔해졌다.

최악이다. 사과는 못 하고 변명부터 하는 나 같은 인간은.

"다음부턴 이럴 땐 택시 타야겠어요."

나빈이 웃으며 이렇게 말하는 바람에 나는 고개를 들 수가 없었다. 마포역에 도착할 때까지 우리는 대화를 나누지 않았다.

"전 늦게 들어가도 괜찮으니까 바래다줄게요."

열차가 마포역에 들어설 무렵 나빈이 말했다.

"아뇨, 선배. 저 뛰어야 돼요. 혼자 가는 게 나아요."

절뚝거리며 뛰는 모습을 나빈에게 보여 주고 싶진 않았다. 그는 잠깐 망설이는 듯하더니, 더 고집 피우지 않고 고개를 끄덕였다.

"그럼 조심해서 들어가요, 다혜 씨."

"네, 가세요."

나는 작은 창 너머로 멀어지는 그의 뒷모습을 물끄러미 바라봤다.

하지만 그에 관한 생각을 이어 가기에는 시간이 너무 촉박했다. 지하철에서 내리자마자 집까지 달려갔다. 발목이 부러질 것같이 아팠지만 멈출 수는 없었다.

숨이 턱끝까지 차올랐다. 엘리베이터에 올라탄 후, 다시 휴대폰 시계를 확인했다.

22:05

엘리베이터 닫힘 버튼을 불안하게 연타했다. 문이 닫힌 후에
도 나는 초조하게 버튼을 눌러 댔다.

괜찮을 거야. 둘 다 늦게 오는 날도 있잖아.

그런 행운이 늘 따르지는 않는다는 걸 알면서도 계속 같은 생
각을 했다.

주머니 안에서 진동이 울렸다. 흠칫했다. 휴대폰을 확인하니
나빈이었다.

[잘 들어갔어요?] 오후 10:05

오후 10:05 [네]

떨리는 손으로 간신히 한 글자를 쳐서 보냈다. 엘리베이터가
빨리 올라갔으면 하는 동시에 영영 11층에 도착하지 않았으면
했다.

내 마음이 어떻든 엘리베이터는 11층에 멈췄다. 나는 지문 인
식 장치에 손을 올렸다. 들어가야 할까, 꼭 들어가야 할까.

들어가지 않으면? 마음에서 답을 찾기도 전에 도어 록이 열렸
다.

문을 다급하게 열어젖혔다.

"다녀왔습니다."

"서다혜."

엄마의 화난 음성이 들렸다. 현관의 구두부터 확인했다. 아빠

의 구두가 보였다. 사실 엄마가 화난 이상 아빠가 있든 없든 결국 비슷하긴 했다. 그녀는 손에 들고 있던 두꺼운 양장본으로 내 머리를 후려쳤다. 안경이 툭 바닥에 떨어졌다.

앞이 보이지 않아서 다행이다.

보이지 않으니까, 느껴지지도 않는다고 스스로를 속여 보려고 했다.

얕은 수였다.

숨이 가빠 오고 몸이 덜덜 떨렸다.

"통금 시간 지났다."

아빠의 목소리가 들리는 순간 등골이 오싹했다.

1학년 때 통금 시간에 딱 한 번 늦은 적이 있었다. 동아리 뒤풀이 자리가 길어진 탓이었다. 부모님은 옷을 벗겨 쫓아내겠다고 했다. 엄마는 정말 내 옷을 찢듯 벗겼다.

세상이 어떤 곳인데. 엄마 속 썩이니 좋아?

나는 속옷만 입은 채 현관에 엎드려 빌었다. 제발 이대로 내보내지만 말라고, 다시는 이런 일이 없을 테니 용서해 달라고 했다. 아빠는 나를 지나쳐 현관문을 열었다. 열린 문틈으로 엘리베이터가 보였다.

7, 8……. 숫자가 하나씩 올라갔다. 저 엘리베이터가 11층에 도착하면? 문이 열리고 누군가가 나오면? 나는 겁에 질려 아빠의 다리를 붙잡고 울었다. 현관 바닥에 눈물이 번졌다.

그날의 교육은 아주 효과적이었다. 나는 그 뒤로 통금 시간을 어긴 적이 없었다. 오늘까지는 말이다.

"죄송해요……."

오늘은 정말 내가 잘못했다. 나빈과 조금 더 시간을 보내고 싶어서 아슬아슬할 때까지 버틴 거다. 그래선 안 된다는 걸 알면서도.

"다혜, 너 요새 이상해. 남자 만나니?"

순간 가슴이 철렁 내려앉았다. 다리가 떨려 벽을 짚었다. 부모님이 생각하는 그런 일은 없었다. 그리고 오늘 나빈과 만난 걸 두 사람이 알 수도 없다.

그런데도 나는 침착할 수가 없었다. 무조건 부정해야 한다는 생각에 마음이 다급해졌다.

"아니에요!"

"뭘 잘했다고 큰소리야?"

엄마가 다시 책으로 머리를 후려쳤다. 맞은 건 난데, 그녀가 괴롭게 한숨을 내쉬었다.

"공부를 못하면 행실이라도 똑바로 해야지. 정욱 씨, 다혜랑 이야기 좀 해."

그녀는 돌아서 집 안으로 들어가 버렸다.

"너 엄마 속상하게 하지 말랬지."

아빠가 한 발 다가왔다. 나는 어깨를 잔뜩 움츠렸다.

제발, 제발……. 속으로 빌며 떠는 것 외에는 할 수 있는 게 없었다.

"바지 내려."

청바지 단추를 풀고 지퍼를 내렸다. 그가 다른 명령을 할까 무서워 바지를 허벅지까지 끌어 내린 후 알아서 바닥에 엎드렸다.

맞고 끝났으면 좋겠어.

나도 모르게 그런 생각을 했다.

벨트 버클을 푸는 소리가 들렸다. 곧 가죽 벨트가 속옷 위를 내리쳤다.

아픔과 동시에 안도감이 번졌다.

오늘은 이 정도로 끝이구나. 다행이다.

벨트가 내 몸을 사정없이 내리치는 동안, 나는 또 거실 벽시계의 초침 소리를 셌다.

똑, 딱, 똑, 딱……

아파. 괴로워. 아니야, 아무 생각도 하지 말자. 더한 일은 아니니 다행이잖아. 맞아, 다행이야. 오늘 정말 운이 좋은 거야.

"벌써 이게 몇 번째야?"

그가 벨트로 나를 내리치고 물었다. 내가 통금 시간을 어긴 건 이것으로 두 번째였다.

"두 번째요."

작게 대답했다. 그런데 내 대답이 그를 화나게 한 모양이었다.

"두 번째는 무슨. 내가 아는 것만 해도 열 번이 넘어가!"

이건 무슨 소리야. 머릿속이 하얘졌다. 아빠는 격분한 음성으로 말을 이어 갔다.

"도대체가……. 우리가 뭘 부족하게 해 줬어? 부모 속을 얼마나 상하게 해야……."

말 한마디를 마칠 때마다 벨트가 나를 때렸다.

도대체 무슨 소리지? 내 의문은 아빠의 다음 말 덕분에 풀렸다.

"너 그 습관 고치라고 했지. 아무 남자랑이나 자고 다니는 그 습관!"

"아, 아니에요."

지금은 고개를 저을 수밖에 없었다.

"아빠, 오늘은 진짜 그런 거 아닌데……."

"넌 매번 아니라고 했어!"

틀렸다. 내 이야기를 들어 줄 분위기가 아니었다. 오히려 내 어설픈 해명이 그를 더 자극한 것 같았다.

"보나마나 뻔하지. 그래, 한동안 잠잠하다 했다."

엉덩이를 벨트가 세게 쳤다. 몸이 휘청였다. 나는 눈을 감아 버렸다.

아, 그러고 보니 오늘 먹은 케이크 진짜 맛있었지. 타르트도, 쿠키도 좋았지. 그러니까 아무렇지도 않아. 괜찮아. 괜찮아……

"할 말 있으면 해 봐."

들어 주지도 않을 거면서.

"오늘은 진짜 아니에요, 진짜……."

나는 같은 말만 반복했다.

"저번에 다신 안 한다고 그렇게 싹싹 빌었잖아!"

아빠의 고함 소리가 쟁쟁했다. 생크림과 자몽, 달콤함과 상큼함, 나는 그런 것들만 떠올렸다. 그 순간도 시계바늘 소리는 계속해서 똑딱똑딱 울리고 있었다.

"서다혜. 너 그렇게 남자들한테 다리 벌리는 게 좋냐? 대체 왜 그렇게 살아?"

목구멍에 갑자기 뭐가 턱 막히는 기분이 들었다. 속에서 올라온 울음을 억지로 삼켰다.

내가 왜 그렇게 살았냐고?

사랑받는다는 기분이라도 느껴 보고 싶어서 그랬어.

219

그게 그렇게 잘못이야?

"남자들이 너 같은 애들 보고 뭐라는지 알아? 너 같은 애들을 남자들은 걸레라고 그래, 걸레."

아, 또 저 소리네. 저런 말 난 아무렇지도 않은데.

"너 그런 소리 들으며 살고 싶어? 부모가 다 너 걱정해서 해 주는 소리야."

현관 바닥을 짚고 있는 손이 덜덜 떨렸다. 괜찮은데 왜 떨리는지, 괜찮은데 왜 코가 시큰거리는지 정말 모를 일이라고 생각했다. 나는 필사적으로 혀에 감기던 달콤함을, 카페 안에 가득하던 커피 향을 떠올렸다.

"남의 자식이면 이런 얘기도 안 해. 서다혜, 너 아무리 그래도 걸레 소리는 안 듣고 살아야 하지 않겠어?"

아빠는 한참이나 비슷한 말을 반복하며 벨트를 휘둘렀다.

마침내 매질이 끝났다. 평소보다 두 배는 길었다. 피부가 화끈거리고 얼얼했지만, 어째선지 맞은 곳보다 명치 언저리가 더 아팠다.

"나라고 너한테 이런 소리 하고 싶은 줄 알아? 이래야 네가 행동을 고칠까 말까 하니 그런 거지. 한 번 더 이런 일이 있으면 그땐 용서해 주는 일 없어. 알겠어?"

"네."

"일어나."

바닥을 짚고 간신히 몸을 일으켰다. 다친 발목이 아파 그나마도 비틀거렸다. 청바지가 허벅지에서 좀 더 아래로 흘러내렸다. 죽고 싶었다.

"부모니까 이런 말도 해 주는 거야."

부모니까. 그 부모라는 이름 아래에선 모든 게 용납됐다.

"들어가서 쉬어."

아빠는 거실로 돌아갔다. 곧바로 바지를 입고 다시 몸을 숙였다. 아까 떨어진 안경을 주워야 했다.

손바닥으로 바닥을 더듬었다. 몇 번 더듬거리자 손끝에 차가운 안경테가 걸렸다.

안경을 집어 드는데 어째서일까, 안경이 너무 무거워 보인다던 나빈의 말이 떠올랐다. 바닥에 눈물이 뚝 떨어졌다. 내내 눈물 한 방울 흐르지 않았는데, 지금은 울음을 참을 수가 없었다. 들키기 전에 눈물 자국을 얼른 닦아 내려 손을 허우적거렸다.

언제나 울게 하는 건 다정함이다.

"옷은 좀 더 깔끔한 걸 입지 그러니?"

엄마는 불만스러운 듯 눈살을 구겼다. 오늘은 김 변호사와 밖에서 만나기로 했다. 내가 아니라 엄마가 정한 약속이었다.

"오늘 만나는 이유가 뭐예요?"

"아침 먹을 때 이야기했잖아. 가서 진로에 관해 이야기도 해 보고 그러라고. 너랑 나이 차이도 크게 안 나니까 편할 거 아냐."

"그런 만남이면 이 정도도 괜찮을 것 같아요."

"티셔츠 말고 저번에 엄마가 사 준 정장으로 갈아입어."

엄마의 고집을 꺾지 못하고 남색 정장을 입었다. 목 부분이 갑갑해서 단추 두 개를 풀었다.

"엄마는 오후에 일 있어서 늦게 들어올 거니까, 돌아올 땐 김 변이 데려다줄 거야."

"네."

현관에는 갈색 구두가 놓여 있었다. 올해 초에 맞춘 굽이 있는 구두였다. 워낙 오랜만에 신는 거라 불편했다. 어제 다친 발목이 욱신거렸다.

약속 장소는 남산 자락의 호텔이었다. 라운지 카페에서 김 변호사가 기다리고 있을 거라고 했다. 호텔까지 가는 길은 지옥이었다. 엄마는 운전대를 잡고 계속해서 어제 일을 추궁했다.

"김 변한테 얘기 들었어. 어제 학교 선배인가 만났다며? 뭐하는 사이야?"

"그냥 학과 선배예요."

"너희 학교에는 네가 어울릴 만한 상대가 없어. 친구가 필요하면 나중에 같은 직종에서 사귀어도 돼."

우리 학교도 그렇게 나쁜 학교는 아니에요, 엄마.

속으로 대꾸했다. 아무리 말해 봤자 그녀의 눈에 우리 학교는 이류 대학에 불과했다.

"그래서? 어제 만난 선배는 뭐 하는 애야? 왜 그렇게 늦었어?"

"카페에서 이야기하다 보니 늦어졌어요."

"남자애지?"

"아니에요."

"거짓말하면 아빠한테 얘기할 거야."

"거짓말 아니에요."

"김 변이 어제 너 학교 근처에서 네가 남자랑 지나가는 거 봤다던데."

기가 찼다. 참아야 한다고 생각하면서도 순간적으로 짜증 섞인 말이 입에서 툭 튀어나왔다.

"그 새끼 스토커야?"

엄마는 차를 골목길로 급히 돌렸다. 차가 갑자기 멈추며 몸이 앞으로 튀어 나갔다. 안전벨트가 순간적으로 가슴을 콱 눌렀다.

"새끼?"

그녀는 힘겹게 두 음절을 발음했다. 눈은 충격으로 커졌고 입술은 파르르 떨리고 있었다.

"서다혜, 너 어디서 그렇게 천박한 말을 배웠어?"

"스토커냐고요."

"어디서 그런 지저분한 말을 배웠냐고!"

엄마와 나의 말은 평행선을 달렸다. 나는 아랫입술을 꽉 깨물었다. 엄마는 분노를 못 누르겠는지 눈물을 왈칵 터뜨렸다.

"시장 바닥에서나 쓸 것 같은 말을……."

그녀가 낮게 중얼거렸다.

"내릴게요. 저 오늘 못 가겠어요."

안전벨트를 푸는 순간 차가 다시 출발했다. 차는 골목을 지나 대로변으로 나갔다.

"벨트 매. 너 오늘 죽어도 거기 가야 해."

"그 사람 만나기 싫어요, 엄마……."

"애처럼 굴지 마. 나도 정말이지 너 더 이상 못 데리고 살겠어. 어쩌면 너는 갈수록 말을 안 듣니? 우리가 대체 너한테 뭘 그렇게 부족하게 해 줬어? 남자도 구해 줘, 앞길도 닦아 줘. 자식 앞길 막는 부모도 많은데, 넌 복에 겨워서……."

엄마는 손등으로 눈물을 훔쳤다. 나는 건조한 눈으로 창밖을 바라보았다.

"진짜 만나기 싫어요……."

"내가 못 살아. 그런 남자가 어딨니? 너보다 10배는 낫다. 다른 여자들은 그런 남자 만날 기회도 없어. 엄마나 되니까 소개해 주는 거야."

나는 침묵했다. 차창 밖 풍경이 굼벵이처럼 지나고 있었다.

"벨트 매!"

날카로운 음성이 고막을 할퀴었다. 지금 차 문을 열고 나가면 어떻게 될까. 사이드 미러에 파란 시내 버스가 달려오는 모습이 보였다.

자유롭겠다.

문을 열고 나가면.

"벨트 매라고 했지!"

부럽다.

그럴 용기가 있는 사람들이.

"벨트 매라고!"

다시 안전벨트를 맸다. 엄마는 심호흡을 했다. 히터 때문일까, 차 안은 너무 더웠다. 그녀는 라디오를 켰다. 라디오에서 올드 팝이 흘러나왔다. 비틀스의 렛 잇 비였다.

렛 잇 비, 렛 잇 비.

속으로 따라 불렀다. 온 세상이 어지러웠다.

차가 호텔에 들어설 무렵 엄마가 다시 입을 열었다.

"그 선배인가 뭔가는 이런 곳에서 커피 한 잔은 살 수 있대?"

대꾸하지 않았다.

"걔 부모는 뭐 하는 사람들이야?"

"몰라요."

"모른다고?"

엄마가 코웃음을 쳤다.

"아빠는 어릴 때 돌아가셨대요."

"편부모 가정이야?"

그녀는 대번에 질색했다.

엄마는 미혼모들을 돕는다면서 어떻게 그런 반응을 해요?

질문이 혀끝에서 맴돌다 가라앉았다. 엄마는 길게 한숨을 내쉬었다.

"그래, 편부모 가정이 나쁜 건 아니지. 근데 너랑 어울릴 상대는 아니야."

"그냥 학과 선배예요."

"김 변 말로는 그렇지 않은 거 같았다던데."

"엄마는…… 왜 그분 말을 더 믿어요?"

속에서 울컥하는 것을 억누르고 조용히 대꾸했다.

"그럼 맨날 거짓말하는 네 말을 믿겠니? 너 저번에 극회인지 뭔지에서 만난 애도 아무 사이 아니라며?"

"선배는 진짜 아무 사이도 아니에요."

차는 호텔 정문 앞에 멈췄다. 역시나 엄마는 내 말을 믿는 것 같지 않았다.

"심각한 게 아니면 잘된 거긴 하지. 정리할 건 빨리 정리해. 정신 차려, 다혜야. 이제 며칠 뒤면 너 스물넷이야."

"조심해서 가세요."

차 문을 세게 닫았다. 다친 발목이 칼로 후비듯 아팠다.

내가 로비로 들어가는 모습을 보고 나서야 엄마는 차를 출발시켰다. 돌아가 버릴까, 생각하는데 누군가 내 어깨를 툭 짚었다. 뒤를 보니 짙은 색 슈트를 입은 남자가 나를 내려다보고 있었다. 김 변호사였다.

"어제 저 스토킹하셨어요?"

"스토킹이라뇨. 만날 줄 알고 근처에 갔던 것뿐입니다. 그러다 우연히 다혜 씨를 본 거고요."

"로펌 일이 한가하신가 보네요."

"한가할 리가요. 가시죠. 커피라도 마시며 이야기합시다."

김 변호사가 차갑게 말했다. 우리 집에서 보이곤 하던 서글서글한 미소는 없었다.

카페에는 라이브 음악이 흐르고 있었다. 피아노 연주자는 시종일관 나른한 연주곡만 쳐 댔다. 인테리어는 고급스럽고 소파는 편했지만 구두가 너무 불편했다. 발목도 계속 욱신거렸다.

메뉴판을 펼쳐 보고 나서야 진짜 비싼 커피가 뭔지 알았다. 어제 나빈과 마신 건 경제적인 축에 속했던 거다. 맞은편에 앉은 김 변호사는 쉴 새 없이 휴대폰을 두드렸다. 바쁘긴 바쁜 모양이었다. 커피가 나온 후에야 그는 휴대폰을 내려놓았다.

"변호사님이 저한테 관심 없는 거 알고 있어요."

"무슨 의미일까요?"

그가 입꼬리를 밋밋하게 올렸다.

"관심 있는 건 엄마 회사잖아요."

"예, 좋은 회사입니다. 대표님은 명망 있고 유능하신 분이지만 수완가는 아니에요. 제가 훨씬 더 키울 수 있겠죠."

그는 자신의 속내를 감출 생각도 없어 보였다. 그리고 나도 내 본심을 감추고 싶지 않았다.

"노골적이시네요. 전 그런 이유로 사람을 만나고 싶지 않아요. 솔직히 그쪽이 제 스타일도 아니고요."

"스타일이 아니다, 라."

"그쪽이랑 자고 싶지 않다고요."

내 말에 김 변호사가 피식했다.

"어리시네요. 귀한 집 아가씨라 그런가. 아니면 문학 같은 걸 공부하면 그렇게 현실 감각이 없어지는 겁니까?"

"제가 이 이상 어떻게 확실하게 말씀드려야 할까요?"

"다혜 씨는 이걸 이제까지 하던 시시한 연애와 비슷한 선상에 두시는 모양인데, 그런 의미로는 저도 서다혜 씨에게 큰 관심은 없습니다. 하지만 서다혜 씨 자신의 인생을 생각한다면 저와 협력하시는 게 좋을 겁니다."

"무슨 말도 안 되는……."

"서다혜 씨."

김 변호사가 내 말을 끊었다.

"집이 갑갑하지 않습니까? 의원님과 대표님은 다혜 씨를 과잉보호하는 것 같더군요."

말없이 커피를 마셨다.

"제가 서다혜 씨에게 드릴 수 있는 것은 자유입니다."

"무슨 말씀이신지 모르겠는데요."

"저는 다혜 씨 자체에는 별로 관심이 없어요. 저와 결혼한다면, 그 뒤에는 다혜 씨가 어떻게 살든 신경 쓰지 않을 겁니다. 경제적 원조는 충분히 해 드리죠. 꼭 부모님의 뜻에 따라 변호사로 살지 않아도 된다는 뜻입니다. 하고 싶은 일을 하고 사세요. 제가 보기에 서다혜 씨는 법률가의 자질이 있는 분은 아닌 거 같아서 말이죠."

"아주 유익한 진로 상담이네요."

내가 빈정댔다는 걸 김 변호사가 모를 리가 없었다. 그는 굳이 나와 신경전을 벌일 생각은 없는지 말꼬리를 잡진 않았다.

"솔직히 서다혜 씨는 평범합니다."

그건 나도 알고 있었다.

"외모도 그렇고, 학업도 사실……. 그 정도 시간을 투자해서 그 성과도 못 내면 안 되겠죠. 그러니 머리가 비상하다 할 수도 없을 거고. 성격은 빈말로도 좋다고 하기 힘들죠. 특출난 구석이 없다는 겁니다."

"그래서요?"

"다혜 씨가 특출난 건 배경이죠. 뭐, 부모님 덕에 결혼 시장에 가면 그럭저럭 상품성은 있겠지만, 다혜 씨 자체는 정말 평범해서요. 다혜 씨와 비슷한 배경 중에 다른 조건들이 더 좋은 분들도 많고요. 그러니 결혼 시장에서 다혜 씨가 만날 남자들이라 해봤자 저보다 딱히 나을 게 없을 겁니다. 그리고 저는 그 남자들이 못 줄 걸 줄 수 있잖아요."

이 불쾌한 자리를 더 견뎌야 하는 걸까? 회의감이 들 때쯤 김 변호사가 다시 입을 열었다.

"제가 서다혜 씨에게 기회를 드리겠습니다. 서다혜 씨의 인생을 살아 볼 기회를요. 이제까지 늘 부모님 뜻에 따라 살아왔잖아요. 저는 다혜 씨가 원하는 삶을 살게 해 드리죠. 다혜 씨가 그럴 용기가 있는 여자였으면 좋겠네요."

커피는 아직 반이나 남아 있었다. 더 마실 생각도 들지 않았다.

"정 필요하다면 연애도 합시다. 일반적인 남자들이 하는 것보다 제가 더 많은 걸 해 드릴 수 있을 겁니다."

헛웃음이 나왔다. 김 변호사는 내가 어떻게 반응하는지는 관심이 없는 건지 자기 할 말만 계속했다.

"이번 크리스마스이브 때 시간 어떻습니까?"

"교회 가는데요."

"안 다니시는 거 압니다. 약속이 없단 뜻으로 알아도 될까요?"

"있어요, 약속."

"엘리와요?"

김 변호사의 입가에 비웃음이 번졌다. 갑작스럽게 튀어나온 이름에 당황할 수밖에 없었다.

"그사이에 뒷조사도 하셨어요?"

"어제 한눈에 알아본 것뿐인데요. 일단 연예인이었으니까요. 둘이 참 다정해 보이던데요."

"변호사님이 아이돌에 관심이 있을 줄은 몰랐는데요."

"뭐, 보통 사람들은 아이돌 노래 하나 안 듣고 공부만 해야 이 자리까지 올라오겠지만, 저 같은 사람들은 좀 다릅니다. 남들만큼 즐기면서도 할 건 다 할 수 있거든요."

"좋으시겠어요."

"대표님께 그 남자가 누구라고는 아직 말씀드리지는 않았습니다. 더 속상해하실 것 같아서요."

참 대단한 배려심이었다. 김 변호사는 커피를 한 모금 마시고 잔을 내려놓았다. 안경 뒤 눈동자가 나를 관찰하듯 훑었다.

"그렇지 않겠습니까? 귀한 따님이 그런 사람과 어울린다는 걸 알면."

김 변호사가 빈정댔다. 그건 학과 선배들이 엘리에 대해 말할 때 흔히 표출하곤 하는 질시와는 좀 다른 느낌이었다. 그는 엘리를 경멸하는 것 같았다.

"그런 사람요?"

"연예계라는 곳이 전형적으로 겉만 번지르르한 곳이죠. 그 안이 얼마나 썩어서 돌아가는지 다혜 씨는 모를 겁니다."

김 변호사는 나를 한심한 듯 쳐다보며 혀를 한 번 찼다.

"특히 어린 나이에 돈 좀 만진 남자애들, 그런 애들이 뒤에서 얼마나 추잡하게 노는지 상상도 못 할 텐데요. 앞에서 예쁜 척하느라 쌓인 걸 풀어야 되니까. 뭐, 그런 걸 잡아 줄 어른이라도 있다면 모르겠지만, 엘리의 경우에는 어린 시절부터 아버지도 없었잖아요?"

마지막 말에 머리가 멍해졌다.

"변호사님이 그걸 어떻게 알아요?"

"뭘 그렇게 이상하게 보시는지 모르겠네요. 연예인의 사생활이 어디 사생활입니까? 그 정도 가정사는 조금만 찾아보면 나오는 건데."

당신에겐 그게 그렇게 가벼울까.

나빈이 내게 아버지 이야기를 꺼냈을 때를 기억한다. 시선을 내리깐 채로, 말을 잇기 힘들어 한참이나 뜸을 들이며 한마디씩 내뱉었다. 그게 그 사람에겐 그렇게 힘든 이야기였는데. 그렇게 생생한 상처였는데.

눈물이 고였다. 화가 치민 탓이었다. 그렇지만 꾹꾹 참았다.

김 변호사 앞에서 눈물을 보이기는 싫었다.

"선배는 그런 사람이 아니에요."

내가 할 수 있는 말은 그게 전부였다.

"그런 집안에서 과보호받으며 자랐으니 사람 보는 눈이 없지."

"글쎄요. 적어도 변호사님이 좋은 사람이 아니라는 건 알겠는데요."

"좋은 사람이라."

그는 커피를 한 모금 마신 후 웃음기 없는 얼굴로 나를 직시했다.

"서다혜 씨. 여자에게 남자가 뭔 줄 압니까?"

김 변호사가 이상한 질문을 던졌다. 내가 대답하기도 전에 그는 혼자 이야기를 계속했다.

"여자에게 남자는 액세서리예요. 액세서리를 싸구려로 달고 다니면 사람도 싸구려가 되는 겁니다. 겉보기에 예뻐 보여도 싸구려는 싸구려예요. 다혜 씨도 이제 좀 가치를 보는 법을 배울 필요가 있습니다."

"변호사님은 저랑 생각이 참 많이 다르신 분이네요."

"다혜 씨는 아직 순수해서 사랑 같은 걸 믿으시나 보네요. 귀엽네요. 그런 면도 있고."

김 변호사는 단단히 착각하고 있었다. 나는 사랑 같은 이야기를 하고 싶어서 그의 말을 반박한 게 아니었다. 그저 여자에게 남자는 액세서리처럼 무해한 존재가 아니라 생각한 것뿐이었다.

그의 말대로 나는 그렇게 똑똑한 편은 아니었다. 그렇지만 멍청한 나라도, 지금 이 남자를 선택하면 끔찍하게 불행해질 거라는 것쯤은 알 수 있었다.

"엘리가 왜 다혜 씨한테 접근했을까요? 다혜 씨는 너무 평범하고, 딱히 엘리가 보기에 매력적일 부분도 없을 것 같은데."

그건 나도 알고 있었다. 엘리는 화려하고, 나는 아니니까.

"그냥 학과 선후배예요. 접근이랄 것도 없어요."

"어제 제가 보기엔 아니던데요. 다혜 씨한테 환심을 사고 싶어서 안달 난 게 얼굴에 다 드러나던데."

"잘못 보셨겠죠."

"뻔하지 않습니까. 어차피 이제 와서 엘리가 할 수 있는 일이 뭐가 있겠습니까? 연예계 생활은 끝났고, 새롭게 사회에 적응하기엔 쉽지 않고. 여자라도 잘 잡아 보려는 거겠지."

김 변호사의 추측에 헛웃음이 나왔다.

"변호사님. 일단 선배와 저는 서로 관심 없어요. 그리고 선배는 저희 집에 대해서 알지도 못하고요."

"모른다는 건 다혜 씨 생각이죠. 왜 모른다고 확신하죠?"

순간 말문이 막혔다. 확실히 그건 그냥 내 짐작일 뿐이었다.

"하여간 그런 얄팍한 수에 넘어가진 않길 바랍니다. 냉정하게 생각해 봤을 때, 그런 이유가 아니면 엘리가 뭐가 부족해서 다혜 씨랑 시간을 보내겠습니까?"

분명 그의 말대로 나는 엘리가 관심을 가질 만한 상대는 아니었다. 적어도 겉으로 보기엔 그랬다. 그러나 남들은 몰라도 우리 사이엔 꽤 이야기가 통하는 부분들이 많았다. 좋은 친구가 될 여지가 있다는 뜻이었다.

"그건 변호사님이 선배에 대해 몰라서 하시는 말씀인 거 같네요."

"그러는 다혜 씨는 엘리에 대해 뭘 압니까? 그 사람 과거에 대해 알긴 알아요?"

"알아야 하나요?"

"모르고 싶겠죠. 엘리한테 받는 관심이 달콤할 테니까. 그런 데 독약도 달콤할 수 있습니다, 서다혜 씨."

"적어도 변호사님 입을 통해 선배 이야기를 듣고 싶진 않네요."

"저도 굳이 그런 이야기로 시간 낭비를 하고 싶진 않습니다. 인터넷에서 알아서 찾아보세요. 온실 속 화초처럼 자라신 아가 씨지만 검색 정도는 하실 줄 알 테니까요."

"화장실 다녀올게요."

자리에서 벌떡 일어났다. 서빙하던 직원에게 물어 화장실을 찾아 들어왔다.

세면대 앞에 서서 휴대폰을 꺼냈다. 나빈과의 메시지 창을 켰 더니, 어젯밤에 온 메시지가 세 통 보였다.

[발목 진짜 괜찮아요? 걱정되는데]

[오늘 진짜 고마웠어요] 오후 10:30

[잘자요] 오후 11:03

내가 답을 하지 못했기에 대화는 거기서 끊겨 있었다.

메시지를 보내려다 손을 멈칫했다. 어제 플랫폼에서 그에게 소리를 질렀던 일이 떠올랐다. 창피하고 괴로웠다. 이대로 도망 가고 싶은 기분이 엄습했다.

하지만 그런 일로 나빈과 서먹해지는 게 더 싫었다.

만나서 다시 사과하자. 그런데 나를 만나고 싶어 할까? 이제 마음이 바뀌었으면?

심호흡을 하고 나빈에게 메시지를 썼다.

오후 2:21 [크리스마스이브에 봐요, 선배.]

손을 씻고 입안을 헹궜다. 커피 향이 찝찝했다. 이어서 안경을 닦고 있는데 휴대폰이 요란하게 진동했다. 안경을 쓰고 휴대폰을 확인했다.

[!!!] 오후 2:23

메시지와 함께 화들짝 놀란 토끼 이모티콘이 왔다.

그런데 아무 내용 없이 느낌표만 세 개라니. 하여간 선배는 이게 문제다. 문장 부호는 문장 끝에 써야 하는 거다. 문장 없이 이렇게 따로 쓰는 게 아니라.

됐다, 관두자. 지금은 그저 답장이 온 게 좋았다.

[진짜요?]
[감사합니다!!] 오후 2:24

이게 감사까지 할 일인가?

오후 2:24 [어디로 갈까요?]
[마포역 4번 출구요. 시간은 언제가 좋아요?] 오후 2:24

오후 2:25 [일찍 봐요. 5시.]

[네!!!] 오후 2:25

그리고 춤추는 강아지 이모티콘이 연속으로 다섯 개 올라왔다. 다 똑같은 이모티콘이었다. 예전에는 다양하게 붙이기라도 하더니 성의가 없어졌다.

오후 2:26 [이 개 정신없어요, 선배.]

[앗]

[죄송합니다..] 오후 2:26

오후 2:26 [같은 이모티콘은 연속으로 보내지 말아 주세요.]

[네!!!] 오후 2:26

왜 힘차게 대답하는 거지. 나빈이 느낌표를 붙이는 기준은 도무지 알 수가 없다. 어문학 전공자가 이렇게 문장 부호를 함부로 써서는 안 된다고 생각한다.

하지만 그것보다 더 알 수 없는 건, 이 문자를 받고 소리 죽여 웃고 있는 나였다.

김 변호사가 데려다주겠다는 것을 거절하고 지하철을 타고 돌아왔다. 집으로 바로 들어가지 않고 한강 변을 걸을 생각이었다. 다친 발목이 아팠지만, 속이 갑갑한 게 더 괴로웠다.

추운 계절이라 산책로에는 사람이 거의 없었다. 나는 강변에 앉아 어둠이 내릴 때까지 한참 동안 강바람을 맞았다.

사방이 어두워지고, 강물도 검게 변했다.

내 시선은 어느덧 검은 물을 지나, 강 건너편으로 향해 있었다.

빌딩의 불빛들이 총총했다. 마치 캄캄한 숲을 걸을 때 보이는 머나먼 등불처럼.

어린 시절, 창문 너머로 저 빛들을 하염없이 바라보던 때가 있었다. 저 빛들 안에는 어떤 이야기가 있을지 궁금했다. 저곳에서도 누가 울고 있을지, 아니면 내가 모르는 행복을 누리고 있을지 상상해 보곤 했다.

나빈이 그 불빛 중 하나였다는 생각을 하니 마냥 신기했다. 비록 그 속에서 그가 울었을지, 웃었을지, 그것까진 알 수 없겠지만.

엘리가 저곳에 산다는 것을 알게 된 후로, 내게는 강 건너 불빛들이 별빛처럼 보인다.

서울 하늘에는 별이 거의 보이지 않지만, 가끔 하나둘 반짝일 때가 있다. 엘리는 모두에게 그런 별과 같은 존재였다. 그가 환하게 빛을 내는 항성이라면, 나는 그 옆을 스치던 운석 정도일까.

우주의 법칙은 영원해 보이지만 모든 별이 처음부터 함께한 것은 아니다. 별들도 만남과 헤어짐을, 탄생과 사멸을 반복한다. 도무지 어울릴 것 같지 않던 천체들도 어쩔 수 없는 인력으로 함께하게 되곤 한다. 홀로 어둠을 밝히던 항성과 우주를 헤매던 운석에게도 그런 일이 일어나기도 하는 것이다.

일부러 시선을 두려고 한 것도 아닌데, 자연스럽게 그가 사는 아파트가 눈에 들어왔다.

엘리의 집은 11층이라고 했다. 그가 우리 집을 찾아보겠다고 했을 때 비웃었는데, 정작 지금은 내가 그를 찾고 있었다.

너는 정말 한 번쯤은 불빛 속에서 나를 찾아봤을까.

검지를 뻗어 아래에서부터 하나, 둘, 셋, 불빛을 세어 올라갔다. 너무 작고 먼 불빛들이라 몇 번이고 처음부터 다시 세길 반복해야 했다.

우연히 서로를 끌어당기게 된 두 천체는 무슨 생각을 할까. 캄캄한 우주에서 서로를 발견했을 때. 하릴없는 끌림으로 서로를 맴돌게 됐을 때.

별들은 모두 외로우니까, 서로가 몹시 반가울 거다. 우주는 너무 광활하고 별들은 좀처럼 기댈 곳이 없으니까. 태양조차 외로운 곳이 바로 이곳이니까.

드넓은 우주에서 이 정도 거리는 지척이나 다름없다며, 멀리 보이는 서로에게서 위안을 찾겠지.

별빛들 사이를 헤매던 손끝이 강 건너편 11층에 멎었다.

지금 내가 저 먼 불빛들 속에서 너를 찾듯이.

03

✦

이토록 낭만적인 행성에서

할 수 있는 일이라곤

김 변호사가 뭐라 말했는지는 모르겠지만 엄마는 그날 이후로 나를 딱히 닦달하거나 나무라지 않았다. 오히려 아주 기분 좋게 귀가해 날 끌어안기까지 했다. 아빠는 엄마가 행복해하면 덩달아 행복해하는 사람이었다. 덕분에 모처럼 집 안에는 훈풍이 부는 듯했다.

아빠는 크리스마스 선물이라며 엄마와 내게 줄 팔찌를 하나씩 사 왔다.

"이렇게 비싼 거 하면 눈치 보여."

엄마가 웃으며 팔찌를 매만졌다.

"뭐 어때. 그럼 나랑 나갈 때나 해."

선물이 성공적이라는 것을 확인하자 아빠도 연신 싱글거렸다.

"다혜야, 너도 해 봐."

"아, 네⋯⋯."

여기서 내가 잘못하면 한순간에 분위기가 뒤집힐 수도 있단 걸 잘 알고 있었다. 팔찌를 손목에 꼈다. 내가 보기에도 고급스럽고 예쁜 팔찌이긴 했다.

"예쁘다. 왜 딸 선물을 더 예쁜 걸 사 왔어?"

엄마가 장난스럽게 눈을 흘겼다. 그녀는 내 왼손을 끌어 손등을 쓰다듬었다.

"다혜 너, 복받은 줄 알아. 이렇게 해 주는 아빠가 세상에 어디 있니."

나는 애써 미소 지었다. 연기 연습을 많이 해 둬서 다행이었다. 크리스마스이브에 빠져나가려면 부모님의 기분을 거스르지 않아야 했다.

이틀간은 살얼음판을 걷는 심정으로 지냈다. 다행히 크리스마스이브까지는 아무 일도 없었다.

크리스마스이브 날 엄마와 아빠는 함께 봉사 활동을 간다고 했다. 부모님은 그런 공개적인 모임에는 좀처럼 나를 데려가지 않았다. 자신들에 비해 부족한 나를 약간 부끄러워했기 때문이었는데, 나로서는 차라리 다행인 일이었다. 두 사람이 오전에 나간 덕분에 오후 동안 느긋이 외출 준비를 할 수 있었다.

화장대 위에 올려 뒀던 휴대폰이 진동했다. 막 샤워를 마치고 나온 참이었다.

[오늘 5시에 마포역에서 봐요!] 오후 4:00

오후 4:00 [네, 그때 봐요.]

짧게 메시지를 보냈더니 곧바로 답이 왔다.

[네!!!!] 오후 4:00

서랍장 맨 위 칸을 여니 화장품들이 굴러다니고 있었다. 언제 마지막으로 썼더라. 기억이 가물가물했다. 다행히 굳거나 못 쓰게 된 것은 없었다. 일회용 렌즈도 거의 한 박스가 남아 있었다. 우선 렌즈부터 착용하고 화장대 앞에 앉았다.

마음에 들지 않아 몇 번 화장을 고친 끝에 무난한 결과물이 나왔다.

문제는 너무 무난하다는 거였지만.

액세서리라도 해야 할까. 찾아보던 차에 화장대 위에 놓인 팔찌가 눈에 들어왔다. 엄마 말대로 예뻤지만, 내 것이라는 생각은 들지 않았다.

팔찌는 몹시 예뻤고, 그에 비해 나는 너무 평범했다.

김 변호사가 했던 말이 갑자기 뒤통수를 치고 지나갔다.

"솔직히 서다혜 씨는 평범합니다. 외모도 그렇고……."

나도 알고 있었다. 나는 평범했다. 태어나면서부터 그랬다. 그래서 이 집안에 어울리지 않는 아이였다. 내가 아니라 다른 애가 태어났다면 더 좋았을 것이다. 하필 내가 태어나서, 그 사소한 우연이 전부 망쳐 버린 거다.

모든 게 완벽한 부부, 심지어 서로를 끔찍하게 사랑하는 부부. 그 완전한 가정에 태어난 불완전한 아이. 그런 존재는 없는 편이 나았을 거다.

속이 갑갑했다. 목도리도 하지 않았는데 숨이 찼다. 휴대폰을 집어 무작정 나빈에게 메시지를 보냈다.

오후 4:04 [선배.]

막상 메시지를 보내고 나니 무슨 말을 해야 할지 알 수 없었다. 누군가에게 속을 털어놓은 지 너무 오래되어 말을 꺼내는 법을 잊어버린 걸지도 몰랐다.

"부모님 덕에 그럭저럭 상품성은 있겠지만……."

꼭 이럴 때가 있다. 한참 지나서야 괴로운 게 올라올 때. 막상 그때는 아무렇지도 않게 지나갔다가, 뒤늦게 와르르 무너져 내리는 것이다.

거울 속 내 얼굴이 일그러지더니 눈물이 울컥 솟구쳤다. 한 번 올라온 눈물은 그칠 줄 모르고 펑펑 쏟아졌다. 화장이 다 번졌다. 그 와중에도 나빈에게서는 메시지가 오고 있었다.

[네] 오후 4:04
[?] 오후 4:05
[다혜씨?]
[무슨 일 있는 거 아니죠?] 오후 4:06

[아 죄]

[죄송해요.]

오후 4:08 [20분쯤 늦을 것 같아요.]

   화장을 다시 해야 하니 어쩔 수 없었다. 조금 고민하다 팔찌
는 서랍에 넣어 버렸다.

[앗 네]

[천천히 오셔도 돼요!!] 오후 4:08

오후 4:09 [출발할 때 말할게요.]

[네!] 오후 4:09

   휴대폰을 충전기에 꽂아 두고 세수를 하기 위해 방을 나섰
다. 아무도 없는 집은 적막했다. 텅 빈 거실에 놓인 큰 가죽 의
자와 와이드 TV, 그리고 장식장에 늘어선 각종 상패는 박물관
전시품처럼 완벽하게 각이 맞춰져 있었다.

   그리고 벽시계.

   거실 어디를 둘러봐도 벽시계는 없었다. 벽시계의 초침 소
리도 들리지 않았다.

   당연한 일이었다.

   그 시계는 이미 3년 전에 버렸으니까.

   마포역 4번 출구에 도착한 것은 5시 반경이었다. 나빈은 역
앞에서 나를 기다리고 있었다.

"죄송해요. 늦어서."

"아뇨, 괜찮아요. 전 이 근처에 살잖아요."

나빈은 전혀 기분이 상한 얼굴이 아니었다.

"가게는 조금만 걸어가면 있어요. 근데 발목은 괜찮아요?"

"다 나았어요. 가요."

가게는 평소에 카페로 가던 길목에 있다고 했다. 그늘진 골목이어서인지 바람이 유독 강했다.

"눈이 왔으면 더 좋았을 텐데."

나빈이 철없는 소리를 했다.

"눈 오는 거 싫어요. 피곤하고."

"그래도 화이트 크리스마스면 좋잖아요."

"뭐가 좋아요?"

"기분이?"

그가 혼자 웃었다. 웃는 모습이 너무 예뻐서 스스로가 조금 초라해졌다. 김 변호사의 말이 아주 틀린 건 아니다. 정말이지, 엘리 같은 사람이 내게 관심을 가질 이유는 하나도 없다. 그때 나빈의 밝은 음성이 들렸다.

"아, 저 오늘 데이트란 거 처음 해 보는 거예요."

나도 모르게 코웃음 쳐 버렸다.

"아……. 선배가 그런 거짓말도 할 줄 아시네요."

"거짓말 아닌데."

"네, 거짓말 아닌 걸로 칠게요."

"아, 진짜 아닌데. 제가 다혜 씨한테 왜 이런 걸로 거짓말을 하겠어요?"

나빈은 정말 억울한 듯이 말했다.

"진짜로 데이트를 해 본 적이 없다고요?"

"하면 계약 위반이잖아요. 회사 지침이 연애 금지라서. 작은 의심거리도 만들지 말 것."

그런 이유라면 확실히 이해가 갔다. 내가 그의 지난 연애사를 속속들이 알 필요는 없었지만, 누군가의 첫 데이트 상대라는 게 그렇게 나쁜 기분은 아니었다.

"그런 이야기는 왜 하는 거예요?"

"처음 해 보는 거니까, 혹시 실수해도 봐달라고요."

"안 봐줄 건데요."

"네, 그럴 것 같았어요."

나빈은 장난스럽게 한숨을 푹 내쉬었다. 그러다 짐짓 걱정스러운 목소리로 물었다.

"근데 다혜 씨 혹시 무슨 일 있었어요?"

"아뇨? 왜요?"

"아니, 다혜 씨가 오늘 메시지에 오타를 냈잖아요. 그런 일은 있을 수가 없거든요."

"그건 오타가 아니라 잘못 눌러서 도중에 보내진 거예요."

"그러니까 다혜 씨가 손이 미끄러질 리가 없잖아요?"

"저도 사람이에요, 선배."

"아닌데. 뭔가 있는데."

괜히 찔려서 표정을 더 굳혔다. 그에게 울었다느니 하는 창피한 소리를 하고 싶지 않았다. 울게 된 이유도 너무 하찮았다.

"전혀요. 아무것도 없어요. 선배는 탐정은 하시면 안 되겠네요."

"앗, 어릴 때 꿈 중 하나였는데. 셜록 홈스 같은 탐정."

"진심이에요?"

어처구니없어 물었더니, 나빈은 진지하게 고개를 끄덕인 후 한 술 더 떴다.

"해리포터 같은 마법사도 되고 싶었죠. 탐정 겸 마법사. 다혜 씨는 어릴 때 꿈 없었어요?"

"없었어요."

"연극은요?"

나빈의 말에 가슴 한구석이 뜨끔했다.

그가 깊은 사정을 알고 한 말은 아닐 테지만.

"연극은 왜요?"

"다혜 씨 연극에 관심 많잖아요."

"그건 그냥 흥미가 있는 거지, 그 이상은 아니에요."

"음, 그렇구나……."

그는 뭔가 아쉬운 듯 고개를 끄덕였다.

나빈은 3층 건물 앞에서 걸음을 멈췄다. 외벽이 벽돌로 장식된, 90년대 풍의 건물이었다.

1층은 간판도 없는 국밥집이었고, 2층은 어느 중소 기업의 사무실이었다. 3층은 공실인지, 창문에 글자 스티커가 떨어져 나간 자국만 남아 있었다. 계단 입구에 달린 간판에는 'Pub Forced Landing'이라는 검은 글씨가 고딕체로 쓰여 있었다. 작은 목소리로 간판을 읽었다.

"포스드 랜딩……."

강제 착륙. 내지는, 불시착.

마음에 드는 이름이었다. 문제는 간판이 꺼져 있다는 거였지만.

"선배, 불 꺼진 걸 보니 오픈 안 한 거 같은데요."

"지금 열린 거예요. 내려가는 계단은 밝잖아요."

나빈이 지하로 내려가는 계단을 가리켰다. 그의 말대로 계단은 아주 환했다.

간판이 고장 난 걸까, 나빈을 따라 지하로 내려가며 생각했다.

유리문을 열자 후끈한 실내 공기가 우리를 먼저 맞았다. 공기에서 희미하게 목재 냄새와 낡은 종이 냄새가 묻어났다. 그 향에 코끝이 흠뻑 젖자 마치 다른 세계로 들어온 듯한 기분이 들었다.

실내에는 4인용 테이블 네 개가 전부였고, 그마저도 모두 비어 있었다. 천장과 벽면은 여기저기 작은 색전구들로 장식되어 성탄 분위기가 물씬했다. 벽면은 모두 바닥부터 천장까지 책장이 짜여 있었는데, 꽂혀 있는 건 책이 아니었다.

"다 엘피판이에요."

나빈이 책장을 두리번거리는 내게 설명했다. 엘피판을 실제로 본 건 처음이라 신기했다.

하지만 엘피판보다 더 내 시선을 사로잡은 것은 가게 한구석에서 은은한 조명을 받고 있는 콘트라베이스였다. 그런 악기가 있다고 교과서에서 배우기는 했지만, 실물을 가까이서 본 건 처음이었다.

"늦었잖아. 5시에 온다더니."

저음의 여자 목소리가 울렸다. 목소리가 난 쪽을 돌아보니 바에 비스듬히 기댄 여자가 휴대폰을 만지작거리고 있었다.

나이대는 40대 정도로 보였는데, 큰 키에 짧은 머리가 인상적이었다. 머리는 군데군데 탈색한 노란 머리가 남아 있었고, 귀에는 피어싱을 열 개는 한 것 같았다.

"어차피 오늘 손님도 없잖아요."

나빈이 대꾸했다.

키핑도 하는 모양인지 바 뒤의 선반에는 제각기 다른 양이 남은 양주병들이 즐비했다. 바 앞에는 높은 의자가 세 개 놓여 있었다. 하지만 생맥주 기계와 계산대, 그리고 노트북과 메모지 같은 것들이 마구 올라와 있는 바람에, 바의 기능을 상실한 것 같았다.

"다혜 씨, 어디 앉을래요?"

"예? 어……. 저기."

나는 콘트라베이스 바로 옆의 테이블을 가리켰다. 나빈이 앞장서서 구석의 테이블로 향했다. 눈치를 살피며 나빈을 따라 자리에 앉았다.

"아직 오픈 전인 건가요?"

"음, 아뇨. 오늘 여기 빌려달라고 했어요. 사람 많은 곳은 싫어서."

"그래도 되는 거예요?"

"여기 저희 이모 가게라서 괜찮아요. 편하게 있어요."

이모? 궁금했지만 나빈은 더 설명해 주지 않았다.

"이쪽이 오늘 같이 온다던 그 친구야?"

여자는 자연스럽게 우리 테이블로 와서 나빈의 옆에 앉았다. 새까만 눈동자가 나를 흥미롭다는 듯 훑어보았다.

"네, 학과 후배예요."

"우리 나빈이가 학교에서 친구도 사귀었어?"

"이모, 제가 초등학생도 아니고……."

나빈이 저렇게 질색하는 것은 처음 봐서 좀 웃겼다.

"야, 기특해서 그러지."

여자가 장난스럽게 그의 뒷머리를 헝클어트렸다.

"뭐라는 거예요, 진짜."

나빈은 인상을 쓰며 그녀의 손을 피했다.

"그래서? 밥부터 먹을래, 아니면 음악부터 틀어 줄까?"

그녀가 물었다. 나빈은 내게 대답하라는 듯 눈길을 보냈다. 배는 별로 고프지 않았다. 그것보다는 엘피판에 호기심이 갔다.

"음악이요."

"대화가 좀 통하겠어. 재즈 좋아해?"

"잘 몰라요."

"그럼 오늘 알아 가."

여자는 자리에서 벌떡 일어나더니 벽장을 뒤적였다. 움직임 하나하나마다 힘이 넘치는 타입이었다. 그녀는 엘피판을 골라 턴테이블에 올렸다. 스피커에서 생소한 연주곡이 흘러나오기 시작했다.

"친구는 이름이 뭐야?"

여자는 다시 자리에 앉은 후 물었다.

"어……. 서다혜라고 하는데요."

머뭇머뭇 대답했다. 나는 내 이름을 한 번에 내뱉는 게 힘들다. 내 이름이 너무 낯선 기분이 드는 탓이다. 어쩌면 아빠가 직접 붙여 준 이름이어서일지도 모른다. 차라리 작명소에서

지어 준 이름이었다면 좀 더 내 이름 같았을까.

　그래서 나는 자기소개를 하는 것이 늘 곤욕이었다. 나를 소개할 때마다 다른 사람의 이름을 빌려 와 땜질하는 것만 같았다.

　"나는 강은미야. 아, 나빈이 친구니까 그냥 이모라고 불러."

　은미 이모가 씩 웃었다. 이름으로 충분한 건지, 그녀는 더 이상 내게 인적 사항을 물어보지는 않았다. 대신 약간 엉뚱한 질문을 던졌다.

　"여기 가게 낸 지 한 2, 3년 됐거든. 내가 왜 여기 가게를 낸 줄 알아?"

　당연히 내가 알 리가 없었다. 고개를 젓자마자 그녀가 기다렸다는 듯 검지로 위를 가리켰다.

　"지하치고 천장이 높아서."

　그녀의 말을 듣고 위를 올려다보았다.

　"천장이 높으면 울림이 좋아."

　그녀는 잠깐 눈을 감고 소리를 음미하는 듯하더니 나를 향해 물었다.

　"음향 기기 좀 알아?"

　"전혀 몰라요."

　"나빈이는 어릴 때부터 좋아했는데. 얘네 삼촌이 고치고 있으면 꼭 가서 만져 봤다니까. 그래서 애 요즘도 그걸로 아르바이트하잖아."

　"아, 선배가 아르바이트하신다는 게 그거예요?"

　내 반응을 보고 이모는 이상한 듯 고개를 갸웃했다.

　"몰랐어? 둘이 잘 아는 사이 아니야?"

"네, 선배랑은 지난달에 처음 안 사이라서요."

"지난달?"

"이모, 주문 안 받아요?"

나빈이 못마땅한 듯 끼어들었다.

"뭐야, 방해된다는 거야?"

그녀는 장난스럽게 눈살을 찌푸렸다. 모르긴 몰라도 나빈과 이모는 꽤 친해 보였다.

"두 분은 진짜 친척이에요?"

호기심에 물었다.

"맞아."

"아뇨."

두 사람의 대답이 엇갈렸다. 이모가 오만상을 찌푸리며 나빈을 노려보았다.

"아니라고?"

"예? 아뇨, 맞다고 했어요."

나빈이 웃음을 흘렸다.

"됐고, 일단 조용히 좀 해 봐."

그녀의 말에 우리는 일순 입을 다물었다. 지하 공간 안에 음악만이 가득 찼다. 솔로 파트인지 현을 튕기는 소리만 들렸다. 하나의 악기인데도 단조롭지 않았고, 풍부하게까지 느껴졌다. 기타보다 부드러우면서도 둥그스름한 소리였다.

"지금 소리 좋지? 내가 친 거야. 저걸로."

이모가 턱끝으로 콘트라베이스를 가리켰다.

"진짜예요."

나빈이 사족을 덧붙였다. 내가 못 믿을 거라 생각한 모양이었다. 나는 그녀를 새삼 신기하게 바라보았다. 재즈를 전혀 모르는 내가 듣기에도 이 음악은 꽤 좋았다. 나 같은 문외한으로서는 악기의 구성조차 짐작하기 어려웠지만, 음색만은 귀에 감겨들었다.

곧 익숙한 듯 낯선 소리가 섞여 들었다. 새벽에 미화원이 보도블록에 쌓인 가로수 잎을 빗자루로 쓸어 내는 소리와 엇비슷했는데, 조금 더 차가운 소리였다.

"지금 드럼은 어때?"

"이게 드럼이에요?"

"응. 스네어 긁는 소리. 생각보다 다양한 소리를 내지?"

그때부터 은미 이모는 한참이나 드럼 소리를 설명했다. 탐탐을 치는 소리, 심벌 소리, 하이 햇 꼭대기를 치는 소리……. 절반도 알아듣지 못했지만 신기해서 열심히 들었다.

"재밌지? 드럼은 얘네 엄마가 친 거야."

그녀가 설명 말미에 덧붙였다.

"아, 선배 어머니가 음악 하셨어요?"

전혀 예상치 못했던 사실이라 약간 놀랐다. 나빈은 자신의 어머니에 대해 거의 얘기한 적이 없었던 것이다.

"다혜, 너 몰랐어?"

이모가 이상한 듯 나를 바라보았다.

설마 유명한 뮤지션이었나?

"와, 너 정말 아무것도 모르는구나……."

내가 멍하니 있자 그녀가 낮게 중얼거렸다. 의미를 알 수 없는 감탄이었다.

"굳이 알 필요는 없잖아요."

나빈이 불편한 듯 끼어들었다. 그의 반응이 어느 정도 이해 갔다. 나도 어딜 가든 굳이 부모님의 직업을 밝히지는 않는 편이었다.

"하기야 뭐. 아무튼 이거 몇 개 없는 레코드판이야. 팔리지도 않을 거 내 고집으로 만들었다니까. 그래도 이렇게 다시 들을 수 있으니 좋잖아? 그때 경희가 그렇게 유난이라고 핀잔줬는데, 이제 생각하면 정말 잘한 거지."

그녀는 기분 좋게 소리 내어 웃은 후 자리에서 일어났다.

"이제 밥도 먹어야지. 뭐 해 줄까? 일단 메뉴판 볼래?"

그녀는 테이블에 메뉴판을 내려놓았다. A4지 양면으로 된 간략한 메뉴판이었다. 설명이나 사진은 없었고 메뉴 이름과 가격 표시가 전부였다.

우리는 병맥주 한 병과 그레이비 소스가 뿌려진 매시포테이토, 그리고 해산물 토마토 파스타를 시켰다. 음식을 기다리며 맥주를 먼저 따랐다. 유리잔이 청명한 소리를 내며 서로 부딪쳤다.

"일단 선배한테 드릴 말씀이 있어요."

"뭔데요?"

나빈은 맥주 한 모금을 마신 후 나를 바라보았다.

"며칠 전에 죄송했어요. 늦은 건 제 잘못인데 선배한테 짜증 낸 거요."

"아, 그날은……. 오히려 다혜 씨가 그날 저 때문에 늦어서 곤란했잖아요. 제가 더 미안하죠. 생각해 보니 제가 너무 잡아 둬서."

"아뇨. 시간 계산은 제가 잘못했으니까요."

"통금 시간이란 게 어떤 건지 제가 이해를 잘 못했던 것 같아요. 저희 집은 그게 없어서……."

나빈은 정말로 미안한 얼굴이었다.

"모르실 수 있죠."

예전에 만났던 남자들과 통금 시간 때문에 싸운 적이 적지 않았다. 특히 두 번째 남자 친구는 내 이런 점을 참아 주지 못했다.

그 남자는 대학을 진학하는 동시에 부모로부터 경제적으로 독립한 드문 케이스였다. 동갑이지만 훨씬 어른스러웠고, 누구보다 강한 자립심을 가진 남자였다. 아마 그런 면들이 좋아 사랑에 빠지게 되었던 것 같다. 하지만 내가 가장 사랑했던 바로 그 장점이 종내에는 나를 찌르는 비수가 되었다.

그의 결론은 스무 살이 넘도록 집에 묶여 있는 내가 한심하다는 거였다. 바보도 아니고, 모자란 것도 아닌데 대체 왜 그렇게 사냐고 내게 화를 냈다.

네가 뭘 알아. 내가 되어 보지도 않았으면서.

울면서 그런 말을 했던 것 같다. 바보 같은 짓거리였다. 타인에게 이해를 바라다니. 인간은 평생 자기 자신조차 이해하지 못한다.

한 번은 통금 시간에 늦으면 어떻게 되는지 털어놓은 적도 있었다. 그는 '말도 안 돼'라고 반응했다.

그건 아마 큰 의미 없는 반응이었을 것이다. 하지만 내겐 그 한마디조차 상처였다. 문제는 그 사람이 아니었다. 악의 없는 반응에도 상처를 입을 수밖에 없는 나였다.

그러니 이런 이야기는 절대 하지 말자. 그때의 다짐 이후로 나는 누구에게도 우리 집 이야기를 하지 않았다.

"오늘은 일찍 나가요. 또 늦으면 안 되잖아요."

나빈이 생긋이 미소 지었다. 새삼 나빈이 내게 이렇게까지 친절한 까닭이 궁금해졌다. 적어도 내가 생각하기엔, 사람이 타인에게 친절을 베풀 때는 늘 이유가 있기 마련이었다.

김 변호사는 엘리가 내게 친절한 건 우리 부모님 때문일 거라 했다. 그 말을 믿는 건 아니었지만, 확인은 해 두고 싶었다. 마음 놓고 있다 상처받는 건 싫었다.

"선배, 혹시 학과 사람들이 저에 대해서 말하는 거 들으신 적 있어요?"

"네? 아뇨? 애초에 학과 사람들을 몰라요."

"왜요? 다들 전공 수업 같이 듣잖아요."

"수업만 듣는 거죠, 그건. 이름도 모르는데요."

나빈의 해명은 내 의심을 더 짙어지게 했다.

"그럼 저는 어떻게 알고 계셨어요?"

그날 다리 위에서 나를 먼저 알아본 것은 그였다. 나빈의 입가에 이번에는 난처한 미소가 번졌다.

"그거야 뭐, 다혜 씨니까……."

"얼버무리지 말고요."

"아, 그건 조금 있다 얘기해 줄게요."

"저희 부모님에 대해 들은 거 아니에요?"

가끔 있었다. 우리 부모님 때문에 내게 친밀하게 구는 사람들. 그런 부류는 지긋지긋했다. 크게 보면 김 변호사도 결국 이런 부류였다. 나빈만큼은 그런 사람이 아니라 생각했다. 정확하게는 아니라고 믿고 싶었다. 하지만 그런 믿음을 몇 번이나 배신당해 온 나로서는 믿고 싶은 만큼 의심할 수밖에 없었다.

"다혜 씨 부모님이 왜요?"

나빈이 조심스럽게 되물었다.

"저희 아버지 직업 같은 거요."

"음, 직장인 아니면 자영업자 내지는 프리랜서, 아니면 백수 아니실까요?"

어떻게든 틀리지 않겠다는 의지가 느껴지는 추측이었다. 안도감에 웃음이 나왔다. 그럼 그렇지. 김 변호사는 엘리에 대해 아무것도 모르면서 떠들어 댄 거다.

"모르시면 됐어요."

"설마 넷 다 틀렸어요?"

"네."

"제 추리가 빗나갈 리가 없는데."

"탐정은 안 되셔서 다행이네요."

나빈은 잠시 미간을 좁혔지만 곧 이 화제를 끝냈다.

"뭐, 부모님이 누구냐가 중요한 건 아니니까요."

나도 그렇게 생각했다. 그래서 아까 나빈의 어머니에 대해서도 굳이 더 묻지 않았다. 어머니의 이야기가 나왔을 때 그의 표정이 다소 불편해 보였던 것이다.

무엇보다 그의 아버지의 부재를 알게 된 후로는 가족 이야기가 부쩍 껄끄러워졌다. 아마도 나빈에게 아버지는 그리운 존재일 텐데, 그렇다면 나와는 그 부분에 있어서 대화가 통하지 않을 게 분명했다.

유독 사람들은 부모에 대해 이야기할 때 자신의 경험을 강하게 반영한다. 마치 '부모란 이러이러한 존재다'라는 게 고정된 개념으로 내장되어 있는 것 같다.

자신의 부모가 좋은 사람이었다면, 다른 부모도 으레 본질은 좋을 거라고 속단한다. 그래도 부모님은 속으로는 널 사랑하지, 부모님이잖아. 이런 식의 말을 아무렇지도 않게 하는 것이다.

반면 나 같은 사람들은 부모라는 단어만 봐도 거부감이 든다.

냉정하게 말하자면 그냥 이런 경우도 있고, 저런 경우도 있는 것뿐이다. 그런데도 서로 생각을 굽히지 않아 마음 상하기 일쑤여서, 그런 대화는 되도록 하지 않는 편이 좋다고 생각하게 되었다.

그때 이모가 부엌에서 나왔다. 테이블 위에 요리들이 차례로 차려졌다. 그레이비 소스에서 고소한 냄새가 올라왔다.

"근처에서 놀고 있을 테니까 필요한 거 있으면 문자 쳐."

그녀는 그 말을 남기고 가게를 떠났다.

먼저 파스타를 한 입 먹었다. 예상보다 훨씬 맛있었다. 배가 안 고프다고 생각했는데, 한 입 먹고 나니 그제야 허기가 들었다.

"맛있는데요?"

나는 곧장 파스타를 한 입 더 넣었다.

"생각보다 괜찮죠?"

"네. 맛있어요."

우리는 맥주를 다시 한 잔씩 비웠다. 병은 금방 바닥났다. 그가 맥주를 새로 냉장고에서 꺼내 왔다.

"여기 괜찮아요?"

나빈이 물었다.

"네. 뭔가 다른 세계에 온 것 같아요."

"그런 느낌이 있죠."

"평소에는 사람 많아요?"

"단골들은 있어요. 이모 아시는 분들도 종종 오고."

"선배도 자주 와요?"

"자주 오긴 하는데, 제가 오는 건 이모가 안 좋아해요."

"왜요?"

"음, 학교생활을 더 열심히 했으면 좋겠다고 생각하시는 것 같아요. 요즘은 다혜 씨랑 공부한다고 안 왔더니 좋아하시더라고요."

하긴 나라도 조카가 매일같이 술집을 드나든다면 걱정스러울 것 같았다. 그게 내가 운영하는 술집이라 해도 말이다.

"그럼 오늘은 저희 때문에 비워 주신 거예요?"

"네, 왜요?"

"뭔가 죄송해서……."

"괜찮아요. 그냥 빌린 것도 아니고. 미리 오늘 매상만큼은 드렸어요."

그건 그것대로 나빈에게 미안했다.

"그럼 돈 많이 쓰신 거 아니에요?"

"그렇지도 않아요. 이모 가게인데요. 제가 사람 없는 편이 좋아서 부탁드린 거니까, 신경 안 쓰셔도 돼요."

나빈이 손사래를 쳤다.

그 돈은 나빈이 번 돈일까? 궁금했지만 물어보기는 좀 그랬다. 고작 학과 선후배 사이에 서로의 재정 상태를 캐물을 수는 없었다.

"보통 크리스마스이브는 뭐 하고 보냈어요?"

나빈이 물었다.

"데이트했던 것 같아요."

"남자 친구?"

"네."

남자 친구일 때도 있고 그냥 적당히 어울리던 남자일 때도 있었지만 굳이 세세하게 설명할 필요는 없었다.

"지금도 있어요?"

"뭐가요?"

"남자 친구."

이 질문은 너무 바보 같았다.

"있으면 여기 없겠죠?"

"아, 그러네요."

나빈은 실컷 고개까지 끄덕여 놓고, 이어서 더 바보 같은 소리를 했다.

"그게 없다는 거죠?"

황당해서 나빈을 물끄러미 응시했다.

"아, 없다는 거구나."

그는 자문자답을 끝내고 민망한 듯 웃었다. 뭐 하자는 거지. 그가 혼자서 대화하고 혼자 웃는 바람에 분위기가 상당히 서먹해졌다.

"그럼 선배는 보통 크리스마스 때 뭐 하셨어요? 종교는 없어 보이시는데."

"보통 스케줄이 있어서 바빴어요. 작년에는 군대에 있었고. 지금 생각하면 이런 날을 가족들이랑 못 보낸 게 후회가 돼요."

그 후회는 나빈의 나이에 하기엔 좀 이른 후회였다.

"이제 보내시면 되죠."

"그럴까요? 아, 근데 올해는 다혜 씨랑 보내니까요. 이것도 좋아요."

나빈이 생글거리며 말하는 바람에 또 혼자 기분이 술렁였다. 정말이지, 잘생긴 남자가 호감도 없으면서 친절하게 구는 건 법으로 금지시켜야 한다고 생각한다.

잡담을 나누며 맥주를 몇 잔씩 주고받았다. 학과 교수들에 관한 이야기나 다음 학기 수업에 관한 이야기, 학교생활에 관한 이야기. 이런 소소한 이야기를 주고받을 상대는 오랜만이라 좋았다. 그러다 서로 주량을 확인하지 않았다는 사실을 깨달았을 때는 이미 테이블에 빈 병이 네 병쯤 올라왔을 무렵이었다.

그는 다섯 번째 병을 따, 내 빈 잔을 채워 주었다. 유리잔을 타고 맥주 거품이 넘쳐흘렀다.

"아, 죄송해요."

나빈이 사과했다. 어쩐지 평소보다 살짝 들뜬 느낌이었다.

설마 선배, 술 잘 못 마시나? 그런 의심을 하고 있는데 나빈이 갑작스럽게 선언했다.

"사실 저 오늘 다혜 씨한테 고백할 게 있어요."

"네?"

고백이라는 단어에 심장은 멋대로 뛰기 시작했다.

그런 의미가 아니잖아. 그런 의미가. 열심히 타일러 봐야 내 심장은 진정할 생각이 없는 모양이었다.

"음, 무슨, 고백, 인데요?"

취한 쪽은 내 쪽인가 보다. 말이 드문드문 끊겼다. 평소라면 절대 취할 양이 아닌데도 그랬다.

"저, 사실은요."

나빈이 머뭇머뭇 말을 꺼냈다.

"예전부터……."

예전부터?

"다혜 씨 알고 있었어요."

"네?"

알고 있었다고? 언제부터?

물어보기도 전에 나빈이 답을 내놓았다.

"2년 전 여름 방학 때부터요."

2년 전이라면 내가 2학년 때였다.

"전 그때 선배랑 만난 적 없는데요? 계속 휴학 중이셨잖아요."

"무대에서 봤어요."

나빈의 답에 피식했다.

"잘못 보셨어요. 전 콘서트 같은 건 안 보러 다녀요."

우연히 그의 공연에 나와 비슷하게 생긴 사람이 왔었나 보다 생각했다. 나 정도면 흔하게 생긴 편이니 충분히 가능성이 있어 보였다. 그가 다음 말을 하기 전까지는 말이다.

"아뇨. 무대 위에 선 건 다혜 씨였어요."

"네?"

"그때 공연했었잖아요."

"무슨 공연이요?"

"소냐. '바냐 삼촌'의 소냐를 했었잖아요."

나빈의 말에 뒤통수를 한 대 얻어맞은 듯 머리가 멍해졌다. 그 순간은 음악조차 들리지 않았다. 나는 몇 번 입을 벙긋거리다 간신히 말을 쥐어짜 냈다.

"어, 어……. 그걸 어떻게 봤어요?"

그건 질문이 아니라 거의 비명에 가까웠다.

"공연을 하니까 봤죠?"

기겁해서 어쩔 줄 모르는 나와 달리 나빈은 태연하다 못해 느긋했다.

"저도 노문과잖아요. 방학 때 우연히 학교를 왔는데 극예술연구회 포스터가 붙어 있더라고요. 체홉 공연을 한다고. 마침 당일이길래 궁금해서 봤어요. 시간도 많았고."

"왜? 왜 그때 우연히 학교를 와요?"

"입대 전에 그냥 와 보고 싶어서?"

"하필 그날 왜?"

도망가야 하나? 지금이라도 일어나서 달려 나가면 안 될까?

"인연이라서?"

인연은 무슨. 눈앞에서 사람이 미쳐 가고 있는데 나빈은 속 편한 소리나 했다.

"난 그때부터 다혜 씨 팬이에요."

"아, 미친……."

"진짜예요. 공연을 보고 너무 좋아서, 나오자마자 포스터에서 다혜 씨 이름부터 확인했어요."

"그래서 제 이름을 알고 있었다고요?"

"네. 기억하고 있었죠. 처음에 강의실에 들어와서도 알아봤어요. 신기하죠? 인사하고 싶었는데 다혜 씨는 절 모를 거니까……."

나빈이 수줍은 듯 말을 흘렸다.

"그걸 왜 이제 말해요?"

"전에 동아리 이야기 물어봤을 때 감추시길래요."

"그럼 계속 숨기지?"

"고백하고 싶었다고요. 팬이라는 걸."

"그 팬이라는 소리 좀 그만하세요. 고백이란 말도!"

나는 맥주잔을 들었다. 가득 담긴 맥주를 끝까지 비우고도 목이 탔다. 이런 내 속을 모를 리도 없는데 나빈은 그저 혼자 신나서 어쩔 줄 몰랐다.

"사실 그때 팸플릿도 집에 있거든요! 다음에 사인이라도……."

"말도 안 되는 소리 하지 마세요."

이런 일이 내 인생에 있어선 안 된다. 엘리가 나한테 사인 요청이라니. 애초에 나는 그런 멋들어진 사인도 없고, 또……

그 연극은 내가 그다지 자랑스러워하는 기억이 아니었다.

대학을 입학하자마자 극예술 연구회에 가입했다. 중·고등학교 때도 연극부였기에 새로운 도전은 아니었다.

나는 연극을 좋아했다. 피곤한 협동 과정을 참고 인내할 정도로 좋아했다. 무대라는 공간에 올라갈 때 이세계로 들어서는 듯한 감각을 좋아했고, 청중 앞에서 폭발하는 감정을 좋아했다. 어쩌면 현실에서는 단 한 번도 그렇게 절규해 보지 못했기에, 무대에서 다른 사람이 되어서나마 외쳐 보고 싶었던 걸 지도 모른다.

학과 생활은 거의 하지 않았지만, 동아리는 자주 나갔다. 극 예술 연구회는 1년에 두 번 정기 공연이 있었다. 한 번은 5월 축제 때였고, 다른 한 번은 8월 여름 방학 중이었다. 이외에도 비정기 공연이 꾸려지기도 했다.

통상적으로 5월 축제 때는 고학번이, 8월 여름 방학 때는 저학번이나 신입 회원이 공연을 꾸리게 되어 있었다. 자연스럽게 8월 공연의 주축은 주로 2학년들이었다. 1학기 시작부터 작품을 고르고, 각색을 하고, 캐스팅을 하는 일정이 빡빡하게 돌아가야 했기 때문이었다.

1학년 때는 선배들이 고른 공연을 따라갔지만, 2학년이 되면서는 우리 기수가 직접 공연을 고르게 되었다. 우리가 선택한 작품은 체홉의 바냐 삼촌이었다.

그때 나는 두 번째 남자 친구와 연애 중이었다. 그 역시 극 예술 연구회 소속으로, 바냐 삼촌의 연출을 맡았다. 여러 가지 악감정을 제쳐 놓고 냉정하게 보더라도 그는 좋은 연출이 못 되었다. 우리는 각색 문제를 두고 회의 때마다 싸웠다.

"서다혜, 너는 현실성이 없어. 대학 무대에 어떻게 바냐를 그대로 올려? 우리가 소화는 가능해? 연습은? 관객들이 집중하겠어?"

"그렇다고 마음대로 이야기를 줄이고 대사를 바꾼다고?"

"그게 뭐 어때서? 그렇게 원본이 중요하면 러시아어로 공연을 하든가."

그의 빈정거림에 주변에서 웃음이 터져 나왔다.

"내 말은 네 멋대로 작품을 편집하지 말라는 거야."

나도 짜증이 날 대로 나서 쏘아붙였다.

"대체 뭐 대단한 걸 하겠다고 그래? 중요한 건 우릴 보러 온 관객들을 즐겁게 해 주는 거야. 그게 중요한 거 아냐? 게다가 내용을 크게 바꾸겠단 것도 아니잖아. 그냥 한 시간 안으로 줄이자는 거야."

"넌 작품을 존중할 줄 몰라. 한 시간이 말이 돼?"

"너야말로 지금 내 권한을 존중할 줄 모르는 거 같은데. 내가 연출이야."

논쟁이 격해지면 동아리 방 여기저기서 한숨이 흘러나왔다.

우리의 의견은 평행선이었고, 여름은 점점 다가오고 있었다. 아무리 모두가 동등한 동아리라지만, 역할이란 게 있었다. 배우였던 내가 연출인 그의 결정을 뒤집을 수는 없었다.

결국 바냐 삼촌은 한 시간 정도의 연극으로 각색되었다. 각색 방향이 결정되기까지 2, 3주는 우리 커플에게 지옥 같은 시간이었다. 남자 친구는 나를 달래기 위해 가끔은 꽃을 사 왔고, 레스토랑을 예약해 두기도 했다. 우스운 것은 그 기간 동안 우리는 하루도 빠지지 않고 그의 자취방에서 관계를 했다는 점이었다.

내일이면 서로 얼굴을 붉히고 싸울 것을 알면서도, 그는 꼭 나와 몸을 섞었다. 그때는 그게 화해라고 생각했다. 그리고 사랑이라 생각했다.

그해 여름 나는 소냐 역으로 무대에 올랐다. 처음부터 끝까지 모두 불만족스러운 공연이었다. 각색 방향도 납득할 수 없었고, 연출은 경멸스러웠다.

솔직히 말해 그 남자는 체홉을 제대로 이해하려 하지도 않았다. 신기한 일이었다. 체홉을 세상에서 가장 사랑하는 내가, 체홉을 망쳐 놓은 남자를 잠시나마 사랑할 수 있었다니.

공연을 마친 후 뒤풀이에서 그는 내게 들어가지 말라 했다. 통금 시간 때문에 우리는 또 크게 싸웠다. 그래 놓고 다음 날도, 그다음 날도 우리는 관계를 가졌다. 내 위에서 그는 쾌감에 허리를 떨었고 나도 흐느꼈다.

한바탕 쾌감이 우리를 휩쓸고 가면, 이 행위가 아무것도 아니라는 사실만 선명해졌다.

남자에게 사랑을 받는다는 건 그런 의미였다. 다리를 벌린 채 천장 벽지의 무늬를 세는 일.

우리는 결국 두 달 후 헤어졌다. 그와는 헤어지기 전날도 섹스를 했다. 다 부질없는 짓이었다.

이듬해 나는 뉴욕으로 떠나게 되었고, 복학 후로는 동아리로 돌아가지 않았다. 자연스럽게 내게 그해 여름 공연은 절대로 들추고 싶지 않은 기억이 되었다.

"그 공연은 정말 쓰레기였어요, 선배. 그리고 선배도 이젠 아시겠지만, 엉망으로 편집한 대본이었다고요."

나는 열을 식히려 맥주를 한 잔 더 마셨다.

"그때 저는 체홉에 대해서는 잘 몰랐으니까요. 그냥 러시아 작가라고만 아는 정도? 그래서 내용이 줄어든 것도 몰랐어요."

나빈이 말했다.

"연출도 정말 함량 미달이었어요. 애초에 대학 수준에서 올릴 수 있는 연극이 아니었겠죠. 전 그 공연이 정말 싫었어요. 진절머리 나도록."

"하지만 소냐가 너무 좋았는걸요."

나빈이 너무 진심을 다해 말해서 기가 찼다. 나라도 잘했다면 모르겠다. 하지만 내가 기억하기론 그날 공연 후 입 발린 말로라도 날 칭찬한 사람은 한 명도 없었다.

"대체 뭐가요?"

"음, 다혜 씨는 본인 연기를 볼 수 없으니 모를 수도 있겠네요."

"아니, 선배. 옛날이야기를 하고 싶진 않지만, 선배는 배우들도 많이 만나 봤을 거잖아요."

"네. 많이까지는 아니지만 만나 봤죠."

"직접 연기한 걸 본 적도 있을 테고요."

"그럴 기회도 있긴 했죠."

"그런 프로들을 봤는데 고작 저 같은 아마추어한테 감동받았다고요?"

"네. 사실 다른 사람들한텐 별로 감동한 적이 없어요. 음, 체홉의 연극을 처음 봤던 것도 있겠지만, 역시 다혜 씨 때문이었던 거 같아요."

고작 그런 연극에도 감동받는다면 나빈은 낙엽만 굴러도 감동받아야 했다.

"대체 뭐가……."

"그때 많이 힘들었거든요."

엘피판이 멈췄다. 음악이 뚝 끊겼다.

"일단 음악부터 바꿀게요."

그는 일어서 새로운 판을 끼우고 왔다. 느릿느릿한 재즈 음악이 흘러나왔다. 슬픈 것 같기도 하고 유쾌한 것 같기도 한 이상한 선율이었다.

나빈은 자신의 잔을 비운 후 내게 시선을 던졌다. 그의 눈빛이 어둡게 가라앉았다. 낯선 눈빛이었다. 사람을 어둠 속으로 끌어당기는 듯했다.

당혹스러웠다. 내가 아는 엘리는 그런 눈빛이 어울리는 사람이 아니었다.

"어떨 때는 마음이 부서질 정도로 아플 때가 있어요. 아, 이러다 내가 정말 망가져 버리겠어, 그런 생각이 들 정도로요. 다혜 씨도 그럴 때 있어요?"

나빈이 물었다. 평소와 같은 차분한 음성이었다. 하지만 오늘 그의 차분함 속에는 북풍 같은 서늘함이 깃들어 있었다. 뭐가 그렇게 괴롭고 아팠냐고 묻고 싶었지만 입술이 떨어지지 않았다.

"그럴 때면 종종 바냐 삼촌의 마지막 구절을 떠올렸어요. 그리고 그건 언제나 다혜 씨의 목소리였고요. 그러니 제가 다혜 씨를 잊을 수 있었겠어요?"

나는 괜히 애꿎은 유리잔 표면만 문질렀다.

"그때 무대에서 다혜 씨는 정말 눈을 뗄 수 없었는데."

나빈의 눈꼬리가 부드럽게 휘었다.

"선배, 좀 취하신 거 같아요."

내 말에 나빈이 실없이 웃었다.

"그럴지도 모르겠네요. 술은 잘 못 마셔서."

"혹시 지금 주량 넘었어요?"

"너무 즐거워서 넘은 줄도 몰랐어요."

그러니까 주량이 넘었다는 소리였다. 남은 맥주를 내 잔에 털어 넣었다. 다섯 병째였다.

"술을 못 드시면 못 드신다고 진작 말씀을 하셔야죠."

"그럼 다혜 씨가 못 마시게 할 거잖아요."

"당연하죠. 얼마나 드시는데요?"

"맥주 두 병?"

나빈이 검지와 중지를 쭉 펴서 보여 주었다. 천진난만한 모습에 한숨이 절로 나왔다.

"근데 왜 이제 말하나 싶죠? 제가 다혜 씨 알고 있었다는 거."

"네. 진작 말씀하시든가요."

가볍게 쏘아붙였다.

"지금은 부담스러우면 다혜 씨가 날 끊어 버릴 수 있잖아요."

그가 말했다.

"조별 과제 중엔 부담스럽고 피하고 싶어도 억지로 날 만나야 하잖아요. 그렇게 힘들게 하고 싶진 않았어요. 그렇다고 계속 숨기고 관계를 이어 가는 것도 좀 별로인 것 같았고요."

그는 유리잔을 들었다. 바닥에 얇게 깔린 맥주가 찰랑였다.

"오늘 이야기 때문에 절 피하고 싶으면 피해도 돼요. 이런 게 부담스러울 수 있다는 거 저도 잘 아니까요. 이해할게요."

나빈이 잔을 앞으로 내밀었다. 우리는 마지막으로 잔을 부딪쳤다.

가게를 나섰을 때는 9시가 막 지난 참이었다. 곧바로 집에 들어가기엔 조금 아쉬운 시각이었고, 그렇다고 어딜 또 들르기도 애매했다. 어떻게 할까 고민하던 차에 나빈이 먼저 제안했다.

"다혜 씨, 걸을 수 있겠어요?"

"네. 전 하나도 안 취했어요. 선배는요?"

"그게 아니라, 지난번에 다친 발목 진짜 괜찮아요?"

"네, 전혀 안 아파요."

"그럼 다혜 씨 집까지 걸어갈까요? 좀 추울 것 같긴 한데."

"좋아요. 배도 부르고. 추우면 빨리 걸으면 되겠죠."

나는 옷깃을 단단히 여몄다. 오늘 입은 외투는 다소 무거운 대신 방온은 확실했다. 이 정도면 여의도까지 걷기엔 무리가 없을 거라 생각했다.

"그럼 가기 전에 꽃집 들러도 돼요? 역 근처에 늦게까지 하는 곳이 있어요."

나빈이 물었다.

"꽃집이요?"

"오늘은 음, 가져가고 싶네요."

처음 만난 날 나빈은 하얀 국화꽃 한 송이를 강으로 던졌다. 누군가를 추모하러 온 것이라 했다.

"그래요, 들러요."

"얼마 안 걸릴 거예요."

역 근처 작은 꽃집에서 나빈은 붉은 장미 스무 송이와 하얀 장미 한 송이가 섞인 꽃다발을 샀다. 붉은 꽃들 사이에 흰 꽃이 유독 시선을 사로잡았다.

다리 위에는 찬 바람이 쌩쌩 불었다.

"와, 지난번보다 더 춥네요. 곧 강도 얼겠다."

나빈은 목도리에 턱을 파묻었다. 몇 걸음 걷자마자 뺨이 언어맞은 것처럼 얼얼해졌다. 한 걸음 내디딜 때마다 머리털이 쭈뼛 곤두섰다.

불빛이 아롱진 강은 여기저기 살얼음이 껴 있었다.

"너무 춥죠? 그냥 지하철 탈까요?"

나빈이 물었다.

"괜찮아요."

어깨를 부르르 떨고 대답했다. 꽃도 샀는데 이대로 돌아서는 건 말이 안 된다고 생각했다. 내가 가 버리면 분명 나빈은 혼자 이 다리 위를 걷겠지. 그리고 꽃을 던지며 조용히 누군가를 추모할 거다. 그 모습을 상상하면 나까지 쓸쓸해지는 것 같았다.

그런 쓸쓸한 풍경은 나빈과 어울리지 않았다. 그는 성탄 트리 꼭대기의 별처럼 반짝여야 하는 사람이었다.

"저번에도 건넜잖아요. 가요."

나는 일부러 더 씩씩하게 말했다. 성탄 전야인데도 차는 여전히 많았다. 마주 오는 헤드라이트에 눈이 부셨다.

"이모라는 분이 친척은 아닌 거죠?"

말을 하면서도 입술이 시려 손등으로 입을 가렸다. 장갑을 낀 탓에 까슬까슬한 것이 입술을 자극했다. 립은 이미 다 지워진 것인지 묻어 나오는 것도 없었다.

"네. 엄마 친구예요. 어릴 때부터 자주 봐서 친해요. 지금은 가게도 집 근처고."

"원래 가게를 하신 건 아닌가 봐요."

"네, 그전까진 그냥 연주나 레슨만 하셨어요."

"재밌는 분 같던데."

우리는 다리 중앙에 도착할 때까지 이모와 그 가게에 관한 이야기를 드문드문 나눴다. 나빈은 다리 중앙에 도착하자 걸음을 멈췄다. 나도 그를 따라 멈춰 섰다.

검은 강물이 다리 아래로 부단히 흐르고 있었다.

그는 난간으로 다가가더니 꽃다발을 들었다. 이번에도 내 눈에 들어온 것은 스무 송이의 붉은 장미가 아니라, 단 한 송이의 흰 꽃이었다. 신기할 정도로 내 눈에는 그 하얀 장미만 보였다.

어쩌면 죽음과 삶도 저런 것이다.

도처에 삶이 널려 있어도 사람의 마음을 휘어잡는 것은 하나의 죽음이다. 일단 죽음이 눈에 들어오면, 삶 같은 것은 보이지도 않는다.

붉은 장미가 스무 송이여도, 한 송이의 백장미만 눈에 밟히는 것처럼. 내가 언제나 삶이 아니라 죽음에 치우쳐 살아온 것처럼.

나빈은 꽃다발을 통째로 던지지 않았다. 그는 꽃다발에서 하얀 장미만을 뽑아냈다. 그리고 그것을 난간 틈으로 던졌다. 흰 꽃이 검은 강물에 먹혔다.

나빈의 얼굴에 그늘이 졌다. 그가 보고 있는 것은 꽃이 아니었다. 이곳에서 사라진 누군가였다.

아, 그런가.

그의 아버지는 어쩌면 사고로 떠난 게 아니었던 걸지도 몰랐다.

그는 아래를 내려다보다 천천히 나를 향해 고개를 돌렸다. 그러고는 꽃다발을 불쑥 내게 내밀었다.

"이건 다혜 씨 선물이에요."

꽃다발에는 스무 송이의 붉은 장미가 남아 있었다.

"네?"

"크리스마스 선물이요."

나는 얼떨떨하게 꽃다발을 받았다. 주홍 불빛에 비친 붉은 장미는 예뻤다. 이렇게 예뻤나? 아까는 흰 장미만 보느라 미처 몰랐다. 농익은 꽃잎에는 물기가 맺혀 있었고 은은한 장미 향이 올라왔다. 겨울에 맡는 봄의 향기였다.

"너무 적죠? 천 송이나 만 송이쯤 선물해 주면 좋을 텐데."

"그럼 저 깔려 죽어요, 선배."

"아, 그럼 안 되죠. 죽으면 절대 안 돼요."

농담으로 한 소리인데 나빈은 정색했다. 그에게 사람을 잃는다는 것은, 아마 남들과는 다른 실감일지도 모르겠다.

"장난이에요. 그럴 일 없어요."

"약속이에요. 절대 그러지 마요."

"네."

꽃다발이 품에서 바스락거리는 소리를 냈다. 꽃들이 추울 것 같아 더 꼭 안았다.

"가요. 춥잖아요."

나빈이 먼저 걸음을 옮겼다. 바람은 역풍이었다. 그의 옷자락이 처음 만난 날처럼 요란하게 펄럭였다. 앞머리가 바람에 헝클어지며 반듯한 이마가 드러났다. 추위 때문에 한층 더 희게 질린 피부와 분홍 뺨은 막 그림에서 나온 사람 같았다.

처음 만난 날도 그는 꼭 저런 얼굴을 하고 있었지. 물에 떠밀려 온 오필리어처럼, 온 세상이 울어도 홀로 담담한 시신처럼. 이곳에 오면 그는 슬픔에 그만 얼어붙어 버리는지도 몰랐다.

한참을 걸으며 나는 그를 힐끔거린 게 다였다. 꽃다발을 받고 나니 무슨 말을 해야 할지 몰랐던 것이다. 연애 관계가 아닌 남자에게 꽃을 받아 본 건 처음이었다.

"시험도 끝났는데 이제 주말에는 뭐 해요?"

문득 나빈이 물었다.

"글쎄요. 크리스마스 지나면 리트 학원 다니기로 했으니까, 아마 주말엔 학원 과제 할 것 같아요."

"많이 바쁘겠네요."

"선배는 뭐 하실 거예요?"

"저는 보통 주말엔 집 청소해요."

너무 건전한 대답이라 놀랐다.

"청소만 하세요?"

"청소만 해도 주말은 거의 다 가요. 집이 혼자 청소하기엔 좀 넓기도 하고, 엄청 열심히 하거든요. 근데 해도 해도 집이 자꾸 죽어요."

"그게 무슨 말이에요?"

"그냥…… 집이 자꾸 죽어요."

나빈이 취하긴 취한 모양이었다. 대체 무슨 소리를 하는지 알 수가 없었다.

그때 우리는 또다시 '새벽이 오기 전이 가장 어둡다'는 문장 옆을 지나고 있었다. 오늘은 어둡다는 글자가 아주 환하게 빛났다.

지나고 나면 어둠, 그 단어만 기억에 남을 것처럼.

여의도에 도착했다. 길만 건너면 바로 집 근처였다. 바람이 멎으면 나뭇잎이 일시에 낙하하듯이, 둥둥 떠 있던 마음이 현실로 툭 떨어졌다.

신호등을 기다리는 동안 꽃다발에 코를 박았다. 손에 힘이 들어가며 종이가 바스락 소리를 냈다.

언제부터였을까. 나는 남자들을 통해 나를 망가뜨리려 했다. 남자들의 욕망은 애정과 닮았다. 그래서 처음에는 그것을 애정이라 믿고 갈구했다. 한두 번의 실패 만에 나는 그것이 단지 욕망일 뿐이었단 걸 깨달았다. 욕망이 해소되는 순간 공허함과 괴로움만이 남는다는 것도.

그걸 알면서도 계속 만났다. 나 역시 그런 관계를 원한다고 생각했다. 어느 순간 자해 행위에 불과하게 된 섹스를 반복하면서.

하지만 선배는 아니었다. 그는 내게 그런 유독한 존재가 될 수 없는 사람이었다. 그건 아마 선배가 그저 선배에 불과하기 때문이겠지만.

굳이 말하자면 나빈은 내게, 이 꽃다발에서 올라오는 아련한 향 같은 사람이어야 했다.

아름답지만 손으로 쥘 수는 없는, 느껴지지만 스쳐 지나갈

뿐인.

　절대 나의 세계에 들여놓을 수 없는 향기였다. 이토록 향긋
한 장미도 우리 집에 가면 바닥에 내동댕이쳐지고 쓰레기통에
버려질 것이다.

　부모님은 추궁할 거고, 무력하고 바보 같은 나는 장미 꽃다
발 하나도 지키지 못한 채 혼자 울겠지.

　그런 것은 싫었다. 그러니 이렇게 아름다운 것은 내 세계에
들어와서는 안 되었다.

　망가질 테니까. 곧 쓰레기통에서 악취를 풍기게 될 테니까.

　걸어가는 내내 나는 계속 장미 향을 맡았다. 나빈이 흘깃 나
를 보더니 작게 웃었다.

　"왜 웃어요?"

　"아니에요."

　"뭐예요, 기분 나쁘게."

　"아, 강아지 같아서요."

　"예?"

　인상을 있는 대로 구겼더니, 나빈은 웃음을 그치고 딴청을
피웠다.

　나는 아파트 단지 입구에서 걸음을 멈췄다. 나빈과 마주 서
서 마지막으로 꽃다발에 코를 박았다.

　기억해야지, 겨울밤의 장미 향기를.

　깊게 숨을 들이쉰 후, 꽃다발을 그에게 내밀었다. 나빈은 지
금 행동의 의미를 모르겠다는 듯 멀뚱히 나를 바라보았다.

　"선배, 이거 다시 가져가세요. 저 이거 못 들고 가요."

　"어, 다혜 씨. 그거 큰 의미는 없는 거니까 부담 갖지 않으

셔도 되는데……."

"아뇨. 그래서가 아니라 집에 가져갈 수가 없어서 그래요."

꽃들이 힘없이 그의 가슴을 톡 쳤다. 나빈은 한 손으로 꽃다발 아래를 가볍게 움켜쥐었다. 나는 손을 내렸다. 보드라운 종이가 손에서 떨어지는 게 못내 아쉬웠다.

"죄송해요, 선배. 정말 죄송해요."

눈가에 눈물이 핑 돌았다. 매서운 바람 탓이라 생각했다.

"저희 집엔 이거 못 들고 가요. 죄송해요."

눈물이 결국 뺨을 타고 흘렀다. 언 뺨에 뜨거운 눈물이 닿아 화끈거렸다.

"바람 때문에 그래요."

나는 서둘러 말했다. 나빈은 손을 뻗어 내 뺨에 흐르는 눈물 줄기를 가볍게 닦아 냈다.

"괜찮아요, 다혜 씨."

그는 기분 나쁜 기색 하나 없이 오히려 환한 미소를 지었다.

"왜냐면 아까 꽃다발을 받았을 때, 다혜 씨가 너무 예뻤거든요."

"네?"

꽃다발은 멀어졌는데 꽃향기는 더 짙어졌다.

"그렇게 예쁜 미소를 봤으니까 그걸로 됐어요. 꽃이 뭐가 중요해요. 다혜 씨가 웃었는데."

그가 아주 잠시 닿았던 뺨이 화끈거렸다.

예쁜 쪽은 그였다. 품에 안긴 꽃들이 초라해 보일 정도였다. 반면 나는 평범했다. 나빈에게 그런 말을 들을 이유가 없었다.

"저는, 안 예쁜데요."

"예쁜데요."

그는 내 말이 이상하다는 듯 대꾸했다.

"누가 봐도."

그가 가볍게 덧붙였다. 나빈은 꽃다발을 들어 불빛에 비춰 보았다.

"이건 제가 집에 가서 꽃병에 꽂아 둘게요. 그럼 집도 좀 화사해질 거고, 오늘 데이트가 생각나서 기분도 좋을 거고. 오늘 너무 재밌었거든요. 다혜 씨는 정말 사람을 즐겁게 해 주는 거 같아요."

"……선배가 그런 사람이겠죠."

작게 중얼거렸다.

"그럼 다혜 씨한테 전염됐나 봐요. 전 원래 좀 칙칙한 타입이거든요."

"거짓말……."

"진짠데. 아무튼 오늘 고마웠어요. 들어가 봐요."

"네, 선배. 재밌었어요."

무심결에 돌아서려다 멈칫했다. 처음 나빈을 만났던 날 들었던 의문이 다시 떠오른 탓이었다. 그때는 묻지 못했지만, 오늘은 물어볼 수 있을 것 같았다.

"저기, 선배. 저 궁금한 거 하나 물어봐도 돼요?"

"네."

"우주에 왜 새벽이 없어요?"

우주에는 새벽이 없다.

그날 나빈은 내게 그렇게 말했다. 그 말뜻을 알고 싶었다.

나빈은 내게서 시선을 떼더니 고개를 돌려 먼 강물을 바라보았다. 방금 전까지는 밝게 반짝인다고 생각했던 눈동자가 지금은 어둡고 깊은 심해처럼 느껴졌다.

그의 시선 끝에는 길고 긴 어둠이 흐르고 있었다. 시작도 끝도 보이지 않는 검은 물줄기였다.

"……영원히 어둠뿐이잖아요."

나빈이 답했다.

엘리베이터 문이 경쾌한 벨 소리와 함께 닫혔다. 문이 닫힙니다, 하는 친절한 여자의 목소리가 웅웅 울렸다.

나는 가슴 부근의 옷감을 꾹 쥐었다. 옷이 두꺼운데도 심장이 뛰는 게 선명히 느껴졌다.

11층에 도착할 때까지도 심장은 좀처럼 진정할 줄을 몰랐다.

신기했다.

엘리 같은 사람도 나와 비슷한 생각을 하는구나.

신기한데, 신기하다는 이유로, 가슴이 두근거릴 수도 있구나.

2.

리트 학원은 성탄절 바로 다음 날부터 개강이었다. 강의는
아침 10시에 시작해서 저녁 6시에 끝났다. 집에서 신림역까지
간 다음 또 마을버스를 타야 했기에 오가는 시간도 좀 걸렸다.

그날 나빈과 다리를 건넌 여파인지 감기가 왔다. 열은 없었
지만 코가 막히고 멍했다. 엄마는 목을 횅하게 하고 다닌 탓이
라며 새로 사 온 폴라 티를 내 방 침대 위에 올려놓았다.

"터틀넥이니까, 갑갑하지 않을 거야."

그녀가 말했다. 나는 알겠다고만 하고 그 옷을 옷장에 넣어
버렸다.

"도대체 왜 그렇게 갑갑해하는지 모르겠네."

엄마가 혼잣말처럼 중얼거렸다. 나로서는 그녀가 어떻게 그
걸 모를 수 있는지 이해할 수 없었다. 그렇다고 해서 내 입으
로 그 일을 다시 꺼내고 싶지는 않았다.

나빈은 크리스마스이브 이후 별다른 연락이 없었다.

피하고 싶으면 피해도 된다는 게 이런 의미였나 보다. 관계를 지속하든, 지속하지 않든 내게 맡기겠다는.

차라리 그가 결정을 내려 줬으면 편했을지도 모르겠다. 이 애매한 교착 상태 때문에 도무지 공부에 집중이 되지 않았다. 강의를 듣다가도 어느 순간 나빈을 떠올리기 일쑤였다.

나빈이 털어놓은 이야기도 이야기였지만, 그가 내게 꽃다발을 줬던 일 역시 굉장히 신경 쓰였다.

왜 줬을까?

나를 조금은 좋아해서?

그냥 선물하는 걸 좋아하는 성격인가?

술김에?

생각하면 생각할수록 미궁에 빠져 버렸다.

엘리는 날 좋아하긴 해. 내 팬이라고 했잖아.

팬이라는 건 좋아한다는 뜻이긴 했다. 그렇지만 그건 연애 감정과는 다른 거였다. 팬이라는 것도 아마 그의 과장된 표현이겠지만.

아이돌들은 팬들에게 선물을 받기도 한다니까, 그런 정도의 의미였을까? 그런 선물쯤은 엘리에게는 아무것도 아닌가? 그렇겠지. 그게 아니면 엘리가 굳이 나한테…….

왜 이렇게까지 꽃다발의 의미에 집착하는지 스스로가 한심했다.

난 엘리를 좋아하는 걸까?

아니었으면 좋겠다. 누군가를 좋아할 때의 나는 정말 엉망진창이었다. 그 사람들이 내 영혼을 짓밟고 가도록 두 손을 놓고 있었다.

그런 일을 다시는 하고 싶지 않았다. 하지 않겠다고 다짐했다.

실수는 충분히 했다. 게다가 엘리는 도무지 나와 어울리지 않는다.

거기까지 생각이 미쳤을 때, 우주에는 새벽이 없다고 말하던 그의 목소리가 떠올랐다. 그 순간만 생각하면 한숨이 나왔다. 결국 강의 도중 책상에 엎드려 버렸다.

먼저 연락은 하지 않으면서 생각만 지겹도록 했다.

한 해를 사흘 남긴 저녁, 희곡 교수에게서 메일이 왔다. 리포트에 대한 상세한 평가와 함께 점수가 매겨져 있었다. 40점 만점에 40점.

메일은 그게 끝이 아니었다.

서다혜 씨의 리포트를 아주 재밌게 읽었습니다. 리포트 내용도 그렇고 질의응답을 하다 보니 서다혜 씨는 연극성과 연출에 관심이 있는 것 같더군요. 다음 달에 러시아 공연 예술 학회가 있는데 제가 바냐 삼촌을 주제로 발표할 예정입니다. 그 자리에 류태연 연출님도 오신다고 하더군요. 아실지 모르겠지만 류태연 연출은 체홉극 연출로는 해외에서도 인정받는 분입니다. 재밌는 논의가 오갈 것 같으니, 서다혜 씨도 와서 들으시면 어떨까 해서 알려 드립니다. 장소와 시간은 아래와 같습니다.

1월 11일 금요일 오후 2시. 장소는 우리 학교였다.

류태연 연출이라는 이름에 가슴이 뛰기 시작했다. 그녀는 내가 처음 보았던 '바냐 삼촌'을 연출했던 사람이자, 우리 학교 극예술 연구회의 먼 선배였다. 나는 1학년 때 공연 뒤풀이에서 그녀를 만난 적이 있었다. 공연을 보러 온 졸업생 선배들 중 그녀가 있었던 것이다. 그날 나는 처음으로 통금 시간을 어겼다. 벌을 받는 건 괴로웠지만, 후회하진 않았다. 류태연 연출과 체홉에 대한 이야기도 실컷 했고, 그녀에게서 메일로 공연 파일까지 받았던 것이다. 돌이켜 보면 정말 꿈 같은 날이었다.

학회는 당연히 가고 싶었지만, 학원을 빠져야 한다는 게 문제였다.

하루 정도는 상관없지 않을까. 류태연 연출이 보기 쉬운 사람도 아닌데.

아, 모르겠다.

일단 메일을 닫고 나빈에게 메시지부터 보내기로 했다. 그에게도 성적을 알려 줘야 하니까. 모처럼 나빈에게 메시지를 보내려니 괜히 마음이 떨렸다. 지금까지도 우리는 흔한 안부 인사 하나 없었던 것이다.

오후 7:39 [선배.]

[네!] 오후 7:39

그동안의 침묵이 무색하게 몇 초 지나지 않아 답장이 왔다.

오후 7:39 [교수님께서 리포트 점수 보내 주셨어요.]

285

[아 그 메일 저도 받았는데] 오후 7:39

오후 7:39 [아.]

그렇구나. 모든 학생에게 메일을 돌리신 거다. 내가 나빈에게 연락할 이유는 없었던 거였다.

오후 7:40 [네.]

무슨 말을 해야 할지 몰라서 그대로 메시지 창을 닫았다. 휴대폰을 책상 귀퉁이에 올려 두고 다시 모의고사를 풀려고 하는데 연달아 진동이 울리기 시작했다.

[다혜씨]
[덕분에]
[잘 나온 거 같아요!] 오후 7:40

새하얀 고양이가 내게 공손하게 인사했다. 하지만 나빈의 말은 틀렸다. 그가 열심히 했으니 그만큼 점수를 받은 것뿐이다. 그런 말을 하려고 메시지를 치는데 자꾸만 새 메시지가 왔다.

[감사해요!]
[아 그리고 다혜씨 혹시] 오후 7:41

오후 7:41 [선배.]

[네네!] 오후 7:41

오후 7:41 [저 말 좀 할게요.]

[앗]

[말씀하세요]

[저 조용히 있을게요]

[조]

[용]

[히] 오후 7:41

왜 이렇게 들떴지? 점수가 잘 나오긴 했다지만, 그렇다 쳐도 텐션이 너무 높았다.

오후 7:42 [점수는 선배가 하신 만큼 받으신 거예요.
발표도 좋았고요.]

[다혜씨 덕분이에요!!]

[그나저나 요즘 어떻게 지냈어요?] 오후 7:42

오후 7:43 [학원 다니느라 바빴어요.]

내가 무슨 슬픈 말을 한 건 같진 않은데 상자 속 고양이가 눈물을 쏟는 이모티콘이 올라왔다. 나빈의 메시지가 이어졌다.

[아무튼 전 다혜씨가 계속 연락 없어서]

[이제 진짜 저랑 연락 안 하는 줄 알고]

[그날부터 지금까지 계속 울고 있었다고요!] 오후07:43

피식 웃음이 새어 나왔다.

오후 7:44 [거짓말 좀 하지 마세요.]

[거짓말 아닌데]

[진짜 계속 울었는데] 오후 7:44

오후 7:44 [거짓말도 좀 그럴듯하게 하세요.]

[칫] 오후 7:44

토라진 고양이가 벽을 긁었다. 연락을 안 하려고 했던 건 아니었다. 그냥 용기가 없었고, 핑계가 필요했다.

[근데 곧 새해잖아요. 연말에 뭐해요?] 오후 7:44

오후 7:45 [공부해요. 리트.]

[그럼 31일 저녁에는요?] 오후 7:45

오후 7:45 [아직까지는 별 일정 없어요.]

[그럼 이브날 갔던 가게 가지 않을래요?]

[저번에 다혜씨가]

[사람들 있을 때는 가게가 어떨지 궁금하다고 한 것도 기억나고]

[이모가 들려주고 싶은 음반도 찾아뒀다고 하고] 오후 7:46

[송년회 겸? 가볍게요] 오후 7:47

오후 7:47 [갈게요.]

너무 쉽게 응했나 싶었을 때는 이미 메시지를 전송한 뒤였다. 가게 분위기가 궁금한 것도 아니었고, 음악이 궁금한 것도 아니었다.

나빈과 만나고 싶었다. 만나서 다시 얼굴을 보면 이 복잡한 마음이 정리될 것 같았다.

[네!!] 오후 7:47

　　　　　오후 7:49 [학원 마치고 마포 가면 7시쯤 될 거예요.]

[그럼 7시에 마포역 앞으로 나갈게요!] 오후 7:49

휴대폰을 닫고 다시 샤프를 잡았다. 계속 웃고 있었던 탓에 입가가 당겼다.

나빈은 약속한 시각에 나를 기다리고 있었다. 입술에 핏기가 살짝 걷힌 걸 보면 나를 이 추위 속에서 기다린 모양이었다. 시계를 확인하니 정확히 약속한 시각이었다.

"추운데 왜 미리 와 계셨어요?"

"방학이 되니 시간이 많네요."

나빈이 생글거리며 대답했다. 아침부터 저녁까지 학원 수업으로 바쁜 나로서는 그의 여유가 부러울 수밖에 없었다.

"방학은 어떻게 보내고 계세요?"

내가 물었다.

"그냥 놀았어요. 연말이라 뭐 하기도 싫고."

"방학 동안 러시아어 공부를 좀 해 둬야 학과 수업을 따라잡으실 텐데요."

"그럼 새해부터는 매일 공부할게요. 모르는 게 있으면 다혜 씨한테 물어봐도 돼요?"

"네. 제가 아는 거면 답해 드릴게요."

"그럼 모르는 거 있으면 메시지 할게요."

"좋아요, 그런데……."

나는 휴대폰을 주머니에서 꺼냈다.

"문자 좀 끊어서 보내지 마세요. 정신 사나워요."

그가 지난번에 보낸 메시지 내역을 보여 주었다. 고작 한 문장을 말하는데 네댓 번 끊어서 보내는 건 정말 너무했다. 읽기도 힘들고 진동 때문에 배터리도 아주 조금은 더 빨리 닳을 거다. 나빈은 자기가 봐도 머쓱한지 웃음을 흘렸다.

"좀 정신 없어 보이긴 하네요. 마음이 급해서 그랬어요."

"뭐가 급했어요?"

"들뜨기도 했고."

"뭐가 들떴는데요?"

"다혜 씨가 먼저 연락해 줬잖아요. 솔직히 그날 이후로 아무 연락이 없어서 진짜 이제 저 피하는 건 줄 알았거든요."

"피하려면 피하라고 한 건 선배잖아요."

"그걸 원한다는 뜻은 아니었거든요."

나빈이 불만스러운 듯 눈살을 구겼다.

"아무튼 앞으로 메시지는 차분하게 보내 볼게요."

과연 그가 이 말을 지킬 수 있을지 의심스러웠다.

펍은 저번과는 사뭇 다른 분위기였다. 그때는 가게를 고요함이 꽉 메우고 있었다면, 오늘은 떠들썩한 음성들이 재즈 음악과 하모니를 이뤘다. 테이블은 지난번에 우리가 앉았던 자리를 제외하면 모두 만석이었다.

테이블에 앉자, 은미 이모가 우리에게 다가왔다.

"다혜 왔네?"

그녀가 친근하게 인사했다. 이모는 빈 잔 두 개와 맥주 한 병을 꺼내 주었다.

"배 많이 안 고프지? 일 금방 끝내고 올게. 놀고 있어."

대답할 새도 없이 이모는 부엌으로 들어가 버렸다. 나빈은 맥주병을 땄다. 뚜껑이 열리며 경쾌한 소리가 났다.

"학원 공부는 할 만해요?"

나빈이 맥주를 따라 주며 물었다.

"재미없어요."

솔직하게 대답했다.

"학원은 어디예요?"

"신림동요."

"좀 머네요. 오가느라 힘들겠어요."

"다닐 만은 해요."

잔을 부딪치고 한 모금씩 마셨다.

"아 참, 선배한테도 희곡 교수님이 학회 와 보라고 말씀하셨어요?"

"무슨 학회요?"

"다음 달 11일에 학회가 있으니 관심 있으면 오라고 하시던데요."

"전 안 왔는데. 무슨 얘기였어요?"

나빈이 관심을 보였다.

"음, 공연 예술 쪽 학회인 거 같은데, 교수님도 발표하시고 제가 좋아하는 연출님도 오신다고 하더라고요."

"갈 거예요?"

"모르겠어요. 학원을 하루 빠져야 하니까 생각 좀 해 보려고요. 선배는 가 보실래요?"

"학회라는 거 아무나 가도 되는 건가요?"

"보통은요."

"그럼 다혜 씨가 가면 저도 같이 갈래요. 갈 거면 말씀해 주세요."

"그래요."

사실 학원 강의를 하루 빠진다고 큰일 날 건 없었다. 문제는 큰일 날 것처럼 굴 부모님이지만. 그것도 그들이 모르면 별문제는 안 되긴 한다.

속으로 이런저런 계산을 하고 있을 때 도어 벨 소리가 들렸다. 가게 문으로 키가 큰 남자 하나가 들어왔다. 나빈은 뒤를 돌아보더니 그를 향해 손을 흔들었다. 남자도 나빈을 알아본 것인지 우리 쪽으로 다가왔다.

"어, 아이돌 왔네."

남자는 인사 대신 나빈의 어깨를 툭 치며 말했다. 그는 마치 원래 일행이었던 것처럼 나빈의 옆자리에 앉았다. 긴 커트 머리의 남자는 우리보다 연상으로 보였는데, 후드 티에 청바지를 입어서인지 나이를 짐작하기 어려웠다.

"그렇게 부르지 말라니까요. 그만둔 지가 언젠데."

나빈이 눈살을 구겼다.

"내가 부르고 싶으면 부르는 거지."

남자는 나빈이 짜증을 내든 말든 신경도 쓰지 않았다. 그의 시선이 자연스럽게 내게 향했다.

"이쪽은 누구야? 난 처음 보는데."

"서다혜 씨예요. 학과 후배."

"네가 학교에서 친구도 사귀었어?"

어째서일까. 은미 이모도 그렇고 저 아저씨도 그렇고 나빈이 친구를 사귄 게 굉장히 뿌듯해 보였다. 그동안 그의 교우 관계가 어땠는지 걱정스러워지는 대목이었다.

"난 네가 친구 데려온 거 처음 봤어."

남자가 말했다.

"처음은 아니죠. 전에 형들이랑 봤잖아요."

"월로 애들? 걔네는 학교 친구는 아니잖아. 근데 너 아직 걔네랑 연락하긴 해?"

"뭐 하러 하겠어요."

나빈이 씁쓸하게 중얼거렸다.

나는 잠자코 두 사람의 이야기를 들었다. 아마 나빈의 예전 그룹 멤버들에 대해 이야기하는 듯했다. 월로? 그런 이름이었나? 좀 더 길고 복잡한 이름이었던 것 같은데. 아무리 기억해 내려 해도 도저히 그룹명이 떠오르질 않았다.

"난 이경후라고 해요. 나빈이 외삼촌이고. 아, 이거 명함."

남자는 지갑에서 명함 한 장을 꺼내서 내밀었다. 음향 감독이라는 직함이 적혀 있었다. 직업보다는 나빈의 외삼촌이라는 게 신기했다. 둘이 나이 차이가 얼마 나지 않는 건지, 아니면 삼촌이 어려 보이는 건지.

"삼촌이 명함도 있었어요?"

나빈이 신기한 듯 물었다.

"있지. 내가 내킬 때만 줘. 보통은 안 내키지만."

"감사합니다."

나는 명함을 챙겨 넣었다. 가족 소개는 남자 친구와도 해 본 적이 없는데. 아닌가. 오히려 친구라서 편하게 할 수 있는 건가.

미묘한 기분으로 고개를 드니 남자가 나를 재밌다는 듯 관찰하고 있었다. 때마침 은미 이모가 주방에서 나온 덕분에 나는 어색한 시선에서 해방될 수 있었다.

"너 왜 여기 앉아 있어? 자리가 없으면 바에 가서 앉아."

이모가 시비조로 말했다. 그녀는 테이블에 갓 튀긴 치킨과 맥주 세 병을 내려놓았다.

"짐을 저렇게 쌓아 놨는데 어떻게 앉냐?"

남자가 인상을 썼다. 남자의 말에 속으로 동의했다. 물건이 잔뜩 쌓인 공간은 이미 바가 아니라 선반에 가까웠다.

"그럼 나가든가."

이모가 받아쳤다.

"아니, 맨날 비어 있던 가게에 오늘은 뭐 이렇게 사람이 많아?"

남자가 투덜대더니 나를 향해 물었다.

"불편해요?"

"아뇨, 괜찮아요."

"얘는 경희 동생이야. 그러니까 이나빈한테는 외삼촌이지?"

은미 이모는 자연스레 내 옆자리에 앉은 후 그를 소개했다. 그제야 나는 지난번부터 이모가 경희라고 불렀던 것이 나빈의 어머니라는 사실을 알았다.

"아까 말했어. 아무튼 반가워요, 다혜 씨."

경후 삼촌이 인사했다. 나는 나란히 앉은 삼촌과 나빈을 바라보았다. 외삼촌을 닮지 않은 걸 보면 나빈은 어쩌면 아버지를 더 닮았는지도 모르겠단 생각을 했다. 이모는 내 잔과 나빈의 잔을 채워 주었다.

"누나가 애 연습실에 처음 데려왔을 때 기억나?"

경후 삼촌이 이모를 향해 물었다.

"아, 귀여웠지. 근데 넌 우리 연습 때 왜 같이 있었냐?"

은미 이모가 고개를 끄덕이며 말했다.

"놀러 간 거였지, 뭐. 그때 진짜 조그맸는데. 우리 멤버 중에 애 있는 사람이 없어서 다들 신기해서 장난쳤잖아. 그때 나빈이가 겁먹어서 숨던 거 기억나?"

"저 숨은 적 없거든요."

나빈이 미간을 찌푸렸다.

"숨었단다, 조카야."

"다혜 씨, 믿지 마요. 저 괴롭히는 거예요. 삼촌은 예전부터 저 괴롭히는 게 취미예요."

나빈이 내게 속삭였다. 하지만 아무리 생각해도 삼촌의 말이 더 그럴듯하게 들렸다.

"아, 멤버라는 건 어릴 때부터 같이 술 먹고 음악하고 그러던 친구들이에요. 뭐, 매년 연말이면 모였는데 올해는 우리 둘 빼고 다 외국에 있어서 이게 전부네."

삼촌이 뒤늦게 설명했다.

"됐어. 나빈이가 친구 데려오는 게 더 좋지. 맨날 보던 얼굴

지겹다, 지겨워."

이모는 단숨에 잔을 비우고 말했다.

술자리는 의외로 재밌었다. 처음에는 약간 부담스러운 조합이라 생각했지만, 그것도 잠시였다. 두 사람은 경쟁하듯 나빈의 어린 시절 이야기를 꺼냈다. 주로 나빈이 초등학교 저학년이던 시절의 일화였는데, 아마 그의 아버지가 세상을 떠난 후의 이야기는 일부러 피하는 것 같았다.

어쨌거나 일화 속의 어린 나빈은 귀엽고 사랑스러운 아이였다. 비록 나빈은 그 이야기를 모두 부정했지만 말이다.

그렇게 사랑스러우니 당연히 나빈의 부모님은 그를 예뻐했을 거다. 그에 비하면 나는 단 한 번도 사랑스러운 아이였던 적이 없었다. 쓴웃음이 났다. 그러려고 한 게 아닌데 요즘은 자꾸 나빈과 나를 비교하게 된다.

엘리랑 너는 너무 다른 사람이야. 결국은 서로를 이해하지 못할 거야. 그러니 더 다가가려는 생각 같은 거 하지 마.

아마 이런 말을 스스로에게 하고 싶은 모양이었다.

이야기는 나빈이 아이돌 활동을 하던 시절로 자연스럽게 넘어갔다.

"다혜 씨는 얘 공연하는 거 봤죠?"

경후 삼촌이 물었다. 왜 당연히 봤을 거라 생각하는지 모르겠지만, 나는 원래 아이돌에는 티끌만큼도 관심이 없었다. 이름만 들으면 누구나 알 법한 아이돌 그룹도 몇 명인지 몰랐고, 그룹명만 들어서는 남자들인지 여자들인지 헷갈릴 때도 있었다. 엘리도 우리 학과여서 알게 된 거지, 그게 아니면 존재조차 몰랐을 거다.

"아뇨."

"방송은?"

"본 적 없어요."

"한 번도?"

삼촌은 믿을 수 없다는 듯 다시 물었다.

엘리가 그렇게 유명했나? 학과 사람들이 늘 그를 깎아내리는 말만 들었으니 알 수가 없었다.

"네, TV를 잘 안 봐서."

"볼 필요 없어요."

나빈이 끼어들었다.

"이젠 끝난 일인데요, 뭐."

"그래도 보여 주고 싶어서 그러지. 볼래요? 나 저장한 거 있는데."

경후 삼촌은 휴대폰을 꺼냈다. 그는 당장이라도 영상을 틀기세였다. 나빈이 억지로 그의 손에서 휴대폰을 뺏었다.

"압수예요. 내가 영상 지워 버릴 거야."

나빈의 두 뺨은 침침한 조명 아래서도 눈에 띌 정도로 붉어져 있었다.

"왜? 잘했는데. 다혜 씨한테도 좀 보여 줘."

"삼촌."

나빈은 경후 삼촌을 말리려는 듯 인상을 구겼다.

"내가 지인들한테 내 조카라고 얼마나 자랑을 했는데?"

"그래서 제가 고개를 못 들고 다니잖아요."

"야, 뭐야. 너 진짜 그 영상 지웠어? 와, 너 어떻게 그걸 진짜 지울 수가 있냐?"

삼촌은 휴대폰을 다시 뺏어 확인한 후 투덜거렸다.

"어차피 뭐, 내 컴퓨터에도 있고, 메일 계정에도 있고, 외장
하드에도 있으니 상관없지."

그가 짓궂게 덧붙였다.

"나중에 보고 싶으면 거기 명함 번호로 연락해요. 내가 자
료는 다 모아 놨거든."

삼촌이 나를 향해 속닥거렸다. 나빈이 한숨을 쉬는 소리가
들렸다.

경후 삼촌은 유쾌한 사람이었다. 은미 이모 말로는 '이렇게
보여도 일은 잘하는 사람'이라고 했다. 이모와 삼촌은 내가 나
빈의 후배라는 사실만으로도 엄청난 호의를 보여 줬다. 낯설
긴 했지만 불편하진 않았다.

은미 이모는 저번처럼 자신이 연주했다는 곡을 틀었다.

"어떤 것 같아?"

이모가 눈을 빛내며 물었다.

"전 재즈는 거의 몰라요."

솔직하게 대답했다.

"그래서 물어보는 거야. 잘 모르는 사람이 듣는 게 정확한
거거든."

"왜요?"

"오염되지 않았으니까. 뭐든지 다 그래. 모르는 사람이 정
확한 거야. 알면 알수록 모르게 되지."

이모가 말했다. 나는 조금 더 음악을 듣다 입을 열었다.

"부드러운 거 같은데요."

"것 봐, 부드럽다잖아."

"그럼 음악이 다 부드럽지, 딱딱하냐?"

이모의 말에 삼촌이 삐딱하게 대꾸했다.

"아무튼."

"성격이 연주에 반영된다는 건 헛소리 중의 헛소리야. 누나 같은 사람이 부드러운 연주를 하다니."

삼촌이 혀를 찼다.

"그런데 이거 피아노는 누가 친 거예요?"

음악을 듣다 문득 궁금해져서 물었다. 자유로운 피아노 선율은 드럼과 베이스의 사운드 사이를 유영하는 듯했다. 베이스는 은미 이모가, 드럼은 나빈의 어머니가 연주했다고 했는데 피아니스트는 누구인지 말이 없었다.

대단한 질문이 아니라고 생각했는데, 테이블에 잠시 서먹한 침묵이 흘렀다. 나빈은 이상하게 이모의 눈치를 살피는 것 같았다.

"어, 있어. 건반 열심히 치는 애."

이모가 건성으로 대답했다.

싸우기라도 한 건가? 궁금했지만 눈치 없는 질문을 또 던질 수는 없었다.

"아, 저도 어릴 때 피아노 배웠거든요. 그래서 그냥 궁금해서……."

"그래? 잘 쳐요?"

삼촌이 얼른 내 말을 받았다.

"아뇨, 그냥 진짜 조금 배운 거라……."

"조금? 어느 정도?"

"지금은 전혀 못 쳐요."

그렇게 그 대화는 자연스럽게 지나갔다.

엘피판이 다 돌자, 나빈이 일어나 다른 앨범을 틀었다. 피아노로 친 'Over the rainbow'라는 곡이었다.

"매형이 이거 잘 쳤지."

삼촌은 그리운 듯 중얼거렸다. 그는 옆자리의 나빈에게 시선을 던졌다.

"너도 잘 쳤잖아."

나빈은 그 말에 아무 대꾸도 하지 않았다.

"선배 피아노 잘 치시는구나."

손을 보고 피아노 같은 걸 치지 않았을까 추측은 했었다.

"응. 잘 쳤지. 매형한테 배웠거든요."

삼촌의 말은 어쩐지 과거형이었다.

"그러게. 이나빈도 이거 잘 쳤는데."

이모가 말을 받았다.

"선배 연주 들어 보고 싶네요. 기회 되면."

맥주잔만 내려다보고 있던 나빈이 시선을 들어 나를 마주 보았다.

"그렇게 잘 치는 건 아니에요."

나빈이 어설프게 입꼬리를 올렸다.

"아, 누나, 내년에는 공연 어때?"

삼촌이 등받이에 몸을 기대며 물었다.

"누나 연주 들은 지 너무 오래됐네. 공연 안 한 지 3년 정도 됐지?"

"그 정도 됐지."

"쟤도 참 불쌍하다. 벌써 3년 넘게 방치된 거네."

삼촌은 옆의 콘트라베이스를 보며 넋두리를 했다.

"누나, 우리 내년에 공연하자. 어때?"

"싫어."

이모는 거의 반사적으로 고개를 저었다.

판이 끝나고 나빈이 엘피판을 갈아 끼웠다. 요절한 예술가의 마지막 앨범이라고 했다. 살아생전 기행으로 유명했던 사람이었다는데, 그 일화를 듣는 것만으로도 꽤 재밌었다.

"마약만 안 했으면 더 훌륭한 연주자가 됐을 거야."

삼촌이 말했다.

"아니지, 약을 안 했으면 훌륭한 연주자가 못 됐을걸?"

이모가 반박했다. 두 사람이 아무래도 좋을 문제로 입씨름을 이어 갈 때였다.

"다혜 씨."

나빈이 작게 나를 불렀다. 무슨 일인가 했더니 그가 내게 휴대폰 시계를 보여 주었다.

21:30

지금 출발해야 통금 시간을 맞출 수 있었다.

"저 죄송한데 가 봐야 할 것 같아요."

나는 외투를 챙겨 일어났다. 너무 갑자기 떠나게 되어 조금 미안했다.

"왜? 여기서 새해 안 맞고?"

이모가 물었다.

"그럼 저도 갈게요."

나빈이 나를 따라 일어섰다.

"선배는 계셔도 되는데……."

"저도 집에 일찍 들어가려고요. 다음에 봬요, 삼촌."

"뭐야, 둘이서 놀려고?"

경후 삼촌이 서운한 눈치로 물었다.

"야, 경후 너는 눈치를 어디다 두고 왔냐? 딱 보면 몰라?"

은미 이모가 인상을 썼다.

"아니거든요. 진짜 집에 갑니다."

나빈이 성가시다는 듯 자리를 빠져나왔다.

"어, 둘이 새해 잘 맞고."

"그래, 재밌게 놀아."

삼촌과 이모가 연달아 인사했다. 나빈의 말은 둘의 귀에 들리지도 않는 모양이었다. 나빈이 내게 어서 오라는 듯 손짓했다. 나는 두 사람에게 묵례하고 돌아섰다.

"지금 지하철 타면 안 늦을 거예요. 다혜 씨 집까지 바래다줄게요."

"괜찮은데……."

"여의도 갔다가 걸어서 돌아오려고요. 한 해 마무리로 산책도 할 겸."

우리는 서둘러 계단을 올라왔다. 골목에는 어둠이 자욱했다. 따뜻하고 복작이던 공간에 있다 나온 탓에 훨씬 더 춥게 느껴졌다.

"산책하기엔 춥지 않나요?"

외투를 여미며 물었다.

"걸으면 괜찮아요."

나빈의 입가에서 하얀 김이 퍼져 나왔다. 그는 진청색 목도리를 둘렀다.

우리는 빠른 걸음으로 마포역으로 향했다. 다행히 열차는 금방 왔다. 지하철 한 역 거리이니 충분히 10시 전에 도착할 것 같았다.

나빈은 손잡이를 잡고 내 옆에 섰다. 한 해의 마지막 밤이어서인지 열차 안은 비교적 한산했다.

"오늘 괜찮았어요?"

그가 물었다.

"네. 사람들이랑 어울려 본 건 오랜만이네요."

나빈은 물끄러미 나를 내려다보고 있었다. 시선이 부담스러워 고개를 숙였다.

"다혜 씨는 사람들이랑 잘 안 만나요?"

"네."

"궁금해요."

"뭐가요?"

"그냥, 다혜 씨가요."

"그런 게 왜 궁금해요?"

"관심이 가서요."

나빈은 언어 생활에 문제가 있다. 관심이라든가 데이트라든가 하는 단어를 너무 아무렇지 않게 사용한다. 그의 저런 언어 습관 때문에 눈물 흘린 여자애들이 분명 있을 거다.

그렇다고 해서 굳이 내가 그 문제를 지적해 줄 필요는 없었다. 내가 알아서 조심하면 될 일이니까.

이제 몇 시간 뒤면 해가 바뀐다. 그럼 나도 스물넷이었다.

남자의 모호한 말 한두 마디에 마음 흔들릴 시기는 지났다는
거다.

나빈과는 저번처럼 아파트 단지 입구에서 헤어졌다.

"선배는 이제 바로 귀가하시는 거예요?"

집으로 들어가는 게 내키지 않아 미적댔다.

"네, 그래야죠."

"다시 가게로 안 돌아가세요?"

"네. 그러고 싶진 않네요."

집에 가면 혼자일 텐데. 그가 혼자 새해를 맞는다는 사실이
이상하게 마음 쓰였다.

"혹시 마포까지 걸어가실 거예요?"

"그러려고요."

"추울 텐데."

"들어가요. 늦겠어요."

나빈은 시계를 확인하고 아쉬운 듯 미소를 지었다.

집에는 아무도 없었다. 휴대폰을 확인하니 시간은 9시 57분
이었다. 스위치를 누르자 어두운 거실에 불이 켜졌다. 화사한
빛이 적막한 집 안을 한층 적나라하게 드러냈다. 난방이 들어
오지 않는 대리석 바닥은 차가웠다.

아빠는 연말 행사에 참석했을 거고, 엄마는 조금 늦는 걸
까?

거실 창을 열고 밖을 내다보았다. 나빈의 모습을 찾아보려
했지만, 이미 보이지 않았다.

나빈은 지금 어디쯤 가고 있을까. 돌아가는 길, 또 그 자리

에 멈춰 서서 그곳에서 떠난 사람을 그리워하지 않을까.

외투도 벗지 않은 채 잠시 거실을 서성였다.

어쩌면 엄마도 오늘 안 들어오는 거 아닐까? 그럼 나도 좀 더 늦게 들어와도 되는 것 아닐까?

평소라면 얌전히 방에 들어가 혼자 책이나 읽었을 텐데, 아까 마신 맥주 탓인지 자꾸 엉뚱한 생각이 들었다. 망설이다 엄마에게 전화를 걸었다. 수화기를 든 손이 덜덜 떨렸다.

—이제 들어왔니?

수화기 너머 엄마 목소리가 들렸다. 나는 어렴풋이 들리는 주변 소리에 귀를 기울였다. 시끌벅적한 소음. 밖인 게 분명했다.

"학원 마치고 자습실에서 공부하다가 아까 들어 왔어요. 근데 집에 아무도 안 계셔서요."

거짓말이 술술 흘러나왔다.

—어떡하지, 우리 딸. 엄마는 오늘 아빠 지역구 행사에 같이 왔어. 내일 아침도 신년 행사가 있어서 오늘은 못 들어가겠네?

엄마는 아빠의 아내로 살기보단 변호사로 살고 싶어 하는 사람이었다. 그래서 부인을 대동할 만한 행사가 있어도 굳이 얼굴을 비추지 않았다. 내가 기억하기론 신년 행사에 참석한 것도 손에 꼽았다. 올해 참석한 것도 아빠를 위해서가 아니라 자신의 앞날을 위해 인맥을 넓히려는 의도일 것이다.

엄마의 그런 면을 존경했지만, 도저히 사랑할 수는 없는 사람이었다. 존경받아 마땅한 장수영 변호사와 내 뺨을 후려치는 엄마가 같은 사람이라는 게 나를 언제나 혼란스럽게 했다.

―오늘 혼자 있을 수 있겠어?

그녀가 다정한 목소리로 물었다. 무슨 소린지 모르겠다. 나는 언제나 혼자 있었는데.

"네. 조심히 올라오세요."

전화를 끊고 나자 긴장이 탁 풀렸다. 나는 벗었던 코트를 다시 입었다. 오늘은 연말이니 근처에서 아빠의 보좌관이나 비서를 마주칠 일도 없었다.

다시 말해, 나빈과 새해를 맞아도 좋다는 뜻이었다.

휴대폰을 꺼내 그에게 메시지를 보냈다.

오후 10:07 [선배, 지금 어디예요?]

어째서일까, 그는 메시지를 10분 넘게 확인하지 않았다.

올해는 이제 두 시간도 남지 않았는데.

멍하니 답장을 기다리고 있을 수는 없었다. 나는 다시 집을 나섰다. 걸어가며 몇 번이나 휴대폰을 확인했지만, 나빈은 여전히 메시지를 보지 않았다.

편의점에 들러 손이 델 정도로 뜨거운 캔 커피 두 개와 핫팩 네 개를 샀다. 커피와 핫팩을 넣고 나니 주머니가 묵직했다.

연말인 탓인지 도로에는 차가 많지 않았다. 덕분에 강바람은 한층 더 쌀쌀하게 느껴졌다. 속도위반이 분명한 차 한 대가 쌩 소리를 내며 지나갔다. 몸이 저절로 부르르 떨렸다.

추위를 뚫고 부단히 걸었다.

갔는데, 만약 선배가 없으면? 다시 집으로 돌아와야 하나?

그럼 그냥 혼자 캔 커피를 마시며 새해를 그곳에서 맞고 오

자. 그것도 나쁘지 않을 것 같다.

있으면?

있으면 캔 커피를 나눠 마시며 함께 새해를 맞으면 되는 거고.

걸어가는 동안에는 그게 상당히 괜찮은 계획처럼 느껴졌다.

너무 서두른 탓일까, 심장이 점점 더 빠르게 뛰기 시작했다. 호흡을 가다듬으려 깊게 숨을 들이쉬었다. 목구멍을 얼릴 듯한 한풍도 마음을 진정시키지는 못했다.

저 멀리 언뜻 사람의 모습이 보였다.

이렇게 멀리 있는데도 알아볼 수 있었다.

희미한 빛과 어둠을 뒤집어쓰고, 강풍에 찢겨 버린 우산처럼 아슬아슬하게 나부끼고 있는 남자.

엘리였다.

발걸음 소리를 죽이고 한 걸음 한 걸음 그에게 다가갔다. 그러다 그의 옆얼굴이 뚜렷이 보일 거리에서 우뚝 멈춰 섰다. 가로등 빛이 그의 언 뺨을 타고 흐르고 있었다. 달무리 같은 것이 그 주변을 감싼 듯한 착시가 일었다.

더 이상 다가갈 수가 없었다.

지금의 엘리는 이 세상 사람이 아닌 듯 너무 아름다웠다. 한겨울, 아침에 일어났을 때 온 세상을 뒤덮은 폭설의 반짝임처럼.

그래서 그 옆모습은 내게 불시에 날아온 통보 같았다.

애초에 내가 다다를 수 없는 사람이라는 걸 기습적으로 확인받은 것이다.

혼자 무슨 착각을 한 걸까.

엘리가 조금은 나를 특별하게 여길지도 모른다고?

어쩌면 우리 사이에 어떤 기류가 있을지도 모른다고?

어두운 공간에서 나눈 웃음과 술잔과 음악이 나를 망상으로 몰아넣은 것이다. 애초에 저런 사람의 눈에 내가 들어올 리가 없는데.

본심을 자각하는 순간 부끄러움이 몰려왔다.

역시 이건 아닌 것 같아. 창피해. 고등학생처럼 들떠서는.

조용히 돌아서려는 순간 나빈이 고개를 돌렸다.

나를 알아보았을까.

"다혜 씨?"

나는 처음 그가 내 이름을 불렀던 순간처럼 흠칫했다.

"다혜 씨, 무슨 일 있어요?"

그는 걱정스러운 얼굴로 내게 다가왔다.

"무슨 일 있어서 나온 거 아니죠?"

"오늘 부모님이 늦게 오신대서요."

나쁜 짓을 들킨 것처럼 심장이 거세게 뛰었다.

"메시지는 왜 확인 안 하세요?"

"메시지요?"

나빈은 휴대폰을 꺼냈다. 손이 얼어 터치가 되지 않는지 몇 번 같은 자리를 눌렀다.

"아······. 미안. 걸어오느라 못 봤어요."

그는 정말 미안한 듯 말했다.

"근데 다혜 씨는 여기 왜······."

이제 내가 변명할 차례였다. 이미 걸어오면서 그에게 구구절절 늘어놓을 말들을 준비해 뒀다.

결코 그에게 어떤 마음이 있어서가 아니고, 우리 사이가 그렇게 특별한 것도 아니지만, 그냥 발걸음이 이끄는 대로 오다 보니 여기까지 온 것뿐이라고.

하지만 정작 내 입에서는 생각지도 못한 말이 흘러나갔다.

"선배, 우리 카운트다운해요."

"카운트다운요?"

"새해 카운트다운."

"둘이서요?"

나빈의 입가에 미묘한 미소가 번졌다.

"그럼 저희 집에 아무도 없는데……."

나빈은 무언가를 말하려다 멈칫했다. 뒷말이 뭔지 짐작하고도 남았다.

"아무도 없어서 좀 곤란하겠네요."

그가 어색하게 웃었다. 하긴 우리 사이가 서로 집에 초대할 정도는 아니었다.

"선배가 부담스러우시면 여기서 할까요?"

"여기서요?"

"네, 여기서요. 오늘은 지난주보다 날도 좀 풀린 것 같고요."

"그렇긴 한데."

"선배 마음대로 하세요. 전 어디든 좋으니까."

"춥지 않겠어요?"

"전 괜찮아요. 선배는요?"

"다혜 씨만 괜찮다면 저도 괜찮아요."

"이거 받으세요."

나는 주머니에서 캔 커피와 핫팩을 꺼냈다. 캔 커피는 아직 뜨거웠다.

"아, 고마워요."

나빈은 캔을 받아 가로등 불빛에 비춰 보았다.

"블랙이네요."

"네."

"블랙은 괜찮은 거였어요?"

"네. 원래 우유나 설탕 들어간 커피는 잘 안 마셔요. 자판기 커피 빼고."

"그럼 말을 해 주지."

"저한테 물어보고 사 오신 것도 아니잖아요."

"아, 그랬지……."

나빈은 목도리를 풀다 멈칫했다.

"다혜 씨는 목도리 싫어한다고 했죠?"

"네. 갑갑해서 못 해요."

"음……. 한 시간 가까이 남았네요."

그는 야상 주머니에서 휴대폰을 꺼내 시간을 확인한 후 겉옷을 벗었다.

"미쳤어요?"

경악해서 외쳤다.

"춥잖아요."

나빈은 내 어깨에 야상을 덮어 주었다. 겨울옷이라 묵직했다. 옷에 묻어 있던 그의 체온이 등을 따뜻하게 데웠다. 그가 덮어 준 건 몸인데 이상하게 얼굴이 더 뜨거웠다. 옷에서 희미하게 세제 냄새 비슷한 것이 올라왔다.

"자정까진 아직 한 시간도 넘게 남았어요. 감기 걸려요."

"선배는요?"

나는 나빈의 옷차림을 훑어보았다. 두꺼운 후드 티에 청바지는 나름대로 따뜻해 보이긴 했지만, 이 날씨에는 턱없이 부족했다.

"핫팩이면 돼요."

그가 태연하게 대답했다. 조금 철없어 보이는 미소였다.

"감기 걸릴 텐데요."

"그럼 감기약 먹죠, 뭐."

그는 핫팩을 뜯었다.

"그래도 여기가 저 아래보단 덜 춥잖아요."

나빈이 농담 같지 않은 농담을 덧붙였다. 우리는 벤치에 앉아 난간 너머를 바라보았다.

"그리고 전 이 바람이 익숙해요."

바람이 그의 말에 응답이라도 하듯 우리의 머리칼을 쓸어넘겼다.

"항상 여기에 왔어요. 매일같이……."

나빈이 중얼거렸다. 나는 무언가에 홀린 듯 그의 소매를 잡았다. 그가 나를 언뜻 돌아보았다. 슬픈 듯도 그리운 듯도 한 미소가 입가에 맺혀 있었다.

그날도 그는 저런 얼굴로 새하얀 국화꽃을 던졌다.

용기 내서 말을 꺼냈다.

"선배. 혹시 여기, 선배 아버지가……."

그런데 나빈은 고개를 저었다.

"아뇨."

그는 첫마디를 뗀 후 한참이나 말을 잇지 못했다. 목소리가 나오기 전에 눈물이 먼저 방울져 흘러내렸다. 그는 내게 눈물을 들키는 게 겁이 나는 듯 얼른 닦아 버렸다.

나빈은 목을 몇 번 가다듬더니 다시 차분한 음성으로 입을 열었다.

"저 다혜 씨한테 이야기 안 한 것들이 많아요."

"네?"

"감추려고 한 건 아니에요. 그냥, 보통은 누구에게도 잘 얘기 안 해요."

"선배가 저한테 일일이 말해 줄 필요도 없는데요, 뭐."

나빈이 나에게 무엇을 숨겼든 큰 문제는 아니었다. 어차피 우리가 이 정도 친분을 쌓는 건 내 예상에 없던 일이었다.

"처음에는 다혜 씨가 저에 대해 알고 있을 줄 알았어요. 다른 사람들처럼."

"어……. 아이돌엔 관심이 없으니까요?"

"다혜 씨는……."

나빈은 시선을 내리깔았다.

"제 이야기 듣고 싶어요?"

"네."

내 답을 듣고도 나빈은 한참을 망설였다.

"차라리 처음부터 이야기하는 게 낫겠네요."

그가 혼잣말처럼 말했다.

"아마 눈치챘을 수도 있겠지만……."

그때까지도 나는 나빈이 무슨 이야기를 하려는지 전혀 감을 잡지 못하고 있었다.

"저 친아들이 아니에요."

"네?"

나는 나빈의 말을 곧바로 이해하지 못하고 되물어 버렸다. 나빈은 그런 반응이 별로 껄끄럽지 않은지 눈웃음을 지으며 다시 말했다.

"입양된 거예요."

그 순간은 추위조차 멎어 버린 것 같았다. 새해를 한 시간 앞둔 12월 31일 밤이었다.

나빈이 입양된 것은 일곱 살 때의 일이었다. 나이를 먹을수록 아이들은 입양될 확률이 낮아진다. 일곱 살의 나빈은 그런 사실을 너무 잘 알고 있었고, 그래서 한 해 전부터는 크리스마스 때마다 가족을 선물 받고 싶다고 기도하는 것도 그만두었다.

그의 생부모는 그가 두세 살일 무렵 떠났다고 했다. 다행인지 불행인지 그는 그들에 대한 기억이 아무것도 없었다.

보통은 세 살가량만 되어도 입양은 힘들기에, 짧게 위탁 가정을 거쳐 곧바로 시설로 들어왔을 거라 나빈은 덧붙였다.

그러던 일곱 살 겨울, 그를 입양하겠다는 사람들이 나타났다. 그 말을 들은 나빈은 처음에는 의심했고, 잠시 후에는 겁을 먹었다.

"예전부터 여기 계속 후원해 주신 분이야. 좋은 분이야."

직원 중 하나가 나빈을 달래듯 말했다. 나빈은 그 말뜻을 명확히 이해하지는 못했다.

직원은 그를 상담실로 데려갔다. 그곳은 주로 아이들이 사고를 치면 상담을 하는 공간으로, 낡은 나무 의자 네 개와 작은 탁자가 놓여 있는 방이었다.

그곳에서 나빈은 자신의 부모님을 처음으로 만났다.

"왔네."

젊은 여자는 그를 보자마자 환하게 미소 지었다.

"우리 사진 찍을까?"

그것이 그녀가 건넨 첫마디였다.

그때 이후로 나빈에게는 가족이라는 것이 생겼다. 다행히 엄마와 아빠는 한결같이 그에게 다정했다. 서울 외곽의 집에는 나빈의 방도 있었고, 항상 맛있는 간식도 준비되어 있었다.

얌전히 굴어야 해. 착하게 있어야 해.

나빈은 속으로 내내 다짐했다. 그가 움츠러들어 있단 것을 알아챘는지 두 사람은 아이를 안심시켜 주려 무던히 애를 썼다.

지금 생각하면 정말 말도 안 될 정도로 큰 애정을 받았다고 나빈이 덧붙였다.

엄마와 아빠는 모두 음악가였다. 그래선지 집에는 악기들이 많았다. 학교에 입학하기 전 몇 개월간 나빈은 집에서 부모님과 시간을 보냈다. 나빈은 아빠에게서 처음 피아노를 배웠고, 엄마의 드럼 스틱을 가지고 곧잘 장난도 치게 되었다.

나빈은 엄마의 공연이나 연습에도 자주 따라갔다. 처음 연습에 따라갔을 때 은미 이모와 경후 삼촌도 만났다. 다들 나빈을 귀여워했다. 귀엽다는 이유로 괴롭히기는 했지만 말이다.

그렇지만 모두가 나빈의 존재를 환영한 것은 아니었다. 아빠의 부모님, 그러니까 할머니와 할아버지는 나빈을 반기지 않았다. 부모님과 함께 할머니 댁에 갔던 날이었다.

"아무리 그래도 제 배로 낳은 새끼만은 못해. 제 자식이 없으니 모르는 거지."

"개새끼도 아니고 사람 새끼를 왜 주워다 길러?"

할머니와 할아버지가 연달아 이런 말을 꺼내자 숨 막히는 정적이 감돌았다. 나빈은 안절부절못하고 손만 꼼지락대고 있었다.

"그런 말씀 절대 안 하시겠다고 약속하셨잖아요."

아빠는 딱딱하게 대꾸하고 나빈의 밥그릇을 흘깃 보았다. 아까 발라 주었던 생선도 그대로 남아 있었다.

"나빈아, 나가서 아빠가 피자 사 줄게. 나가자."

나빈이 뭐라 대답하기도 전에 아빠는 그를 안아 들고 집을 나와 버렸다.

돌아오는 차 안에서 나빈은 평소보다 훨씬 말이 없었다. 옆자리에 앉아 있던 엄마는 나빈의 기분을 알아챈 건지 그를 가볍게 끌어안았다.

"나빈아, 할머니랑 할아버지는 나빈이를 싫어하시는 게 아니야. 엄마를 싫어하는 거지."

뜻밖의 말에 나빈은 놀라 엄마를 쳐다보았다. 그가 아는 한 엄마는 언제나 착한 사람이었다. 쾌활했고, 무대 위에선 반짝반짝 빛이 났다. 누군가 그녀를 싫어할 수 있다는 게 이해되지 않았다.

"두 분은 엄마가 뭘 하든 싫어하시거든."

"애한테 무슨 말을 하는 거예요?"

운전대를 잡고 있던 아빠가 끼어들었다.

"그럼 자기가 두 분한테 좀 더 잘 말해 보든가."

엄마가 말했다. 남들 앞에선 좀처럼 싫은 소리를 하지 않는 엄마였지만, 아빠 앞에서는 종종 토라졌다. 그리고 나빈은 그때마다 아빠가 져 주는 모습을 봤다.

"저번에 내가 그렇게 얘기를 해 뒀는데……. 미안해요. 진짜 그러실 줄은 몰랐어요."

아빠는 핸들에 턱을 괴고 한숨을 내쉬었다.

"됐어, 자기도 이런 상황은 예상 못 한 거잖아. 나도 식사 자리에서 그렇게 말씀하실 줄은 생각도 못 했고."

"미안해요, 진짜……."

아빠가 괴롭게 중얼거렸다. 차 안의 분위기가 더 가라앉았다.

"나 말고 나빈이한테 미안해야지."

"저 괜찮아요."

나빈이 시선을 내리고 말했다.

"아니야, 나빈아. 아빠가 너무 미안해. 네가 그런 말을 들으면 안 되는 건데……."

아빠는 계속해서 미안하다는 말을 했다.

"미안하면 아빠가 맛있는 피자 사 줘야겠다, 그치? 나빈이 피자 좋지?"

엄마가 나빈을 끌어안으며 웃었다.

"네, 좋아요."

"신나지?"

"네."

아빠는 백미러에 비친 나빈을 향해 눈웃음을 보냈다.

"걱정 마, 나빈아. 아빠가 조만간 가서 제대로 말해 둘게. 내가 울고불고 조르면 무조건 들어주시거든."

"그래, 두 분은 막내아들한테는 깜빡 죽는 분들이니까. 할머니와 할아버지는 정말이지 너희 아빠를 많이 사랑하시거든."

엄마가 거들었다.

"우리가 너를 사랑하는 것처럼 말이야."

그녀의 입가에 부드러운 미소가 번졌다.

3월이 되어 나빈은 근처 학교에 입학하게 되었다. 그의 부모님은 전학이 아니라 입학이니 나빈이 학교에 무리 없이 적응하리라 생각한 모양이었지만, 현실은 그렇지가 않았다.

나빈이 다닌 학교는 근처 아파트 단지의 아이들이 모이는 곳이었다. 좁고 오래된 동네였다. 그리고 비교적 조용한 그 동네에서 나빈의 부모님은 상당히 눈에 띄는 존재였다. 젊은 뮤지션 부부가 아이 하나를 데려왔다는 사실이 입소문을 타고 퍼졌다.

까닭에 반 아이들도 나빈이 그들과 다르다는 것을 알게 되었다.

우리 엄마한테 들었는데 나빈이는 주워 온 거래.

그럼 너희 가족은 가짜네?

진짜 엄마는 어디 갔어?

악의 없는 말들이 그의 가슴을 관통하고 지나갔다.

나빈은 눈물 젖은 얼굴로 현관에 들어섰다.

"학교에서 무슨 일 있었어? 누가 괴롭혔니?"

엄마가 뛰쳐나와 물었지만, 나빈은 고개만 저었다.

"아무 일도 없었어요."

나빈이 간신히 중얼거렸다. 그 말을 듣고 그의 부모는 오히려 무슨 일이 있었다는 걸 짐작한 듯했다.

"있어 봐. 전화하고 올게."

엄마는 아빠에게 나빈을 맡겨 두고 학교에 전화를 걸었다. 엄마가 무언가 심각한 목소리로 통화를 하는 동안 아빠는 그를 씻겨 주고 간식을 챙겨 주었다. 하지만 나빈은 조금 우물거리다 포크를 놓았다.

곧 엄마가 통화를 마치고 다가왔다.

"무슨 일이래요?"

나빈이 먹기 좋게 빵을 자르고 있던 아빠가 걱정스럽게 물었다.

"잠깐만 이야기 좀 해."

엄마가 아빠를 데리고 잠시 옆방으로 갔다.

어떡하지. 착한 아이로 지내려고 했는데.

아이들 말이 옳았다. 그는 이 집의 진짜 아들이 아니었다. 그러니까 언제든 버림받을 수 있었다. 그러니까 더 잘했어야 하는데…….

방문이 열리는 소리에 나빈은 어깨를 움찔했다. 무서웠다.

엄마는 나빈이 건드리지도 않은 빵을 보고 아빠의 팔을 툭 쳤다.

"오늘 간식은 나빈이 마음에 안 드나 봐. 그러니까 내가 초코 크림으로 사자니까."

"나빈이는 생크림도 좋아해요."

아빠는 웃으며 나빈을 향해 팔을 뻗었다.

"아들, 이리 와."

나빈은 일어나 쭈뼛쭈뼛 그에게 다가갔다. 아빠는 그를 안아 들더니 전자 피아노로 향했다. 그는 나빈을 무릎 위에 앉혀 두고, 아이의 검지로 건반 하나를 짚게 했다.

맑은 피아노 음이 울렸다.

"이제 이게 무슨 음인지 알지?"

"도."

나빈이 작게 대답했다.

"그래."

그는 이번에는 아이의 약지를 잡고 같은 건반을 눌렀다.

"이건?"

"도……."

나빈은 아빠가 왜 이런 걸 묻는지 몰라 자신 없이 대답했다.

"그치? 똑같은 음이지?"

"네."

"검지로 치나, 약지로 치나 똑같은 음이잖아."

"네."

"이거랑 같은 거야."

"뭐가요?"

나빈은 의아한 듯 그를 올려다보았다.

"나빈아, 잘 들어 봐. 나빈이가 우리한테 어떻게 왔든, 그건 중요하지 않아. 중요한 건 우리가 다른 사람들과 똑같은 가족이란 거야. 검지로 칠 때랑 약지로 칠 때랑 음이 달라졌어?"

나빈은 고개를 저었다.

"그것 봐. 방법은 중요하지 않다니까. 중요한 건 우리가 진짜 가족이라는 거지."

"진짜 가족이요?"

"그럼. 나빈이는 아빠 말 믿잖아."

"네."

나빈의 대답에 아빠의 얼굴에 환한 미소가 퍼져 나갔다.

"모처럼 앉았으니 피아노 조금 칠까?"

나빈은 고개를 끄덕였다. 아빠는 그날 나빈이 학교에서의 일을 잊을 때까지 함께 놀아 주었다. 엄마는 두 사람이 피아노 연습을 하는 것을 지켜보다 갑자기 웃었다.

"왜 웃어요?"

아빠가 손을 멈추고 물었다.

"아니, 내가 결혼은 잘했다 싶어서."

엄마가 대답했다.

"그걸 이제 알았어요?"

"그러게. 이제 알았네."

둘은 서로 농담을 주고받으며 마주 웃었다.

얼마 지나지 않아 나빈의 가족은 마포로 갑작스럽게 이사했다. 나빈도 새로운 학교로 전학하게 되었다.

엄마는 나빈이 시설에 있었던 것이 나쁜 건 아니지만 굳이 다른 아이들에게 말하지는 말라고 당부했다. 사람이라는 건 원래 이해심이 적다고도 했다. 나빈은 그 말을 따랐다. 자연히 그의 과거를 아는 사람은 없어졌고, 호기심 어린 괴롭힘도 사라겼다.

그 시절이 자신의 생애에서 가장 행복한 시기였다고 나빈은
말했다. 그 행복한 시기로 돌아갈 수만 있다면 무엇이든 할 거
라고.

아홉 살의 여름이었다. 비가 오던 밤, 나빈은 열을 앓았다.
예상치 못한 여름 감기였다. 주말이라 병원은 열지 않았고, 아
이를 위해 준비된 약도 다 떨어졌다.

아빠는 더 늦기 전에 약을 사 오겠다며 나갔다.

잠시 후 그에게서 전화가 왔다.

—약국이 닫았네요.

수화기 너머 아빠의 목소리가 들렸다.

"아, 10시니까……."

엄마는 시계를 확인했다.

—근처에 큰 약국은 아직 열었을 거 같거든요. 어딘지 알
죠? 번화가 쪽에.

"거기까지?"

—더 늦으면 거기도 닫을 거 같아서요. 금방 다녀올게요.

나빈은 눈을 뜨고 통화하는 엄마의 모습을 바라보았다.

"아, 나빈이도 통화하고 싶어? 잠깐만. 바꿔 줄게."

엄마는 나빈에게 수화기를 대 주었다.

"아빠."

—나빈아, 많이 아파?

"많이는 아니에요."

—조금만 기다려. 금방 약 사서 갈게. 빨리 나아서 우리 바
닷가 가야지.

"네."

—응, 이따 봐.

그게 아빠와 나눈 마지막 대화였다.

그날 밤 나빈의 세상은 완전히 뒤집혔다. 다시는 이전으로 돌아갈 수 없게 되었다.

교통사고였다. 마주 오던 차가 갑자기 중앙선을 넘었다. 빗길에 미끄러진 차는 그대로 운전석을 덮쳤다. 병원으로 이송했지만 손쓸 틈이 없었다. 상대 운전자와 나빈의 아버지 모두 사망했다. 경찰은 원인 불명의 사고로 결론지었다.

그래서 뭐? 달라지는 것은 없었다.

나빈은 그때 일을 잘 기억하지 못한다고 했다. 그의 머릿속에는 단편적인 기억들만 드문드문 남아 있었다.

장례식장에는 많은 사람들이 오갔다. 이모와 삼촌이 사흘 내내 자리를 지켰다.

그리고 할아버지와 할머니도 왔다. 할머니는 영정 앞에서 울부짖듯 통곡했다. 그녀는 충혈된 눈으로 구석에 웅크리고 있던 나빈을 노려보았다.

"저것만…… 저것만 아니었어도……. 내 아들은 멀쩡히 살아 있을 건데!"

노인이 아이를 손가락질하며 외쳤다.

"어머니!"

엄마가 나빈의 앞을 막아섰다.

"네년도 똑같아! 네년이 데리고 왔잖아! 너희만 아니었어도 재환이는……. 우리 아들은……!"

"내가 이럴 줄 알았다. 이럴 줄 알았어. 그래서 처음부터 저 자식을 데려오지 말라고 한 건데…….”

할머니는 쉴 새 없이 소리를 질렀고 할아버지는 낮게 한숨을 내쉬었다.

“애는 아무 잘못 없어요!”

엄마의 외침은 거의 비명 같았다. 나빈은 소리 없이 울기 시작했다.

“아니, 저것 때문이야. 저 재수 없는 게 재환이를 죽인 거야. 사고도 다 저것 때문에 난 거고!”

할머니 말이 맞아.

나빈은 속으로 말했다.

아빠가 사고가 난 건 다 나 때문이야.

내가 그날 아팠기 때문이야.

나만 없었어도 그런 일은 없었어.

“그런 말씀 좀 그만하세요!”

엄마는 참지 못하고 할머니의 어깨를 밀쳤다.

“부모 일찍 여읜 게 불쌍해서 며느리로 거둬 줬더니…….”

할머니의 손이 파들파들 떨렸다.

“경희, 너도 저 자식 때문에 불행해질 거다. 너도 결국 다 저 자식 때문에 신세를 망칠 거야. 너는 재환이처럼 안 될 거 같냐?”

할아버지가 저주 같은 말을 퍼부었다.

“사돈 어르신. 여기 장례식장입니다.”

달려온 경후 삼촌이 엄마와 조부모 사이를 갈라놓았다.

“그만 좀 하세요. 여기서 안 괴로운 사람이 있습니까?”

그런 차분한 말은 자식을 잃은 부모의 귀에 들리지 않았다.

사람들은 누구의 잘못도 아닌 불행 앞에서 억지로 탓할 상대를 찾아내는 거 같아요. 그러지 않으면 견디질 못하는 거겠죠. 그 순간 희생양이 되는 것은 보통 작고 약한 존재고요. 그 상대의 마음에는 영원한 상처가 남을 텐데.

내 말에 나빈은 웃어 보려는 듯 입가를 움찔했지만 끝내 웃지 못했다.

그들이 진심으로 나빈이 불운을 가져왔다고 생각했는지 알 길은 없다. 그러나 슬픔과 분노에 압도당한 말들이 그곳의 모두에게 끔찍한 상처를 남겼다는 것만은 자명했다.

폭언은 공습처럼 계속 쏟아졌고, 결국 은미 이모가 다가와 나빈을 끌어냈다. 멍하니 이모 손을 잡고 걸어가는 나빈의 뒤로 욕설과 저주가 이어졌다.

이건 전부 나 때문이라고, 아홉 살의 나빈은 생각했다.

어쩌면 엄마는 이제 날 버릴지도 모른다.

나빈은 그런 각오까지 했다. 아빠가 죽은 건 그의 탓이니까, 그를 더 이상 키울 수 없을 거라고.

그의 예상과 달리 엄마는 나빈을 파양하지 않았다. 엄마는 예전처럼 다정했다. 나빈의 앞에서는 미소도 지어 보이곤 했다. 하지만 나빈은 엄마가 혼자 방에 들어가 울곤 한다는 걸 잘 알고 있었다.

일주일에 한두 번 삼촌이 와서 엄마와 나빈을 챙겼다. 삼촌은 최대한 자주 들르려고 했지만, 일 때문에 전국을 돌아다녀야 해서 매일 그들 곁에 있을 수는 없었다. 삼촌이 없을 땐 은미 이모가 놀러 왔다.

하지만 아빠의 빈자리는 누구도 채울 수 없었다. 채울 수 없다고 생각했다.

1년 뒤 엄마가 다른 남자를 데려오기 전까지는.

그 남자는 아빠의 피아노 의자에 앉아 나빈에게 인사했다. 남자도 아빠처럼 피아노를 잘 쳤다. 그래도 결코 아빠는 아니었다. 그 자리는 채워졌어도 여전히 빈자리였다.

곧 그 남자는 엄마의 두 번째 남편이 되었다.

나빈은 그 남자와 둘이서 집에 있는 게 싫었다. 엄마가 없을 때면 남자는 나빈을 '짭'이라고 불렀다.

"야, 짭. 너 재환 선배는 아빠라고 불렀다면서 난 왜 아빠라고 안 부르냐?"

남자가 이죽거렸다. 나빈은 못 들은 척 방으로 들어갔다. 나빈의 등에 대고 남자는 짜증 난 듯 고함을 질렀다.

"네가 진짜 이재환 아들이라도 되는 거 같아?"

나빈은 남자의 행동에 대해 엄마에게 한마디도 이르지 않았다. 엄마가 행복했으면 했다. 아빠가 살아 있을 때처럼 다시 웃어 주었으면 했다.

그의 노력에도 불구하고 엄마는 이전만큼 행복해 보이지는 않았다. 열두 살 무렵부터 나빈은 예전에 아빠가 했던 행동들을 흉내 내기 시작했다. 일찍 일어나 아침을 준비했고, 엄마가 우울할 때면 피아노를 쳤다. 그리고 공연을 마칠 시간이면 엄마를 데리러 갔다. 나빈이 마중 나가지 않으면 그녀는 술에 취해 길에서 잠들어 버리곤 했기 때문에 반드시 가야 했다.

그때 이미 엄마의 결혼 생활은 엉망이었다. 술만 마시면 전남편을 찾는 여자를 이해할 만큼의 인내심이 그 남자에게는 없었던 것이다. 둘은 자주 싸웠고, 남자는 죽은 사람을 욕했다. 그는 점점 노골적으로 죽은 사람을 질투하고 미워했다.

갈 곳을 잃은 증오는 모두 나빈에게 투영되었다. 엄마 앞에서는 결코 티를 내는 일이 없었지만 뒤에서는 비열한 괴롭힘이 이어졌다. 나빈은 참았다. 자신 때문에 엄마가 인생에서 또 무언가를 잃는 게 싫었다.

엄마는 얼마 못 가 다른 남자들을 만나기 시작했다. 나빈은 엄마가 여러 남자들을 만난다는 사실을 어떻게 받아들여야 할지 몰랐다.

그 사실을 알았을 때 그는 겨우 열세 살이었다.

결국 그는 침묵을 택했다. 그저 그녀가 행복하기만을 바랐으므로.

지금 생각하면 엄마는 늪에 빠져 있었던 거예요, 나빈이 씁쓸히 중얼거렸다.

빠져나오려고 허우적댈수록 아래로 잠겨 들어가는 늪.

살고 싶은데 살 방법을 잊어버린 사람처럼 말이에요. 그리고 나는 그 모습을 두 손 놓고 지켜보고만 있었어.

그 무렵 나빈은 최 대표를 만났다.

엄마의 공연이 끝나길 기다리며 근처를 서성이던 중이었다. 나빈은 낯선 남자가 자신을 관찰하고 있다는 사실을 눈치챘다. 뿔테 안경을 쓰고 넥타이 없는 정장을 입은 남자였다.

"몇 살이니?"

남자가 다가와 물었다.

"이 근처 살아?"

나빈이 경계하는 것을 알았는지 남자는 음성을 누그러뜨렸다.

"이상한 사람 아니야."

남자가 부드럽게 미소 지었다. 지나다니는 사람이 많은 길이었다. 특별히 나빈에게 나쁜 짓을 할 것 같지는 않았다.

"이 근처 안 살아요. 엄마 공연 마치는 거 기다리는 거예요."

"엄마 공연?"

"저쪽 공연장이요."

나빈이 손가락으로 공연장을 가리켰다. 그러자 남자는 신기하게도 곧바로 나빈이 누군지 알아보았다.

"그럼 네가 이경희 씨 아들이니?"

"우리 엄마 아세요?"

나빈의 반응에 남자의 표정이 밝아졌다.

"아주 잘 알지. 경희 씨 참 멋있는 여자야. 실력 끝내주잖아. 엄마 공연 자주 봤니?"

"네. 연습도요."

"너는 엄마처럼 음악 해 볼 생각 없어?"

"네?"

"이게 아저씨 명함이거든. 생각 있으면 연락해. 그리고 엄마한테도 조만간 찾아뵙는다고 하고. 알겠지?"

남자는 명함 한 장을 주고 갔다. 엔터테인먼트 회사의 명함이었다. 대표라는 직함과 낯선 이름이 박혀 있었다. 공연을 마치고 나온 엄마에게 나빈은 받았던 명함을 전해 주었다.

"모르는 아저씨가 이거 주고 가셨어요. 엄마를 아는 것 같앗어요."

"뭐 다른 말은 안 했어?"

"음악 해 볼 생각 없냐고 하셨어요."

"음악?"

엄마는 굳은 얼굴로 명함을 집어넣었다.

며칠 지나지 않아 최 대표는 정말 나빈의 집을 찾아왔다. 엄마는 그와 식탁에 마주 앉았다. 나빈은 두 사람이 마실 커피를 타 왔다. 최 대표의 눈이 집요하게 나빈의 모습을 훑었다.

"남의 애 좀 그렇게 기분 나쁜 눈으로 보지 마세요, 선배."

엄마는 최 대표와 정말로 아는 사이인 듯했다.

"이름이 뭐야? 그때 이름도 못 물어봤네."

최 대표가 서글서글하게 웃으며 나빈에게 의자를 빼 주었다. 앉으라는 뜻이었다.

"이나빈이요."

나빈은 눈치를 살피다 의자에 앉았다.

"저번에 질문한 거 생각해 봤어? 음악 하고 싶냐고."

"생각 안 해 봤어요."

나빈이 솔직하게 대답했다.

"선배, 음악이라는 게……."

"우리 회사에서 보이 그룹을 키울 거야. 음, 지금 모인 애들이 나빈이보다 두세 살 많긴 한데 애들 다 착하고 재능 있어. 이제 나빈이가 마지막 한 조각이 되는 거지. 안 믿겨? 얘는 스타가 될 거야. 내가 책임지고 그렇게 키울게."

"선배, 참 장사꾼 다 됐네요."

"경희 씨 생각에는 나빈이가 못할 것 같아?"

"나빈이는······."

엄마는 잠시 머뭇거렸다.

"나빈이는 자기가 원하는 일이면 뭐든 할 수 있어요."

이윽고 그녀가 대답했다.

"그치? 경희 씨도 그렇게 생각하잖아."

"그래도 방송은 절대 가볍게 생각할 일이 아니에요, 선배. 쉽게 결정할 부분이 아니잖아요."

"걱정 마. 얘는 성공할 거야."

"어떻게 성공을 그렇게 쉽게 말하세요? 그 바닥에서 백 명 중 하나나 성공하나요?"

"경희 씨가 생각하는 성공이 뭔데?"

최 대표의 질문에 엄마는 곧바로 답하지 못했다.

"나빈이 너는 성공이 뭐라 생각하니?"

그가 이번에는 나빈에게 물었다.

"모르겠어요."

나빈은 아무 생각 없는 표정으로 고개를 가로저었다. 식탁 주변의 침묵을 깬 것은 엄마의 긴 한숨이었다.

"아이 아빠가······ 그 사람이 있을 때 악기를 조금 가르치긴 했어요. 하지만 그 뒤로는 체계적으로 뭘 가르친 적이 없어요. 혹시 선배가 잘못 생각하고 있을까 봐 말씀드리는 거예요."

"아, 경희 씨가 가르친 게 없다고? 걱정 마. 난 그거 바라고 얘기하는 게 아니야."

"그럼요?"

"음악이야 우리가 가르치면 되지. 어차피 중요한 건 이미지 야."

"나빈이는 아직 어린애예요."

"경희 씨."

최 대표는 커피를 한 모금 마셨다.

"애들은 금방 자라."

"그래도 너무 일러요."

"2년만 지나 봐. 지나면 왜 내가 이랬는지 이해하게 될 거야. 난 나빈이 꼭 우리 회사로 데려가고 싶어. 어차피 내가 아니면 다른 회사에서 데려갈 텐데, 나한테 믿고 맡기는 게 나을 거야. 우리가 모르는 사이도 아니잖아."

최 대표가 가고 난 후 엄마는 나빈의 생각을 물어보았다.

"나빈이는 어때? 하고 싶어?"

"그게 엄마랑 비슷한 일이에요?"

"음⋯⋯."

그녀는 거실로 가서 TV를 틀었다. 채널을 몇 번 돌리자 음악 방송이 나왔다. 보이 그룹이 무대 위에서 춤추고 노래하고 있었다.

"저런 거야."

그때까지의 나빈은 꿈꿔 본 적 없던 일이었다.

내가 할 수 있을까? 무대에 선 엄마를 늘 동경했지만, 어쩐지 그와는 먼 세계 같다는 생각도 해 왔다.

그런 일은 엄마나 아빠같이 특별한 사람들이 하는 거잖아.

그때 엄마의 남편이 돌아왔다.

"주차장에서 최 대표님 만났어. 무슨 일이야? 그쪽이랑 작업할 건 아닐 거고."

남자가 말했다.

"나 때문에 온 게 아니라 나빈이 때문에 온 거야. 스카웃 제의."

엄마가 외투를 걸치며 대답했다. 남자와 엄마 사이는 요즘 들어 더 서먹했다. 그가 돌아오면 엄마는 연습실로 가 버렸다. 그럼 나빈도 남자와 마주치기 싫어 방에 틀어박혀 책만 읽었다. 해리포터는 벌써 책에 나오는 마법 주문들까지 다 외워 버렸다. 언젠가 부엉이가 날아와서 그를 마법 학교에 초대하면 그땐 모범생이 될 수 있지 않을까 하는 망상도 했다.

하지만 역시 엄마를 두고 갈 수는 없어. 만약 편지가 오면 집에서 다니게 해 달라고 해야지.

상상 끝에 나빈은 늘 이런 다짐을 하곤 했다.

"스카웃? 최 대표님이? 대표님 회사 아이돌만 키우잖아."

남자가 이상한 듯 물었다.

"어, 그쪽이야."

"시키려고?"

"나빈이가 결정할 일이지. 나빈아, 엄마 합주실 다녀올게."

엄마는 TV를 보고 있는 나빈의 이마에 입을 맞췄다.

"마칠 시간에 갈게요."

"응."

곧 현관문이 닫히는 소리가 들렸다. 그 소리가 들리기 무섭게 남자가 성큼성큼 다가왔다.

"야, 짭. 너 설마 하려고?"

나빈은 대답하지 않았다.

"괜히 헛바람 들지 마. 너 때문에 우리까지 피곤해져. 네가 무슨 아이돌이야? 그런 건 타고나는 거야, 인마."

남자는 TV를 꺼 버렸다. 나빈의 눈앞에서 화려한 무대가 사라졌다. 먹먹한 검은 화면에 자신의 모습이 비쳤다. 우울하고 서글퍼 보이는 얼굴이었다. 남자의 말이 맞는지도 몰랐다. 나빈은 화면 속의 자신만만하고 쾌활해 보이던 사람들과는 너무도 다른 얼굴을 하고 있었다.

"니가 진짜 이경희 아들이라도 되는 줄 아냐? 넌 안 돼. 넌 짭이잖아."

남자가 비웃었다. 나빈은 대꾸하지 않고 방으로 들어갔다.

책상 옆에는 케이지가 놓여 있었다. 얼마 전 엄마가 지인에게 분양받아 온 어린 햄스터를 위한 집이었다. 나빈이 햄스터를 키우고 싶다고 했더니, 엄마가 나름대로 수소문해서 비교적 순한 편인 골든햄스터를 구해다 준 것이었다.

나빈은 어린 햄스터를 몹시 사랑해서 지극정성으로 돌봤다. 우울할 때 조심스럽게 햄스터를 쓰다듬으면 기분도 많이 좋아졌다. 하지만 오늘은 햄스터를 살살 만져 보아도 마음이 풀리지 않았다.

그는 시무룩한 얼굴로 케이지를 닫았다. 아무것도 모르는 아기 햄스터는 케이지 안을 신나게 돌아다녔다.

나빈은 햄스터를 몇 분 더 지켜보다 책상 앞에 앉았다.

너는 할 수 없어. 넌 가짜니까.

그는 그 말을 노트에다 쓰고 지워 버렸다. 나쁜 말을 들을 때마다 노트에 쓰고 지우개로 지우는 게 나빈의 습관이었다. 그러면 마음속에서도 지워지는 듯한 착각이 들었다. 기분은 좀 나아졌지만 정말로 잊을 수 있는 것은 아니었다.

나빈은 늦은 밤 합주실로 향했다. 마침 연습을 마치고 나온 엄마가 환하게 손을 흔들었다.

"생각해 봤어요, 엄마."

나빈이 말했다.

"저 해 보고 싶어요."

나빈은 이제 성공이 뭐냐는 최 대표의 물음에 답할 수 있을 것 같았다.

이경희의 아들이라는 걸 세상에 증명하는 것, 가짜라는 그 남자의 말에 반박할 수 있게 되는 것, 그게 열세 살 나빈의 마음속에 자리 잡은 성공이었다.

바보 같은 생각이었어요, 나빈이 허탈하게 웃었다.

그땐 그러면 엄마 아들인 게 증명된다고 생각한 거예요.

사실은 증명할 필요도 없는 거였는데.

그해부터 나빈은 연습생 생활을 시작했다. 연습생 생활은 그가 열일곱에 데뷔를 할 때까지 이어졌다. 그의 그룹은 벼락처럼 스타가 되지는 못했지만 한 계단씩 착실하게 올라갔다.

나빈은 열심히 했다. 물론 모두가 열심히 했지만, 그는 좀 더 독하게 했다.

나빈이 드러며 이경희의 아들이라는 사실은 숨기고 싶어도 숨겨지지 않았다. 그의 모친은 업계에서 나름대로 유명 인사였다. 그 유명세가 항상 그림자처럼 나빈의 머리 위에 드리워져 있었다.

그가 좋은 기회를 잡으면 엄마의 후광이라는 소리를 들었고, 제대로 해내지 못하면 엄마 얼굴에 먹칠을 하는 게 되었다.

어떤 취급을 받아도 좋았다. 음악을 한다는 것은 어린 나빈에겐 자신의 존재를 증명하는 일이었으니까.

그동안 엄마의 방황은 계속되었다. 뮤지션으로 그녀의 입지는 여전했지만, 개인사는 점점 복잡해졌다. 나빈이 연습생 생활을 시작할 무렵 그녀는 첫 번째 이혼을 했다. 키우던 햄스터가 두 번 바뀔 동안 아버지는 세 번이 바뀌었다. 결혼하지 않은 애인까지 치면 더 많았다. 그녀는 병적으로 누군가를 만나고 헤어졌다.

어떨 때는 아빠와 아주 비슷한 남자를 데려왔고, 어떨 때는 전혀 닮지 않은 남자를 데려왔다. 그리고 결말은 언제나 불행하게 끝났다.

그렇게 많은 남자가 오가는 동안에도 전자 피아노 위에는 여전히 아빠의 사진이 놓여 있었다. 나빈을 처음 데려오던 날, 세 사람이 찍었던 사진이었다.

스물두 번째 생일날 밤, 엄마의 전화가 걸려 왔다. 그때 나빈은 회사 근처에서 멤버들과 생활하고 있었다. 11월 중순이었고, 팬들에게 많은 축하를 받은 후였다.

―생일 축하해, 나빈아.

수화기 너머 목소리가 힘이 없었다.

"엄마, 어디 아파요?"

―아니, 아니. 그냥 너한테 미역국을 못 끓여 준 지 오래된 것 같아서. 하루 늦었지만 내일 와서 먹고 갈래?

엄마의 말을 듣고 나서야 나빈은 자신이 집에 들른 지 제법 오래되었다는 것을 깨달았다.

"아, 아마 될 거 같은데. 바로 물어보고 올게요!"

잠시 후 나빈은 다시 휴대폰을 들었다.

"내일 괜찮아요. 저녁 늦게 갈게요."

—또 먹고 싶은 건?

"괜찮아요. 내일 갈 때 전화할게요."

—응.

마지막 목소리는 조금 밝게 들려서 마음이 놓였다.

다음 날, 나빈은 귤과 사과 같은 것을 사서 집으로 돌아갔다. 가는 길에 보니 집 근처 가게들이 서넛이나 바뀌어 있었다.

"뭘 또 사 왔어?"

"그냥 이 앞에서요."

엄마는 과일을 확인하고 싱크대 위에 올려 두었다. 저녁 식사는 맛있었다. 엄마는 요리를 잘하는 편은 아니었지만, 나빈은 그녀의 음식이 좋았다.

"미안해. 내가 널 제대로 챙겨 준 적이 없지?"

엄마가 이상한 소리를 했다. 나빈은 그녀에게 넘칠 정도로 받았다 생각했다.

"엄마, 요즘 식사 누구랑 하세요?"

1년 전 네 번째 이혼을 한 후 그녀는 줄곧 혼자 지내고 있었다.

"응, 가끔 은미랑 먹고, 경후도 자주 오고 그래."

"저도 더 자주 올게요."

"됐어. 네 일을 열심히 해야지."

"엄마도 연말에 공연하시죠?"

"응. 올해는 쉬고 싶었는데 은미가 워낙 성화라서. 걔는 공연 때마다 경후한테서 양주 얻어먹잖아. 양주 먹고 싶어서 공연하자고 하는 거 같다니까."

엄마의 농담에 나빈이 작게 웃었다.

그날 밤은 모처럼 집에서 잤다. 엄마와 늦은 시간까지 이야기를 나누고 맥주도 한 잔씩 마셨다.

아침 일찍 집을 떠날 때, 엄마는 현관문 앞에서 오랫동안 그를 올려다보았다.

"왜요?"

나빈이 물었다.

"키가 정말 많이 컸네. 처음 봤을 땐 엄마보다 한참 작았는데."

갑작스러운 말에 나빈이 쑥스러운 듯 웃었다.

"크니까……. 아빠를 많이 생각나게 하네."

그리고 그녀는 나빈을 부드럽게 끌어안았다.

"나빈아. 네가 잘못한 건 아무것도 없다는 거 알지?"

나빈은 대답하지 못했다.

"네가 잘못한 건 아무것도 없어. 그리고 어떤 일이 있어도 엄마는 너를 정말 사랑해. 앞으로 무슨 일이 있어도……."

"엄마, 무슨 일 있어요?"

나빈이 걱정스럽게 물었다.

"아니. 없지. 그냥 네가 잊지 않았으면 해서."

나빈아, 널 정말 사랑해.

엄마는 몇 번을 더 되뇐 후에 그를 놓아주었다.

그 전화를 받은 것은 2주 정도 뒤의 일이었다. 그때 나빈은 방송국 대기실에 있었다.

—이경희 씨 아드님 맞습니까?

낯선 번호로 걸려 온 전화였다.

"예. 그런데요?"

—경찰입니다. 이경희 씨가…….

갑자기 아무것도 들리지 않고 보이지 않았다. 수화기 너머 남자는 끊임없이 무언가를 말했지만 그는 한마디도 이해하지 못했다.

그럴 리가 없어.

그럴 리가…….

나빈은 통화가 끊어진 후에도 우두커니 그 자세로 서 있었다. 이건 뭔가 잘못된 거야. 이럴 리가 없어.

아빠가 떠났던 그날 밤도 그는 같은 생각을 했었다. 차이가 있다면, 그때 그는 엄마 뒤에서 울고 있던 아홉 살이었고, 지금은 이 상황을 책임져야 하는 스물둘이라는 점이었다.

그대로 시간이 얼마나 흘렀을까, 로드 매니저가 그의 어깨를 흔들었다. 주변을 둘러보니 대기실엔 두 사람만이 남아 있었다.

"대표님이 전화 하셨어. 너 경찰서로 데려다주래."

로드 매니저가 괴롭게 말했다.

"오늘 녹화는요……?"

나빈이 멍하니 물었다.

"엘리, 너 여기 있을 때가 아니야."

매니저는 거의 그를 끌어내다시피 데리고 나갔다. 나빈은 경찰서로 향하는 차 안에서 휴대폰으로 기사를 검색했다.

드러머 이경희의 투신 속보가 한 줄 떠 있었다.

경찰 조사도 장례식도 모두 끝났다. 나빈은 언제 울어야 할지 몰라 울지 못했다. 정신없이 사람들이 오갔다. 엄마의 가족은 삼촌과 나빈뿐이었기에 해야 할 일이 너무 많았다. 이번에도 은미 이모는 사흘 내내 장례식장에 있었다.

화장터에서 은미 이모는 유리 벽을 치며 오열했다. 그때도 나빈은 울지 못했다. 우는 방법을 잊어버린 것 같았다. 그는 바닥에 쓰러진 이모를 부축했다. 유리 벽 너머로, 엄마의 뼛가루가 작은 항아리에 담기는 모습이 보였다.

유해는 아빠가 안치된 납골당에 함께 모셨다.

삼촌이 집 정리를 도와주겠다고 했지만 거절했다.

엄마와 아빠가 살던 집.

엄마와 아빠가 자신을 데려와 준 집.

그곳을 정리하는 건 자신의 몫이라 생각했다.

현관문을 열자마자 악취가 코를 찔렀다. 나빈은 인상을 찌푸리고 냄새를 따라갔다. 냄새는 부엌에서 나고 있었다.

가스레인지 위에 올려진 냄비 뚜껑을 열자 냄새가 훅 올라왔다. 그는 구역질 나는 것을 참고 냄비 안을 보았다.

곰팡이 핀 미역국이 담겨 있었다.

엄마가 그의 생일날 끓여 줬던 국이 그대로 남아 있었던 것이다.

그 국을 싱크대에 버리며 나빈은 드디어 울었다.

전부 다 나 때문이야, 스물둘의 나빈은 생각했다. 이번에는 아무도 그에게 소리치지 않았건만 스스로 외치고 있었다.

이건 전부 나 때문이야.

"그게 왜 선배 때문이에요?"

너무 화가 나서 따지듯 물었다. 찬 바람이 쌩쌩 불고 있었다. 캔 커피는 다 마셔 버렸고, 핫팩도 반쯤 식었다. 나는 그럭저럭 괜찮았지만 나빈은 입술에 핏기가 없었다.

"내가 없었다면 아빠 사고도 없었을 거고, 그럼 엄마도 불행해지지 않았겠죠."

나빈이 쓸쓸하게 중얼거렸다.

"그건 선배 때문에 생긴 일이 아니에요. 그냥, 어쩔 수 없이……."

그건 어쩔 수 없는 일이었다. 비 오던 밤의 사고도, 누군가의 불행한 선택도. 살아가며 우리를 슬프게 하는 것은 대부분 어쩔 수 없는 일이다.

"아뇨. 나 때문이에요."

"그럴 리가 없잖아요."

내 말은 나빈의 귓가에 닿지 않는 것만 같았다. 차들의 굉음에 내 목소리가 가려 버릴 것 같아 더 크고 또렷하게 말했다.

"그럴 리가 없다고요."

이번 외침은 조금이라도 닿은 걸까, 그가 허탈하게 웃었다.

"다혜 씨."

내 이름을 부르는 음성이 무거웠다. 저 강바닥 아래까지 단숨에 가라앉아 버릴 것만 같았다. 그 음성을 따라 나도 저 아득한 아래로 끌려 내려간다 생각했다.

"사람이 그렇게 홀연히 떠나는 거요, 외로워서겠죠? 세상에 의지할 사람이 아무도 없어서겠죠? 그러니까 다 제 탓인 거예요."

"선배."

"몰랐어요, 나는……. 엄마가 우울증을, 오래 앓았단 사실도……."

"선배……."

"미안해요. 너무 어두운 얘기였죠?"

"계속하셔도 돼요."

눈물은 보이지 않았지만 나빈이 울고 있다 생각했다. 불쑥 그를 안아 주고 싶은 충동을 느꼈지만 우리는 학과 선후배에 불과했다.

"그 후로는 어떻게 지냈어요?"

"음, 폐인처럼 살았죠. 이모나 삼촌이 병원에 보내려고 했는데 안 갔어요. 병원이나, 상담이나……. 왜냐면 그건, 살고 싶은 사람들이나 할 일이잖아요? 그렇게까지 살고 싶은 마음이 없었어요. 괴로우면 괴롭다가 죽어 버리면 그만이니까."

나도 안다. 나도 몇 번 학교 상담실을 찾았지만 결국 도움이 되진 않았다. 스스로에게도 솔직하지 못한 사람이 그곳에선들 무언가 털어놓을 수 있을 리가 없었다. 정신과 역시 마찬가지였다. 어쩌면 내 고통이 의학적으로는 전부 엄살이기 때문일지도 모른다. 부모 말대로 나는 남들보다 괴팍하고 나약할 뿐인 것이다.

"사실 학교로 돌아올 생각이 없었어요."

나빈이 말했다.

"왜요?"

"그냥, 학교는 제가 있을 곳이 아니라고 생각했어요. 엄마가 떠난 후 뭘 해야 할지 몰랐거든요. 가족은 없고 그룹은 탈퇴했고…… 그냥 멍하니 시간만 보냈어요. 아침마다 내가 왜 살아 있지, 대체 왜 살아 있지, 스스로 물어보면서요."

나도 그런 아침을 수천 번 맞았다. 그건 사실 아침이 아니었다. 밤을 기다리는 시간이었을 뿐.

"뭘 해야 할지 몰라서 입대 신청은 해 뒀는데, 그 이상은 아무 생각도 들지 않더라고요. 이모는 학교로 돌아가라고 했는데, 다시 돌아갈 자신이 없었어요. 돌아가 봤자 뭐 하지, 내 전공도 잘 모르고, 대학 생활 하기에도 너무 늦어 버렸고, 사람들 사이에 섞이지도 못할 것 같은데. 그런 생각을 했었죠."

하지만 엘리는 학교로 돌아왔다. 그의 예상대로 그는 자신의 전공도 잘 몰랐고, 대학 생활을 하기에는 늦어 버린 후였고, 사람들 사이에 섞이지도 못했다.

그런데도 돌아왔고 한 학기를 마쳤다. 그것만으로도 너무 그가 대견해서, 선배는 멋있는 사람이라고, 대단한 사람이라고, 뭐든 잘 해낼 수 있을 거라고 무작정 칭찬하고 싶어졌다. 내가 입에서 나오는 대로 횡설수설 칭찬을 늘어놓자, 나빈이 미소를 띠었다.

"아무튼 그래서 입대 전에 학교를 한번 와 봤던 거예요. 내가 돌아올 수 있는 곳인지, 어떤지, 기억도 잘 나지 않아서."

나빈의 음성이 꿈결처럼 부드럽게 들렸다.

"여름 방학이라 사람이 없더라고요. 그래서 하염없이 걷다가 바냐 삼촌 공연 포스터를 봤죠. 그냥 나도 이름 정도는 아는 작가니까, 어차피 하루하루 시간을 보내는 게 고역이었으니까, 그래서 아무 기대 없이 그때 다혜 씨 공연을 본 거예요. 신기하죠? 그 공연을 보고 나서 학교로 돌아와야겠다는 생각이 들더라고요. 그날 소녀의 마지막 대사를 듣는 순간요."

"말도 안 돼."

두 볼이 얼얼할 정도로 고개를 내저었다.

"고작 그런 공연 때문에요?"

"감동받았거든요, 정말로. 다혜 씨가 마지막 대사를 말할 때요."

"대체 왜요?"

"왜냐면……."

나빈은 다음 말이 쉽게 나오지 않는지 잠시 입술만 우물거렸다.

"그때 다혜 씨, 너무 괴로워 보였는걸요."

그가 던진 말이 나를 훅 찌르는 느낌이었다.

"연극이 마음에 안 들어서 괴로웠겠죠."

일부러 가볍게 받아쳤다.

"아뇨, 그때 다혜 씨는 정말로 괴로워 보였어요."

"소녀가 말이죠? 뭐, 역할상 괴로운 상황이긴 하죠."

"소녀이기도 하고, 다혜 씨이기도 한 사람이요."

나는 입을 꾹 다물었다.

"세상에 나만큼 괴로운 사람이 또 있구나, 생각이 들 정도로. 그때 다혜 씨는 정말 괴로워 보였는데."

그의 말이 옳았다. 그때 나는 괴로웠다. 그리고 이 순간도 괴로웠다. 단 한 사람이라도 내 하찮은 고통을 알아 줬으면 했다. 보잘것없는 나를 위해 울어 줬으면 했다.

그런데 그 한 사람이 나타난 지금, 나는 오히려 그를 위해 울고 싶어졌다.

"그리고 지금도, 다혜 씨는 여전히 괴로워 보이는데."

"제가 어떻게, 그때의 선배만큼…… 괴로울 수 있겠어요."

"다혜 씨는 고통 앞에서 겸손하네요."

나는 시선을 내렸다. 우리 사이로 횡한 바람이 흘렀다. 시간 역시 그렇게 흐르고 있었다. 한 해가 가고 또 한 해가 온다. 행복한 사람들에게도, 슬픈 사람들에게도.

"그러다 군대에 가고……. 전역하고 나서는 매일 밤마다 이곳에 왔어요. 이모는 바보 같은 짓이라고 했죠. 차라리 시간 날 때 납골당을 가라고요. 그런데 우리 집 거실에서 이 강이 보이거든요."

나빈이 조용히 말을 이었다. 한 해의 마지막 강물이 서울의 야경을 머금고 흘렀다.

"그럼 그런 생각이 들어요. 엄마는 어떤 기분으로 저 강을 보고 있었을까. 이 다리를 건널 때는 무슨 생각을 했을까. 여기서 난간을 잡았을 때는 어떤 느낌이었을까. 매일매일 엄마가 떠난 날을 반복해요. 다혜 씨는 연극을 해 봤으니 알죠? 연기를 하면 그 사람이 되는 거……."

"알죠."

"난 매일 그날의 엄마를 연기하는 거예요. 여기까지 와서 난간을 잡고 생각해요. 그날의 엄마가 되어서 생각을 하는데…… 탁 막혀 버리는 거예요. 도저히 무슨 생각을 했는지 모르겠으니까……."

나빈의 목소리가 흐려졌다.

"전 연기에는 정말 재능이 없나 봐요."

그가 덧붙였다. 억지로 농담조로 끌어 올린 어투였다.

"그건…… 진심으로 이해하려 해서 그런 거예요."

내가 말했다. 진심일수록, 간절할수록, 더욱 알 수 없게 되어 버리는 게 사람의 영혼이었다.

지금 나빈을 눈앞에 두고도 어쩔 줄 모르는 나처럼.

안아 줄 수도 없고 그렇다고 손을 뻗지 않을 수도 없어서, 내 손은 어정쩡하게 허공을 방황하다 그의 팔을 아주 가볍게 짚었다.

"정말 좋은 사람들이었어요, 우리 부모님."

"네. 그런 것 같아요."

"솔직히 나한테 해 준 그거, 쉬운 일 아니잖아요."

"친부모도 그렇게 못 해 줘요."

나빈이 살짝 나를 돌아보았다.

"저 가끔 궁금해요."

"뭐가요?"

"다혜 씨 안에 뭐가 있는지요."

"없어요, 아무것도. 텅 비었어요."

"너무 많이 들어 있으면 비어 있다고 생각하기도 하죠."

나는 그의 말에 대꾸하지 않았다. 그의 시선은 여전히 내 옆 얼굴에 꽂혀 있었다.

"근데요, 다혜 씨."

"네."

"내가 이렇게 웃으며 지내도 될까요?"

나빈이 물었다. 그의 표정에는 따뜻했던 웃음기가 가셔 있었다. 오로지 시체 같은 냉기만 남았다.

"내가 웃는 게 이상하지 않아요?"

"그게 뭐가 이상해요?"

"부모님이 죽은 데 내 책임도 있는데, 내가 웃는 게 이상하지 않냐고요."

"그건 선배 책임이 아니었어요."

"그럼 가족을 잃은 사람이 웃어도 되나요?"

숨이 막혔다. 이렇게 축축하고 슬픈 언어가 그의 안에서 끊임없이 흐르고 있었던 걸까. 일렁이는 슬픔이 턱끝까지 차올랐다. 금방이라도 나를, 우리 둘을 집어삼켜 버릴 정도로.

깊게 숨을 들이쉬었다. 공기가 너무 차가워서 속이 아팠다.

"당연하죠. 하나도 안 이상해요."

크고 또렷하게 말했다. 차들의 소음이 이 말만큼은 삼키지 못하도록.

"그때도 그렇게 외쳤어요."

"네?"

"무대 위에서 소냐가, 그런 얼굴과 목소리로 외쳤다고요."

속이 간질간질해서 나빈의 눈길을 외면했다.

나는 휴대폰을 꺼내 시간을 확인했다.

"이제 새해까지 3분 남았네요. 카운트다운해야죠."

초 단위로 흘러가는 시계 화면을 띄워 두고 휴대폰을 벤치 위에 내려 두었다. 나빈과 나는 우리 사이에 놓인 화면을 함께 응시했다.

"근데 세상은 왜 이런 건지 모르겠어요."

나빈이 넋두리처럼 말했다.

"꼭 좋은 사람들에게 나쁜 일이 일어나더라고요."

그 말에 나는 어떤 답도 할 수 없었다. 한 해가 가고 있었다. 화면의 숫자가 '23:57'에서 '23:58'로 바뀐 후에야 나는 다시 입을 열었다.

"어머니를 원망하세요?"

"원망이요? 아뇨, 난 하나도 원망 안 해요. 고맙게 생각해요."

나빈은 액정을 내려다보며 말을 이었다.

"사실은 훨씬 예전부터 떠나고 싶었을 텐데……. 아빠 없는 삶이 지옥 같았을 텐데. 나 때문에 버텼잖아요. 버텨 준 거잖아요. 고마운 일이죠."

그는 괴롭게 중얼거렸다.

"아무리 이곳에 와도 그날 엄마의 기분을 알 수가 없어서, 차라리 나도 여기서 뛰어내려 보면 알 수 있지 않을까, 그런 생각을 했어요."

"선배."

"아니, 정확히 말하면 전 죽고 싶었어요. 다혜 씨도, 죽고 싶은 적이 있었어요?"

한때 나는 그런 생각을 했다. 엘리같이 빛나는 사람에게는 나와 전혀 다른 영혼이 깃들어 있을 거라고. 죽고 싶다거나, 삶이 저주스럽다거나, 그런 기분 따윈 전혀 모를 거라고.

아니었다. 지금 엘리는 죽고 싶었다고 말했다. 예전에는 그 말이 엘리의 입에서 나올 거라곤 상상도 하지 못했다.

내가 대답이 없자 나빈은 다시 입을 열었다.

"그래도 죽을 수는 없었어요. 그래서 매일 꽃을 들고 와 던지면서, 저게 나라고 상상했죠. 아니, 저게 나였으면, 하고 바란 거죠."

나빈의 웃음이 하얗게 겨울 대기를 물들였다.

"그러다 여기서 다혜 씨를 만난 거예요. 내가 무슨 생각했는지 솔직히 말해도 돼요?"

"무슨 생각, 했는데요?"

23:59

"같이 살아 보고 싶다고 생각했어요."

"네?"

내가 경악해서 되묻자 나빈의 얼굴에 당혹감이 스쳤다.

"아뇨! 그런 의미가 아니라, 음, 그러니까, 생명을 유지하고 싶다는 의미에서?"

"예?"

"그러니까 생명 활동을 지속한다는 뭐 그런 의미? 생존? 생활?"

쩔쩔매는 모습에 못 참고 웃어 버렸다.

"뭐야, 알아들었으면서 괜히."

"진짜 놀랐거든요? 오해하게 말한 게 누군데."

장난스럽게 투덜댔지만 나는 그의 말뜻을 충분히 이해했다.

"전 누군가를 잃는 게 싫어요. 정말 끔찍하게 싫어요. 그날 다혜 씨에게 무슨 일이 있었다면 전 너무 괴로웠을 거예요. 그날 다혜 씨는 뭔가 불안하고 괴로워 보여서……."

"그래서 데려다주신 거예요? 저랑 잘 모르는 사이인데도?"

"실은 학기 초부터 다혜 씨랑 친해지고 싶기도 했고요. 말했잖아요. 팬이라고."

나빈이 미소로 덧붙였다. 티 하나 없는, 어린아이 같은 미소였다.

왜 이런 사람에게 세상은 그토록 가혹했을까.

아니, 어쩌면 세상은 모두에게 가혹하고, 단지 우리 모두는 그것을 숨기고 살아가고 있을 뿐인지도 모르겠다.

나빈이 그래 왔고, 내가 그러하고 있듯이.

"아, 10초 남았어요."

나빈은 내 휴대폰을 들었다. 숫자가 빠르게 줄어 가기 시작했다. 그렇게 안 갈 것 같던 한 해가 가고 있었다.

10, 9, 8…….

저도 선배랑 같이 살고 싶어요.

속으로 말했다. 슬픔의 강에 떠내려 온 그의 몸을 붙잡고, 살자고, 어떻게든 이 유속을 견디자고, 서로에게 건네는 다정한 말을 구명구 삼아 제발 우리 가라앉지만 말자고, 그렇게 외치고 싶었다.

……2, 1.

00:00

새로운 순간이란 참 고요하게 온다. 올해는 더욱 그랬다. 나빈과 나는 잠시 말이 없었다. 아주 먼 곳에서 폭죽 터지는 소리가 귓가를 긁었다.

"선배, 올해 좋은 일만 있으시길 바랄게요."

"다혜 씨도요."

우리는 불가능한 소망을 주고받았다.

"다혜 씨랑 새해를 맞았으니 전 벌써 좋은 일이 하나 생겼네요."

나빈이 소리 내 웃었다.

"나 다혜 씨 팬이잖아요."

"제발 그 말 좀 하지 마세요."

"진짠데. 들어가요. 바래다줄게요."

그가 먼저 자리를 털고 일어났다.

"선배, 옷부터 입으세요. 춥잖아요."

"아뇨, 괜찮아요."

"입어요. 안 그러면 같이 안 갈 거예요."

나는 외투를 벗어 나빈에게 돌려주었다. 그는 옷을 걸치고 단추를 잠갔다. 확실히 벗어 주고 나니 춥긴 추웠다. 몸이 저절로 떨렸다.

나빈과 나는 나란히 걸었다. 꽁꽁 언 손가락이 서로 두어 번 부딪쳤다. 손을 주머니에 넣으려는데 나빈이 내 손을 잡았다.

이번에는 몸이 아니라 심장이 떨렸다.

"선배."

"네?"

"손 왜 잡아요?"

이렇게 추위에 떨었으니 술기운이 남은 것도 아닐 거였다.

"손 시릴 것 같아서요."

"제가 손이 시리든 말든 선배는 상관없잖아요."

"왜 상관없어요?"

나빈이 웃었다.

"다혜 씨 팬이잖아요."

나는 입을 다물었다. 나빈의 말에 동의하는 것은 아니었지만 손을 빼지는 않았다. 왼손을 주머니에 꽂고 한풀 식어 버린 핫팩을 조몰락거렸다.

네 손은 드라이아이스 같아.

차가운데 화상을 입을 거 같아.

3.

　새해 둘째 날 아침부터 전철에서 이리저리 치이며 신림동으로 향했다. 흥미도 없는 강의를 듣고 있으니 진이 쫙 빠졌다. 집에 돌아와 모의고사를 풀다 괜히 휴대폰 화면을 확인했다.

　나빈과의 대화는 1월 1일 새벽에 잘 도착했다는 메시지가 마지막이었다.

　감기는 안 걸렸을까.

　생각만 하고 물어보질 못했다. 먼저 연락하는 순간 내 기분을 온통 들켜 버릴 것만 같았다. 나는 밤이 깊을 때까지 유리창 너머로 강 건너 불빛들만 바라보았다.

　저 반짝임 중 하나가 그 사람이라니.

　이렇게 멀리 있는데, 그를 보고 있는 기분이 들었다.

　다음 날 점심시간에 혼자 샌드위치를 먹고 있는데 메시지가 왔다. 나빈이었다.

[학점 확인했어요?] 오후 12:14

오후 12:14 [아뇨. 학원이라서요.]

[저 희곡 A+!!!!] 오후 12:14

그럼 나도 A+겠지, 하고 생각하고 있는데 나빈의 메시지가 주르륵 쏟아졌다.

[저 대학 와서 A+ 처음 받아 봐요]
[다혜씨 덕분이에요]
[다른 과목도 잘 나왔어요]
[괜찮으면 제가 감사의 의미로 저녁 살게요]
[이번 주말 괜찮아요?] 오후 12:15

이번 주말이라면 사나흘 뒤였다. 밖에서 공부하고 들어온다고 하면 될까. 아예 일찍 나가 진짜로 공부를 하다가 저녁 때 나빈을 만나면 될 것 같기도 했다.

[다혜씨?]
[보고 계시면 답장 좀 해주세요..] 오후 12:17

오후 12:17 [감기는요?]

[주말에 다 나을 예정입니다!] 오후 12:17

오후 12:18 [아프면 안 볼 거예요.]

[네!!!!]

352

[다혜씨 너무 착한 거 알아요?] 오후 12:18

아무래도 열이 있어서 제정신이 아닌 것 같다.

오후 12:19 [토요일이 좋겠네요. 일요일은
다음 날 학원 가야 해서.]
[네!! 그날 먹고 싶은 거 생각해두세요!] 오후 12:19
오후 12:20 [선배는 공부하는 거 안 좋아하시죠?]
[좋아하는 사람도 있나요?!] 오후 12:20
오후 12:20 [그럼 됐어요.]
[?] 오후 12:20
오후 12:20 [그날 일찍 나와서 카페에서
공부할 거라서 여쭤봤어요.]
[아]
[공부] 오후 12:20

아, 정말 이렇게 끊어 보내지 말라니까.

[하고 싶어요! 같이해요!] 오후 12:21

노란 고양이가 면학 분위기로 책을 읽고 있는 이모티콘이
붙어 왔다.

오후 12:21 [쉬는데 방해한 거 아닌가요?]
[아뇨! 예습해야죠! 장학금 받아야죠!] 오후 12:21

오후 12:22 [네, 그럼 마포에서 해요. 저번에 그 카페요.
마포역에서 2시, 괜찮으세요?]

[네 괜찮습니다!] 오후 12:22

메시지를 끝내고 학교 성적 확인 사이트에 접속했다. 희곡은 나빈과 같은 A+였지만, 지난 학기보다 평균 학점은 떨어졌다.

톨스토이 수업이 어째선지 D인 까닭이었다. 입학 이후 D를 받아 본 건 처음이라 머리가 띵했다. 하지만 교수에게 연락은 하지 않았다. 톨스토이 강의를 맡았던 학과장은 고지식한 노인이었다. 이런 점수를 줬다면 분명 이유가 있을 거였다. 부모님이 성적을 보고 한마디 하겠다는 생각에 한숨이 나왔다.

수업을 마치고 나오는데 학원 건물 앞에 검은 세단이 주차되어 있었다. 굳이 고시촌에 저런 차를 끌고 온 사람이 누굴까 했는데 운전석에서 익숙한 얼굴이 내렸다. 김 변호사였다.

"여긴 어떻게 알고 오셨어요? 저 스토킹하세요?"

"글쎄요. 엄밀히 따지면 제가 하는 행동은 스토킹이라 인정받기 힘들 겁니다."

김 변호사가 왼쪽 입꼬리를 비스듬히 올렸다.

"타세요. 모셔다드리죠."

"그냥 가도 괜찮아요."

"퇴근 시간 지하철은 피곤할 텐데요. 타세요. 어차피 대표님 지시이기도 합니다. 의원님이 모처럼 시간이 나시니, 다들 함께 식사하도록 다혜 씨를 데리고 오라고요."

"엄마는 변호사님 같은 유능한 분께 왜 이런 잡일을 시키죠?"

"제 유능함을 인정해 주시는 건 감사하지만 이야기는 가면서 하는 게 좋을 것 같네요. 우리가 늦으면 의원님께서 심기가 불편하실 겁니다."

김 변호사는 손수 보조석 문을 열어 주었다.

내키지 않았지만 차에 올라탔다. 이번 주말에는 나빈과의 약속이 있었다. 주말에 무사히 외출하려면 부모님의 기분을 거스르지 않아야 했다.

"그리고 서다혜 씨가 잊으신 것 같아서 말씀드리는 건데, 이 학원은 제가 등록해 드린 겁니다. 당연히 알 수밖에 없죠. 딱히 스토킹 같은 게 아니라요."

그가 시동을 켜고 말했다. 차는 허름한 골목길을 빠져나갔다.

여기서 집까지는 차가 꽤 막히겠지. 제발 최대한 빨리 도착할 수 있길 바랐다. 차 안에서 김 변호사와 대화를 나눌 생각을 하니 벌써부터 멀미가 났다.

차 안에는 뜨거운 히터가 나오고 있었다. 안경을 벗어 뿌옇게 서린 김을 닦았다.

"지난번 제안은 고민해 봤습니까?"

"아직도 그 생각을 하고 계세요?"

"저는 다혜 씨가 제 제안을 기꺼워할 줄 알았는데요. 너무 낭만이 없습니까?"

대꾸하지 않았다. 김 변호사는 무언가를 까마득하게 잘못 생각하고 있었다.

"다혜 씨 부모님께서도 원하시는 일인데."

"그래서 변호사님이 생각을 바꿔 주셨으면 해요."

부모님을 설득할 자신은 없었다. 단 한 번도 설득에 성공해 본 적이 없었던 것이다. 설득은커녕 아빠 앞에서는 혀가 마비된 듯 말 한마디 제대로 나오지 않았다. 그러니 김 변호사와 이야기를 하는 게 나을 것 같았다.

"제가 왜 생각을 바꿔야 할까요?"

"변호사님도 저를 딱히 좋아하시는 건 아니잖아요."

"저는 결혼을 사랑하는 사람이랑 해야 한다고 믿지 않으니까요."

"저에 대해서 잘 아시는 것도 아니고요."

"잘 압니다. 아버지가 서정욱 의원, 어머니가 장수영 대표. 외가는 명망가, 부친은 자수성가. 본인은 서울 시내의 그럭저럭 나쁘지 않은 사립 대학에서 노어노문학 전공."

"그건 절 모르시는 거예요."

"글쎄요, 그 이상은 없는데. 제 생각엔 오히려 다혜 씨가 스스로를 과대평가하는 것 같습니다."

김 변호사의 말이 속을 아프게 찔렀다. 나도 알고 있었다. 알고 있는 사실이지만 이렇게 듣고 싶지는 않았다.

"네, 전 그것밖에 없어요. 그런데 왜 저한테 이러세요?"

"장수영 대표 딸이 다혜 씨 하나니까요. 다른 선택지가 없잖아요."

"다른 로펌도 많잖아요."

"그렇죠. 하지만 장 대표님은 특별합니다. 사회적 명성까지 갖춘 분이니까요. 서로의 니즈도 맞아떨어지고요. 그분은 부끄럽지 않으면서 자신이 적당히 좌지우지할 수 있는 괜찮은 사윗감을 찾고 있고, 또 정계 진출 이후 안정적으로 로펌을 관리해 줄 사람도 필요로 하죠."

정말 그것뿐일까. 이 야심만만한 남자의 목표는 로펌 경영에서 끝나지 않을 것 같았다.

"아빠 때문이기도 하겠죠. 변호사님도 정계까지 바라보고 있을 테니까."

"그것도 맞습니다. 그 조건에 딱 들어맞는 여자가 다혜 씨고요."

역시나 그는 이번에도 본심을 숨기지 않았다.

"왜죠? 법조인의 딸도, 정치인의 딸도, 저 하나는 아니잖아요."

"저는 다혜 씨와 달리 제 상황을 객관적으로 판단하니까요. 서로 딱 맞는 니즈를 충족하는 상대를 찾기란 생각보다 쉽지 않습니다. 제가 아무리 잘나도 높으신 분들의 눈에 찬다는 보장이 없잖아요."

"왜요? 그런 대단한 사람들 눈엔 변호사님 집안이 아무것도 아니라서요?"

내 말에 김 변호사가 고개를 휙 돌렸다. 아주 잠깐이었지만 냉정했던 그의 얼굴이 무섭게 일그러졌다.

"하긴 태어날 때부터 특권층인 다혜 씨가 뭘 알겠습니까?"

대꾸하지 않고 창밖만 바라보았다.

"어쨌거나 제게 이만한 기회는 없을 겁니다. 물론 다혜 씨에게도 저만한 기회가 없을 거고."

"그러니까 저는 그냥 부품이네요."

"다혜 씨, 아직 사춘기 안 끝났어요?"

김 변호사가 픽 웃었다.

"왜 스스로의 처지를 무언가에 빗대어 말합니까? 서다혜 씨는 그냥 그 집 딸입니다. 부품이니 뭐니 하니 촌스러운 문학적 비유들이 자기 처지에 대한 불만을 만드는 겁니다. 다혜 씨는 부모님께 사랑받는 딸이잖아요."

"그걸 어떻게 아세요? 제가 사랑받는지 아닌지."

"자기 자식을 싫어할 리 있습니까? 그분들도 다 다혜 씨 앞날을 걱정해서 이러는 겁니다."

길은 지독하게 막혔다. 이럴 거면 걸어가는 게 빨랐겠다 싶을 정도였다. 속이 갑갑해서 창문을 활짝 열었다. 김 변호사는 이쪽을 힐끔하더니 히터를 껐다.

매캐한 냉기가 차 안으로 들이닥쳤다.

"그러고 보니 제가 서다혜 씨에 대해서 알고 있는 게 하나 더 있네요."

"……뭔데요?"

"남자 문제로 부모님 속을 자주 썩였다는 거."

"아, 뉴욕에 있을 때 제 뒷조사를 하신 것도 김 변호사님이시죠."

"휴가차 갔을 뿐입니다."

"그 남자 신상을 털어서 부모님께 제출한 것도 변호사님이시고요."

"그럼 마약쟁이랑 만나고 있는 꼴을 그냥 봅니까?"

"마리화나였어요."

"그건 분명히 마약류로 분류됩니다, 서다혜 씨."

김 변호사는 핸들에 턱을 괴고 한숨을 내쉬었다.

"그리고 그 남자랑은 사귄 것도 아니었어요."

"네, 압니다. 섹스 파트너였겠죠. 다혜 씨의 무수한 실수들 중 하나인."

김 변호사가 빈정거렸다. 대단한 약점이라도 잡고 있다는 태도에 기가 찼다. 더욱 화가 난 것은 그의 다음 말이었다.

"엘리와도 그런 걸 테고요."

"미쳤어요?"

"아닙니까?"

"선배와는 절대 그런 관계가 아니에요."

"저야 다혜 씨 말을 다 믿지만, 의원님과 대표님도 그렇게 생각하실지는 모르겠군요."

김 변호사는 차창을 닫았다. 내가 열어 뒀던 창문이 빠르게 올라갔다. 세상과 나 사이에 단단한 유리 벽이 세워졌다.

"엘리에 대해서 검색해 봤습니까?"

"아뇨."

"해 보면 재밌는 게 많이 나올 겁니다. 애초에 연예계라는 곳이 굉장히 흥미로운 곳이라서요. 겉모습만 보고 좋아할 게 아니란 겁니다."

"전 선배를 좋아하지 않아요."

"예, 저야 다혜 씨 말을 믿죠."

김 변호사의 입가에서 픽, 바람 새는 소리가 났다.

저녁 식사 자리는 최악이었다. 차 안에서 너무 멀미를 한 탓에 몇 숟갈 먹기가 힘들었다. 김 변호사는 자연스럽게 우리 집 식사 자리에 합석했다.

"자네 아버지를 만나 봤는데 재밌는 분이더군. 이야기가 잘 통했어."

"워낙 책만 보고 사신 분이라 세상 물정에 어두우십니다. 잘 좀 부탁드립니다, 의원님."

아빠의 말에 김 변호사가 서글서글한 미소로 화답했다.

식사 자리가 끝난 후 방으로 돌아와 꾸역꾸역 학원 과제를 했다. 밖에서는 뉴스 소리가 들렸다. 부산스럽게 떠들어 대는 비극적 소식들이 모두 별세계의 일 같았다.

휴대폰 화면을 켰다. 메시지 목록 제일 위에는 나빈의 이름이 떠 있었다. 오늘 주고받은 메시지를 다시 읽었다.

메시지를 보내 볼까 하다가 관두었다. 주말에 만나기로 했는데 용건도 없이 연락하는 것도 이상할 것 같았다. 그럴 용기도 없었다.

요즘 나는 항상 나빈이 먼저 연락해 주기만을 기다리고 있었다. 괜히 연락했다 거절당하는 게 두려웠다. 먼저 다가갔다가 그가 뒷걸음질이라도 치면 어쩔 줄 모르고 무너질 것 같았다.

그래도 보고 싶어. 감기는 괜찮냐고, 식사는 했냐고 물어보고 싶어.

그러면 그 무해한 대화 속에서 조금은 숨 쉴 수 있을 것 같았다.

괜히 휴대폰을 만지작거리다 인터넷 검색창을 열었다.

사실 나빈에 대해 알아보는 방법은 간단했다. 그저 이 방법이 찝찝해서 굳이 택하지 않았던 것뿐이다.

김 변호사의 말 때문에 나빈에 관한 생각이 달라진 건 아니다.

그냥 궁금했다. 엘리의 예전 모습들이.

이러면 안 된다고 생각하면서도 나는 검색창에 '엘리' 라는 두 글자를 입력했다. 그가 아이돌을 그만둔 지 꽤 되었음에도 자동 완성된 검색어들이 주르륵 떴다.

엘리 탈퇴 이유
엘리 윌로
엘리 윌로 더 위스프

"아……."

그제야 얼핏 들었던 그의 그룹명이 떠올랐다.

이런 식으로 이름을 지었으니 기억을 못 하지.

괜히 누군지도 모를 작명자를 탓했다. 자동 완성은 몇 개더 이어졌다. 화보, 근황, 이나빈, 이경희, 그리고 우리 대학교 이름까지 있었다.

기분이 너무 이상했다. 이건 나쁜 짓일까, 아닐까. 판도라가 상자를 앞에 두고 느꼈던 감정이 이런 걸까. 심장이 꾹 조여들었다. 열면 안 된다는 것을 알면서도 나는 엄지로 '엘리 윌로 더 위스프'를 톡 건드렸다.

판도라의 상자는 너무 쉽게 열렸다. 최소한의 안전 장치조차 없었다. 온갖 정보들이 나를 기다리고 있었다는 듯 쏟아졌다. 엘리에 대한 데이터는 너무 많았다. 삽시간에 내가 알던 이나빈을 묻어 버릴 정도였다.

공식적인 인물 정보는 내려 버린 모양이었지만 기사나 게시물, 영상 등이 넘쳐났다. 뭘 먼저 봐야 할지 몰라 혼란스러웠다.

나는 뉴스란의 가장 위에 뜬 그의 탈퇴 기사를 클릭했다. 벌써 3년 전의 기사였다.

기사 사진 속에 엘리는 머리를 하얗게 탈색하고 있었다. 무대의 뜨거운 조명을 받으며, 내가 모르는 빛나는 눈빛으로 어딘가를 응시하고 있었다. 이상하게 그 사진을 보자마자 기분이 우울해졌다.

활동 중단 상태이던 엘리가 결국 팀 탈퇴 결정을 내렸다. 소속사는 "해당 멤버의 개인적 사유로 인해 계약의 지속이 불가함을 충분히 인지하고" 양측의 원만한 합의를 통해 이와 같은 결정을 내리게 되었다고 밝혔다.

소속사에 따르면 윌로 더 위스프는 "당분간 6인 체제를 유지"하게 될 것이며, "새로운 멤버에 대한 계획은 아직 없다"고 한다. 한편 엘리는 연예계 활동을 완전히 중단하는 것으로 알려졌다.

기사 창을 닫았다. 검색창 아래를 보니 연관 검색어들이 떠 있었다. 그중 이름 하나가 시선을 사로잡았다.

이경희. 내가 기억하는 게 맞다면 나빈의 어머니 이름이었다. 클릭했더니 나빈과 달리 인물 정보가 떴다. 생년월일, 그리고 기일. 자신만만한 미소를 띤 긴 머리의 여자. 학력 사항. 네댓 줄의 수상 경력. 페이지를 아래로 내리자 위키피디아 링크가 떴다.

링크를 누르자, 제일 먼저 간략한 요약이 눈에 들어왔다.

재즈 뮤지션. 애프터 바이올렛 트리오의 드러머.

(……)

경찰의 발표에 따르면, 첫 번째 배우자인 재즈 피아니스트 이재환과 사별한 후 만성적인 우울증을 앓았다고 한다.

슬하에는 윌로 더 위스프의 전 멤버 엘리가 있다.

간략한 요약을 보니 기분이 이상했다. 페이지를 껐다. 나빈의 어머니에 대해서는 더 찾아보지 않는 게 좋을 것 같았다. 대신 나는 연관 검색어들을 돌아가며 눌러 보았다.

엘리의 옛날 사진들이 많이 떴다. 고등학교 시절 교복을 입은 모습도 있었다. 동네에서 종종 보이는 교복이라 뭔가 신기했다. 외양은 지금보다 어려 보이긴 했지만 크게 다르진 않았다.

어딜 다녀온 건지 공항에서 찍힌 사진도 보였다. 일반인이 찍은 듯했는데, 촬영자를 향해 활짝 웃으며 손을 흔들어 주는 모습이었다. 공항에서 우연히 엘리를 봤는데 반갑게 인사해 줬다는 코멘트가 사진 아래에 달려 있었다.

기분이 이상했다. 모르는 사람을 향해 선배가 밝게 인사한다고? 상상도 못 해 본 일이었다. 무대에서 찍힌 사진도 마찬가지였다. 경후 삼촌이 그렇게 자랑하고 싶어 했던 게 단번에 이해가 갈 정도로 에너지가 넘치고 화사했다.

나는 영영 보지 못할 엘리의 지난 모습들을 다른 사람들은 본 것이다.

이런 감정은 처음이었다. 질투라고 하기엔 조금 창피했고, 그들에 대한 부러움이라기엔 그렇게 순수하지 않았다.

나는 왜 이런 거북함을 느끼는 걸까? 선배에게 내게 모르는 모습이 있었다는 거? 다른 사람에게 웃어 줬다는 거?

넘겨 가다 보니 우리 학교에 관한 이야기도 있었다.

엘리 천재야? 어떻게 활동하며 그 학교를 들어가?

대부분 이런 감탄이었다. 나는 우리 학교를 왔다는 이유로 하루가 멀다 하고 부모님에게 무시당했는데, 엘리는 칭찬받고 있다니. 조금은 부러웠다.

학교에서 엘리를 목격했다는 글들도 있었는데 별로 대단할 건 없었다. 잘생겼다는 뻔한 이야기. 눈만 있으면 누구나 알 수 있는 사실에 불과했다.

당연하다면 당연한 거겠지만, 이상한 루머들도 많았다. 아마 김 변호사는 내가 이런 글을 보길 바랐던 것 같았다. 도대체 나를 얼마나 멍청하게 생각하는 건지. 아무리 나라도 근거 없는 헛소문을 믿을 정도로 바보는 아니었다.

계속해서 검색 결과를 넘기다, 오래된 팬 블로그를 발견했다. 지금은 방치된 듯했지만 꽤 자료가 많았다.

블로그에서 가장 조회 수가 많은 포스팅은 '윌로 더 위스프 정규 앨범 발매 특집 기사-앙상블 2월호 (엘리 부분만 발췌)'라는 제목의 게시물이었다. 게시물 연도를 확인해 보니 나빈이 스무 살 때 기사인 듯했다.

무방비하게 화면을 내렸다가 사진을 보고 손을 멈칫했다.

사진 속 엘리는 아직 미성년의 티를 벗지 못한 앳된 얼굴이었다. 흑백 사진이라 확실치는 않았지만, 이때도 머리는 하얗게 탈색한 것 같았다. 맨몸에 걸친 긴팔 후드 집업은 지퍼가 반쯤 내려가 있어 각 잡힌 근육 사이의 가슴골이 보였다. 찢어진 블랙 진은 골반에 걸쳐져 있었고, 그 아래에 스니커즈를 신었다. 쭉 뻗은 다리가 보기 좋았다.

스무 살이라곤 해도 2월이니 아직 고등학생이었을 텐데. 노출 있는 사진을 찍어도 되는 건가.

눈살을 찌푸리고 다시 사진을 살펴봤다.

사진의 배경은 도서관 서가처럼 보이는 곳이었다. 엘리는 책장 앞 바닥에 앉아 얇은 테 안경을 쓰고 책을 읽고 있었다. 실제로는 나빈이 안경 쓴 모습을 한 번도 본 적이 없었는데, 굉장히 잘 어울렸다.

그는 오른손으로는 책을 들고, 왼손 엄지로는 입술을 슬쩍 매만지고 있었는데, 자세 탓에 짧은 후드 집업이 위로 올라가 있었다. 덕분에 골반 위 잡힌 근육과 허리 라인이 슬쩍 드러났다.

나도 모르게 침을 삼켰다. 삼킨 후에야 내 행동을 깨달았다. 괜히 부끄러워져서 얼른 화면을 내려 버렸다.

사진 아래에는 간단한 인터뷰 내용이 발췌되어 있었다. 원래는 다른 멤버들과 함께한 인터뷰지만, 엘리 부분만 정리해 둔 듯했다.

데뷔 3년 만에 첫 정규 앨범으로 돌아온 윌로 더 위스프. 각 멤버들의 개별 화보와 인터뷰를 담았다.

Q. 엘리는 올해로 스무 살이 됐네요. 축하해요. 성인이 되면 하고 싶은 게 있나요?

엘리: 어릴 때는 많았던 것 같은데 막상 되고 나니 하던 일이나 잘하자는 생각이 드네요.(웃음)

Q. 작년에 수능을 쳤다고 들었어요. 대학에서는 무슨 공부를 하고 싶어요?

엘리: 문학이요. 어릴 때부터 책 읽는 걸 좋아했거든요.

Q. 맞아. 취미가 독서라고 들었어요.

엘리: 프로필용 취미가 아니라 진짜 취미입니다.(웃음)

Q. 그래서일까요, 윌로 더 위스프 앨범을 보면 작사는 엘리가 맡은 게 많더라고요.

엘리: 독서가 도움이 되긴 하는 거 같아요. 근데 저 혼자 하는 건 아니고요. 형들이 많이 다듬어 줘요.

Q. 지난 앨범에서는 작곡자에도 이름을 올렸던데요.

엘리: 네, 저번 앨범에서는 두 곡 정도 참여했어요. 작곡은 아직 배울 게 너무 많은 것 같아요.

Q. 이번 정규 앨범에도 엘리가 작곡한 게 실린다면서요?

엘리: 네? 그거 비밀로 하기로 했는데……. 아직 비밀입니다!

Q. 일과가 끝나면 윌로 멤버들은 숙소에서 뭘 하고 지내는지 궁금해요.

엘리: 햄스터랑 놀아요.

Q. 맞아, 엘리는 햄스터를 키운다고 들었는데. (기자 역시 햄스터와 동거 중으로 일방적으로 엘리에게 친밀감을 느꼈다.)

엘리: 근데 더 안 키우려고요.

Q. 왜요? 듣고 엘리랑 굉장히 어울린다고 생각했는데요.

엘리: 사실 이번이 세 마리째예요. 근데 햄스터들은 2년이 넘으면 보통 떠나 버리니까 그때마다 너무 슬퍼서요. 헤어지는 건 너무 마음이 아파요.

Q. 마지막으로 앙상블 독자들에게 하고 싶은 말이 있나요?

엘리: 항상 최선을 다하는 모습으로 기억됐으면 좋겠습니다! 새해 복 많이 받으시고 올해도 행복하시길 바랄게요.

다른 사람이다.

다시 화보 사진을 보며 생각했다.

겉모습은 달라진 게 거의 없지만, 다른 사람이었다. 이 시절 엘리가 가지고 있던 것들을 나빈은 대부분 잃어버렸다. 그런 나빈이 스무 살의 엘리와 같은 사람일 수는 없는 것이다.

더는 찾아볼 마음이 들지 않아 검색창을 닫았다.

도서관을 간다는 핑계로 집을 나와야 했기 때문에 책가방을 멨다. 옷도 청바지에 베이지색 코트가 최선이었다. 화장은 당연히 의심받을 테니 할 수 없었다. 머리를 느슨하게 묶고 립글로스를 주머니에 챙겨 집을 나섰다.

아파트 단지를 나오자마자 머리끈을 풀었다. 맞바람에 머리칼이 산만하게 흩날렸다. 정시에 마포역에 도착했다. 오늘 나빈은 조금 늦을 모양이었다. 역 앞에 서서 휴대폰으로 사회면 기사를 확인하고 있는데 누군가 팔을 가볍게 건드렸다. 후드를 눌러쓴 나빈이 웃는 눈으로 나를 내려다보고 있었다.

"죄송해요. 기다렸죠?"

"네."

"늦었으니 제가 커피도 살게요."

시간을 확인하니 딱 3분 늦었다.

"그 정도로 늦은 건 아닌데요."

"아무튼 살게요."

몇 번 가 봤다고 카페까지 가는 길이 제법 익숙해졌다. 도중에 은미 이모의 가게도 지나쳐서 괜히 반가웠다. 카페는 여전히 사람이 없었다. 우리는 커피를 한 잔씩 사서 구석에 자리를 잡았다.

창에서 쏟아진 햇살이 나빈을 비추었다. 나빈은 눈을 찡그리고 블라인드를 살짝 내렸다. 블라인드 틈새로 층층이 햇빛이 들어왔다. 마치 빛의 단층을 보는 것 같았다.

나는 작게 숨을 삼켰다.

이 순간, 빛과 어둠의 조화가 모두 이 남자를 위해 존재하는 듯 완벽했다.

이렇게 마주 보고 있으니 어쩔 수 없이 어제 본 흑백 화보가 떠올랐다. 나는 필사적으로 화보 속 엘리와 눈앞의 나빈이 다른 존재라 생각하려 애썼다.

일단 화보 속 엘리는 스무 살이었고 내 눈앞의 이나빈은 스물여섯이었다. 하지만 이런 생각은 별로 도움이 되지 않았다. 세월은 오히려 그의 외모에 뭐라 형언할 수 없는 분위기를 덧댄 것 같았다. 다시 한번 렌즈에 그를 담는다면 그때와는 비교도 되지 않는 작품이 될 게 분명했다. 단순히 묘한 분위기에서 그치는 게 아니라 좀 더 퇴폐적인…….

대체 무슨 상상을 하고 있는 거야?

스스로가 형편없게 느껴져 얼굴이 화끈거렸다.

이건 내 잘못이 아니야. 애초에 그런 기획을 만든 잡지 기자와 그런 사진을 찍게 한 기획사가 문제지. 난 나쁜 생각을 한 게 아냐. 그냥 있는 사진을 본 것뿐이잖아?

열을 식히려 뺨을 짚었다.

"추운 데 있다가 들어와서 그런가, 얼굴에 열이 오르네요."

묻지도 않는데 나 혼자 변명을 했다. 가방에서 책을 꺼내던 엘리가, 아니 나빈이 내게 시선을 돌렸다.

"아……. 아까 많이 기다렸죠? 미안해요. 책 고르다가 늦었어요."

나빈은 책을 꺼내 내게 표지를 보여 주었다. 도스토옙스키의 '악령' 상권이었다. 다행히도 전공 서적을 보자 머리가 차갑게 식었다.

"다음 학기에 도스토옙스키 수업 열린다면서요. 다혜 씨도 들으실 거죠?"

"네."

"저도 들을까 해서요. 그래서 예습 삼아."

"미리 읽어 두면 좋겠죠."

악령은 학기 중에 짬을 내서 읽기엔 다소 두꺼운 책이었다.

"그리고 선배가 좋아하시잖아요."

"네?"

"도스토옙스키요. 좋아하신다면서요."

"아, 기억하네요."

나빈이 기쁜 듯 눈을 반짝였다. 이런 표정을 지을 때의 그는 다소 설익은 것처럼 풋풋한 느낌이 들기도 한다. 이런 사람이 야릇한 분위기를 자아낼 때, 그 간극 때문에 더 뇌쇄적으로 느껴지는지도 모르겠다.

"다혜 씨는 좋아해요?"

나빈의 질문에 퍼뜩 정신을 차렸다.

"도스토옙스키요?"

"네."

"좋아해요. 전 작품 중에서 악령이 제일 재밌었어요."

"아, 그래요? 전 이건 처음 읽어요. 아껴 뒀거든요."

그걸 시작으로 나빈과 나는 도스토옙스키에 관한 이야기를 한참이나 늘어놓았다. 체홉 이야기를 할 때의 나빈이 좋아하는 여자애 이야기를 하는 수줍은 소년 같았다면, 도스토옙스키 이야기를 할 때의 그는 뭐랄까, 열성적인 신자 같았다. 그는 다른 작품들도 다 좋았지만, 고교 시절 읽었던 '가난한 사람들'이 가장 좋았다고 했다. 그 작품은 도스토옙스키의 데뷔작으로, 두 사람이 주고받는 서간문의 형태로 된 소설이었다.

"다혜 씨도 편지 받는 거 좋아해요?"

"글쎄요. 받아 본 적이 없어서 모르겠어요."

"예전 남자 친구는 안 써 줬어요?"

"네. 요즘 누가 그런 걸 써요."

거기까지 말하고 슬쩍 지나가듯 다음 말을 흘렸다.

"선배는 많이 받아 보셨겠지만요. 팬레터."

"그랬죠."

뭐야, 부정도 안 하네.

"저도 다혜 씨한테 써도 돼요? 팬레터."

"절대 안 돼요."

"쓰고 싶은데."

"됐고, 책이나 읽어요. 벌써 한 시간이나 지나 버렸잖아요."

나는 이야기를 끊고 문제집을 펼쳤다. 나빈은 뭔가 아쉬운 듯 나를 보다가 이내 포기하고 책 표지를 열었다.

몇 문제를 풀다가 고개를 슬쩍 들고 나빈을 힐끔거렸다. 책장을 넘기는 그의 표정에선 화보 속엔 없던 생동감이 느껴졌다. 막 커피 잔에서 떨어진 입술은 겨울 햇살에 흠뻑 젖어 선명하게 붉었다.

그의 팬들은 엘리의 이런 모습도 알고 있었을까?

몰랐으면 좋겠다.

그 사람들은 내가 영영 보지 못할 나빈의 빛나는 시절을 봤으니까, 적어도 지금 이 얼굴은 나만 알았으면 좋겠다.

그때 나빈이 고개를 들었다. 그와 눈이 마주쳤다. 순간 그의 입가가 부드럽게 올라갔다.

"왜요?"

그가 작게 속삭였다. 너무 오래 쳐다봤다는 사실을 자각하고 민망해서 시선을 내렸다.

"책 재밌나 해서요."

"아직 잘 모르겠어요."

나빈은 손가락으로 뺨을 살짝 긁었다.

나는 다시 문제집에 고개를 박았다. 드문드문 책장 넘어가는 소리가 들렸다. 그 소리를 듣고 있으니 마음이 차분해졌다. 집중도 더 잘되는 것 같았다. 누군가와 마주 앉아 공부하고 책을 읽는 건 정말 즐거운 일이야. 그런 생각을 했다.

2, 30분쯤 지났을까. 어느 순간부터 책장 넘어가는 소리가 들리지 않았다. 너무 조용하다 싶어서 고개를 들었더니, 나빈은 엎드려서 잠들어 있었다. 펜을 종이에 꾹 누른 채 잠든 바람에, 인물들의 이름이 난잡하게 적힌 노트 위에 잉크가 번져 가는 중이었다. 조심조심 그의 손에서 펜을 빼 주었다.

이상하게 자꾸 웃음이 새어 나와 얼른 입을 가렸다.

겨울철이라 해는 빨리 저물었다. 덕분에 카페에서 나왔을 때는 6시인데도 밤처럼 깜깜했다. 아직 가로등이 켜지지 않아 더 그랬다.

나빈은 자다 깨기를 반복하며 악령의 초반부를 간신히 읽었고 나는 모의고사 세 과목을 전부 풀었다. 채점은 집에 돌아가 할 생각이었다.

"저녁 뭐 먹을까요?"

나빈이 물었다. 사납게 부는 바람에 그의 옷자락이 펄럭였다.

"포스드 랜딩 가요."

별 고민 없이 대답했다. 마침 거리도 멀지 않았다.

"근처에 다른 가게도 많은데. 혹시 저 배려해 주시는 거면 안 그래도 돼요."

나빈이 말했다. 딱히 그를 위한 선택은 아니었다.

"전 새로운 곳 찾는 거 싫어해요. 갔던 가게 가는 거 좋아하고. 거기 분위기도 편하잖아요."

지난번에 인사도 제대로 못 하고 나온 것 역시 마음에 걸렸다.

"좋아요."

그가 먼저 어두운 골목으로 발을 내딛으려 할 때였다.

어디선가 작게 탁, 하는 환청이 들리는 것 같더니 골목의 가로등이 일제히 빛을 밝혔다.

"와……."

나빈이 작게 감탄했다. 한발 늦은 점화가 마치 우릴 기다렸던 것 같았다.

"역시 다혜 씨랑 있으면 좋은 일이 계속 생기는 것 같아요."

그럴 리가 없다.

"선배 때문이겠죠."

"저는 좋은 일이랑은 거리가 멀어요. 다혜 씨 덕분일 거예요."

단순한 우연일 뿐인데. 나빈은 가로등의 점화가 대단한 기적이라도 되는 것처럼 즐거워했다. 그래서일까, 나도 그의 곁에 있으면 조금은 어린애가 되어 버리는 것 같다.

주말이라 그런지 가게에는 이미 손님이 두 팀 있었다. 저번에 우리가 앉은 자리에도 사람이 있어서 오늘은 문 근처에 자리를 잡았다. 이모가 나를 보더니 반기는 낯으로 다가왔다.

"다혜 왔네. 그날 둘이서 새해 잘 맞았어?"

"네."

"아뇨."

나와 나빈의 답이 엇갈렸다. 아무래도 거짓말을 해야 하는 타이밍이었나 보다.

"아⋯⋯. 아뇨."

뒤늦게 나도 고쳐 답했지만 이모는 이미 모든 것을 파악했다는 듯 비웃음을 띠고 있었다.

"뭐야, 무슨 나쁜 짓을 했길래 이나빈이 나한테 거짓말을 하지?"

"그런 거 아니거든요."

나빈이 인상을 찌푸렸다.

"이모가 괜히 이상한 소리 할까 봐 그런 거라고요."

"내가 무슨 말을 할 줄 알고?"

"그냥 한강 보면서 카운트다운한 것뿐이에요."

"한강을 어디서 봤느냐가 중요하겠지."

"이모, 다혜 씨가 불편해하잖아요."

그가 나를 끌고 들어왔다. 솔직히 말하자면 그렇게 불편하진 않았다. 오히려 안절부절못하는 건 나빈이었다.

"다혜, 얘네 집 거실에서 보는 한강 뷰 죽이지?"

이모가 능청스럽게 물었다.

"글쎄요, 안 가 봐서 모르겠네요."

내 대답에 이모는 눈을 가늘게 떴다. 그런 표정을 지어 봤자 정말 가 보질 않았으니 알 수가 없었다.

"연기 잘하네. 속겠어."

"죄송해요. 연기가 아니라 정말 안 가 봐서."

"됐어, 재미없어졌어. 아무튼 너희 오면 주려고 했던 거야."

이모는 바 뒤로 가더니 선반에 키핑되어 있던 양주 한 병을 가져왔다. 술은 손가락 두 마디 높이만큼 남아 있었다.

"이거 경후가 사 둔 건데 너네 마셔."

"그래도 돼요?"

라벨을 확인한 후 물었다. 술은 잘 모르지만, 고급스러운 라벨을 볼 때 비싼 게 틀림없었다.

"응. 다혜 왔으니까. 경후도 너 줬다고 하면 별말 안 할 거야."

"비싸 보이는데요?"

"지난번에 새해 맞이로 딴 거야. 그때 둘이 일찍 가서 같이 못 마셨잖아. 얼마 안 남은 거니까 그냥 비워 버려."

이모가 시원시원하게 말했다. 남의 술 가지고 호의를 베풀어도 되나 싶었지만, 나빈은 흔쾌히 받았다.

"네, 잘 먹을게요."

"선배, 괜찮으시겠어요? 술 많이 못 드시잖아요."

내가 알기로 나빈의 주량은 맥주 두 병이었다.

"괜찮아. 얘네 엄마가 얼마나 말술이었는데. 그러니 얘도 보고 배운 게 있겠지."

이모가 넉살 좋게 말했다. 뭔가 설득력이 있는 듯 없는 듯한 말에 그냥 고개를 끄덕여 버리고 말았다.

"그럼 선배한테 잠재력이 있을지도 모르겠네요."

"그런 잠재력은 없을걸요."

그는 자신 없이 대꾸했다.

곧 이모가 얼음이 담긴 잔을 두 개 갖다주고 주문을 받아갔다. 얼음 위로 독한 술이 미끄러져 내렸다. 증류주의 독특한 단내가 코를 찔렀다.

"엄청 독하네요."

나빈은 한 모금을 맛보고는 입을 가리고 콜록거렸다. 나도 순간적으로 식도가 화끈거려 미간이 저절로 구겨졌다.

"괜찮겠어요?"

"뭐, 아마 두 잔 정도는 괜찮지 않을까요?"

나빈이 자신 없이 대답했다.

"그런데 다혜 씨는 술 잘 마셔요?"

"선배보다는요."

"얼마나 마시는데요?"

나빈의 질문에 잠깐 생각에 잠겼다. 아직까지 만취할 정도로 마셔 본 적은 없었다. 가장 많이 마셔 본 건 뉴욕에서 와인 한 병을 혼자 비웠을 때였는데, 좀 어지럽긴 했지만 취했다는 느낌은 아니었다.

"이 정도 마시는 건 상관없을 거 같아요. 대신 평소보다 좀 일찍 들어가서 씻어야죠. 부모님이 저 술 마시고 들어오는 거 싫어하셔서요."

잔을 내려놓았다.

"그럼 9시쯤 나가면 되겠죠?"

나빈이 물었다.

"네, 죄송해요. 매번 시간 신경 쓰이게 해서."

"아뇨, 괜찮아요."

그는 엄지로 술이 묻은 입술을 가볍게 매만졌다. 자연스럽게 어제 본 화보가 겹쳐졌다. 기사나 게시물들도 연쇄적으로 떠올랐다. 뒤늦게 이나빈과 엘리를 떼어 보려 했지만 도저히 불가능했다.

오늘 들어 이런 게 벌써 두 번째였다. 나도 모르게 한숨이 흘러나왔다.

"왜 그래요, 다혜 씨?"

나빈이 나를 의아한 듯 바라봤다.

판도라의 상자는 마지막에 희망이라도 남았다는데, 내게 남은 건 양심의 가책뿐이었다.

죄책감이 귓가에 속삭였다.

그냥 말하고 털어 내라고. 털어 내고 나면 괜찮아질 거라고.

감추고 있으면 크게 느껴지는 비밀도 때론 털어놓고 나면 별것 아닌 게 되곤 한다. 나는 내 허튼 기분도 그런 부류의 것이라 생각했다.

"마음이 너무 불편해서 안 되겠어요. 솔직히 말할게요, 선배."

나는 심호흡을 하고 입을 열었다.

"뭘요?"

나빈이 눈을 동그랗게 떴다.

"저 사실 선배 스토킹했어요."

"네?"

나빈이 소리 내서 웃기 시작했다. 내가 얼마나 고민하고 고민하다 꺼낸 말인지는 전혀 모르는 듯했다.

"그만 좀 웃어요. 저 진지하니까."

"다혜 씨가 무슨 스토킹이에요?"

"인터넷에서요. 선배에 관해서 찾아봤어요."

나빈은 질색하지도 않았고 놀라지도 않았다. 그는 웃음을 멈추고 물었다.

"언제요?"

"이틀 전에요. 죄송해요. 소름 끼치죠?"

매끄러운 잔의 표면에 나빈의 손가락이 미끄러졌다. 곧은 손자국을 따라 유리잔에 맺혀 있던 물방울이 주르륵 흘러내렸다.

"그러면 안 되는 건데……. 죄송해요."

"음……."

나빈은 턱을 괴더니 나를 골똘히 응시했다. 그가 한참 말이 없자 가슴이 덜컥 내려앉았다.

어쩌면 나는 나빈을 너무 무르게 생각했던 걸지도 모른다. 이렇게 털어놓으면 그가 쉽게 내 행동을 용서하고 넘어갈 거라 무의식중에 믿었던 것이다.

어색한 침묵이 점점 길어졌다. 나빈은 무슨 생각을 하는지 입술만 잘근거리고 있었다.

역시 화났겠지. 그냥 말하지 말걸.

후회가 몰려왔다. 표정 관리를 할 수가 없었다. 목이 타서 술을 한 모금 마셨다.

선배랑 어색해지는 건 싫다.

이제야 내 솔직한 마음을 확실하게 깨달았다. 어느 틈에 나빈은 내게 멀어지기 싫은 사람이 되어 버렸던 것이다.

조금 울고 싶어졌다.

"저기, 다혜 씨."

이윽고 나빈이 다시 입을 열었다.

"네."

간신히 대답했다. 어떤 말을 듣든 감수하자고 다짐하면서도, 동시에 일어나 도망치고 싶은 충동이 들었다.

"거기 틀린 얘기도 많아요."

그가 작게 말했다.

"네?"

무슨 맥락인지 감이 오지 않았다.

"믿어 주실지 모르겠지만 진짜예요. 저 그렇게 이상한 사람은 아닌데……. 잘못된 얘기도 많이 올라와 있거든요. 사실이 아니라면 왜 그대로 뒀냐고 생각하실 수도 있겠지만, 그런 게 너무 많고, 전 이제 소속사도 없어서 개인으로 대응해야 하는데 그게 쉽지가 않아요. 사실 그동안은 그럴 의욕도 없었고. 다혜 씨가 그중 어떤 걸 봤을지는 모르겠지만……."

나빈의 목소리가 점점 절박해져 갔다.

"혹시 그런 글들을 읽고 실망하신 부분이 있다면, 저한테 한 번만 해명할 기회를 주면 안 될까요?"

그런 글만 읽고 이 남자를 싫어했던 사람이 많았을 것이다. 세 사람만 떠들어 대면 풍문은 곧 사실이 되니까. 내가 읽은 글 중에도 좋지 않은 말들이 많았지만 하나도 믿지 않았다. 내 눈으로 보고 판단해 온 이나빈을 더 믿고 싶었던 것이다.

"선배, 전 그냥 사과하려던 거예요."

"다혜 씨가 왜 사과를 해요?"

"스토킹이잖아요."

내 말이 뭐가 웃긴지 나빈이 피식했다.

"그리고 애초에 그런 헛소리들은 믿지도 않아요. 선배는 정말 좋은 사람인데……."

마지막 말은 그를 위로하려 덧붙인 것이었다. 나빈은 내 말에 동조도 반박도 하지 않았다. 그는 잔을 들어 남은 술을 비웠다. 얼음이 유리잔에 부딪히는 소리가 싱그러웠다.

"그건 그런 말을 하는 사람들이 나쁜 거잖아요. 그리고 선배에 대한 좋은 말이 훨씬 더 많았는걸요."

"그런데 항상 기억에 남는 건 나쁜 말이에요."

나빈은 비어 버린 잔에 다시 술을 채웠다. 황금빛 액체가 찰랑였다.

"곱씹게 되는 것도 나쁜 말이고. 이상하게 항상 그래요."

"신경 쓰지 마세요. 어차피 얼굴도 못 드러내고 욕하는 비겁한 인간들이잖아요. 비겁한 인간들한테 상처받지 마세요."

그는 내 말을 듣고 한참 말이 없었다. 그저 턱을 괴고 유리잔만 내려다볼 뿐이었다.

어떤 생각과 감정이 그의 안에 오가는지 나로서는 알 길이 없었다.

"제가 사람들을 실망시킨 건 사실이죠."

나빈이 작게 중얼거렸다. 그는 다시 시선을 들어 나와 눈을 마주쳤다.

"그래도 다혜 씨 말대로 신경 쓰지 않도록 노력해 볼게요."

그가 부드럽게 말했다. 그러더니 뭐가 재밌는지 또 혼자 웃었다.

"왜 웃어요?"

"아뇨, 다혜 씨가 이런 거 때문에 사과할 줄은 몰랐어요. 음, 이런 걸로 고민하다니 의외인데요. 아무렇지도 않게 생각할 줄 알았거든요."

"선배가 불쾌해할지도 모른다는 생각이 들어서요."

"뭐, 그렇진 않네요."

우리는 잔을 부딪치고 다시 술을 비웠다. 두 번째 잔이라 그런지 타는 느낌이 금방 잦아들었다.

"근데 어떤 거 봤어요? 영상?"

"아뇨. 영상은 하나도 안 봤어요."

내 말에 나빈은 일순 안도한 얼굴이 되었다. 지난번에 경후 삼촌과의 일도 그렇고, 나빈은 정말 영상만은 보여 주기 싫은 모양이었다. 그가 싫어하는 건 나도 이제 보고 싶지 않았다.

"다행이다. 그럼요?"

"뭐, 사진 같은 거……."

"앨범 재킷이요?"

"네, 그것도 봤고 또……."

"공연 사진?"

"그것도 봤고, 공항에서 찍은 것도 봤어요."

"공항이요? 아, 촬영 다녀왔을 때."

"네, 귀엽던데요."

"아……."

나빈이 갑자기 쭈뼛거리며 입을 다물었다. 귀엽다는 이야기를 골백번은 들었을 사람이 갑자기 그런 말을 난생처음 듣는다는 듯이 굴자 나까지 서먹해졌다.

"선배 말고 캐리어가요."

"아, 아, 네. 캐리어, 그거 협찬 받은 건데……."

나빈이 어색하게 웃으며 대꾸했다.

"또 뭐 봤어요?"

"인터뷰 기사?"

"어느 인터뷰요?"

"잡지 인터뷰였는데……. 뭔가 그때 선배는 제가 아는 선배랑 너무 달라서 다른 사람 같더라고요."

"왜요?"

"그냥 열심히 하셨구나 싶어서요."

"이젠 잘 기억도 안 나요."

나빈이 쓴웃음을 지었다.

"근데 무슨 기사였을까. 궁금하네요."

"정규 앨범 기사였는데. 개인 사진이랑 같이 실린 거요."

"정규 앨범……."

나빈은 뭔가 생각하는 듯했다. 곧 그의 얼굴에 당황한 기색이 스쳤다.

"혹시 흑백 사진 있는 거요?"

"네, 햄스터 이야기하신 인터뷰."

"그럼 그 사진도 봤어요?"

"네."

"아……."

갑자기 서먹한 침묵이 흘렀다.

그때 이모가 소스를 끼얹은 미트볼과 볶은 아스파라거스를 가지고 나왔다. 접시에서 모락모락 김이 올라왔다. 이 와중에도 토마토의 새콤한 향과 후추 향에 침이 고였다.

"분위기가 왜 이렇게 엄숙해? 초상 치르냐?"

이모가 침묵에 잠긴 우리 둘을 이상하게 쳐다봤다. 그녀가 돌아간 후 나빈이 입을 열었다.

"그땐 작가님이 컨셉을 그렇게 잡아서 어쩔 수 없었어요."

왜 나한테 변명을 하는지 모르겠지만.

"혹시 그 사진 본 거, 기분 상하셨어요?"

내가 조심스럽게 물었다. 나빈이 그 사진을 유독 껄끄러워하는 것처럼 느껴졌던 것이다.

"아뇨, 그런 건 전혀 아니에요."

나빈이 고개를 저었다.

"어차피 공개된 거니까 누가 봐도 상관없긴 한데. 이상하게 다혜 씨가 봤다니까 좀 신경 쓰여서요."

"아, 죄송해요."

아무래도 그렇겠지. 학과 후배에게 보여 주고 싶은 사진은 아닐 거다.

"죄송할 일은 전혀 아니에요. 아무튼 앞으로는 혹시 궁금한 게 있으면 저한테 물어보세요. 뭐든지 답해 드릴게요."

"뭐든지요?"

"네, 뭐든지."

나빈은 그렇게 말하고 다시 미소를 띠었다. 아까보다 조금 더 환하고 자연스러운 웃음이 내 마음을 치고 지나갔다. 나는 괜히 시선을 방금 나온 미트볼에 고정시켰다.

"아, 식기 전에 먹죠."

나빈이 말했다. 나는 먼저 그의 앞접시에 미트볼 하나와 아스파라거스 서너 개를 덜어 주었다.

"근데 저 사실 아까 기분 좋았어요."

그가 나이프로 미트볼을 자르며 말했다.

"뭐가요?"

"다혜 씨가 저에 대해 찾아봤다고 했을 때요."

그게 기분 좋을 일인가.

"그렇게 안 봤는데 의외로 관심을 먹고 사는 타입이신가 보네요."

"다혜 씨는 저한테 맨날 차갑잖아요. 문자도 늘 짧게 끊고."

"긴 용건이 있으면 길게 하겠죠."

"귀여운 이모티콘도 안 붙여 주고."

"그런 게 없는데요."

"없어요? 그럼 제가 지금 선물해 줄 테니까 써요, 알겠죠?"

"예?"

만류할 틈도 없이 나빈이 휴대폰을 꺼냈다.

"음, 잠시만요. 골라 봐야지."

"아뇨, 선배. 주셔도 안 쓸 거예요."

그는 내 말을 들은 체도 하지 않았다. 곧 내 휴대폰이 요란하게 진동하기 시작했다. 나는 한숨을 쉬고는 메시지 창을 확인했다. 확인한 다음엔 더 당황할 수밖에 없었다.

하나, 둘, 셋……

"아니, 선배. 그만 보내요, 그만."

"하나만 더요."

결국 나빈은 총 열 개의 이모티콘을 선물했다. 토끼, 고양이, 강아지, 펭귄, 정체 모를 생물, 고슴도치, 브로콜리……브로콜리? 인간들이란 브로콜리마저 귀여워하는구나. 절로 탄식이 나왔다.

나빈은 내가 괴로워하는 게 즐거운지 웃음을 터트렸다.

"뭐, 사실은 안 보내도 돼요. 다혜 씨는 지금도 너무 좋은데요. 굳이 쓸 필요 없어요."

"그런 말할 거면 주지도 마셔야죠."

이모티콘을 다 둘러보는 데만도 한참이 걸렸다. 받긴 받았는데 도무지 어떤 타이밍에 써야 할지 감도 오지 않았다. 아마 이대로 방치되겠지. 그런데도 나빈은 마냥 신나 보였다.

"그냥 이렇게 귀여운 게 세상에 있단 걸 알려 주고 싶어서
요."

"네, 덕분에 잘 알았어요."

"진짜 귀엽죠?"

나빈은 휴대폰을 만지작거렸다. 설마 또 선물인가 싶어 말
리려는데 메시지 창에 이모티콘 하나가 떴다. 하얀 고양이가
앞발을 흔들며 인사하는 그림이었다.

"갑자기 뭐예요?"

"다혜 씨도 하나 보내 주세요, 네?"

"아까까진 안 보내도 된다면서요……."

"딱 한 번만요. 제 소원이에요. 진짜 평생 소원이에요."

평생 소원치고는 너무 하찮았다.

"진짜 한 번만이에요."

"네!"

"저 이런 거 보내 본 적 없는데……."

대체 뭘 보내야 할지 몰라 뒤적거리다 그냥 나빈과 똑같은
이모티콘을 보냈다.

"귀여워."

나빈이 메시지 창을 보며 중얼거렸다. 술에 벌써 취한 건
지 뺨에도 살짝 홍조가 돌았다.

"선배랑 똑같은 거 보낸 건데요."

"그래도 다혜 씨가 보내면 훨씬 더 귀엽거든요."

"같은 건데요."

"다르거든요."

무의미한 입씨름을 이어 가다 내가 먼저 입을 다물었다. 취한 사람에게 우겨 봤자 뭐 하겠냐는 생각에서였다.

"제 말이 맞죠?"

나빈은 좋을 대로 생각했는지 의기양양하게 생글거렸다.

우리는 이모의 말대로 남은 술을 다 마셨다. 미트볼과 아스파라거스도 깨끗이 먹어 치웠다. 오늘 나빈은 평소보다 좀 잘 먹어서, 보는 내가 기분이 좋았다.

가게를 나왔을 때는 9시였다. 더 오래 있고 싶었지만 어쩔 수 없었다. 건물 바로 앞에서 내가 먼저 물었다.

"선배, 집까지 바래다드릴까요?"

"예?"

나빈은 내가 엄청난 말이라도 한 것처럼 당황했다.

"좀 취하셨잖아요."

"그 정도는 아니거든요. 여의도까진 다녀올 수 있어요."

나빈이 미간을 찌푸렸다.

"여의도까지 오겠다고요?"

돌아가는 길이 더 걱정스러웠다.

"안 되나요?"

"안 돼요."

"바로 집에 들어가기 싫은데. 집에 아무도 없잖아요."

마지막 말 때문에 마음이 약해졌다.

"그럼 오늘은 지하철역까지만. 어때요?"

내가 타협점을 제시하자 그가 마뜩찮은 얼굴로 고개를 저었다.

"저 진짜 괜찮은데."

"전혀 안 괜찮아 보이거든요. 그리고 저희 집 지하철역에서 가까운 거 아시잖아요. 그렇게 늦은 시간도 아니고."

시각은 아직 9시였다.

"그것보단 그냥 다혜 씨랑 좀 더 얘기하고 싶어서요."

"그럼 개찰구에서 헤어지는 걸로 해요. 더는 안 돼요."

"네, 그럴게요."

"죄송해요. 늘 일찍 들어가야 해서."

"또 보면 되는데요, 뭐."

나빈이 손을 내저었다. 별로 대화를 길게 나누지도 못했는데 지하철역에 도착해 버렸다.

개찰구 앞에서 발걸음을 머뭇거렸다. 전광판을 보니 아직 지하철은 두 역 전이었다. 나빈도 내게 빨리 가 보라는 말을 하지 않았다. 우리는 마주 서서 잠깐 더 이야기를 나눴다.

"선배, 다음 주 학회 가 보실 생각이세요?"

"가 보고 싶긴 해요. 방학 동안 할 일도 없고. 아무나 가도 되는 거라면서요. 다혜 씨는 아직 고민 중이에요?"

"네, 그날 학원 수업이 있으니까……. 그런데 자주 있는 행사는 아니니까 가 보고 싶긴 해요."

지하철은 한 역 앞으로 다가왔다. 더 시간을 끌 수는 없다. 자칫하다간 열차를 놓칠지도 몰랐다.

그냥 다음에 탈까.

그런 유혹을 간신히 이겨 내고 인사를 건넸다.

"가 볼게요. 잘 들어가시면 연락 주세요, 선배."

"걱정하지 마세요. 저 이 동네에서 오래 살았어요. 다혜 씨도 연락 줘요."

나빈과 시선이 마주쳤다. 그는 다정한 눈길로 나를 바라보았다. 뺨에 내려앉는 첫눈처럼 사뿐하고 간지러운 시선이었다. 문득 너무 아쉬운 내색을 해 버렸다는 생각이 들었다.

"그럼 다음에 봬요."

나는 고개를 숙여 인사하고 돌아섰다. 개찰구를 지나는데 뒤에서 삑 소리가 울렸다. 돌아보니 나빈이 짓궂게 웃고 있었다.

"아, 다혜 씨. 나 교통카드 찍어 버렸어요."

"네?"

"어떡하죠? 여의도까지 가야겠네."

말로는 곤란한 척하면서 여전히 웃는 눈이었다. 어지간히도 말을 안 듣는다. 어처구니가 없어 웃음만 나왔다.

"어쩔 수 없네요."

나빈은 장난기 어린 미소로 내 옆에 따라붙었다. 그는 주머니에서 검은 마스크를 꺼내 썼다.

결국 나는 그와 아파트 입구에서 헤어졌다. 감기가 나은 지 얼마 안 됐으니 오늘은 걸어가지 않기로 나와 약속했다.

"다음에 또 봐요. 연락할게요."

나빈이 손을 흔들었다.

집에 도착하니 부모님은 아직 귀가하기 전이었다. 신년이라 일정이 많은 모양이었다.

알콜 냄새를 뺄 겸 뜨거운 물로 샤워를 했다. 얼굴을 타고 내리는 물줄기에 술기운도 씻겨 내려갔다. 나는 양 손바닥으로 얼굴을 몇 번이고 문질렀다.

다음에 또 보자던 인사가 뇌리에 맴돌았다.

그가 말하는 다음이 너무 멀지 않았으면 좋겠다는 생각이
들었다.

4.

 나빈은 약속대로 잘 들어갔다는 메시지를 보냈다. 우리는
잘 자라는 말을 끝으로 대화를 마쳤다. 밤 인사를 나눈 후에
도 나는 한참 잠을 설쳤다.

 눈을 감으면 그와 보낸 저녁이 떠올랐다. 녹진한 불빛, 달
콤한 술 향기, 결코 내가 가질 일이 없을 것 같은 한 사람.

 더는 생각하고 싶지 않았다. 나빈이 싫어서가 아니었다. 나
빈이 나쁜 사람이어서도 아니었다.

 두 번의 연애를 처참하게 실패한 후, 나는 다시는 누구도
사랑하지 않기로 다짐했다. 이미 충분하다고, 남자를 세 번이
나 사랑하는 건 바보들이나 하는 짓이라고 생각했다.

 더군다나 나빈의 태도는 너무도 다정하고 친밀했다. 그의
호의를 괜한 욕심으로 더럽히고 싶지 않았다.

 앞으로는 적당히 거리를 둬야지. 그렇게 생각하면서도 하

루에도 몇 번씩 그와의 메시지 창을 켰다. 메시지는 오지 않았고, 지난 대화 목록만이 쓸쓸히 남아 있었다.

학원 생활은 외로웠다. 이미 서로 면식이 있는 수강생들이 있어서 더 그랬다. 같은 학교에서 왔다는 여자아이 둘이 반 분위기를 주도했다. 거기에 남자애들 서넛이 붙어 금방 한 무리를 이루었다. 다른 학생들도 저마다 말을 붙이거나 이야기를 섞는데 나만 어울리지 못하고 외따로 있었다.

사람들 사이를 홀로 표류하는 것처럼.

항상 이랬다. 초등학교, 중학교, 고등학교, 그리고 대학교까지.

익숙한 일이었지만, 늘 불편했다.

점심은 주로 학원 옆 식당가에서 해결했다. 혼자 밥을 먹으며 나빈이 보내 준 이모티콘들을 다시 구경했다. 계속 보다 보니 그가 어떤 느낌을 좋아하는지 대충 알게 되었다.

수요일 점심시간, 학원 근처 문구점에 들렀을 때였다. 노트와 필기구를 사고 나오는데 계산대 옆 선반에서 나빈이 좋아할 만한 인형이 한눈에 들어왔다.

선배라면 이런 걸 좋아하겠지. 취향이 너무 어린애 같아.

그런 생각을 하며 통통한 병아리 인형을 구경하고 있는데 휴대폰이 울렸다. 나빈의 메시지였다. 괜히 방금 생각을 들킨 것 같아 심장이 두근댔다. 심호흡하고 메시지를 확인했다.

[다혜씨]
[학원이 신림이라고 했죠?] 오후 12:45

오후 12:45 [네.]

[잘됐다]

[저 오늘 오후에 일이 있어서 신림 가거든요]

[괜찮으면 귀가할 때 같이 갈래요?] 오후 12:46

상자 안에 들어간 고양이가 수줍게 머리를 들어 올렸다.

오후 12:47 [무슨 일로요?]

[삼촌 사무실이 신림 근처인데]

[잠시 일 좀 도와달라고 하시네요] 오후 12:47

오후 12:47 [6시에 마치는데 괜찮으세요?]

[네!!]

[딱 맞겠는데요? 어디서 볼까요?] 오후 12:47

오후 12:48 [신림역이요. 내려가면 6시 반 전에는
도착할 거예요. 버스 정류장 앞에 중고 책방 있으니까
거기서 기다려도 되고요.]

[아 아니면]

[학원 알려 주면 제가 앞으로 갈게요!!] 오후 12:48

오후 12:49 [그럼 그렇게 해요.]

나는 학원 이름을 알려 주고 곧바로 메시지 창을 껐다. 귓
가가 뜨거웠다.

충동적으로 노트와 함께 병아리 인형도 사 버렸다.

강의 내내 전혀 집중이 되지 않았다. 안 그래도 지루하던
언어 추리 영역이었다. 계속 딴생각을 한 탓에 연습 문제도

절반이나 틀렸다. 주머니에 손을 넣으면 보송보송한 병아리 인형이 잡혔다. 삐악삐악 소리를 내며 고개를 들이밀 것도 아닌데 괜히 더 깊숙이 집어넣었다.

나빈에 대한 나의 기분도 이렇게 어딘가 깊숙한 곳에 넣어 둘 요량이었다. 철이 바뀌고 해가 바뀌는 동안 잊고 있다가, 먼 훗날 우연히 찾게 되겠지. 그때 홀로 내 감정을 돌아보고 추억에 잠기고 싶었다.

어느 쓸쓸한 계절에, 나는 내 감정이 무엇이었다고 정의할까.

수업을 마치고 가방을 챙겨 나왔다. 학원 건물 바로 앞에서 나빈이 나를 기다리고 있었다. 검은 마스크를 쓴 그를 몇몇이 힐끔거리며 지나갔다. 내가 다가가자 그가 눈웃음을 지었다.

"다혜 씨."

"이거 받아요."

나는 주머니에서 병아리 인형을 꺼내서 내밀었다.

"네?"

나빈은 고개를 갸웃하며 인형을 집어 들었다. 마스크를 쓰고 있어 그의 입이 웃고 있는지 아닌지 알 수 없었다.

"갑자기 웬 인형이에요?"

"전에 누가 줬는데 별로 마음에 안 들어서요. 전 그런 취향 아니거든요."

"태그도 안 뗐네요?"

"취향 아니라서요."

일부러 쌀쌀맞게 말하고 먼저 길을 걸어갔다. 같은 수업을 듣는 아이들이 지나가며 나빈과 나를 신기하게 쳐다보는 게 느껴졌다.

"고마워요, 다혜 씨."

나빈이 나를 따라오며 말했다.

"됐어요. 저번에 이모티콘도 잔뜩 선물해 주셨으니까 답례라고 생각하세요."

"그건 내가 좋아서 준 건데."

그렇게 말하면서도 나빈은 인형이 퍽 마음에 드는 듯 손에서 놓질 못했다.

정류장에는 버스를 기다리는 사람들의 줄이 늘어져 있었다. 나빈은 나와 나란히 서서 병아리 인형을 만지작거렸다.

"이거 다혜 씨 닮았어요."

나빈이 인형을 내려다보며 말했다.

"제가 새를 닮았다고요?"

"아뇨, 병아리요."

"그게 새잖아요."

"어……. 따지자면 이건 인형이죠. 새가 아니라."

듣고 보니 맞는 말이라 반박할 수 없었다.

"아무튼 저랑 닮지는 않은 거 같은데요."

"닮았어요."

"어디가요?"

"분위기가요."

절대 동의할 수 없었다.

버스가 도착했다. 사람들이 하나둘 버스에 올라타기 시작했다.

"선배, 봉제 인형 좋아하시죠?"

"네. 제가 말한 적 있던가요?"

"그렇게 보여서요."

승객들을 비집고 버스 뒤편으로 갔다. 사람들이 가득 탄 덕분에 손잡이를 안 잡아도 넘어지지 않을 정도였다. 나빈은 내 뒤쪽에 섰다. 버스가 출발하며 등이 가볍게 그의 몸에 부딪혔다. 차창에 어렴풋이 비친 모습을 보니, 내 정수리가 그의 턱 아래 닿을 듯 말 듯 했다.

"인형이 뭐가 좋아요? 어차피 천 안에 솜 넣어 둔 건데."

삐딱하게 물었다. 버스 창문에 나빈의 얼굴이 비쳤다. 그는 여전히 웃는 눈이었다. 차가 출발하며 사람들이 바람을 맞는 나무처럼 일제히 흔들렸다. 나빈이 내 어깨를 가볍게 잡았다.

"그렇게 생각하면 사람도 어차피 물질에 불과하잖아요."

나빈이 말했다. 그 말 역시 딱히 반박할 수 없어 고개를 끄덕였다.

저녁 시간이라 지하철역까지는 한참 걸렸다. 평소에는 10분이면 될 거리였지만 이 시간에는 늘 두세 배 시간을 잡아먹었다. 라디오에서는 이번 주말 눈이 내릴 거라는 소식이 흘러나오고 있었다. 신년의 첫눈으로, 폭설이 예상된다고 했다.

"학회 가는 건 생각해 봤어요?"

나빈이 물었다. 학회는 어느덧 이틀 뒤로 다가와 있었다.

"학원 때문에 좀 고민을 해 봤는데……. 연출님은 자주 뵐 수 있는 것도 아니니 가 볼까 해요. 학원 수업은 인강으로 다시 들을 수도 있거든요. 선배는요?"

"학회가 몇 시예요?"

"오후 2시예요. 인문대에서."

"아, 그럼 그날 만나서 같이 갈까요? 전 가는 김에 중도도 들를까 해서요."

"네. 그럼 그날 인문대 앞에서 보는 걸로 해요. 교수님이 바냐 삼촌에 관해 발표하신다니까, 미리 텍스트 읽고 오시면 도움이 되실 거예요."

느릿느릿 굴러온 버스가 드디어 신림역 근처에 멈췄다. 내리자마자 숨을 크게 들이쉬었다. 버스 안에서 갑갑했던 속이 뚫리는 것 같았다. 인파에 이리저리 치이며 지하철역을 내려갔다.

"사람 적으면 좋겠어요."

나빈이 부질없는 바람을 이야기했다.

"이 시간에는 그냥 탈 수 있는 걸로 감사해야 해요."

내가 대꾸했다. 이미 개찰구에 들어가기 전부터 신림역에는 사람들이 바글거렸다.

계단을 내려가니 플랫폼 역시 붐볐다. 스크린 도어 앞의 줄들이 너무 길어 나빈과 나는 플랫폼 저 끝까지 걸어갔다.

나는 플랫폼이 좋다. 플랫폼은 헤어짐의 장소이기 때문이다. 이렇게 플랫폼을 걸어가고 있으면 이곳에서 헤어진 많은 사람들이 떠오른다. 헤어짐을 예감했던 사람도 있었고, 다시 만날 줄 알았지만 영영 만나지 못하게 된 사람들도 있었다.

모든 인연은 다 마지막 만남이 있다. 언젠가 선배와 나도 서로의 길을 가게 되겠지.

그럼 나는 또 이렇게 플랫폼을 걷다 조금은 다정한 기분으로 이 사람을 떠올리게 될 것이다.

돌아가는 열차 안에서 나빈은 심심하면 병아리 인형을 꺼내 만지작거렸다. 그 모습을 보고 있으니 나도 모르게 입꼬리가 올라갔다.

언제부터인지 모르겠다. 나빈이 행복해하면 나도 즐거워졌다. 내가 이 사람을 행복하게 해 줬다는 생각에 가슴 한구석이 벅차오를 때도 있었다.

시시콜콜한 이야기를 나누다 보니, 열차는 금방 여의나루역에 도착했다. 오늘은 평소와 반대 방향이라 내가 먼저 내려야 했다.

"다 왔네요."

나빈이 아쉬운 듯 말했다.

문이 열렸지만 나는 내리지 않았다.

"어, 다혜 씨. 안 내려요?"

"오늘, 마포에 일이 있어서……."

충동적이었다. 그냥 선배랑 조금 더 시간을 보내고 싶었던 거다.

"무슨 일이요?"

"아, 그게……."

둘러댈 말을 찾으려고 끙끙댔다.

"그, 꽃, 있잖아요."

"꽃?"

"마포역 앞 꽃집. 거기 구경하고 가려고……."

"아, 거기 예쁘죠."

나빈은 내 허술한 변명을 듣고도 환하게 웃었다.

우리는 마포역에 내려 꽃집을 들렀다. 나빈은 하얀 국화 한 송이를 사고, 나는 꽃들을 구경만 했다. 역시 여기서도 가장 화사한 건 나빈이었다.

그는 또 다리를 건너 나를 집 앞까지 바래다주었다. 우리는 다리 한가운데서 잠시 걸음을 멈추고 꽃을 던졌다. 그리고 흰 꽃을 삼켜 버린 암흑을 한참이나 바라보았다.

신림에서 오전 수업을 듣고 점심시간에 학원을 빠져나왔다. 전날 밤 바냐 삼촌의 대본을 꺼내 다시 꼼꼼히 읽었다. 그 바람에 늦게 잠들어 약간 졸렸다. 중간에 편의점에서 삼각김밥과 커피를 사 먹고 지하철을 탔다.

학교 앞 지하철역에 도착했을 때는 1시 반이었다. 곧바로 학교로 가지 않고 지하철역 화장실에서 옷매무새를 다듬었다. 블라우스 단추를 괜히 다시 잠그고, 점퍼의 옷깃도 판판하게 폈다. 그리고 아침에 몰래 챙겨 온 립글로스를 꺼내 입술에 발랐다.

나빈은 약속한 대로 인문대 앞에서 나를 기다리고 있었다. 오전에 학교에 와서 책을 읽었다고 했다.

"학회는 처음 가 봐요."

계단을 올라가며 나빈이 말했다. 놀이동산에 가는 아이처럼 묘하게 설레는 듯한 눈빛이었다.

"그렇게 재밌진 않아요."

웃으며 대꾸했다.

학회가 열리는 장소는 인문대 3층의 강의실이었다. 학회 시작까지는 시간이 좀 있었기에 자리는 비교적 한산했다. 내 생각엔 학회가 본격적으로 열려도 별 차이는 없을 것 같았다.

일을 도우러 온 대학원생들이 분주하게 움직였다. 희곡 강의를 맡았던 교수님도 그들 사이에서 일을 돕고 있었다. 깔끔한 단발에 회색 정장을 갖춰 입은 그녀는 이 강의실에서 단연 돋보이는 존재였다.

교수님이 우리를 알아보고 먼저 미소를 보냈다. 우리는 프린트물을 정리하던 그녀에게 다가갔다.

"잘 왔어요, 서다혜 씨, 이나빈 씨."

그녀가 선뜻 먼저 내게 악수를 청했다. 나는 그녀의 손을 마주 잡았다. 그녀는 이어 나빈과도 짧게 악수를 나눴다.

"방학은 어떻게 보내고 있어요?"

"잘 보내고 있습니다."

나빈이 대답했다.

"서다혜 씨는?"

"저도 잘 보내고 있어요."

교수님은 그런 하나 마나 한 대답을 바란 게 아닌 모양이었다. 그녀는 나를 삐뚜름하게 보더니 다시 질문을 던졌다.

"그래요? 요즘 학생들은 주로 방학 때 뭘 하면서 보내나요?"

"졸업 후 진로 준비 같은 걸 해요."

내가 모호하게 대답했다.

"아, 서다혜 씨가 이제 4학년이군요. 그럼 이나빈 씨도 슬슬 졸업할 땐가요?"

"아뇨, 저는 한참 멀었습니다."

나빈이 살짝 웃음을 흘렸다. 지금부터 그가 휴학 없이 쭉 학교를 다닌다 해도 졸업에 2년 반은 걸릴 거다. 그럼 그때 나빈은 스물여덟일 테고. 스물여덟의 그는 어떤 사람이 되어 있을지, 어떤 길을 선택할지, 상상이 가지 않았다.

"두 사람이 왔으니 저녁이라도 같이해야 할 텐데 어떡하죠? 오늘은 여기 오신 선생님들이랑 뒤풀이 자리가 있어서요. 혹시 같이 갈 생각 있어요?"

나빈과 나는 누가 먼저라 할 것도 없이 고개를 저었다.

"잘 생각했어요. 꼰대들 오는 자리라 재미없어요."

교수님의 거침없는 단어 선정에 살짝 놀랐다.

"다음 학기에도 수업하세요?"

나빈이 물었다.

"수업요? 학부 전공은 안 해요. 대학원 수업 하나, 교양 하나. 그나마도 교양은 완전 내 전공은 아니고. 뭐, 대학 돌아가는 게 다 그렇잖아요?"

"그럼 다음 학기는 희곡 수업은 없는 거네요."

나빈은 약간 아쉬운 투였다.

"그렇게 됐어요. 그래도 학교는 나오니까 기회 되면 식사 한번 살게요. 내 연락처 알잖아."

"연락드리겠습니다."

"그래요. 재밌게 듣고 가요. 내 발표가 재밌었으면 좋겠네. 참, 류태연 연출님이 곧 올 텐데."

교수님이 말을 마치기 무섭게 류태연 연출이 강의실로 들어왔다. 몇 해 만에 보는 것이었지만 그녀는 참 변한 게 없었다. 내 얼굴을 본 그녀의 눈이 잠시 가늘어졌다 돌아왔다.

"아, 누군가 했네. 우리 본 적 있죠? 예전에."

"네."

"이름이 뭐였죠? 서다혜 씨? 맞나?"

그녀가 나를 알아보고 기억한다는 사실에 놀랐다.

"그때 우리 극예술 연구회 뒤풀이에서 봤지? 내 공연 세 번 봤다고 했잖아. 맞죠?"

"네, 네! 저기, 그때 공연 너무 좋았어요, 연출님."

나도 모르게 목소리가 올라갔다. 류태연 연출이 씩 웃었다.

"기억나, 전에 우리 얘기 많이 했잖아. 근데 요즘은 극회 안 나와요? 올해 갔는데 못 봤던 거 같아서."

"네, 요즘은……."

류태연 연출이 날 기억하다니. 일순 정신이 아찔했다.

"아, 우리 만났을 땐 서다혜 씨가 신입생이었는데. 그죠? 근데 극회는 왜 안 나가요? 바빠서? 아니면 이제 연극에 관심 없어요? 아, 관심 없으면 여기도 안 왔겠구나. 내가 서다혜 씨 연락처 갖고 있나? 잠깐만요. 확인 좀 해 보고. 이거 맞아 요?"

류태연 연출은 분주하게 휴대폰을 뒤적이더니 화면을 내 코앞으로 내밀었다. 뉴욕에 가기 전에 사용하던 옛날 번호였 다.

"아, 번호 바뀌었어요."

"다시 알려 줘요, 그럼. 내가 공연 새로 하면 한번 초대할 게. 근데 옆은 누구야? 남자 친구예요? 너무 잘생겼는데? 일 반인 맞아요? 배우인가? 이 스펙에 배우라면 내가 모를 리가 없는데."

"저희 학과 선배예요."

휴대폰에 새 번호를 입력해 돌려주며 말했다.

"그래요? 혹시 배우에 관심 있으면 연락해요. 아, 근데 무대보단 카메라겠다."

"다혜 씨, 제가 연기를 얼마나 못하는지 좀 설명해 드리세요."

나빈이 귓가에 소곤댔다.

"저희 선배는 연기를 한강 갈매기처럼 하세요. 아마 갈매기가 더 잘할 거예요."

그의 연기 실력을 최대한 확실하게 설명해 보려 노력했다.

"아, 그래요? 갈매기랑은 작업하기 힘들지."

류태연 연출의 얼굴에 가벼운 실망의 빛이 스쳤고,

"다혜 씨, 그건 좀 너무한 거 아닌가요……."

나빈이 상처받은 목소리로 중얼거렸다. 류태연 연출은 한참이나 올해 공연 계획에 대해 이야기하다가 학회가 시작되자 자리로 갔다. 나빈과 나는 맨 뒷자리로 와서 앉았다.

"다혜 씨, 희곡 교수님 좋아하죠?"

자리에 앉자마자 나빈이 작은 소리로 물었다.

"네, 좋아하죠. 멋있잖아요. 교수 같지 않다고 할까."

"하긴. 다혜 씨가 더 교수님 같죠."

"지금 공격하신 건가요?"

"갈매기보단 낫잖아요?"

몰랐는데 뒤끝이 있는 것 같다.

"모스크바 예술 극장의 엠블럼이 갈매기예요, 선배. 자랑스러워하셔도 돼요."

"아무 말이나 하지 마세요."

"진짠데."

발제문을 뒤적이며 딴청을 피웠다. 오늘 발표는 총 3개였다. 마지막 차례가 교수님의 발표였다.

"근데 연출님은 훨씬 더 좋아하나 봐요. 맞죠?"

나빈이 다시 속닥거렸다.

"류태연 연출님은 제가 존경하는 분이에요. 선배도 그 공연을 봤으면 제 반응이 이해가 됐을 텐데."

"어떤 기분인지 알죠, 그거. 나도 다혜 씨 팬이라서 다혜 씨 앞에서 그렇거든요."

또 저런 말을 한다. 나는 나빈을 향해 눈을 흘겼다.

"앞으로 팬이라는 단어 금지예요."

"팬 서비스가 너무 야박한데요?"

"발제문이나 읽어요."

"진짜 난 아까 연출님이랑 대화할 때, 다혜 씨 아닌 줄 알았잖아요. 다혜 씨한테 그런 모습도 있었구나."

나빈은 은근히 놀리는 듯한 말투였다. 곁눈으로 그를 노려봤다.

"무슨 뜻이죠?"

"갈매기가 무슨 뜻이 있겠어요."

"뒤끝 진짜 기네."

"갈매기가 무슨 뒤끝이 있겠어요."

첫 발표가 시작된 바람에 대화는 거기서 끊겼다.

5분쯤 지났을 때, 뒤늦게 강의실 앞쪽 문이 열리더니 노신사 한 명이 들어왔다. 톨스토이 수업을 진행했던 학과장이었다. 그는 이쪽을 흘깃하더니 내 얼굴을 빤히 응시했다. 나도 그를 알아보았기에 고개를 숙여 인사했다.

학회는 예상보다 재밌었다. 중간중간 지루할 때도 있었지만, 희곡 교수님의 발표만으로도 들으러 올 가치가 있었다. '체홉 드라마투르기의 새로운 방향성 모색'이라는 제목의 발표였다. 발표가 끝난 후 류태연 연출이 여러 가지 질문을 던졌다. 질문도 수다스럽긴 했지만 내가 근접할 수 없는 통찰력이 있었다. 오래전 그녀가 연출한 바냐 삼촌을 보았던 기억이 떠올랐다.

"저도 연출님이 하신 바냐 봤으면 좋았을 텐데."

나빈이 아쉬운 듯 중얼거렸다.

"영상이 있긴 한데……. 공연은 영상을 위해 만들어진 게 아니다 보니 아무래도 그대로 느껴지진 않죠. 저도 몇 번 봤지만 다시 그 느낌이 들진 않더라고요."

"인생이랑 비슷하네요. 지나가면 다시 돌아갈 수 없다는 게."

나빈이 말했다.

"뭐, 단 한순간도 재현될 수 없다는 점도 비슷하죠."

사진을 남기고 영상을 찍어도 소용없다. 매 순간은 사라지고, 우리는 기억이라는 편집된 형식으로만 그 순간을 다시 체험할 수 있다.

나빈과 나의 순간도 이렇게 지나가고 있었다. 나도 그도 언젠가는 대학을 떠난다. 우리가 지금 앉아 대화를 나누는 강의실 책상엔 다른 학생들이 밀물처럼 밀려왔다 썰물처럼 빠져나가겠지. 그런 일들이 몇 번 반복되면 우리의 기억 속에서 대학 시절은 가물가물한 흐린 추억으로만 남을 것이다.

그런 생각을 하자 조금 서글퍼지는 동시에 이 순간이 새삼 소중하게 느껴졌다.

학회는 알찼고, 도중에 간식으로 나눠 준 과자도 맛있었다. 초콜릿 필링이 들어간 바삭바삭한 과자였는데 나빈은 그거 하나를 네 등분해서 아껴 먹었다.

왜 이렇게 맛있는 걸까요, 나빈이 처량하게 중얼거렸다.

모든 게 좋았다. 학회가 끝나고 학과장이 나를 부르기 전까지는.

"서다혜 씨, 나 좀 봅시다."

학회가 끝나고 학과장이 내게 다가왔다. 막 희곡 교수님과 류태연 연출에게 인사를 하던 참이었다. 학과장의 표정이 좋지 않았다. 지루한 사람이긴 했지만 좀처럼 학부생들에게 신경질을 내는 일은 없었던 터라 저런 표정을 짓는 건 상당히 이례적이었다.

"학점 받고 이상하단 생각 못 했어요?"

그가 다짜고짜 물었다. 학과장의 표정이 심상치 않았는지 류태연 연출이 희곡 교수님의 팔을 쿡 찔렀다. 교수님도 영문을 모르겠다는 듯 작게 고개만 저었다.

"어……."

결석도 안 했고 시험 답안도 모두 썼다. 중간 리포트는 나름대로 칭찬도 받았다. 그래서 사실 D라는 학점에 충격을 받은 건 사실이었다.

"나는 서다혜 씨가 그거 보고 나한테 연락이 올 줄 알았는데 안 오더라고. 오면 내가 한마디 하려고 했거든."

"무슨 말씀이세요?"

학과장은 뭔가 오해를 하고 있는 것 같았다. 어떤 오해를 한 건지 말해 주면 적극적으로 해명할 생각이었다.

"내가 지난달에 전화 한 통을 받았어요."

전화? 전혀 예상치 못한 단어였다.

"서다혜 씨, 고등학생이에요?"

"교수님, 무슨 말씀이신지 모르겠어요."

"서다혜 씨 어머니가 나한테 전화를 했어요. 모른다고요?"

학과장은 생각만 해도 불쾌하다는 듯 인상을 구겼다. 머리가 띵했다.

"네? 언제요?"

"학기 마친 주말이었나. 토요일 오후였던 것 같네요. 워낙 기가 차서……."

학기가 끝난 토요일 오후. 김 변호사를 만나러 가던 길에 엄마와 말다툼을 했던 바로 그날이었다.

"무슨……."

무슨 내용이었냐고 묻기도 전에 날 선 말들이 쏟아졌다.

"내가 왜 서다혜 씨 때문에 학과 내의 학생 관리를 잘하라는 말을 들어야 하지? 내가 학생들 교우 관계까지 챙겨야 해요?"

"……죄송합니다."

고개를 들 수가 없었다.

"아니, 사안이 어찌되었건 어떻게 학부모가 전화를……. 서다혜 씨 성인 아니에요? 나한테 불만이 있으면 직접 이야기를 하고, 자기 문제는 스스로 처신할 수 있는 나이 아니냐는 거예요."

"죄송합니다, 교수님……."

"학점은 원래 받아야 할 점수로 정정해 두죠. 하지만 두 번 다시 이런 일은 없었으면 좋겠어요. 대학생이면 대학생답게 처신하세요."

학과장은 홱 돌아서서 강의실을 나갔다. 여러 가지 이유로 죽고 싶어 봤지만, 오늘처럼 창피해서 죽고 싶었던 적은 또 없었다. 눈시울이 화끈거렸다. 교수님과 류태연 연출에게 대충 인사하고 강의실을 도망치듯 빠져나왔다.

"다혜 씨, 괜찮아요?"

나빈이 따라오며 물었다.

모두 최악이었다. 심지어 이 순간 나빈이 옆에 있다는 사실마저 화가 났다.

"말 걸지 마세요. 죽고 싶으니까."

복도에 울리는 내 발소리로부터도 도망치고 싶었다.

건물을 나오자마자 혹풍이 나를 맞았다. 캠퍼스에는 이미 어둠이 내렸다. 맞바람이 치는 언덕을 빠른 걸음으로 내려갔다.

집에 들어가면 저녁 시간이겠지. 엄마가 들어왔을까? 도저히 집에 가서 속 편히 밥을 먹을 자신이 없었다. 솔직히 말해 아예 집에 들어가고 싶지 않았다.

"오늘 집에 들어가지 말까."

혼잣말처럼 중얼거렸다.

"일단 저녁부터 먹을까요?"

뒤따라오던 나빈이 조심스럽게 물었다. 그는 아까부터 내 눈치를 과하게 살피고 있었다. 선배 앞에서 죽고 싶다는 말은 하면 안 되는 거였는데. 이미 내뱉은 말을 주워 담을 수는 없었다.

"네, 먹으면서 얘기해요."

고민하기도 싫어 정문 바로 근처의 식당으로 갔다. 김치찌개 2인분을 시키자 빨간 국물이 담긴 냄비가 나왔다. 찌개가 끓길 기다리는 동안 식탁에는 정적이 감돌았다.

"이제 선배랑도 얼굴 못 볼 거 같아요."

"네?"

"쪽팔려서요. 아까 그거 다 들었잖아요."

"아, 그거요……."

나빈은 우물쭈물하며 손가락으로 물컵을 매만졌다. 젖은 표면에 맺혀 있던 물방울이 그의 손끝에 닦여 나갔다.

"그거, 다혜 씨는 몰랐던 거잖아요. 다혜 씨 잘못도 아니고……."

"입장 바꿔서……."

입장 바꿔 생각해 보라고 하려다 말을 멈췄다. 멈추기라도 해서 다행이었다. 애초에 그와 나는 가정 환경이 너무 달랐다. 가끔은 이해를 강요하는 것도 폭력이 되곤 한다.

"선배, 지금 제가 약간 말실수를 했는데요."

"아니에요. 저라도 죽고 싶었을 거 같아요. 교수님한테 전화라니."

"거기다 희곡 교수님이랑 연출님도 같이 듣고 계셨잖아요."

하필 그 두 사람의 앞이었다는 걸 생각하면 몇 배로 괴로웠다. 거기다 그 둘이 끝이 아니었다.

"선배도 있었고."

"적어도 전 다혜 씨가 원하지 않은 상황이란 거 알아요."

나빈이 빠르게 말했다. 아까부터 하고 싶었던 말인 듯했다. 별로 위로는 되지 않았지만.

"그리고 죽고 싶단 건 그냥 그 정도로 창피하다는 거지, 진짜로 죽고 싶다는 얘기는 아니었고요."

이 말은 꼭 해 둬야 할 것 같아 덧붙였다.

"아, 그렇죠?"

나빈의 표정이 그제야 풀렸다.

냄비가 끓으며 연기가 올라왔다. 또 안경에 뿌옇게 김이 서렸다. 안경을 벗어 알을 대강 닦았다. 묘하게 시선이 느껴지는 것 같아 물었다.

"저 쳐다보고 계신 거 아니죠?"

"네? 아뇨. 전혀. 다른 거 보고 있어요."

나빈이 찔끔한 목소리로 대답했다.

"선배는 연기는 정말 못하시네요."

"진짜예요."

안경을 다시 쓰고 휴대폰을 확인했다. 학회가 예상보다 길어진 바람에 벌써 7시였다.

들어가지 말까? 안 들어가면 어떻게 되지?

안 들어간다고 해서 달라지는 건 없을 거다. 내가 반항을 하면 할수록 엄마는 나를 괴롭힐 새로운 방법을 찾아낼 테니까.

이번처럼.

엄마가 그날 이후 평온했던 건 나를 용서해서가 아니었다. 그건 이미 그녀 나름의 응징을 끝낸 뒤였기 때문이었다.

"아무튼 저랑 얼굴 못 보는 건 안 돼요."

나빈이 앞접시에 고기를 덜어 주며 말했다.

"왜요?"

"다음 학기에 수업도 같이 들어야 하고, 시험 공부도 같이 해야 하고, 러시아어도 물어봐야죠."

고기를 한 입 베어 물었다. 짜고 뜨거웠다.

"알았어요."

머리가 복잡해서 거기서 대화를 끝냈다. 나빈도 억지로 이야기를 이어 가려는 생각은 없는 것 같았다.

어쨌거나 식사를 마치고 나니 기분이 나아졌다. 아까 학과장과의 대화를 생각하면 지금도 속이 뒤집혔지만 당장 한강으로 달려가 뛰어내리고 싶은 마음만큼은 확실히 가라앉았다.

"배부른데 조금 걸을까요?"

식당을 나오며 내가 물었다. 밥을 먹어서인지 아까만큼 뼈가 시리게 춥진 않았다. 다시 정문을 지나 교정으로 들어갔다. 가로등 불이 송송히 켜진 길을 따라 걸었다. 방학이어서 교정은 고요했고, 가끔 바람만 웅웅 울었다. 야트막한 언덕을 올라가니, 수업을 듣던 인문대가 보였다. 불이 다 꺼진 낡은 건물은 인사동 화랑에 전시된 골동품 같은 분위기를 풍겼다.

"밤에 학교를 산책해 보는 건 처음이네요."

나빈이 말했다.

"별로예요?"

"아뇨. 좋은데요. 어, 저기는 방학 때도 하나 봐요."

인문대 뒤편 편의점이 열려 있는 게 보였다. 나빈과 처음 같은 조가 됐던 날 갔던 편의점이었다. 그때 우리가 앉았던 플라스틱 테이블은 접혀 있었다.

"뭐 좀 마실래요? 캔 커피 어때요?"

그가 물었다.

"맥주로 해요."

"좋아요."

나빈이 흔쾌히 고개를 끄덕였다.

나빈과 나는 흑맥주 두 캔과 초콜릿 하나를 샀다. 인문대 건물을 지나 비탈을 내려가면 여러 행사를 하는 작은 광장이 있었고, 그 광장 옆에 등나무 벤치가 아담하게 자리했다.

벤치에는 아무도 없었다. 우리는 벤치에 앉아 캔 맥주를 하나씩 뜯었다. 경쾌한 소리와 함께 흑맥주의 쌉싸름한 향취가 코를 자극했다. 마른 가지 사이로 어슴푸레 등불이 번져 왔다.

"봄에는 여기 꽃이 펴요."

한 모금을 마시고 말했다.

"예쁘겠다."

나빈은 그 모습을 상상하는 듯 위를 올려다보았다.

"예쁜 건 모르겠고 벌레가 많아져요."

"그렇구나."

바람 소리가 매서웠다. 취하고 싶었지만 취할 수는 없었다. 어쨌거나 나는 오늘도 집에 일찍 들어가야 했다. 학원을 빠진 사실을 들키지 않으려면 트집 잡힐 일은 만들지 말아야 했던 것이다.

우리는 아무 말 없이 캔 맥주를 홀짝였다. 한 모금 마실 때마다 속까지 싸늘하게 식었다.

내가 초콜릿을 까먹는 사이, 나빈은 휴대폰으로 무언가를 찾아보았다. 그러더니 신기하다는 듯 말했다.

"모스크바 예술 극장 상징이 진짜 갈매기네요?"

"그럼 제가 거짓말하는 줄 알았어요?"

"왜 갈매기지?"

나빈은 휴대폰을 보며 고개를 갸웃했다.

"체홉의 갈매기예요."

"아아……."

나빈의 입에서 깨달은 듯한 탄성이 흘러나왔다. 체홉의 네 가지 대표 장막극 중 하나인 '갈매기'. 내가 두 번째로 좋아하는 체홉의 장막극이기도 했다.

"선배, 갈매기 공연 본 적 있어요?"

"없어요."

"다음에 공연 괜찮은 거 있으면 같이 보러 가요."

"좋아요. 이왕이면 모스크바에서 보면 어때요?"

나빈이 꿈 같은 소리를 했다.

"갑자기 웬 모스크바예요?"

"다혜 씨는 모스크바 가 본 적 있어요?"

"없어요. 러시아는 못 가 봤어요."

"그럼 우리 나중에 같이 러시아 여행 갈래요?"

나중에? 얼마나 나중에?

무심하고 천진난만한 제안이 내 마음을 흔들었다.

그런 내 속을 알 리 없는 나빈은 신나서 계속 떠들어 댔다.

"재밌을 거 같아요. 모스크바 예술 극장에서 체홉 공연도 보고."

"알아들으실 수 있겠어요?"

"그땐 알아들을 수 있을 거예요."

그가 자신만만하게 말했다. 나빈이 그 정도로 러시아어가 유창해졌을 때 가자는 거면, 상당히 먼 훗날을 의미하는 것 같았다.

"그리고 뻬쩨르부르크도 가고……. 다혜 씨는 또 가 보고 싶은 곳 있어요?"

나빈의 질문에 잠시 생각에 잠겼다. 어차피 상상 여행이니 과감하게 목적지를 정하기로 했다.

"예전부터 가 보고 싶던 곳이 있긴 해요."

"어딘데요?"

나빈이 궁금한 듯 눈을 깜빡였다.

"무르만스크요. 아세요?"

"아뇨."

"러시아의 제일 북쪽의 도시예요. 오로라를 볼 수 있대요."

오로라라는 단어에 나빈의 입에서 작게 감탄이 흘러나왔다.

"그럼 거기도 가요. 저도 오로라 보고 싶어요. 재밌겠다."

나빈은 휴대폰을 켜더니 무언가를 적는 듯했다. 메모라도 해 두나 싶었는데, 잠시 후 내 휴대폰이 울렸다.

"바로 옆에 있는데 왜 메시지를 보내요?"

괜히 투덜거리며 메시지 창을 확인했다.

[무르만스크!]
[우리 여기 꼭 가는 거예요! (별표 백만개)] 오후 8:08

심지어 나빈은 그 메시지를 공지로 설정하기까지 했다. 대
화창 제일 위에 나빈의 메시지가 고정되었다.

"잊어버리면 안 되잖아요. 약속한 거예요."

이것도 선후배 사이에 할 수 있는 약속일까. 너무 과한 것
아닐까.

하기야 그냥 먼 이야기인데 진지하게 생각할 필요는 없겠
지. 그때까지 우리가 친구라면, 여행쯤이야 같이 갈 수도 있
을 거다.

그렇게 생각하며 남은 맥주를 털어 넣었다. 나빈도 캔을 비
운 모양이었다.

"딱 한 캔씩만 더 마시면 어때요? 제가 사 올게요."

그가 물었다.

"같이 가서 사 와요. 계속 앉아 있었더니 좀 춥네요."

우리는 편의점으로 돌아가 맥주 두 캔을 더 사 왔다. 광장
에는 여전히 아무도 없었다.

"기분 좀 나아졌어요?"

나빈이 싱긋이 웃었다. 나는 고개를 끄덕인 후 캔을 땄다.
그제야 나빈의 주량이 형편없었다는 게 기억났다.

"근데 선배, 더 드셔도 괜찮아요?"

"여기까진 괜찮아요."

나빈이 씩씩하게 대답했다.

"죄송해요, 선배."

"뭐가요?"

"저 때문에 시간 써 주시는 거잖아요."

"아뇨. 오늘 다혜 씨 덕분에 학회란 것도 처음 와 봤는데요. 유익했어요. 역시 난 공부에는 취미가 없구나, 이런 것도 깨닫고."

"유익한 자리였네요."

작은 웃음소리가 잦아든 후 나빈은 살짝 상체를 앞으로 내밀며 내 얼굴을 들여다보았다.

"그리고 제가 좋아서 여기 있는 거예요."

나빈이 말했다. 나는 그의 시선을 마주쳤다. 언제부터일까, 그와 눈을 맞추는 게 그다지 어색하지 않았다.

"전 알고 싶거든요. 다혜 씨 안에 뭐가 있는지."

"무슨 소리예요?"

"다혜 씨는 뭐가 그렇게 괴로운지, 왜 그렇게 외로운지, 그런 게 알고 싶어요."

술을 많이 마신 것도 아닌데 나빈의 말이 꿈결처럼 몽롱하게 들렸다.

아, 그래. 아까부터 심장이 너무 빨리 뛰어서 그렇구나. 겨울바람이 음산하게 몰아치는데도 목덜미는 불에 덴 듯 화끈거렸다.

"어떤 일이 있었고, 어떤 사람들을 만났는지……"

그가 한마디 한마디를 할 때마다 나는 그의 안으로 빨려 들어가는 것 같았다.

덜컥 겁이 났다.

"제 내면 여행보다는 상상 속 러시아 여행이 재밌지 않겠어요?"

"아뇨, 저는 다혜 씨의 마음속이 더 궁금해요."

일부러 가볍게 농담을 던졌건만, 나빈은 내 농담을 받아 주지 않았다.

"다혜 씨 안에 뭐가 있는지 알고 싶어요."

그는 그렇게 말하고 한참이나 내 답을 기다렸다. 내가 좀처럼 대답하지 못하자, 결국 나빈이 다시 입을 열었다.

"이야기해 주면 안 되나요?"

나는 캔만 힘주어 쥐었다. 알루미늄이 살짝 구겨졌다 펴지기를 반복했다. 딸깍거리는 소리가 한참 이어진 후에야, 나는 비로소 입을 열 수 있었다.

"선배."

내 목소리는 대화가 아니라 독백에 어울리는 목소리였다. 누구를 불러도 쓸쓸한 혼잣말이 되어 버리는 목소리였다. 그래서일까, 그가 영영 내게 응답하지 않을 것 같은 서러움이 몰려왔다.

"내 안에는……."

내 안에는 아빠가 있었다. 벨트를 손에 쥔 아빠가 있었다. 엄마도 있었다. 하루는 내 머리를 책으로 내리치고 하루는 사랑한다 입 맞추는 엄마도 있었다. 내 안에는 한강이 보이는 번듯한 70평대의 집과, 엄마 아빠의 명성, 부모님이 결혼시키고 싶어 하는 잘난 남자 역시 있었다.

또, 내 안에는 열등감과 피해 의식으로 얼룩진 내가 있었다. 굴종이 당연하고 하루하루 고통만을 피하고 싶어 하는 가축 같은 내가 있었다. 누구를 만나도 솔직하지 못하고, 과하게 마음을 줬다가 혼자 상처 입고, 지나가는 화목한 가족만 봐도 지저분한 질투에 시달리는 내가 있었다.

나 같은 사람은 아무도 사랑하지 않을 거라 단정하면서도 손톱만 한 애정에 내 존재를 다 줘 버리던 굶주리고 어리석은 내가 있었다. 남자들이 나를 짓밟고 가는데도, 사실은 나도 이런 걸 원했다고, 내게 애정은 그저 자해의 다른 말이라고, 그렇게 자조하고 합리화하며 자신을 속여야 했던 내가 있었다.

조금이라도 덜 상처받고 싶어서, 조금만 더 상처받으면 내가 와르르 무너질 것 같아서, 기를 쓰고 스스로를 기만해야 했던 내가 있었다.

누구도 진심으로 사랑할 수 없고, 누구에게도 사랑받을 수 없는 내가.

그건 한 단어로밖에 말할 수 없었다.

"지옥……."

나는 고개를 돌려 그를 똑바로 바라보았다. 그 순진무구한 시선 속에서 나는 무엇을 찾고 싶었을까. 바람이 불어와 마른 가지를 뒤흔들었다. 멀리서 가로등 하나가 깜빡거렸다. 등대처럼.

"내 안에는 지옥이 있어. 그 안에선 아무도 살지 못해요."

언어에 향기가 있다면, 지금 내 말에서는 분명 악취가 났을 것이다. 하지만 나빈의 표정은 흔들림 하나 없었다.

"사람은 누구나 자기 안에 지옥이 있죠."

그가 차분하게 대꾸했다. 수백 번 수천 번 이 말을 연습해 온 사람처럼 너무도 자연스럽고 부드러웠다. 나빈의 입가에 잠깐 미소 같은 것이 스쳤다.

"다혜 씨의 지옥에서 내가 살게 해 줘요."

고백일까, 차마 묻기는 두려웠다.

사랑한다고 말하지 못하고, 살게 해 달라 청해야 하는 사람들이 있었다.

나는 그런 사람이었고 그도 어쩌면 그런 사람일지도 몰랐다.

좋아. 그러면 너도 나를 살게 해 줘.

물안개 같은 네 다정함에 전부를 내맡기고 싶은 충동이 일었다.

부탁이야. 나를 살게 해 줘.

네 곁이 천국이든 지옥이든 가리지 않을게.

천국에도 겨울은 있고, 지옥에도 봄은 있을 테니.

그러나 나는 아무 말도 할 수 없었다. 엘리의 마음은 너무도 신기루 같아서, 방금 말만으로는 무엇도 확신할 수 없었던 것이다.

만약 네가 나를 사랑한다면, 내게 그 사랑은 망망대해에서 발견한 등대 같을 거야. 그 빛이 꺼져 버리고 나면 나는 또 영원한 흑암에 갇히겠지. 사라진 빛이 너무 그리워서 그만 침몰해 버릴지도 몰라.

그럴 바엔 처음부터 줄곧 어둠 속에 있는 편이 나아. 적어도 허전하거나 아프지는 않을 테니까.

무엇보다 엘리는 여전히 진짜 나를 몰랐다. 엘리가 모두에게 환상이었듯, 서다혜 역시 엘리의 환상인 것이다. 나를 알게 되면 작은 관심마저 사라져 버릴 거라 생각했다.

"저에 대해 알고 나면 그런 말 못 하실 텐데요."

"얘기를 해 봐요. 그럼 알 수 있겠죠."

나빈은 참 겁이 없었다. 나는 그의 앞에서 보란 듯 과거를 쏟아 내기 시작했다. 쓰레기통을 뒤집은 것처럼 지저분한 과거들이 우수수 떨어졌다.

"연애는 두 번을 했어요. 고등학교 때 한 번, 대학 때 한 번. 가볍게 만났던 남자는 더 많았고요. 뉴욕에서는 마리화나를 하던 박사 과정생과 놀았죠. 그냥 이유 없이 하룻밤 잔 사람들을 포함하면 열 손가락이 넘어가요."

무엇을 바랐을까? 그때의 나는? 그리고 이 말을 하고 있는 지금의 나는?

"그런 여자들을 걸레라고 한다면서요."

무심결 툭 내뱉은 말에 나빈의 눈빛이 싸늘하게 식었다. 내 앞에서 한 번도 보인 적 없는 표정이었다. 나도 모르게 움찔했다.

"어떤 개새끼가 그런 소리를 해요? 누가 다혜 씨한테 그렇게 말했어요?"

나빈의 입에서 나온 개새끼라는 단어에 놀랐다. 이제껏 내가 알던 이나빈은 그런 욕을 하는 사람이 아니었다.

"저희 아빠가요."

"아……. 개새끼네요."

나빈을 다시 보았다. 같은 욕설이었지만 아까와는 무게가 달랐다.

"이 이야기를 선배한테 처음 한 건 아니에요. 근데 면전에서 남의 부모를 보고 개새끼라고 하는 사람은 처음 봐요."

"아버지든 뭐든 사람한테 그런 소리를 하는 건 개새끼 아닌가요?"

"맞아요. 개새끼죠."

갑자기 유쾌해져서 웃음을 터트렸다. 나빈이 우리 아빠를 개새끼라고 해 준 게 기뻤다.

"어때요? 그래도 제 지옥에서 살고 싶어요?"

"네."

조금의 망설임도 없었다. 그렇게 웃으며 대답하는 그는 너무도 선해 보여서, 역시 이 남자는 내게 어울리지 않는 상대라는 생각이 들었다.

이런 눈빛을 한 사람이 내 세계에 들어와서는 안 될 테니까.

"이제 이런 이야기는 그만할래요. 우리 그냥 오로라 여행 계획이나 짜요."

이 말이 거절이라는 걸 나빈은 알았을 것이다. 환영 같던 순간은 아무 일 없다는 듯 지나가 버렸다. 나빈도 나도 애써 그 순간을 붙잡지 않았다.

"그럼 같이 가는 거죠? 다혜 씨가 통역해 주면 되겠다."

그가 밝게 말했다.

"지금 통역으로 부려먹으려고 데려가는 거예요?"

"짐은 제가 들게요."

"그럼 캐리어 세 개 들고 가야지."

우리는 머리를 맞대고 앉아 언제가 될지 모르는 여행 계획을 짰다. 나는 러시아어를 더 공부하기로 했고, 나빈은 추위에 익숙해지는 연습을 해야겠다고 눈을 빛냈다.

아까 나눈 대화의 열기는 차츰 공기 중에 흩어졌다. 고백일까 생각했던 말은 역시 내 착각에 불과했다는 생각이 들었다.

그럼 그렇지. 엘리가 나한테 고백이라니. 술기운과 겨울바람, 그리고 먼 곳에서 깜빡거리는 불빛이 잠시 내게 최면을 걸었던 게 틀림없다.

착각이어서, 사랑이 아니어서 다행이라고 생각했다.

사랑은 아름다운 모든 걸 망가뜨린다.

적어도 내 사랑은 그랬다.

아파트 입구에 도착했을 때는 10시가 되기 몇 분 전이었다. 오기 싫어 미적대다 보니 결국 이 시간이 되어 버린 것이다.

오늘 나빈은 단지 입구가 아니라 건물 현관까지 나를 바래다주었다. 평소처럼 나빈에게 인사를 하고 돌아서려 할 때였다.

"다혜 씨."

나빈이 내 옷소매를 살짝 붙잡았다.

"네?"

이런 적은 처음이라 조금 당황했다. 그는 내 얼굴을 보고 주저하다 말을 꺼냈다.

"오늘 들어가기 싫어요?"

"어……."

"원하시면 저희 집에 와도 돼요. 어, 저희 집에 저밖에 없긴 한데……. 다혜 씨가 그게 괜찮으시면요."

"그게 어떻게 들리는지 알아요?"

"이상한 의미 아니란 거 아시잖아요……."

너무 잘 알고 있었다. 나빈은 순수한 의도로 나를 돕고 싶어 한다는 걸. 그래서 선뜻 도와달라 하기가 더 힘들었다. 차라리 그가 내게 원하는 게 있다면 주고받으면 그만일 것을, 지금 그는 내게 바라는 게 없었다.

"언제든 괜찮아요. 다혜 씨가 필요할 때 연락하세요."

"필요 없을 거예요."

웃으며 대꾸하고 돌아섰다. 나빈이 계속 나를 지켜보는 것이 느껴졌다.

엘리베이터 문틈으로 보이는 그를 향해 손을 흔들었다.

집은 기이할 만큼 고요했다. 엄마 아빠의 구두는 모두 현관에 놓여 있었다.

"다녀왔습니다."

"늦었네, 오늘."

엄마가 현관 쪽으로 다가왔다. 어쩔 수 없이 오늘 교수님과의 대화가 떠올랐다.

"뭐 하느라 이제 들어와?"

"학원 자습실에서 공부하다가요."

"그래?"

"근데 엄마, 학과장님한테 왜……."

엄마에게 대체 내 기분을 어떻게 전달하면 좋을지 오는 내

내 고민했다. 결과적으로 보면 정말 쓸데없는 고민이었다. 엄마는 애초에 내 말을 들어 주지 않을 거였으니까.

"그럼 너 이건 뭐야."

그녀는 무서운 얼굴로 휴대폰 화면을 내 눈앞에 내밀었다.

"이게 뭐예요?"

머릿속이 멍해졌다. 화면 속에는 나빈과 내가 찍혀 있었다. 옷차림을 보면 오늘이었다.

"누가 이런 걸 찍었어요?"

장소는 아파트 입구 주차장, 누군가 주차된 차 안에서 찍은 것 같았다.

"누가 찍었는지는 안 중요해."

"중요한 건 다혜, 네가 또 거짓말을 하고 남자나 만나고 다녔다는 거야."

거실에서 굵은 목소리가 들렸다. 다리가 후들거렸다. 나는 반사적으로 현관 문고리를 잡았다.

"서다혜, 거실로 와."

싫어.

나는 현관 문고리를 꽉 움켜쥐었다. 몸이 본능적으로 그의 명령을 거부하고 있었다.

"거짓말한 거 아니에요. 이건 그냥 이 앞에서 만나서……."

말도 안 되는 변명이 튀어나왔다.

정말 난 문제가 있나 봐. 왜 엄마 아빠 앞에선 자꾸 거짓말만 나올까.

"너 오늘 학원도 빠졌잖아."

엄마가 언성을 높였다.

"아뇨……."

고개를 절레절레 저었다. 순간 엄마의 오른손이 날아들었다. 오른손에 쥐고 있던 평평한 휴대폰 화면이 내 머리를 퍽 소리 나게 찍었다.

"아직도 정신 못 차려?"

아랫입술을 꽉 깨물었다. 엄마는 휴대폰으로 내 머리를 계속해서 내리쳤다. 어설프게 손을 올리려 하자, 그녀는 내 머리채를 잡았다.

"속일 걸 속여야지. 엄마가 바보로 보여?"

이윽고 그녀가 손을 내렸을 때는 최신형 휴대폰의 액정이 산산조각 나 있었다. 나는 욱신거리는 부위를 손가락으로 헤집었다. 손끝에 붉은 피가 묻어 나왔다.

엄마는 내 손을 보고도 아무 말도 하지 않았다. 그녀는 내 옷깃을 틀어쥐더니 그대로 나를 거실까지 끌고 들어갔다. 그리고 밀치듯 손을 놓았다.

아빠가 한숨을 쉬고 소파에서 일어났다. 아직 넥타이도 풀지 않은 차림새였다.

"서다혜."

대답하지 않았다.

"바지 내려."

나는 손을 움찔했다. 몸은 당연하다는 듯 그의 명령을 따르려 했다. 손가락에 차가운 쇠 단추가 닿았다. 머릿속까지 그 냉기가 퍼지는 것 같았다.

그 순간 나는 왜 나빈의 말을 떠올렸을까.

"다혜 씨의 지옥에서 내가 살게 해 줘요."

안 돼. 이런 모습까지 알게 될 텐데. 그건 절대 안 돼. 나빈에게만큼은 이런 나를 들키고 싶지 않았다.

내가 이런 사람이 아니었다면 오늘 우리는 달랐을까. 어쩌면 조금 더 다정할 수 있었을까.

"서다혜, 바지 내려. 두 번 말하게 할 거야?"

묵직한 음성이 다시 한번 귓등을 때렸다.

그런 게 가능할 리가 없지. 나는 이런 인간이니까. 지금도 알아서 내 손으로 옷을 내리려고 하잖아.

다시 벽시계 초침 소리가 들렸다.

벽시계는 이미 없는데, 도대체 어디서 들려오는 소리일까?

똑, 딱, 똑, 딱……

"서다혜!"

몸이 흠칫 떨렸다. 나는 맹수 앞 동물처럼 무력했다. 뱃속 깊은 곳부터 올라온 공포가 전신을 지배했다. 떨리는 손으로 청바지 단추를 잡았다.

풀고 엎드려야지.

그래야 아무 일도 없어. 그래야 넘어갈 수 있어. 그래야 괜찮아.

시곗바늘 소리가 고막을 찢을 듯 요란했다.

"아빠 말 안 들려?"

고함 뒤로 초침은 끊임없이 째깍댔다. 내 목을 조여 오듯, 나를 몰아붙이듯. 점점 더 빠르게, 가깝게, 온몸을 뒤흔들 듯 크게 똑딱똑딱똑딱 울었다.

엎드려야 하는데. 복종해야 하는데.

나빈의 뒤로 등대처럼 깜빡이던 불빛을 떠올렸다. 망망대해에서 만난 등대 같은 빛. 그 빛을 따라갔다면 나도 이 어둠을 벗어날 수 있었을까.

"당장 내려!"

아, 따라갈 수 있을 리가 없지. 그 빛은 내 것이 아니었어. 나한테 허락된 건 이대로 깊은 물속으로 가라앉는 것뿐. 무기력하게 숨만 쉬다가, 어느 날 비상구로 도망치겠지.

그럼 선배는 같은 자리에서 나 역시 추모해 줄까.

나를 위한 꽃을 던져 줄까.

어쩌면 그도 결국 그 자리에서…….

"싫어……."

입술 사이로 흐릿한 음성이 흘러나왔다.

놀랍게도 그 순간 초침 소리가 멎었다. 거실은 고요했다. 곧 믿을 수 없다는 듯한 음성이 들려왔다.

"뭐?"

아빠가 한 걸음 성큼 다가왔다.

"싫어요……."

그래, 난 싫었다. 이렇게 사는 게 싫었다.

누군가를 만나지 말라 결정하고, 만나라고 강요하는 것도. 부모님이 멋대로 학교에 전화하는 것도. 아빠 앞에서 바지를 내리고 엎드리는 것도.

아침마다 죽고 싶다는 생각을 하며 눈을 뜨는 것도.

전부 지긋지긋해.

"싫다고요. 저 스물넷이에요, 아빠. 그거 이제 더 못 하겠어요, 그만하세요."

"뭐? 뭘 못 해?"

의아해하는 어투에 순간적으로 말문이 막혔다.

이 남자는 대체 무슨 답을 원하는 거지? 당신 앞에서 바지를 내리고 개처럼 엎드려 맞는 게 싫다고 대답해 주길 바라는 거야?

"뭘 못 하겠다는 거야?"

그가 신경질적으로 언성을 높였다.

"이렇게는……."

악에 받친 목소리가 턱을 치고 올라왔다.

"이렇게는 못 산다고, 이 개새끼야!"

일순 정적이 감돌았다.

죽는다. 오늘 난 여기서 죽을 거다.

본능적인 공포가 확 몰려왔다.

나는 주머니에서 휴대폰을 꺼내 나빈에게 전화를 걸었다. 통화 연결음이 돌아가기 시작했다.

선배, 선배. 제발 빨리 받아요. 나 좀 도와줘요, 나 좀.

막상 그가 받아 봤자 나를 도울 수 없으리라는 이성적 생각은 조금도 들지 않았다. 두려웠다. 누구라도 필요했다. 누구라도 제발…….

그러나 나빈이 내 전화를 받기도 전에 아빠가 내 뺨을 후려쳤다. 손에 힘이 빠지며 쥐고 있던 휴대폰이 날아갔다.

툭, 휴대폰은 소파에 부딪혀 바닥으로 떨어졌다.

"서다혜, 뭐라고 했어. 말 다시 해 봐."

아빠는 내 머리채를 거칠게 잡았다.

"이, 이렇게는 못 산다고."

"그다음에!"

그는 뺨을 다시 한번 무자비하게 내리쳤다. 울음과 신음만 흘러나왔다.

"이 개새끼……."

"뭐?"

아빠는 내 목을 확 움켜쥐었다. 숨이 막혔다. 지켜보던 엄마가 신경질적인 한숨을 내쉬었다.

"대체 어디서 그런 더러운 말이나 배워서……. 정욱 씨, 나 미치는 거 보기 싫으면 제대로 가르쳐. 얌전히 지내면 되는데 꼭 문제를 만들지. 저걸 빨리 시집보내 버리든가 해야지."

엄마는 짜증 난 목소리로 쏘아붙이고 부엌으로 가 버렸다. 부엌에서 커피 머신이 돌아가는 소리가 났다.

"서다혜, 바지 벗어."

그가 손을 놓고 다시 명령했다. 내가 거부했다는 것을 믿을 수 없다는 듯이. 나는 넘어갈 듯한 숨을 간신히 진정시켰다.

"싫어, 싫어요, 아빠."

"벗으라고 했잖아!"

아빠는 내 바지 허리 부분을 틀어쥐었다.

"싫어!"

벗어나려고 뒷걸음질 쳤다. 단추를 풀고 있는 그의 손을 어떻게든 떼어 내려 했다. 단추가 떨어져 나가 대리석 바닥을 굴렀다. 그는 내 바지를 억지로 내렸다. 허벅지가 드러났다.

도망칠 곳이 없는데도 도망치려 몸부림을 쳤다. 바지가 내려가며 다리가 엉켜 넘어졌다. 곧 복부에 고통이 느껴졌다.

아빠가 내 배를 걷어찬 거였다. 통증과 공포 때문에 숨이 제대로 쉬어지지 않았다.

아, 이랬었지. 우리 부모님은 정말로 날 죽일 수도 있는 사람들이었지. 그래서 고분고분 살아왔던 거였지.

"살려 줘⋯⋯. 살려 주세요, 아빠⋯⋯."

눈시울이 달아올랐다. 벽시계의 초침 소리가 다시 들려왔다. 어느 때보다 귓가 가까이 들리는데도 오늘만큼은 고통을 멈춰 주지 못했다.

"잘못했어요. 제발, 제발⋯⋯."

고장 난 물건은 고쳐야 하고, 말을 듣지 않는 짐승은 때려야 한다. 그 말을 실천이라도 하듯 발길질이 이어졌다.

자신도 이런 게 지겹다고 아빠가 말했다. 다시는 이런 일이 없게 하자고도 했다. 다시는 이런 일을 생각도 하지 못하도록 버릇을 고쳐 놓아야겠다고도 했다. 나는 살려 달라는 말만 했다.

이미 거실에는 두 마리의 짐승뿐이었다. 머릿속이 멍해졌다. 몸이 한 번씩 들썩일 때마다 시야가 흔들렸다. 바닥에 쓰러진 내 시야에 엄마의 실내화가 눈에 들어왔다. 그녀는 느긋하게 안방 쪽으로 걸어갔다. 여기까지 커피 향이 얼핏 나는 것 같았다. 부드럽고 감미로운 커피 향이.

죽고 싶지 않았다.

초침 소리가 점점 급박해졌다.

똑, 딱, 똑, 딱⋯⋯.

아, 역시 죽고 싶지 않아.

나는 아빠를 온 힘을 다해 밀쳤다. 그리고 그가 밀려난 틈을 타 소파로 기어가 휴대폰을 집어 들었다. 판단할 여유도 없었다. 바지를 올린 후 무작정 현관을 향해 달렸다.

도어 록을 풀었다. 이대로 도망칠 수 있을 것만 같았다. 하지만 현관문을 여는 순간 아빠가 내 뒷머리를 잡아챘다. 그는 나를 복도 바닥에 내동댕이쳤다.

"여기 카메라 있어! 다 녹화되고 있다고!"

"그런 건 없애 버리면 그만이야."

아빠가 말했다.

나는 일어나 엘리베이터 버튼을 누르려고 버둥거렸다. 그가 내 손을 확 짓밟았다.

도망갈 수 있을 것 같은데. 저 버튼만 누르면……. 나는 끝내 일어나지 못하고 흐느꼈다.

어쩌면 난 이게 더 어울리지. 네발로 기고, 바닥을 뒹구는 모습이.

아무 생각도 하고 싶지 않았다.

도망이라니. 말도 안 되는 생각을 했구나. 도움이라니. 그런 게 있을 리가 없는데.

나는 바닥에 쓰러진 채 짐승처럼 울었다.

손에 힘이 들어가며 액정을 건드린 것인지, 오른손에 쥐고 있던 휴대폰 화면에 불이 들어왔다. 그런데 화면에는 '이나빈 선배'라는 글자와 함께 타이머 숫자 같은 것이 하나씩 올라가고 있었다.

이게 뭐지. 잠깐 멍하니 화면을 바라봤다. 곧 깨달았다. 통화가 여전히 연결되어 있었던 것이다.

"선배."

수화기 너머 들려오는 소리는 없었다.

"선배……."

울음 섞인 목소리로 그를 다시 부른 순간, 엘리베이터가 11층에 멈췄다.

아빠는 반사적으로 나를 잡고 있던 손을 놓았다. 엘리베이터 문이 스르륵 열리는 소리가 들렸다.

문틈으로 흘러나온 그림자가 길게 늘어져 나를 언뜻 덮었다. 그림자만으로 이미 알았다. 나빈이다.

"선배……."

고개를 들었다. 나빈의 시선이 잠시 내게 머물다 곧 아빠에게로 향하는 것이 보였다. 그는 무표정한 얼굴로 아빠의 모습을 쓱 훑었다.

"다혜 씨."

평소와 다름없는 다정한 음성이었다. 그는 한 걸음 성큼 걸어 나와 쓰러진 내 손을 잡았다. 차고 단단한 손이었다. 매달리듯 간절하게 그 손을 잡았다.

나빈이 힘을 줘 나를 확 일으켰다. 나는 간신히 일어서 그의 품에 쓰러지듯 안겼다. 나빈이 그대로 나를 엘리베이터 안으로 끌어들였다. 그는 자꾸만 무너지려는 내 몸을 부축했다.

"일어나요."

그가 내 어깨를 붙들었다. 나는 그에게 매달리다시피 일어났다.

"선배, 문, 문 빨리 닫아야……."

닫힘 버튼을 누르려 팔을 허우적거렸다.

"그럴 필요 없어요, 다혜 씨."

나빈이 침착하게 말했다. 그는 엘리베이터 밖을 정면으로 응시하고 있었다. 그의 얼굴에서는 어떤 초조함도 불안함도 엿볼 수 없었다.

"다혜 씨, 고개 숙이지 말고 똑바로 봐요."

나는 그의 말을 거부하듯 고개를 더 아래로 파묻었다. 내 어깨를 안은 그의 손에 힘이 들어갔다.

"다혜 씨, 그러지 말고 고개 들어서 저 사람 똑바로 봐요."

나빈은 좀 더 목소리를 높여 말했다.

"선배……."

"괜찮아요."

나빈이 내 어깨를 좀 더 가까이 끌었다. 나는 나를 짓누르는 공포를 밀어내듯 아주 천천히 고개를 들었다.

"저 사람은 절대 다혜 씨를 해칠 수 없으니까."

그의 음성이 마법의 주문처럼 내 귓가에 닿았다. 엘리베이터 문이 다시 느릿느릿 닫히고 있었다. 내 눈에 들어온 것은 어정쩡하게 엘리베이터 앞에 멈춰 있는 한 중년 남자의 모습이었다.

아, 저런 얼굴이었구나.

신기한 일이었다. 아빠는 엘리베이터 안으로 한 걸음도 다가오지 못했다. 나를 죽이려 쫓아오지도 않았고, 심지어는 고함 한 번 지르지 못했다. 이 예상 밖의 상황에 얼어붙기라도 한 것처럼. 한 번도 상상해 보지 못한 일이었다.

문이 닫혔다.

그대로 다리에 힘이 풀려 주저앉았다. 나빈이 나를 다시 일으켰다. 등을 두드리는 손길이 느껴졌다.

눈을 떴을 때는 아침 10시였다. 휴대폰을 확인하니 부재 중 통화가 세 자릿수였다. 장문의 메시지들도 수십 통 와 있었다. 대부분 부모님으로부터 온 것이고, 김 변호사로부터 온 것도 드문드문 보였다.

휴대폰을 치워 놓고 몸을 뒤척였다. 낯선 침대였지만 내 방보다 편하게 느껴졌다.

이곳은 나빈의 집이었다. 이 방은 그의 부모님이 손님에게 내어 주던 방이라 했다. 오랫동안 사용하지 않은 느낌이 났지만, 청소는 늘 해 왔는지 깔끔했다.

어젯밤 그는 나를 이곳으로 데려왔다. 택시를 타고 마포로 오는 내내 나는 몸을 덜덜 떨었다. 나빈이 겉옷을 벗어 덮어 주었지만 소용없었다. 라디오에서는 교통 방송이 흘러나오고 있었다. 강변북로 정체, 올림픽대로 원활.

나빈은 내게 갈아입을 옷과 샤워실을 빌려주고 이 방에서 일단 쉬라고 했다. 대체 그 상황이 무엇이었는지, 앞으로 어떻게 할 건지 아무것도 묻지 않았다.

"쉬어요. 제 방에 있을 테니까 필요한 게 있으면 메시지 보내요."

나빈이 방에 물 한 병을 갖다 놓으며 말했다. 멍하니 고개만 끄덕였다. 씻는 동안 나빈이 집에 있는 약 같은 것들도 찾아 둔 모양이었다. 침대맡에 놓인 소독약과 연고를 상처 부위에 발랐다. 따끔따끔한 느낌이 불쾌했다. 약을 다 바른 후 한

참 울다 잠이 들었다.

그리고 눈을 뜨니 이 시각이었다.

얼떨결에 집을 나와 버린 것이다.

이불을 머리끝까지 뒤집어썼다. 억지로 또 눈을 감았다. 꼼짝도 하고 싶지 않았다. 나는 해가 질 때까지 그대로 이불 속에 파묻혀 있었다.

노크 소리가 울린 것은 해가 지고도 한참이 지난 시각이었다. 나빈인 것을 알면서도 화들짝 놀랐다.

침대에서 일어나 머리를 손으로 대강 빗은 후 문을 열었다. 나빈이 걱정스러운 눈길로 나를 내려다보았다.

"메시지를 안 봐서요."

그가 말했다.

"아, 죄송해요. 무음으로 해 둬서."

"잠시 나갔다 올 거예요. 필요한 거 있으면 사다 줄게요."

"아뇨, 괜찮아요."

"배는 안 고파요?"

"네."

"캔 맥주 사 오면 마실래요?"

약간 망설이다 고개를 끄덕였다.

"무슨 맥주 좋아해요? 어제 마신 걸로 사 올까요?"

"아무거나 괜찮아요."

"금방 올게요."

나빈이 나간 후 욕실로 가서 세수를 했다. 이마에 난 상처에 물이 닿아서 따끔했다. 세면대에는 어제 내가 뜯어 둔 칫

솔과 치약이 그대로 놓여 있었다. 양치를 하니 뺨 안의 터진 상처가 쓰라렸다. 그러나 몸의 상처보다 훨씬 괴로운 건 마음이었다.

나는 불안하고 무서웠다.

욕실을 나와 거실로 갔다. 은미 이모가 말한 대로 통유리창을 통해 한강이 내려다보였다. 통유리 바로 앞에 앉아 검은 물을 응시했다.

저 아래로 가라앉으면 어떤 기분이 들까. 나는 또 내 몸에 강 아래로 잠겨 드는 상상을 했다. 수심 깊은 곳으로 끌려갈수록 비로소 숨통이 트이겠지. 죽음이 닥치면 공포와 함께 안도감을 느낄 것이다.

이제 끝났어. 이제 자유야.

그런 생각을 마지막으로 하겠지.

어깨가 떨렸다. 몸은 내 생각을 거부하려는 듯했다.

나는 휴대폰 화면을 켰다. 부재중 통화 수는 그사이 한참 늘어 있었다. 배터리에도 빨간 불이 들어왔다.

엄마와 아빠는 비슷한 문자를 몇 통씩이나 보냈다.

네가 탄 택시를 찾아낼 거다. 어디로 가는지 알아내는 건 시간문제다. 휴대폰 추적도 가능하다. 다만 집안의 체면도 있기 때문에 되도록 그런 방법까진 쓰지 않으려고 한다. 알아서 들어와라. 대화로 해결해야 하지 않겠냐.

네가 어울리는 그 남자는 좀 문제가 있는 것 같다. 지금 이런 식으로 대처하는 것만 해도 정상이 아니다. 지금 들어온다면 더 묻지도 파헤치지도 않겠다. 네 부모가 너를 사랑하는 마음에 이런다는 걸 알고 있으리라 생각한다. 그 남자가 뭐

하는 인간인지, 둘이 어떤 사이인지 몰라도 부모처럼 널 책임
져 줄 수는 없을 거다.

그에 비해 김 변호사의 메시지는 비교적 짧았다.

[지금 다혜 씨 상황을 해결해 줄 수 있는 건 저뿐일 겁니다.]
오후 8:12

화면을 껐다. 곧 현관문이 열리는 소리가 들리더니 나빈이
들어왔다. 왼손에는 편의점 비닐봉지가 들려 있었다.

"춥진 않아요? 난방 더 올려 줄까요?"

"괜찮아요."

잠시 후 나빈이 맥주와 비스킷을 들고 왔다.

"음악 좀 틀까요?"

"네."

거실 TV장 옆에는 낡은 턴테이블과 스피커가 설치되어 있
었다. 그는 턴테이블에 엘피판을 올린 후 내 옆에 나란히 앉
았다. 판이 돌아가며 고즈넉한 첼로 음악이 흘러나왔다.

통유리창에 우리 둘의 모습이 유령처럼 비쳤다. 둘의 모습
너머로 한강과 여의도가 보였다. 그는 캔 맥주를 따서 내게
건네주었다. 한 모금 마시자 목이 따끔했다.

"다혜 씨."

나빈이 조용히 나를 불렀다.

"어제 일……."

"별거 아니에요. 늘 있던 일인데……. 어제는 오랜만에 좀
격해진 것뿐이니까."

나는 캔을 꽉 쥐었다.

"언제부터였어요?"

대답하지 못했다. 입을 열면 눈물이 쏟아질 것 같았다. 나빈이 잠시 후 다시 물었다.

"대체 언제부터 그랬어요?"

"몰라요."

울지 않으려고 하는데 눈물이 고였다.

"너무 어릴 때라 기억이 안 나요."

미지근하고 불쾌한 것이 오른뺨을 타고 흘렀다. 캔 맥주 입구를 검지로 문질렀다. 손가락이 베일 듯 날카로웠다.

창밖으로는 눈이 내리기 시작했다. 기상 캐스터가 예보했던, 새해의 첫눈이었다.

"대체……."

나빈은 말을 맺지 못했다. 나는 우는 대신 웃는 쪽을 택하기로 했다.

"괜찮아요, 그래도 뭐……. 그래도 부모님한테 받은 것도 많거든요."

문득 첫사랑과 헤어질 때가 떠올랐다. 그 남자와의 관계를 포기하게 만든 한마디가 뇌리를 스쳤다.

"다혜야, 난 네가 부러워. 솔직히 좀 맞아도 좋으니 그런 돈 많은 부모가 있으면 좋겠어."

나의 첫사랑이었던 사람. 마지막 사랑일 줄 알았던 사람.

어떻게 네가 나한테 그런 말을 할 수가 있어?

나는 너랑 사랑하고 싶어서 숱한 밤을 그 사람들에게 맞았는데.

네가 내 돌아갈 자리라고 믿어서 다 견딜 수 있었는데.

너는 그런 내가 부럽다고 했어.

"다들 부러워해요. 돈도 많고, 유명하고…… 부족한 게 없는 집이잖아요."

"다혜 씨."

선배도 그렇게 생각할까? 겁이 나서 물어볼 수 없었다.

"그리고 부모님도 그냥…… 사람이니까. 사람이라는 건 원래 다 자기밖에 모르는 거고……. 엄마는 잘해 줄 때는 잘해 주기도 했어요. 그리고 따지고 보면 제가 잘못한 것도 많고요."

스스로 무슨 말을 하는지 알 수가 없었다. 말들이 멋대로 내 안을 휘젓는 것 같았다.

"다혜 씨는 왜 자꾸 저한테 그 사람들을 이해시키려고 하죠?"

나빈의 목소리는 아까보다 더 착잡했다.

"그냥 화를 내도 되잖아요. 왜 이해해 주려고 해요? 왜 다혜 씨가 변호를 하냐고요."

나빈의 말에 머리가 멍해졌다.

왜. 대체 왜일까.

그들을 그렇게 증오하면서도, 마지막 순간 폭력의 가장 신실한 변호자는 바로 나였다. 그럴 수밖에 없었다고, 그래서는 안 되는 거였지만, 그럼에도 불구하고 이해할 수 없는 일도 아니라고.

"무……"

간신히 입술을 달싹였다. 말보다 울음이 먼저 나왔다. 어깨가 덜덜 떨렸다. 나빈은 그 위에 가볍게 손을 올렸다.

"무서워서요. 무서워서…… 너무 무서워서 다른 생각을 할 수가 없어……"

눈이 내렸다. 펑펑 쏟아지는 눈 너머로 여의도가 보였다.

우리 집이 보였다.

실비아 플라스는 'Daddy'라는 제목의 시를 이렇게 끝맺었다.

아빠, 아빠, 이 개새끼야, 난 끝났어.

그녀도 나처럼 일찍 죽지 못한 걸 후회했을까? 첫 자살 시도를 성공해야 했다고, 세상에 너무 많은 흔적을 남기지 말아야 했다고 생각했을까?

이미 물어볼 수 없다. 실비아는 서른의 나이에 가스 오븐에 머리를 박고 자살했다. 하긴 그녀가 천수를 누렸다 하더라도 이미 고인일 가능성이 높겠지만. 어쨌거나 하루하루를 꾸역꾸역 살아가는 나로서는 그녀의 용기에 찬사를 보낼 수밖에 없는 것이다.

아빠가 언제부터 나를 때렸는지는 기억하지 못한다. 그냥 그게 당연했다는 것만 기억난다. 그것은 폭력이 아니라 교육이었으므로.

최초의 교육은 정말로 동물이 제 새끼를 훈육할 때와 같은 자상한 엄격함이었을지도 모른다. 그러나 폭력은 피해자뿐 아니라 가해자의 이성도 빠르게 휘발시킨다. 교육이 폭력이 되기까진 아마 그리 오랜 시간이 걸리지 않았을 거란 이야기다.

부모님은 같은 학교를 나왔고, 졸업과 동시에 결혼했다. 두 사람 다 학창 시절 사법고시를 통과했으니 걸릴 것은 없었다. 둘은 서로를 끔찍하게 사랑했다. 앞날도 탄탄대로였다. 그런 두 사람의 인생에 유일한 오점은 나였다.

너무도 예민하고, 태생적으로 고분고분하지 않으며, 한 번 가르쳐서는 알아먹질 못하는 아이.

얼마나 실망스러웠을까.

완벽한 두 사람, 모두가 부러워하는 결합. 그 결실이 고작 나 같은 애라니.

그들이 나를 미워했다고 생각하진 않는다. 그저 둘의 욕심이 너무 컸을 뿐.

아주 어릴 때는 무분별하게 맞을 때가 많았다. 그때는 나도 훨씬 반항적이었다. 맞으면 맞을수록 나는 강하게 부모를 거부했다. 폭력 때문에 굴종하는 건 짐승과 다름없다고 생각했다. 어쩌면 어린 나이에 책을 너무 많이 읽어 버린 게 나의 불운이었을지도 모른다.

아버지는 자수성가한 남자였다. 포기하는 법을 몰랐다는 뜻이다. 엄마를 3년간 짝사랑해서 결국 쟁취했다는 근성은 나를 교육하는 데에도 똑같이 발휘되었다. 그는 세 시간이고 네 시간이고 나를 훈육할 수 있었다. 종내에는 내가 지쳐 잘못을 시인할 때까지 말이다. 아빠는 늘 방문을 열어 놓고 때렸다.

열린 문밖으로는 식탁에 앉아 책을 읽고 있는 엄마의 모습이 보였다.

내 방은 컴컴했는데 열린 문으로 들어오는 빛은 눈부셨다. 클래식이 들려왔다. 모차르트였다. 내가 울든 비명을 지르든 엄마의 귀에는 아늑한 모차르트의 음악밖에 들리지 않는 것 같았다.

절대로 우리 부모 같은 어른은 되지 말자, 절대로. 어린 나는 속으로 다짐하고 또 다짐했다.

그날은 비가 많이 오던 날이었던 걸로 기억한다. 나는 일곱 살이었고, 우리 부모님은 서른일곱이었다.

그날 나는 엄마에게서 작은 승리를 얻었다. 엄마는 끝내 내 입에서 죄송하다는 소리를 듣지 못한 채 교육을 끝냈다. 나는 악을 쓰고 소리 지르고 울었다. 일곱 살이 할 수 있는 일은 다 했다.

그때까지는, 그렇게 해서라도 지키고 싶은 무언가가 내 안에 남아 있었던 것이다.

이마 부분이 욱신욱신했고 어금니는 곧 빠질 듯 흔들거렸다. 엄마는 맨손으로 때리는 법이 없었다. 언제나 손에 잡히는 단단한 것으로 때렸다. 나는 입안의 피를 조금씩 핥아 먹으며 이불 속으로 들어갔다.

괜찮아. 오늘은 다 끝났어.

그렇게 생각했다. 늦은 밤 서늘한 목소리에 잠에서 깨기 전까진.

"서다혜, 일어나."

눈을 뜨자 어둠 속에서 아빠의 얼굴이 보였다. 그는 침대 위에서 내 몸을 제압하고 있었다. 그가 내 목에 불쑥 무언가를 들이밀었다. 아빠의 손에 들린 것이 커다란 식칼이라는 것을 알기까진 오래 걸리지 않았다.

"아, 아빠……."

나는 반사적으로 몸부림을 쳤다. 그러자 칼날이 목을 쿡 찔러 왔다.
아팠다. 하지만 아픔보다 공포가 컸다.

"서다혜, 잘못했다고 안 빌어?"

아빠는 많은 말을 했다. 그의 말 하나하나는 잘 기억나지 않지만, 내 머릿속에 휘몰아치던 끔찍한 생각은 선명히 떠오른다.
아빠가 날 죽일까? 죽일 수 있을까?

"서다혜, 세상이 네 마음대로 될 거 같지?"

몸부림을 치다 칼에 피부가 베였다. 목덜미가 후끈했다. 피가 얕게 흐른다는 것을 알 수 있었다. 그런데도 아빠는 눈 하나 깜빡하지 않았다. 오히려 칼을 더 내 목에 가깝게 들이밀었다. 칼날이 목덜미를 꾹 눌렀다. 당장이라도 내 목을 꿰뚫을 것 같았다.

본능적으로 판단했다. 이 사람은 날 죽일 수 있구나.

"아빠, 살려 주세요……. 살려 주세요……."

나는 앵무새처럼 같은 말만 반복했다. 목숨을 구걸하는 게 그렇게 비참한 일이라는 걸 나는 일곱 살 때 알았다.

"네 마음대로 되는 건 아무것도 없다."

귓가에 낮은 음성이 울렸다.

"잘못했어요, 아빠……. 말 잘 들을게요……."

숨이 넘어가기 직전까지 빌었다. 마침내 아빠가 칼을 거뒀다.

"조심해라. 아빠가 항상 보고 있으니까."

아빠는 그 말을 남기고 나갔다.
그날 이후 나는 목도리를 하지 못한다.

한 사건이 사람의 인생을 통째로 삼켜 버리기도 한다.

그날 밤, 나는 한순간에 어른이 되었다. 세상을 바라보는 관점, 관계를 맺는 방식, 스스로를 바라보는 시선. 보통 아이들이 십수 년에 걸쳐 만들어 갈 모든 것들이 그날 밤 결정되어 버렸던 것이다.

삶에 대한 믿음은 사라졌다. 죽음에 대한 실감과 사람에 대한 공포만이 나의 교리가 되었다. 칼끝에 찔려 바들바들 떨던 그 모습만이 내 전부였다.

내가 나이를 먹어 가며 폭력도 함께 성장했다. 아빠는 점점 교묘하고 편리한 방식으로 나를 굴복시켰다. 개처럼 때리는 것보다 더 쉽게 내게 복종을 가르칠 방법이 있단 걸 그도 깨달았던 것이다. 그때부터 나는 그의 앞에서 스스로 엎드리며 충실하게 길들여졌다. 키가 자랄 때마다 굴종도 조금씩 자라났다.

눈을 뜨면 죽고 싶다는 생각을 했다. 사실 나는 죽고 싶은 것도 아니었다. 그저 사라지고 싶었다.

"대체 왜 그랬던 거예요? 왜 다혜 씨한테 그렇게……."

나빈의 음성이 미세하게 떨렸다.

"모르겠어요. 제가 뭘 잘못했던 건지 그건 잘 기억이 안 나요. 어쩌면 자기가 유리한 것만 기억한다는 점에선 저도 부모님이랑 똑같은 인간일지도 모르겠네요. 제가 죽을 만큼 잘못했던 걸 수도 있죠."

멍하니 중얼거렸다. 눈발은 아까보다 훨씬 굵어졌다.

"어쩌면 저를 상처 입힌 건 제 자신일지도 모르겠어요."

손에 힘을 주자 빈 깡통이 살짝 우그러졌다.

"아뇨."

나빈이 단호하게 대꾸했다.

"다혜 씨를 상처 입힌 건 다혜 씨 부모님이에요. 그것뿐이에요."

"제일 잘못한 건 저예요."

구겨진 캔을 다시 펴 보고 싶어 조몰락거렸지만 소음만 요란할 뿐 잘되지 않았다.

"스물넷이나 될 때까지 도망 못 친 내 잘못인 거예요. 가장 잘못한 것도, 무책임했던 것도 저예요."

"절대 안 그래요."

차분한 음성이 귓가에 스며들었다. 그의 다정함에도 불구하고, 나는 지금 스스로를 상처 주고 싶어 견딜 수가 없었다.

"아니에요, 선배. 제일 나약하고, 바보 같고, 잘못한 건 나라고요."

"전혀요. 다혜 씨는 강한 사람이에요. 내가 만난 모든 사람 중에 제일 강한 사람."

나빈의 말에 고개를 돌려 눈을 마주쳤다. 그가 진심을 말하고 있다는 걸 알 수 있었다.

"그 시간을 다 견디고 여기까지 왔잖아요. 아이들에게 부모는 세상 전부 아닌가요? 세상 전부가 다혜 씨를 외면했는데……. 그런데도 여기까지 왔잖아요. 그 시간을 참고 버틴다는 게 어떤 의미인지 겪지 않은 사람들은 몰라요. 절대 알 수 없죠."

그래, 그렇게 버텼다. 뒷걸음질 칠 수도 없고, 뛰어넘을 수도 없는 절망 속에서.

"선배, 저는……."

결국 나는 캔을 펴지 못하고 내려놓았다. 간신히 말라붙었던 눈물이 또 후드득 떨어졌다.

"전 지금도 그런 생각이 들어요. 내 목을 무언가 찌르고 있다는 생각."

봄꽃이 만발한 교정에서도, 내가 아닌 다른 누군가가 된 무대 위에서도, 심지어는 나빈과 함께 나란히 앉은 지금 이 순간조차도 그랬다.

보이지 않는 칼날이 내 목을 찌르고 있었다. 금방이라도 꿰뚫어 버릴 것처럼.

"난 그때부터 한 걸음도 못 나아가고 있는 거예요. 한 걸음만 나가도 칼에 목이 찔릴 것 같아서. 그래서 제자리걸음만 하는 거예요. 벗어나고 싶은데, 앞으로 나아가고 싶은데 방법을 모르겠어……."

짙어진 울음이 말을 모두 삼켰다. 더는 이야기를 이어 갈 수 없었다. 나는 눈물을 닦는 것도 포기하고 울었다.

울고 있는 내 손등을 나빈의 손이 가볍게 덮었다. 따뜻한 온기가 손등으로 스며들었다. 살포시 손을 떼어 보면 손등에 온기의 흔적이 분명 남아 있으리라 생각했다. 수백만 년 뒤에도 남는 화석 위 발자국처럼, 지금 그의 체온도 오래오래 지워지지 않을 것 같았다.

곡이 끝났다. 아주 잠시, 정적 속에서 턴테이블의 바늘이 엘피판을 다정히 쓰다듬는 소리가 들렸다. 곧이어 느릿느릿한 단조의 첼로 선율이 춤을 추듯 흘러나왔다.

낭만적이야.

창문 너머 폭설을 바라보며 생각했다.

자정, 음악, 한없이 내리는 눈과 너의 체온.

온 우주가 저 눈으로 희게 덮일 것같이 낭만적인 밤이었다.

그리고 이 겨울밤, 나는 여전히 칼끝에 찔려 살려 달라 빌던 일곱 살이었다.

울음소리를 내지 않으려고 입술을 꽉 깨문 채 흐느꼈다.

이토록 낭만적인 행성에서 할 수 있는 일이라곤, 제자리걸음뿐이라니.

<너의 별에 닻을 내리면> 2권에서 계속⋯⋯.